劉大杰 著

中國文學發展史

上冊

臺灣學生書局印行

劉大杰先生

作者生平簡介

劉大杰　（一九〇四——一九七七）筆名修士、湘君，湖南岳陽人，一九〇四年（清光緒三十年）生。早歲畢業於武昌大學，繼入日本早稻田大學，研究文學。一九二五年與胡雲翼等在武昌組織藝林社；同年十一月，創刊《藝林》旬刊。歷任無錫中學國文教員，上海大東書局編輯、《現代學生》主編，安徽大學中文系教授，大夏大學及聖約翰大學中文系講師，廈門大學、四川大學中文系主任，上海臨時大學文法科主任。一九四一年十二月，太平洋戰爭爆發，一度遭日軍拘禁。一九四八年任暨南大學中文系教授，後升文學院院長。這一年完成並出版了他的《中國文學發展史》。一九四九年後，歷任復旦大學中文系教授、復旦文學研究組組長、中文系代理主任，中國作協上海分會書記，中華全國文學藝術界聯合會常務委員會委員，中國農工民主黨上海市委副主任委員。又曾任《收穫》、《文學評論》、《上海文學》等雜誌編輯委員、《中國文學批評史》主編。一九五九年春，任辭海編輯委員會副主編、編輯委員兼分科主編。一九七五年一月，任第四屆中國人民代表大會代表。晚年仍任復旦大學中文系教授。一九七七年十一月二十六日病逝於上海。終年七十三歲。著有《春波樓詩詞》、《紅樓夢思想與人物》、《魏晉人物思想論》、《東西文學評論》、《中國文學發展史》等。譯有《迷途》、《白痴》、《孩子的心》、《雪萊詩選》、《俄國小說集》、《高加索的囚人》等。編有《明人小品集》、《山水小品集》。

重版前記

本書自一九五七年修訂出版以後，各方垂教甚殷，使我得益不少。此次重版，我在原有體系的基礎上，又作了一些改動。修改舊書，正如修理舊的房屋一樣，只是通溝補漏，粉壁塗牆，在舊的規模上略求平衡而已。卽是如此，也頗費心力。由於自己限於水平，所見甚淺，顧此失彼，力不從心。因而書的質量很難提高，錯誤必然不少，希望讀者不棄，賜以教言。

本書在修改過程中，得到許多同事的關心和督促，我在這裏向他們深表謝意。

劉大杰

一九六二年五月一日於上海

新序

中國文學發展史是我的舊作。上卷成於一九三九年，下卷成於一九四三年，先後交由中華書局印行。上卷是一九四一年出版的；下卷因書局種種原因，遲至一九四九年一月才出版。當時生活非常窮困，一面教書一面寫，斷斷續續地寫了六七年。那六七年正是抗日戰爭的國難時期，回想起來，已經是十多年前的事了。現在是到了新社會、新中國，到了百花明媚的新春天。

由於自己看到了一些從前沒有看到過的史料，關於中國文學史的某些問題，已有不同的看法。我早就計劃，想把這部書重寫一遍，增加內容，分爲四卷，起於上古，止於一九四九年。要完全重寫，需要有充裕的時間，幾年來我教書很忙，得不到這樣的條件。因此，一直沒有認真地進行，只做了一些收集材料和分期分章的準備工作。

這次印出來的，只在文字上作了些改動，體製內容，仍如舊書。原爲兩冊，現分三卷。書中的缺點錯誤，當然是很多的，希望讀者指正，好讓我將來正式重寫本書的時候，加以修正和補充。

劉大杰

一九五七年八月三十日於病中

中國文學發展史上冊目錄

第一章　殷商文學與神話故事

一　文學的起源

藝術起源於勞動；它最初的內容和形式，都決定於勞動生產的實踐。在藝術產生的過程中，是勞動早於遊戲，實用的功能先於審美的感情。人類美感的根源和發展，受着社會物質生活的制約和影響。正因如此，社會經濟生活和生產力的實際情況，對於原始藝術起了決定性的作用。我們如果不能明瞭原始藝術與勞動實踐的不可分離性和勞動生活先於藝術的原則，就不能正確說明藝術的起源問題。

由於考古家的發掘，我們今天還可看到石器時代狩獵民族精美的造型藝術和色彩鮮明的裝飾品。在石窟和甲骨上，雕繪着各種不同的動物，有大鹿和野牛，有熊和飛鳥等等，有的在奔馳，有的在飛翔，有的受了傷，有的在休息，這些動物形象，在藝術上表示出原始人類對於動物界的細緻觀察力和優秀的創作技巧，在內容上是以狩獵爲生活手段的經濟基礎的具體反映。毫無疑問，是先有了狩獵的勞動實踐，才產生這種藝術來的。

文學也是起源於勞動的實踐。勞動韻律的再現和生產行爲的模擬，是歌舞產生的主要根源。在文學部門裏，歌謠產生最早。文字發明以前，就有了歌謠。沈約說：「雖虞夏以前，遺文不覩。禀氣懷靈，理無或異。然則歌詠所興，宜自生民始也。」（謝靈運傳論）歌詠始自生民，這論點是很正確的。

最早的歌謠，是在口頭歌唱的，人只要有聲音，就能唱出音律和諧的歌聲。生產勞動在最初階段是集體的，許多人在一道工作時，或是搬運，或是狩獵，或是採集，都會從口裏發出各種高低長短不同的歌聲，同動作的節奏配合起來，再現出勞動的韻律，就成爲眾人合唱的勞動歌。正如淮南子道應訓所說：「今夫舉大木者，前呼邪許，後亦應之，此舉重勸力之歌也。」「舉重勸力之歌」正是原始工人們的勞動歌。這樣的勞動歌，實際是一種生產鬥爭的手段，是生產技術的一部分。它可以整齊集體的動作，組織勞動的過程。一面可以減輕勞動的疲勞，同時又可使勞動秩序化而增加勞動的效果。

關於生產行爲的模擬，表現在跳舞方面最爲顯著。現在的跳舞已成爲一種獨立的藝術，但在古代，跳舞和歌謠、音樂是結合在一起的。在原始人民各種勞動的過程中，身體和手足的有韻律的動作，就是勞動者的原始舞姿。最初的跳舞，大都是勞動行爲的重演，生產行爲的模擬。由此可知，文藝在最初期，就具有實用的功能，是社會生活的產物。在它一開始就是爲生產勞動服務的。

恩格斯在勞動在從猿到人轉變過程中的作用裏，關於勞動創造語言，作了科學的說明。語言的產生，標誌着人類歷史上的巨大進步。語言是人們交際的工具，是在生產鬥爭實際需要的基礎上產生的。語言的產生，在口頭文學上有很大的進展。由原始的勞動歌聲，進而爲表達具有比較複雜內容的歌謠和故事。歌謠最初的形態，是和音樂、舞蹈結合在一起。最初的音樂器具，是由勞動工具敲擊而成，後來漸漸進步和提高，由勞動工具的模擬和變形，逐步地出現了較爲完整的樂器。詩歌、音樂、舞蹈和戲曲，各自成爲獨立的藝術，要經過長期的歷史階段和複雜的演化過程。

人喜則斯陶，陶斯咏，咏斯猶，猶斯舞。（禮記檀弓）

詩言其志也，歌咏其聲也，舞動其容也。三者本於心，然後樂器從之。（禮記樂記）

詩者志之所之也，在心為志，發言為詩。情動於中而形於言，言之不足故嗟嘆之，嗟嘆之不足故永歌之，永歌之不足，不知手之舞之足之蹈之也。（詩大序）

在這些古書裏，對於原始文學的形態，能將詩歌、音樂、舞蹈三者結合起來而加以論述，是值得我們注意的。又如：

昔葛天氏之樂，三人操牛尾，投足以歌八闋。（呂氏春秋古樂篇）

予擊石拊石，百獸率舞。（尚書堯典）

堯典雖出於後人，呂氏春秋成於戰國末年，但在這些記載中，對於原始文藝的考察，仍有其現實意義。那種一面歌唱一面操着牛尾跳舞的情形，確是初民歌舞的形態。所謂「擊石拊石」，正是原始人民敲擊石器的勞動工具，作爲樂器；所謂「百獸率舞」，應當不是野獸在舞，而是人民模倣野獸的姿態的跳舞。在這裏正說明了我國初民歌舞的原始形狀。

在文字出現以前，文學流傳在人民的口頭，不能記錄下來，因此我們無法看到當日的口頭創作。在中國古書中所記載的那些黃帝、堯、舜時代的思想複雜、形式整齊的歌謠，大都出於後人僞託。康衢謠、擊壤歌、卿雲歌、南風歌等，都是不可信的。

立我烝民，莫匪爾極。
不識不知，順帝之則。（康衢謠）

此謠見於列子仲尼篇，說是堯帝在出遊時，聽到兒童們所唱的一首歌謠。列子是晉人僞造的書，堯帝是神話中的人物，並且這首歌謠的四句，都出自詩經。前兩句出自周頌的思文，後兩句出自大雅的皇矣。湊合成篇，爲後人僞託無疑。

吾日出而作，日入而息。
鑿井而飲，耕田而食。
帝何力於我哉？（擊壤歌）

此歌見於皇甫謐的帝王世紀，說是堯帝時一個八十歲的老人所唱的歌。帝王世紀的時代很晚，本不可信。更重要的是：在這歌中所表現的「鑿井耕田」的經濟生活，和所謂「帝何力於我哉」的消極反抗思想，都不能產生在堯帝時代。

卿雲爛兮，糺縵縵兮。
日月光華，旦復旦兮！（卿雲歌）

南風之薰兮，可以解吾民之慍兮！
南風之時兮，可以阜吾民之財兮！（南風歌）

卿雲歌見於尚書大傳，說是舜帝所歌。南風歌見於孔子家語，說是舜帝所作。尚書大傳是僞書，孔子家語是魏王肅僞託，都是不可信的。不僅歌中所反映的思想，不是舜帝時代的思想，那時代連文字還沒有出現，如何能產生這樣整齊的詩歌形式和這樣美麗的詩歌藝術？在這些歌辭中，由於它們的來歷，由於它們所反映出來的思想以及詩歌的形式、技巧，都是辨別真僞的重要證據。初民的口頭歌謠自然是很豐富的。因爲當時沒有文字，不能記錄下來，所以我們是看不到了。

中國有悠久豐富的歷史，但到今天爲止，所得到的遠古的地下材料，還不很多。黃帝以前不用說，就是從黃帝到堯、舜、禹王，還只能從神話傳說中，推測出來一些古史的輪廓。史記的五帝本紀，開始於黃帝，至今已有四千六百多年；尚書中的堯典，開始於堯舜，已有四千二百多年。然而這些史料，大都是從神話傳說中整理出來的。司馬遷寫史記的時候說過：「學者多稱五帝，尚矣。

然尚書獨載堯以來，而百家言黃帝，其文不雅馴，薦紳先生難言之。」（五帝本紀贊）他所說的言不雅馴，就是指的那些神話傳說的成分。中國真正有可信的文字記錄的歷史，開始於商朝。甲骨卜辭、銅器銘文和商書中的盤庚，是這方面最重要的文獻。由於這些文獻，不僅使我們更爲明瞭殷商歷史的真實情況，同時在中國文學歷史上，說明了由口頭文學開始進入了書面文學的新階段。

文字創造的過程，是一個長期的歷史過程。文字在產生初期，都依附着一種神祕性，同巫術是分不開的。所以在神權時代，都相信文字是神靈所造。聖經上說：希伯來的文字是上帝授與摩西的；柏拉圖的裴德爾，也記載過埃及人的文字是戴特神所傳授的。我國倉頡造字的神話色彩，也非常濃厚。文字是由圖畫變成符號，逐步進化起來的。先經過象形，再進到表意。所以最初的文字，必然是象形文字，進展到表意的階段時，文字更爲豐富，表達的能力也更加強了。它不僅能記錄具體的事物，還能表達人類的思想和感情。到這時候，才能夠由口頭文學進入到書面文學。文字創造的過程如此艱難，學習、使用也都不容易，在產生的初期，就爲少數巫史貴族所掌握，成爲替統治階級服務的專用品。在當日社會裏，巫術是頭等重要的文化事業，於是文字首先爲巫術服務，而成爲巫史的法寶，成爲巫師的符咒，成爲占卜的記錄。文字一產生，就帶了濃厚的神祕色彩。我們從許多語言的語源學的研究，可以得到證明。有許多語言，把文字和巫術看作是一個東西。如愛爾蘭語和布列塔尼語，總是把這兩個概念混在一起。在凱爾特語和日耳曼語裏，「文字」就是「神祕」。可見初期的文字，是同巫術緊密地結合在一起，掌握在巫師的手裏，被壓迫被剝削的勞動者，是享受不到這份權利的。因此，初期用文字記錄下來的文辭，只有依附巫術才能存在，才能保留下來，必然成爲巫術的附庸。但那些作爲巫術附庸、爲統治階級服務的文辭，裏面有韻語（很可能有民間歌謠的記錄），也有散文，這就是最早的書面文學的重要材料。研究古代文學的歷史，必然要有了文字，要有了書面文學的原始材料，才能瞭解當代文學的真實情況。如甲骨卜辭和周易中的卦爻辭，都是這一時期的巫術文獻。通過這些文獻，我們可以看到最初的書面文學的形態。

二　卜辭時代的文學

一、卜辭的發現　卜辭的發現，完全出於偶然。許多年前，在河南安陽縣小屯村以北洹水以南，靠近殷墟的農田裏，農民犂田時，時常發見刻着圖文的甲骨。農民們不知道這些甲骨的來歷，以爲年代古遠，可以治病，收起來賣給藥材店，稱爲「龍骨」，藥材店把這些龍骨再運到北京去，賣價每斤制錢六文。直到一八九九年，金石專家王懿榮因爲生病吃藥，首先發見了甲骨上所刻的是古代的文字，這些文字都是非常寶貴的古代文獻。他於是派人到藥店裏把那些「龍骨」全部買下，開始研究。一九○三年，老殘遊記的作者劉鶚第一次出版了專門著錄甲骨文的鐵雲藏龜，一九一三年孫詒讓的契文釋例出版了，這是中國考釋甲骨文的第一部著作。自此以後，甲骨文漸漸地引起了中外學者的注意，幾十年來，搜羅研究的風氣，盛極一時，甲骨文成爲一種專門學問。後來經過學術機關多次大規模的發掘，出土的材料，日益豐富，研究的也更加廣泛。到今爲止，已出土的甲骨，約有十萬片。出版的著作，共有八百多種。王國維、郭沫若諸人，在甲骨研究方面很有成績。王氏努力於文字的形義以及殷商制度的考釋；郭氏則首先以新的觀點，用這些古代的文字材料，去探討我國古代的社會制度。近來還有些學者在甲骨的研究上，進到斷代研究的一步。由於他們的努力，我們將來可以知道每一辭或每一甲骨的先後年代，這樣可以看出卜辭本身的發展，而增加了卜辭在史料上的價值。

經過許多學者的考證研究，斷定這些刻在龜甲和獸骨上的古體文字，是殷商王朝占卜的文辭，因此我們叫它作卜辭。其年代是從盤庚到紂辛，正是商朝後半期的重要文獻。這些連孔子也沒有見過的原始材料，對於古代史、文字學史和文學史的研究，都具有重要的意義。我們依靠這些材料，可以探討商代的真實歷史，可以探討商代以前古史上存在的一些問題，可以明瞭中國文字的產生和發展的過程，在文學史的研究上，使我們明確了中國文學的信史時代，是起於商朝。

二、卜辭中所反映的社會 由於卜辭的考察，知道商朝是奴隸制社會。奴隸主使用大批奴隸從事生產，在農業、畜牧業和手工業各方面，都廣泛地使用奴隸勞動。見於甲骨文的「众」、「众人」、「芻」、「工」等字，都是各種奴隸的名稱。還有奚、奴、妾、僕等名稱，是奴隸主貴族的家奴。奴隸與奴隸主貴族是商朝社會兩個對抗的階級，奴隸主貴族壟斷了全部土地和一切生產資料，並佔有奴隸的人身，如驅使牛馬一般，使用他們從事勞動，並且可以隨時買賣或殺死。而奴隸主貴族，靠着暴力統治和殘酷剝削，過着富裕奢侈的生活。

商朝的國家機構已初步形成。卜辭中已有「國」字，寫作「或」，是用武力保衞人口的意思。商王是奴隸主貴族的大首領，也就是一國之王。國王以外，還有稱「侯」、稱「子」一類的貴族，在政府機關內有各種不同的官職。

商朝的手工業，種類很多，在殷墟曾發現銅工、石工、玉工、骨工的製造所。所製造的工藝品，非常精緻。甲骨文裏，還有造船、織綢、製革、釀酒等工業記載。由於奴隸們勞動的創造，製作出來的工藝品，方能供給奴隸主貴族們享用。特別是青銅工業，到了商朝後期，有了很高的發展。由於當日生產技術的進步，勞動人民已經能製造各種各樣精巧的青銅器。在許多器具上刻了美麗的花紋，形象生動逼真，具有很高的藝術水平。著名的司母戊大方鼎，重八百七十五公斤，造型雕花，極爲精細，象徵這一時期青銅文化的光輝成就。但這些青銅器，主要是奴隸主貴族用的禮器、武器和日用品。殷墟中雖也發現過銅鏟，那只是極少數，石器、木器還是當代的主要農具。

據古史的記載，商朝自契至湯，遷居八次，自湯至盤庚，遷居五次。盤庚以後，遷徙的事就少了。可知盤庚以前，商民族是以畜牧經濟爲主，逐水草而居，不得不時常遷動。所以盤庚遷都時，曾對人民說：「先王有服，恪謹天命，茲猶不常寧，不常厥邑，於今五邦。」這正說明遷徙的原因是由於經濟。到了盤庚時代，農業逐步發達起來，生產的形式有所改變，生活比較固定，就不必像從前那樣東徙西遷了。在卜辭裏有禾、黍、麥、稻、粟、米、田、疇、井、圃、蠶、桑等字，並且占卜風雨和祈年的紀錄也很多。和農業相關的曆法，已經相當嚴密，這些都說明農業在當日已很發達，對於農事是很重視的了。

殷商的宗教觀念，還在巫術階段。至於宗法倫理的道德觀念進一步地反映於宗教，有待於周朝。殷人崇拜祖宗，重視人鬼，但他們也信奉河、嶽一類的自然神。禮記表記篇云：「殷人尊神，率民以事神，先鬼而後禮。」因爲尙鬼敬神，所以無論大小的事，都要取決於占卜。宇宙萬物的種種現象，對於初民實在無往而不神祕。天神、地祇、人鬼，都是由於敬畏、懷疑和希望而生出來的一種精神狀態。因爲敬畏、懷疑和希望，自然就會生出祭祀祈禱的事情來。在這種狀態下，溝通神鬼人事、代表鬼神發言的巫史占卜的專門人才便出現了。在甲骨卜辭中，我們可以看見大批巫史羣的存在。國語楚語說：「古者民神不雜。民之精爽不攜貳者，而又能齊肅衷正，其智能上下比義，其聖能光遠宣朗，其明能光照之，其聰能聽徹之，如是則明神降之。在男曰覡，在女曰巫。」韋昭注云：「覡見鬼者也，周禮男亦曰巫。」說文云：「巫，祝也，女能事無形以舞降神者也。」男覡女巫是擔任溝通人神意志的職務，有支配人事的權力。在當日的社會內，這些見鬼事神的術士、巫師，是最高的知識分子，是精神文化的權威，是教育、藝術、科學的掌管者和傳授者，是不耕而食的貴族。在完全屈服於神鬼的巫術時代，無論政治、軍事、祭祀、風雨以及日常大小事件，都要求助於鬼神，決疑於占卜。在商朝的臣僚中，有巫咸、巫賢這一類的名字。由此可知，所謂巫、史、卜筮一類的人才和事業，在當時是佔着多麼重要的地位。奴隸主貴族要經常舉行祭祀、祈禱、占卜以及獻媚於鬼神的種種儀式，需要歌舞來爲他們服務，於是文學藝術，剛一進入書面，便爲巫師所掌握，便爲統治階級所掌握，在祭壇和巫術的環境下，成長和發展。

三、卜辭時代的文字與文學　我國文字創始的傳說，戰國末年都承認是倉頡。荀子解蔽篇，韓非子五蠹篇和呂氏春秋君守篇都有倉頡作書的記載。到了漢朝，如司馬遷、班固之流，說倉頡是黃帝的史官。淮南子說：「倉頡作書，而天雨粟，鬼夜哭」，王充論衡說倉頡有四隻眼睛，於是倉頡成爲神話中的人物了。文字起源於圖畫，創造完成，非一人的力量所能擔任，需要長久的時期和集體的力量，並在社會演進的基礎上，慢慢地形成起來的。在今日發現的材料中，卜辭是我們所看到的中國最早的文字。象形的字，一字有數種或多至數十種的寫法，字體的構成，或左或右、或反或正，還沒有完全固定下來。但在文字構造方面，已出現了會意、形聲等比較進步的方法，這類的字，並且還很不少。從文字演進的規律看來，可以知道中國文字的起源，是在卜辭以前，不過到今天，還沒有發現卜辭以前的文字。

卜辭是占卜的記錄，刻在龜甲和牛骨上。占卜的日期和事件，有時連占卜的人名和所在的地方，都記載上去。由於甲骨的狹小，又爲形式所束縛，因此卜辭大都短小，長的篇幅不多。文辭雖很簡略，偶然也有比較完整的。

帝其降堇（饉）。（卜辭通纂三六四）

帝令雨足年，帝令雨弗其足年？（同上，三六三）

今日雨。其自西來雨？其自東來雨？其自北來雨？其自南來雨？（同上，三七五）

這不僅文字完整，意義也非常顯明，這樣的記錄，在卜辭中是很少見的。第一卜是說上帝要降下饑荒來。第二卜是說上帝要降下雨來使年成好呢，還是使年成不好呢？第三卜是今日要下雨，是從哪一方下雨呢？在這些簡短的句子裏，我們自然不能過分誇張它們的文學價值，但在文學史的最初階段上，是有其重要意義的。尤其是最後一條，已具備素樸的詩歌形式。這些文句，雖很簡短，在語法上已建立了初步的規律，可以看出書面文學的初期形態，也就是後代韻文和散文的母胎。同時在這些辭句裏，反映出對於風雨的關懷，豐收的渴望以及對於災荒的憂慮。可見這些巫術文獻，是與生產密切相關的。

在卜辭裏，還有記載藝術活動的內容。樂舞的字都出現了，並有鼓、磬、籥、鐃各種的樂器，還有各種舞蹈。這些東西大都是用於祭祀。因此我們可以推想在卜辭時代和在卜辭以前，必然有不少的口頭歌辭。如離騷云：「啓九辯與九歌兮，夏康娛以自縱。」又天問云：「啓棘賓商，九辯九歌。」山海經也說：「夏后開上三嬪於天，得九辯與九歌以下。」（大荒西經）在這裏雖然塗上了神話傳說的色彩，但在古代流傳於口頭的歌辭舞曲，自然是很多的，由於當時沒有文字把它們記錄保存下來，我們現在是看不到了。

三　周易卦爻辭中的古代歌謠

卜辭以後，我們要作爲上古文學的史料的，是周易中的卦爻辭。易經雖是一部爲統治階級服務的筮書，但在卦爻辭裏，我們可以找出一些富有文學意義的作品。

周易分爲經傳兩部分，經和傳的年代相差很遠。經中有八卦，八卦重爲六十四卦，每卦有六爻，各卦各爻都有解釋的辭句，稱爲卦爻辭。易傳爲彖辭上下、象辭上下、繫辭上下、文言、序卦、說卦、雜卦，共有十篇，稱爲十翼。古人有伏犧畫卦，文王作卦辭，周公作爻辭，孔子作十翼的傳說，在五經中佔居首要的地位。易經產生的時代大約在商末周初，左傳言易者十七次，稱周易筮者九次，所引爻辭與今本爻辭同。由此可知周易產生的年代，必然很早，在社會上流行也很廣泛。但周易是一本實用的筮書。在文字上和形體上，後人很可能是有增補的。所以書中有文王以後的材料，也可能有戰國人增補的材料，但把易經的全部年代移到戰國初年，很難令人信服。至於傳爲孔子所作的易傳，最早的時代在戰國，可能有一部分還要遲。

易經是一本巫書，非一人所作，是由那些巫卜之流編纂而成的。在功能與性質上，卜辭與易經大略相同，它們在古代都擔負了「決吉凶、問休咎」的任務。所不同的是在卜筮的方法與體例。卜辭用的是龜，稱爲卜；易經用的是草，稱爲筮。在組織方面易經有一套完整的形式，結構複雜，在神祕的外衣下，反映出樸素的辯證思想。從占卜方面看來，易經比較卜辭，是進步得多了。它們的功能與性質，同爲巫術時代精神生產的文獻。

一、卦爻辭中所反映的社會形態　易經時代的社會形態，比起卜辭時代來，已有進展。由「納婦吉」（蒙九二），「得妾以其子」（鼎初六），「子克家」（蒙九二）這些文句看來，知道當日男子娶妻納妾，女子出嫁，兒子承家的現象，在社會中已很普遍。國家的組織也更爲完備。在易經裏有天子、國君、王、公、諸侯、武人種種的名稱。如「公用享于天子」（大有九三），「大君有命，開國承家」（師上六），「觀國之光，利用賓于王」（觀六四），「武人爲于大君」（履九三）等等，都可看出當日政治組織的進展。關於農事，易經中雖所見不多，但由於書中所表現的工商業的發展，是可作爲農業發達的暗示的。宗教方面，也可以看出演進的痕跡。在「自天祐之，吉无不利」（大有上九），「王用享于帝」（益六二），「王假有廟」（渙），這些文句中，對於天帝和祖先的敬奉與崇拜，在宗教的思想和儀式上，都有了進展。文字技巧，進步也很明顯。如「密雲不雨，自我西郊」，「高宗伐鬼方，三年克之」一類簡潔的散文；「其亡其亡，繫于苞桑」，「賁如皤如，白馬翰如」一類的韻文，語言上都有很高的成就。在「无平不陂，无往不復」的格言文句裏，表達了比較複雜的哲學思想。由此可知，易經中的社會，比起卜辭時代來，各方面都有了顯著的進步。

二、卦爻辭中的古代歌謠

易經雖是一部筮書，並不能輕視它在文學史上的價值。它是從卜辭到詩經的橋樑。易經中那些作爲卜筮用的卦辭爻辭，其中保存了一些古代優美的歌謠，或是近似歌謠的作品，這些作品是附在爲巫術服務的機能上，被巫師們編錄選用，而被保留下來的。

屯如，邅如，
乘馬班如。
匪寇，婚媾。（屯六二）
乘馬班如，
泣血漣如。（屯上六）

無論描寫和音節，都是很好的小詩，比起卜辭來，是跨進了一大步。同時在這些詩句裏，當代的社會生活，也表現得活躍如畫。男子威風凜凜地騎着馬，跑到女子家裏去，人家以爲是強盜，等到女子被他帶走了，才知道他是爲婚事而來的，女的還傷心地哭泣着。這一幕搶婚的情景，生動地呈現在我們的眼前。在古代的社會，這種婚姻制度，確實是存在過的。

女承筐，无實；
士刲羊，无血。（歸妹上六）

這是一首有情有景的牧歌。淳樸而又真實。在廣大的牧場上，男男女女都在工作。男的剪羊毛，女的用筐子盛着。用十個字把那情景表現得很生動。手法既經濟，文字也很簡明。

得敵；
或鼓或罷，
或泣或歌。（中孚六三）

在這一首短歌裏，反映出作戰勝利後的情景。有的在狂歡，打鼓的打鼓，休息的休息，唱歌的唱歌。有的作戰受傷了，或是在哭泣。在短短的十個字裏，把鬥爭的緊張場面，寫得非常形象。

枯楊生稊，
老夫得其女妻。（大過九二）
枯楊生華，

老婦得其士夫。（大過九五）

老頭兒娶了一個少女做老婆，老太婆嫁給年青小伙子，這都是社會中有趣味的現象。作者用「枯楊生稊」、「枯楊生華」一類的譬喻性的諷刺性的詩句，把那種社會現象反映出來，是頗為巧妙的。

鳴鶴在陰，其子和之；
我有好爵，吾與爾靡之。（中孚九二）

這完全是一首比興的詩歌。聽着雙鶴的唱和，因而起興，寫出自己的感情。用字精煉，音調和婉，藝術上有很高的成就。

明夷于飛，垂其翼；
君子于行，三日不食。（明夷初九）

這也是一首比興的詩歌。描寫一個旅客在旅途中所受的飢餓和艱苦。見着天空倦飛垂翼的鳥，想起自己有三天沒有吃飯，心中發出悲傷的感情。「明夷」古人有種種解釋，在這裏，把牠看作是一隻鳥，無論如何是正確的。

上面這些歌謠，都值得我們重視。它們雖說放在卜筮的書裏，作為巫術迷信的裝飾品，當時還沒有得到獨立的文學生命，但從這些歌謠的內容和形式看來，實在都成為很好的詩歌。由這一階段再進一步發展，便到了詩經。

四　古代的散文盤庚

尚書是五經之一，故又稱書經。尚書的意思，是上古帝王之書（論衡正說篇），其中有一部分材料，比易經、詩經還要早。書中有誓辭，有談話，有講演，大都是記言的。據說孔子刪過書，作過序，是否可靠，不得而知。孔子用尚書教過學生，這是可信的。論語云：「子所雅言，詩、書執禮，皆雅言也。」（述而）並且他們講話時，也常引用尚書的文句。如爲政云：「書云孝乎，惟孝友于兄弟」；憲問云：「書云：高宗諒陰，三年不言」，但這些文句有些不在現存的尚書之內，可見孔子時代的尚書，要比現在的二十九篇多些。那時代的尚書，面目如何，雖無法知道，孔子確實同它發生過關係，可能有過整理的工作。在儒家的五經中，問題最多的是尚書。尚書有今文古文之分。古文尚書雖是僞作，但今文尚書也並不全真。書分虞、夏、商、周四部分，周書留在下面再來討論，現在先來談虞、夏、商書。虞書有堯典、皋陶謨，是記載政績的。夏書有禹貢、甘誓。禹貢中敘述黃河、長江兩大流域的山脈、河流、物產及交通，這種廣大的地域觀念和條理分明的地理知識，要到戰國末年才能產生，禹貢必然是戰國末年人寫定的。這些文獻，大都是周代史官，參用古代傳說的各種材料，編撰而成。商書有湯誓、盤庚、高宗肜日、西伯戡黎、微子五篇。除盤庚外，其他四篇，在文體上思想上和盤庚有些不同，因此有人懷疑是後代之作。在這些作品裏，確實保存着很多的古代史料，只要我們善於運用，善於選材，在古代歷史、古代社會的研究上，有很高的價值。

商書中的盤庚，分上中下三篇，歷史學者一致認爲是殷商可信的文獻。周書多士篇云：「惟殷先人，有冊有典」，他所說的典冊，必然是指的卜辭、盤庚這一類的文獻。古書上說，盤庚是商朝的中興賢主，他遷都到殷地去時，臣民都反對他，他先後對貴族臣僚和奴隸們，發表了三次講演，說明必要遷都的原因。盤庚三篇，就是這些講演的記錄。關於這三篇的次序，古人常有不同的意見，俞樾的解釋，較近情理。他說：「故以當時事實而言，盤庚中宜爲上篇，盤庚下宜爲中篇，盤庚上宜爲下篇。曰『盤庚作，惟涉河以民遷』者未遷時也。曰『盤庚旣遷，奠厥攸居』者始遷時也。曰『盤庚遷於殷，民不適有居』者則又在後矣。」（羣經平議卷四）盤庚今天的次序，可能是有問題的。

盤庚作，惟涉河以民遷，乃話民之弗率，誕告用亶。其有衆咸造，勿褻在王庭。盤庚乃登進厥民，曰：明聽朕言，無荒失朕命。嗚呼！古我前后，罔不惟民之承，保后胥慼，鮮以不浮於天時。殷降大虐，先王不懷厥攸作，視民利用遷。汝曷弗念我古后之聞？承汝俾汝，惟喜康共，非汝有咎，比于罰。予若籲懷茲新邑，亦惟汝故，以丕從厥志。今予將試以汝遷，安定厥邦，汝不憂朕心之攸困，乃咸大不宣乃心，欽念以忱，動予一人，爾惟自鞠自苦。若乘舟，汝弗濟，臭厥載。爾忱不屬，惟胥以沈。不其或稽，自怒曷瘳。汝不謀長，以思乃災，汝誕勸憂。今其有今罔後，汝何生在上。

今予命汝一，無起穢以自臭，恐人倚乃身，迂乃心。予迓續乃命於天。予豈汝威，用奉畜汝眾。予念我先神后之勞爾先，予丕克羞爾，用懷爾然，失於政，陳於茲，高后丕乃崇降罪疾，曰：「曷虐朕民。」汝萬民乃不生生，暨予一人猷同心，先后丕降與汝罪疾，曰：「曷不暨朕幼孫有比。」故有爽德，自上其罰汝，汝罔能迪。

古我先后，既勞乃祖乃父，汝共作我畜民，汝有戕則在乃心，我先后綏乃祖乃父，乃祖乃父乃斷棄汝，不救乃死。茲予有亂政同位，具乃貝玉，乃祖乃父丕乃告我高后曰：「作丕刑於朕孫。」迪高后，丕乃崇降弗祥。嗚呼！今予告汝不易。永敬大恤，無胥絕遠。汝分猷念以相從，各設中於乃心。乃有不吉不迪，顛越不恭，暫遇姦宄，我乃劓殄滅之，無遺育，無俾易種於茲新邑。往哉生生！今予將試以汝遷，永建乃家。（盤庚中）

這是盤庚中篇的全文，不僅不容易懂，斷句也有各家的不同。難懂的原因，不是太文言，而是太白話。因為用的大都是當時的口語，時間過久了，後代讀起來就難懂了。魯迅說：「書經有那麼難讀，似乎正可作為照寫口語的證據。」（門外文談）

下面是本篇的譯文：

盤庚決定把人民遷徙到黃河那邊去，聚集了許多反對的人，準備用心地講一次話。許多人都到王庭來，恭敬地等候著。盤庚喊他們到面前，說道：你們留心聽我講的話，不要隨隨便便。我們的先王，都是照顧人民的，人民也都能體貼君主的心，因為君臣這樣和好，所以很能順天時生活，不犯什麼凶災。現在上天降下大災來了。我們的先王碰到這種事情，為了人民的利益，也不肯眷戀他們手造的宗廟宮室，而不遷徙的。你們為什麼不去想想先王的故事呢？我現在效法先王，要使你們的生活安定，並不是為了你們有罪，要處罰你們。要知道我所以要叫你們遷到這個新邑去，正為了你們自己的利益，這個利益原是你們大家一樣地要求的。現在我要把你們遷徙過去，希望安定我們的國家，但是你們不僅不能體諒我的苦衷，反而胡塗起來，發生無謂的驚慌，想來變動我的主意，這真是你們自取困窮，自尋苦惱。譬如乘船，你們上去了只是不解纜，豈不是坐待其朽敗呢！若是這般，不但你們自己要沉溺，連我也要隨著沉溺了。你們沒有審察情形，一味憤怒，試問這有什麼好處？你們不考慮長久的計劃，不想不遷的災害，那是你們對自己大大地過不去。你們只想苟且偷生地過一天算一天，不管將來怎樣，上天還哪裏能夠容許你們活著！

現在我囑咐你們，人家來搖惑你們的時候，你們應當把他們的話看作是與穢腐的東西一樣，不要去接觸它。我如此勸告你們，正是要把你們的生命從上天迎接下來，使得你們可以繼續地生存。我哪裏是用威勢來壓迫你們呢？我是為了要養育你們許多人民呀！我想起我們先王的任用你們先人，就記掛你們，要養育得你們好好的。現在此地既住不下去了，如果我還勉強住著，先王一定要重重地責罰我，說道：「你為什麼要這樣地虐待我的人民呢？」如果你們不肯和我同心遷徙過去，求安樂的生活，先王便要重重地責罰你們的。說道：「你們為什麼不與我的幼小的孫兒和好呢？」所以你們做了不好的事情，上天決不會饒恕你們，你們也決沒有法子避免這個責罰。

我們先王既經任用了你們的先祖先父，你們當然都是我所畜養的臣民。倘使你們心中存了壞念頭，我們的先王一定會知道，他便要撤除你們的先祖先父在上天侍奉先王的職務，你們的先祖先父受了你們的牽累，就要棄絕你們，不救你們的死罪了。如果你們在位的官吏之中有了亂政的人，貪著財貨，不顧大局，你們的先祖先父就要竭力去請求我們的先王，說道：「快些定了嚴厲的刑罰給予我們的子孫吧！」於是先王便大大地降下不祥來了。唉！現在我的計劃決定了。你們對於我所憂慮的事情，應當體會了，不可漠視了。你們應當都把自己的心放在正中，跟我一同打算。倘有不道德的人亂作胡為，不肯恭奉上命，以及為非作歹的，劫奪行路的，我就要把他們殺盡滅絕，不讓他們惡劣的種子遺留一個在這新邑之內。去罷，去尋求安樂的生活吧！現在我要把你們遷過河去了，在那邊，希望永遠安定你們的家！（原文為顧頡剛譯，我在文字上作了一些改動。）

在這篇文章裏，我們首先要注意的是它反映出來的思想。盤庚對殷商人民說了許多勸告和威脅的話，翻來覆去，離不了上天的神和先王的鬼，這充分地說明了這正是神鬼思想統治時代的精神產物。

盤庚三篇，都比較長，比起卜辭來是大大不同了。裏面有思想很複雜技巧很高的句子。譬喻的文句，如「予若觀火」，「若網在綱，有條而不紊」，「若火之燎于原，不可嚮邇，其猶可撲滅」（盤庚上篇）。在語言的組織上，表現了很高的技巧。格言的文句，如「人惟求舊，器非求舊，惟新」，在極精簡的句子裏，反映出很複雜的思想。盤庚的內容無疑是殷商的真實文獻，但從文字的形式和技巧上看來，未必是盤庚時代的真實形態。史記殷本紀云：「帝陽甲崩，弟盤庚立，是謂帝盤庚。帝盤庚之時，殷已都河北，盤庚渡河南。……帝盤庚崩，弟小辛立，是謂帝小辛。帝小辛立，殷復衰，百姓思盤庚，乃作盤庚三篇。」這樣看來，盤庚之作，確在盤庚以後。就算是小辛時代所作，由於後代史官的追記和傳寫，在文字上一定有多少的變動。這幾篇文字，很可能是周初的史官，根據前代的材料整理出來而最後寫定的，所以在文體上同周誥是同一類型。因此，我把它放在易經後面來敘述。毫無疑問，盤庚在中國散文歷史上，有很重要的地位。

五 古代的神話故事

一、神話的產生及其價值

神話產生，本來很早；在文字出現以前，是就有了神話的。但我國的神話，大都出於戰國、漢初人的記錄，用文字寫定的時期較晚，因此我把這一部分放在易經、盤庚的後面來敘述。

一、神話的產生及其價值 每個民族，都有他自己的神話。神話是初民對於自然現象的解釋，反映人類和自然界的鬥爭。如宇宙開闢、人類起源、平治洪水、太陽神、火神等等，是神話故事的重要內容。傳說故事，產生較晚，大都是敘述古史事蹟和英雄行爲。到了後來，神話傳說的故事，展轉相傳，神話中的神變爲了人，有時傳說中的人又變爲了神，於是神話傳說，混淆不清。魯迅說：「迨神話演進，則爲中樞者漸近於人性，凡所敘述，今謂之傳說。傳說之所道，或爲神性之人，或爲古英雄，其奇才異能英勇爲凡人所不及，而由於天授，或有天相者，簡狄吞燕卵而生商，劉媼得交龍而孕季，皆其例也。」（中國小說史略第二篇）因爲神話傳說如此混雜，神話和傳說的界限，有時頗難分辨清楚。中國古代的神話材料，這種情形，尤其顯著。

遠古的神話故事，都是原始社會勞動人民集體的創作。在有文字以前，已經廣泛地流傳在人民的口頭。它們流傳日久，使得故事的內容複雜化、系統化、美麗化，而成爲初民在生產勞動的過程中，對於自然現象的解釋，對於自然界的鬥爭和願望以及社會生活在藝術概括中的反映。神話的產生決不是憑空的創造，是建築在勞動過程和生存鬥爭的現實基礎上的。在中國最古的神話內，如有巢氏的構木爲巢，燧人氏的鑽木取火，庖犧氏的網罟捕魚等等，都說明了每一個神的存在，都和人民的勞動過程和生存利益聯繫在一起，只有真正爲人民服務、爲人民謀利益的，在初民的社會裏，才能上升到神的世界中去。那樣的神，實際是勞動英雄的化身，是廣大人民願望的最高表現。再如山海經中所記述的夸父逐日，精衞塡海的故事，都表現古代勞動人民的堅強勇敢的性格，不屈不撓的鬥爭精神，和那種征服自然的大公無私的高貴品質，體現了勞動人民的願望。其他如各種自然現象的神——太陽神、風神、雨神等等，同樣在勞動過程和生存鬥爭的聯繫上產生出來的。一面表示對於自然現象的畏懼，同時也表示對於自然現象的鬥爭和希望。

因爲神話是來自人民，是人民的集體創作，在那些故事裏面，必然會表現人民的勤勞、勇敢的性格，豐富的智慧和想像，和自然界作鬥爭的現實生活以及對於幸福自由的渴望，所以神話是富於人民性的。

神話是文學的淵源，在文學發展的歷史上，它有很高的價値。研究神話，我們可以知道初期勞動人民的生活和思想，可作爲古代歷史的影子。同時神話故事對於後代文學美術的創造，也給予很大的影響。由於希臘古代豐富神話的影響，而產生依利亞特（Iliad）和奧德賽（Odyssey）那樣偉大的史詩，並且對於歐洲後代的詩歌、小說、戲曲以及圖畫、雕刻各方面，都供給了無窮的美麗的資料。在中國也可以看到這種情形。古代神話對於屈原文學的內容與色彩，發生了很大的影響。在中國古代的小說、戲曲以及石刻和圖畫裏，時常採用神話的題材，產生了許多優秀的作品。魯迅吸取了古代神話的題材，寫出補天、奔月和理水一類優秀的創作，這是大家都知道的。馬克思說：「希臘神話不僅是希臘藝術的寶庫，而且是希臘藝術的土壤。」（政治經濟學批判）在這裏說明了馬克思對於神話價值的重視和評價。

二、古代神話的形態　中國古代沒有神話專書。神話材料保存得較多的是山海經、楚辭和淮南子。此外在穆天子傳、莊子、國語、左傳諸書中，也可找到一些片段。這些古籍的時代都很晚，其中的故事，經過後人的傳寫增補，不可能全部都是古代神話的原始形態。但在許多美麗的故事中，也還可以看出一些古代神話的影子。山海經共十八卷，傳爲夏禹、伯益所作，這是不可信的。魯迅說山海經「蓋古之巫書也」，最爲精確。此書並非一人一時所作，五藏山經時代最早，約成於戰國初，海內外經時代比較遲些，大荒經及海內經更遲，可能是秦漢人的作品，或爲秦漢人所增益。書中所記的神靈有四百五十多個，人形神與非人形神，約爲一與四之比。神的能力廣大，形狀奇怪，有的是龍身鳥首，有的是馬身人面，有的是人面蛇身，有的是三頭六臂。這些神出現時，有的是紅光滿天，有的是狂風暴雨。書中又記載了許多奇怪的鳥獸蟲魚和草木。在山海經裏，有三首國、三身國、一臂國、無腸國、大人國、小人國等等奇怪的記載。這一部書，對於後代的小說，有很大的影響。在這部書裏，保存了很多頗近原始形態的神話材料，因此在神話的研究上，它有很高的價值。在楚辭裏，屈原的作品，如九歌、離騷、天問諸篇，也保存了一些神話，天問尤爲重要。淮南子的時代雖說更晚，但其中的材料也很多，在研究神話時，也是值得重視的。

關於自然界的神話，在山海經、楚辭、淮南子裏，都有一些。山海經說：「羲和者帝俊之妻，生十日。」（大荒南經）又說：「湯谷上有扶桑，十日所浴，在黑齒北。居水中，有大木，九日居下枝，一日居上枝。」（海外東經）在初民社會裏，看見到處都是太陽，產生十日並出的神話，我們是可以理解的。九歌中的東君是太陽神，他駕龍輈，載雲旗，「青雲衣兮白霓裳，舉長矢兮射天狼」，是多麼華美勇武的姿態。淮南子天文訓篇，說得較爲詳細：「日出於暘谷，浴於咸池，拂於扶桑，……至於悲泉，爰止其女，爰息其馬，是謂縣車。……日入於虞淵之汜。」這是太陽由東至西的路程。關於月亮的神話，楚辭天問裏說：「夜光何德，死則又育？厥利維何，而顧菟在腹？」夜光就是月亮。在山海經裏有帝俊妻常羲生十二月的故事（大荒西經），淮南子裏有嫦娥奔月的故事（覽冥訓）。再如九歌中的雲中君是雲神，河伯是河神，山鬼是山神，在那些篇章裏，文字的描寫非常美麗，可是具體的故事很少，不容易理出一個系統來。

在古代的神話傳說裏，最富於文學意味而又具體地反映出上古人民的生活願望和思想感情來的，是英雄帝王的故事。如女媧的造人與補天、后羿射日、鯀禹治水，都是非常精彩的。

女媧的造人與補天　女媧神話，起源於南方苗族。女媧相傳爲伏羲之妹，後由兄妹結爲夫婦，成爲人類的始祖。在東漢武梁祠石室畫像中，有伏羲、女媧的人首蛇身的交尾像。中間一小兒，右向，手曳二人之袖。經考古學者與人類學者的研究，證實了他們的夫婦關係。王延壽魯靈光殿賦云：「伏羲鱗身，女媧蛇軀」，魯靈光殿賦雖是東漢的作品，但他所描寫的却是西漢魯恭王時期（前一五四——前一二七）的建築物。人首蛇身的伏羲、女媧像，在西漢初期就成了石刻裝飾的題材，這故事在民間流行的普遍和古遠，可想而知。

女媧初見於楚辭天問及山海經的大荒西經。天問云：「女媧有體，孰制匠之？」說文云：「媧古之神聖女，化育萬物者也。」可知在神話中，女媧是造人的神。所以屈原反問說，女媧造人，那末女媧自己的身體又是誰造的呢？女媧造人的方法，據風俗通云：「俗說天地開闢，未有人民，女媧摶黃土作人，劇務力不暇供，乃引繩於組泥中，舉以爲人。」（太平御覽卷七十八引）又云：「女媧禱祠神祇而爲女禖，因而置婚姻。」（繹史卷三引）可知女媧先用黃土造人，怕他們死，再教他們結婚生子，藉以傳代。但在南方苗族的神話裏，所說的有些不同。他們所說的，是在極早的古代，洪水把人類都淹死了，只剩了伏羲女媧兄妹（或姊弟）二人得救，後結爲夫婦，遂成爲人類的始祖。關於這一神話的介紹與考證，可參閱聞一多的伏羲考。

女媧造人以外，還有鍊石補天的偉大功業。鍊石補天是女媧神話中最富於文學意義的故事。傳說水神共工與火神祝融作戰，共工發怒，用頭向不周山碰去，把那支天的柱子碰斷了，於是弄得天崩地塌，洪水滿地。後來女媧出來，鍊石補天，積灰治水，費了大力，才收拾這個殘局。淮南子記這個故事，比較詳細。

昔者共工與顓頊爭為帝（此處作顓頊，司馬貞補史記三皇本紀作祝融），怒而觸不周之山，天柱折，地維絕，天傾西北，故日月星辰移焉；地不滿東南，故水潦塵埃歸焉。（天文訓）

往古之時，四極廢，九州裂，天不兼覆，地不周載。火爁炎而不滅，水浩洋而不息。猛獸食顓民，鷙鳥攫老弱。於是女媧鍊五色石以補蒼天，斷鼇足以立四極，殺黑龍以濟冀州，積蘆灰以止淫水。蒼天補，四極正，淫水涸，冀州平，狡蟲死，顓民生。（覽冥訓）

在這些文字裏，可以體現出初民的宇宙觀念，更重要的是女媧犧牲自己為萬民謀福利的高貴品質和偉大事業。她補蒼天，正四極，殺黑龍，止淫水等等，都表示了原始人民迫切的願望，在人民的創造和歌頌的過程中，她成了神，後來又變爲歷史上的帝王，同伏羲、神農並稱爲「三皇」了（春秋運斗樞）。造人補天的女媧，正是古代母系社會裏一個偉大的典型。

羿射日　羿射太陽的故事，在古代神話中，是非常有名的。關於他的記載，在山海經裏，有好幾條。海內經說：「帝俊賜羿彤弓素矰，以扶下國，羿是始去恤下地之百艱。」又大荒南經說：「大荒之中有山名曰融天，海水南入焉。有人曰鑿齒，羿殺之。」海內西經說：「海內崑崙之墟在西北，帝之下都……，百神之所在，在八隅之巖，赤水之際，非仁羿莫能上岡之巖。」可知羿是上帝派下來爲民除害的神人，殺鑿齒是他去百艱的大功之一。崑崙山是上帝在下方的都城，是眾神所在的地方，只有羿才能登上山頂，可見他地位的高超與神力的廣大。在淮南子裏，羿的故事，較爲具體。

逮至堯之時，十日並出，焦禾稼，殺草木，而民無所食。猰貐、鑿齒、九嬰、大風、封豨、修蛇皆為民害。堯乃使羿誅鑿齒於疇華之野，殺九嬰於凶水之上，繳大風於青邱之澤，上射十日而下殺猰貐，斷修蛇於洞庭，禽封豨於桑林，萬民皆喜，置堯以為天子。於是天下廣狹險易遠近，始有道里。（本經訓）

在原始人民的頭腦裏，看見到處都是太陽，造成十日並出的觀念，這是很自然的。發生了大旱災，禾稼枯了，草木死了，人民沒有東西吃，再有各種怪獸怪鳥和水火妖怪爲害，在廣大人民的願望與創造中，產生出羿射太陽、殺野獸的美麗的神話傳說來，在這裏反映出羿和自然界的英勇鬥爭。羿是勞動人民所創造出來的爲人民除害的英雄的典型，這樣的英雄，自然是「萬民皆喜」的。在這個神話故事裏，一面贊揚羿的高度的戰鬥精神，同時對於他的勞績作了崇高的歌頌。

在淮南子裏，也說到羿的妻子嫦娥的故事。「譬若羿請不死之藥於西王母，姮娥竊以奔月，（羿）悵然有喪，無以續之。」（覽冥訓）天問中的「安得夫良藥，不能固藏？」也是說的這件事。後來就演變成爲嫦娥奔月的故事，這一故事在後代的詩歌、小說與戲曲裏，都成爲美麗的題材。

在楚辭裏出現的羿，同上面所說的羿，在品質上時代上都有些不同。楚辭中的羿，不是爲人民除害的神，而是一個荒淫的諸侯，他的時代不在堯帝，而在夏朝。歷史上說他奪取安邑，反對夏王太康，自己做了君長，號稱有窮氏，終於爲他的親信寒浞所殺。這或許是傳說的來源不同，故事的內容有了改變。或許歷史上另有后羿一人，與神話中的羿無關。在神話的性質上講，山海經的敘述是近於原始形態的。在儒墨各家的文獻裏，羿的記載也很多，都是神話色彩褪盡，而成爲完整的歷史性的人物；但無論如何變化，說他是射箭的能手，這是大家一致的。

大禹治水　大禹治水是中國古代很有名的神話傳說。在說大禹以前，先要談談他的父親。山海經海內經云：「洪水滔天，鯀竊帝之息壤以堙洪水，不待帝命，帝令祝融殺鯀於羽郊。鯀復（腹）生禹，帝乃命禹卒布土以定九州。」這是說鯀爲了要救助人民，偷了上帝的大量神土去湮塞洪水，因不曾得到上帝的同意，上帝叫祝融把他殺了。鯀死後，在他的肚子裏生出禹來，上帝再命禹去治水。這就很像希臘神話中普洛米修士偷火的故事。可知神話中的鯀是一個好人，後來到了歷史裏，變爲一個相反的人物了。天問中說：「鴟龜曳銜，鯀何聽焉？順欲成功，帝何刑焉？」屈原在這裏，對於有功的鯀而被殺，表示了懷疑與嘆惜。

鯀死後三年，屍體還不腐爛，禹在他的肚子裏，孕育成長起來。天問篇云：「永遏在羽山，夫何三年不施？伯禹腹鯀，夫何以變化？」後來有人拿一把鋒利的吳刀，剖開鯀的屍體，生出禹來，鯀變爲一條黃龍，進了羽淵。（國語晉語說鯀化爲黃熊，黃熊不好下水；山海經注引開筮說鯀化爲黃龍。此說比較合理，故從開筮。）禹長大了，繼承父親的神力和志願，來完成治水救民的功業。他接受了上帝給他的任務，帶了應龍，開始平治洪水的偉大工作。

在古代的治水傳說中，禹是最爲人民所歌頌的英雄，他有爲人民服務的崇高品質和刻苦鬥爭的精神。「洪水芒芒，禹敷下土方。」（商頌長發）在詩經裏，早已這樣歌頌過他的功業。左傳中記劉子稱讚禹的功績說：「微禹，吾其魚乎？」（昭公元年）孔子也說：「禹，吾無閒然矣，……卑宮室而盡力乎溝洫。」（論語泰伯）禹是疏導水道的發明者，治了水災，又有益於農業，所以古代人這樣崇拜他。

> 共工臣名曰相繇，九首蛇身自環，食于九土，其所歍所尼，卽為源澤。不辛乃苦，百獸莫能處。禹湮洪水，殺相繇，其血腥臭，不可生穀，其地多水，不可居也。禹湮之，三仞三沮，乃以為池，羣帝是因以為台。（山海經大荒北經）

看了這一段文字，我們知道禹的神力是何等廣大。他擊敗了這個蛇身九頭的怪物以後，平治洪水的工作，才得到最後的勝利。他在治水時，認識了一位塗山氏的女子，兩人發生了愛情。禹治水很忙，不容易見面。塗山氏派人到山旁去等他，唱着「候人兮猗」的歌，這意思是「等我的愛人啊！」這首歌就是南方音樂的開始（呂氏春秋）。在天問裏，也提到他們戀愛的故事。禹治平了洪水，人民安居樂業，都感激他擁戴他，各地的諸侯也都敬畏他，推舉他做了君長。他後來到浙江會稽去巡視，死在那裏，會稽山的禹穴，傳說就是他的墓地。

在上面敘述的三個故事裏，禹的真實性比較大，所以歷史上說禹是夏朝第一代的帝王。尚書和墨子中，都有禹平苗的記載。他當時可能是許多部落聯盟的酋長。一面作戰有功，同時又疏導河水，人民敬愛他，於是造成多樣的傳說，鑿龍門，定九州，平怪物，變黃龍種種神奇的故事，都歸到他的身上，而成爲神人不分了。荀子在成相篇歌頌他說：「禹有功，抑下鴻，辟除民害逐共工。禹溥土，平天下，躬親爲民行勞苦。」在這些歌辭中，真正代表了人民的呼聲和願望。在初民社會裏，真能辟除民害的，才能成爲人民的神，才能成爲歷史上的帝王。女媧、羿和禹這些美麗的故事，都是在人民的理想和願望的過程中，在現實生活的基礎上通過豐富的幻想創造出來的。他們共同的特徵，是和自然界作鬥爭，爲廣大人民謀利益。在這些作品裏，使我們體會到原始的積極浪漫主義的創作傾向。

我們研究神話，或是採用神話故事來作爲創作的題材，都是很好的。但我們必須把神話與鬼話區別開來，必須把神話與迷信成分、宗教色彩區別開來。戰國以後，產生了神仙思想；漢代以後，佛教道教開始流佈。在許多故事裏，談神誌怪，張皇靈異，其中有些都屬於神怪迷信，都是和腐朽的封建道德結合在一起的，同富於人民性的健康的古代神話，截然不同。

由於上面的敘述，可以初步理解中國文學初期的一般情況。上面論述的那些作品，雖大都簡略，然已具備了詩歌、散文和小說的因素，對後來詩歌、散文和小說的演進與發展，都有密切的歷史聯繫和文學精神上的影響。

第二章　周詩發展的趨勢及其藝術特徵

一　詩經時代的社會形態

農業經濟是西周社會生產的主業。由大雅中的生民、公劉、綿綿瓜瓞諸詩篇看來，周族很早就從事農業，同時也暗示着他們是靠着農業而興盛起來的。生民篇中所描寫的后稷，出生是那麼神奇，從小就懂得各種農產物的種植，並教導人民耕種，這位周族的祖先，便成了農神。再如公劉的居豳，古公亶父的居岐山，都因爲從事農業而得到發展和進步。到了文王時期，農業更加發達，財力日益豐富。史記周本紀中說文王「遵后稷、公劉之業，則古公、公季之法」，而教化大行，這正是農業經濟助長社會發展的說明。他於是先把四周的犬戎、密須、耆國、崇侯虎諸部落征服，進一步向中原發展，由岐山遷於豐邑，實行翦商了。這種事業到他的兒子武王，便得到了成功，而建立了周朝。

由上述的史事看來，知道周代的農業，並非滅商以後，由商代承襲過來而呈現着突然發展的。在文王以前，他們的祖先，在關中一帶，便從事農業。因爲在那裏有良好的地理環境，所以農業的進步比較迅速。史記貨殖列傳云：「關中自汧雍以東至河華，膏壤沃野千里。自虞夏之貢，以爲上田。而公劉適邠，大王、王季在岐，文王作豐，武王治鎬，故其民猶有先王之遺風，好稼穡，殖五穀。」這裏所講的虞夏之貢，雖不可信，但那些地方宜於農業，却是實情。由此可知，周代初期的農業，一面是憑着祖先的經驗與良好的地理環境，一面再從那些和他們發生交涉的部族學習農耕的方法，到後來再加以被征服的民族的勞力的輔助，農業得到了迅速的發展。因爲發展農業得到了這種成就，所以周公在周書無逸篇內，一面是贊頌祖先們重農的功業，同時又再三告誡子弟要知道稼穡的艱難，努力求進步，不要荒廢了這門業務。在周詩內的七月、信南山、楚茨、甫田、大田、豐年、良耜，周書內的金縢、梓材、康誥、洛誥、無逸諸篇詩文裏，都有農事的記載。或記農民的生活，或記祭祀，或說明農業與國家的重要關係。比起卜辭時代的情形來，這時候真可算是農業的茂盛時代。隨着農業的發展，工藝和商業自然也跟着走上繁盛之途了。

西周是奴隸制社會的繼續和發展。周朝爲了加強政治權力，加強對奴隸大眾的統治和榨取，在政治上建立了較爲嚴密的組織，並確立了維護階級秩序的宗法制度。當時一切土地都爲周王所有，周王再把土地封給諸侯和臣僚，但他們只有享受權，沒有所有權。當日稱爲「庶人」、「庶民」的廣大羣眾，都是從事農業生產的奴隸。大小不同的奴隸主，對奴隸們進行着慘無人道的殘酷剝削。驅使他們耕種土地，建築房屋，製造工藝品，從事各種勞役，將得到的社會財富，供奴隸主們享受，過着荒淫的寄生生活。而流汗流血的奴隸大眾，衣食不足，生命全無保障，過的是牛馬不如的悲慘生活。在這一時期，奴隸與奴隸主的矛盾是社會的主要矛盾。但由於奴隸大衆的辛勤勞動，使西周的農業和手工業經濟獲得了很大的發展和繁榮。

由於經濟生產的發達，思想文化方面也得到了新的發展。奴隸主統治者一面制定刑法，同時又提出「德」治，並且制禮作樂，從各方面來加強統治力量。作爲擁護天子地位的天神教，鞏固父權地位的祖先教，也進一步地帶着倫理的政治的觀念，在宗教思想中出現了。禮記祭義篇說：

宰我曰：吾聞鬼神之名，不知其所謂。子曰：氣也者神之盛也，魄也者鬼之盛也。合鬼與神，教之至也。……明命鬼神，以為黔首則，百眾以畏，萬民以服。聖人以是為未足也，築為宮室，設為宗祧，以別親疏遠邇，教民反古復始，不忘其所由生也。眾之服自此，故聽且速也。

一樣是宗教，一樣是敬神畏鬼，因爲時代社會的進展，其中所表現的思想，有了明顯的差別。在宗教發展的初期，由於人民對於自然界的神祕現象與死者靈魂的恐怖，因而發生神鬼的觀念，當日的祭祀，不過是享鬼敬神，藉以表示敬畏之情。到了後來，政治家們利用這種迷信去畏服黔首，統治宗族，更進一步產生反古復始的高尚的感情。到這時候，宗教是漸漸地脫離了巫術的迷信，而披上了倫理的政治的衣裳，出現於文化的舞台了。周公在周書君奭篇中說：「天不可信，我道惟寧王德延」，這位周初的大思想家，一面是懷疑天，一面又是尊敬天，他深深理解到利用宗教統治人民的重要作用，而他同時又極力強調人力和政治。依賴天道，操縱政柄，神人結合，表裏爲用，比起殷商時代來，這種思想是很有不同了。禮記表記上說：「殷人尊神，率民以事神，先鬼而後禮。……周人尊禮尙施，事鬼敬神而遠之。」一個是先鬼而後禮，一個是事鬼敬神而遠之。宗教思想進化的形跡，是非常顯著的。

王國維氏在殷商制度論中說：「中國政治與文化之變革，莫劇於殷周之際。……殷周間之大變革，自其表而言之，不過一姓一家之興亡，與都邑之移轉。自其裏言之，則舊制度廢而新制度興，舊文化廢而新文化興。……欲觀周之所以定天下，必自其制度始矣。周人制度之大異於商者，一曰立子立嫡之制，由是而生宗法及喪服之制，並由是而有封建子弟之制，君天子臣諸侯之制。二曰廟數之制。三曰同姓不婚之制。此數者皆周之所以綱紀天下，其旨則在納上下於道德，而合天子諸侯卿大夫士庶民以成一道德團體。」（觀堂集林卷十）他在這裏所指出的與殷商不同的如國家、家族以及宗教的種種制度，正是西周時代的文明。社會基礎進展到了這種階段，人民的思想情感，自然日趨於豐富繁雜，思辨的智力，也更爲發達起來了。在這種情況下，成熟的哲學與文學，適應當代的物質生產與社會生活而出現的事，是一種合理的現象。在文學上作爲這一個時代的代表的，是三百零五篇的詩經。

詩經本爲三百十一篇，其中南陔、白華、華黍、由庚、崇丘、由儀六篇爲笙詩，有聲無辭，故現存的詩只有三百零五篇。這些詩我們雖無法考證每篇的時代，但就其全體而言，約起於周初，止於春秋中期（公元前五七〇年左右）。這三百多篇詩，是代表着五百多年的長時代。其中有成、康時期的宗教詩，有史詩、宴獵詩，有厲、幽、平及其他時期的社會詩，有民間的抒情歌曲。在這一個長時期中，政治上的起伏變化是很多的。成、康兩代，社會比較安定，階級矛盾比較緩和，史稱刑措不用者四十年。昭、穆以後，國勢漸衰。奴隸和奴隸主的矛盾，貴族和平民的矛盾，再加上民族矛盾，在當時呈現出日益尖銳和非常複雜的形勢。厲王被逐，幽王被殺，平王東遷，都是在這些劇烈的矛盾鬥爭中所產生的歷史事實。東遷以後，王朝的威望日弱，諸侯吞併，人民窮苦，社會上呈現出極度紊亂的局面。由平王四十九年起，而入於春秋時期。這些興亡治亂之跡，在三百多篇詩裏，大都得到了反映。在思想方面，我們也可看出一種進化的痕跡。周初去古未遠，神鬼的至尊觀念，還能牢固地統治人心。從詩經現存的作品看來，當時的文學，正是那些爲宗教服務的頌歌，代表的便是周頌。後來社會進化，人事日繁，產業發達與政治的進展，於是文學便由宗教的領域，走進宮廷的領域。大小雅中的那些宴會詩、田獵詩便是這一時期的作品。再如那些記載民族英雄的敘事詩，也是屬於這一類的作品。厲、幽以後，國勢日非。戰亂財窮，人心怨亂，昔日尊嚴的宗教觀念，在人心中起了動搖，無論對於天神或是人主，都發出了怨恨的呼聲，對奴隸主的罪惡進行大膽的揭露和辛辣的諷刺。古人稱爲變風變雅的那些作品，正是這類詩歌的代表。這些作品，表現了人民的思想感情和社會生活的面貌，在思想和藝術上都有很高的成就。同國風中那些抒情詩，成爲研究詩經中的主要部分。

二　詩經與樂舞的關係

我們都知道詩經是我國最古的優秀的文學作品，但它們在當日的社會裏，大部分却是與音樂、跳舞緊密結合着的。孔子說：「吾自衞反魯，然後樂正，雅、頌各得其所。」（論語子罕篇）墨子也說過「儒者誦詩三百，絃詩三百，歌詩三百，舞詩三百」的話（公孟篇）。他又在非儒篇內，把「弦歌鼓舞以聚徒，務趨翔之節以觀眾」的事，當作孔子的罪名。史記孔子世家云：「三百五篇，孔子皆弦歌之，以求合韶武雅頌之音。」詩之可籥，見於周官，詩之可管，見於二禮，詩之可簫，見於國語。由此可知詩經在古代與音樂跳舞的關係的密切了。因此有許多人把詩經看作是古代的樂經。明代的劉濂在樂經元義中說：「六經缺樂經，古今有是論矣。愚謂樂經不缺，三百篇者樂經也，世儒未之深考耳。」（律呂精義內篇五引）鄭樵在樂府總序中說：

古之達禮三：一曰燕，二曰享，三曰祀。所謂吉凶軍賓嘉，皆主此三者以成禮。古之達樂三：一曰風，二曰雅，三曰頌。所謂金石絲竹匏土革木，皆主此三者以成樂。禮樂相須以為用，禮非樂不行，樂非禮不舉。自后夔以來，樂以詩為本，詩以聲為用，八音六律為之羽翼耳。仲尼編詩，為燕享祀之時用以歌，而非用以說義也。古之詩今之辭曲也，若不能歌之，但能誦其文而說其義可乎？不幸腐儒之說起，齊、魯、韓、毛各為序訓而以說相高，漢朝又立之學官，以義理相授，遂使聲歌之音，湮沒無聞。然當漢之初，去三代未遠，雖經生學者不識詩，而太樂氏以聲歌肄業，往往仲尼三百篇，瞽史之徒例能歌也。奈義理之說既勝，則聲歌之學日微。（通志樂略）

鄭樵這段話有他自己的見解。他認識了詩經和音樂的密切關係與享燕祭祀的功能。主張要從聲歌上去研究詩，不要專從義理上去研究詩。義理之說勝，聲歌之學日微，於是三百篇的真面目便湮沒了。不過，我們必須知道，詩經在古代雖是一些附庸於樂譜的歌辭，但這些歌辭，都有很高的文學價值，在文學史上有很重要的地位。

詩樂的關係這麼密切，在這裏就引起了一個爲詩合樂還是爲樂作詩的問題。據我們現在的考察，時代愈是古遠的作品，他與樂舞的關係愈是密切。如頌以及雅中的一部，大都是當代的樂官與貴族知識分子爲樂而作的歌辭。南、風諸作，時代較遲，多爲民間的歌謠，採集以後經樂官再來配樂，或者有些在民間已有樂譜再經樂官們加以審定的。元朝的吳澄，也有近似的意見。他在校定詩經序中說：

國風乃國中男女道其情思之辭，人心自然之樂也。故先王采以入樂，而被之弦歌。朝廷之樂歌曰雅，宗廟之樂曰頌，於燕饗焉用之，於朝會焉用之，於享祀焉用之，因是樂之施於是事而作為辭也。然則風因詩而為樂，雅頌因樂而為詩，詩之先後於樂不同，其為歌辭一也。

他這種意見，在大體上我們是贊同的。風因詩而爲樂，雅頌因樂而爲詩，無論從那些作品的性質上看，或從其實用的功能上看，都是比較正確的結論。不過我們在這裏要附加一句，二雅中一部分的諷刺詩，未必都是因樂而爲詩的朝廷樂歌。顧炎武在日知錄內，對於這問題也發表過意見。他說：

鼓鐘之詩曰：以雅以南。子曰：雅頌各得其所。夫二南也，豳之七月也，小雅正十六篇，大雅正十八篇，頌也，詩之入樂者也。邶以下十二國之附於二南之後，而謂之風；鴟鴞以下六篇之附於豳而亦謂之豳；六月以下五十八篇之附於小雅，民勞以下十三篇之附於大雅而謂之變雅；詩之不入樂者也。（詩有入樂不入樂之分）

顧氏這種說法，也不可盡信。變雅入樂，固有可疑；至於說國風不能入樂，很難令人相信。其中或有一部分是如此，但大多數是入過樂的。古代的詩經，因爲與音樂跳舞緊緊地接合着，發生實用的效果；到了後來，樂譜的亡失以及音樂跳舞的進化與分離，使得那些歌辭獨立存在，保持了文學的價值，大部分作品，成爲周代流傳下來的最優秀的詩篇。

三　宗教性的頌詩

詩經中較早的作品，是宗教性的頌詩。這類頌詩以周頌爲代表，在藝術形態上，還沒有脫離歌辭、音樂、跳舞的混合形式；在藝術的功能上，正履行着宗教的使命。詩大序說：「頌者美盛德之形容，以其成功告於神明者也。」鄭樵說：「陳三頌之音，所以侑祭也。」（通志樂略）又說：「宗廟之音曰頌。」（昆蟲草木略序）他們這些話，都是從宗教性的觀點，說明頌詩的內容與性質。就形態言者，則有阮元的釋頌。

詩分風雅頌。頌之訓為美盛德者餘義也，頌之訓為形容者本義也。且頌字即容字也。……豈知所謂商頌、周頌、魯頌者，若曰商之樣子、周之樣子、魯之樣子而已，無深義也。何以三頌有樣，而風雅無樣也？風雅但弦歌笙間，賓主及歌者皆不必因此而為舞容。惟三頌各章皆是舞容，故稱為頌。若元以後戲曲，歌者舞者與樂器全動作也。風雅則但若南宋人之歌詞彈詞而已，不必鼓舞以應鏗鏘之節也。（揅經室集）

他在這裏，從體製上形態上來說明頌只是一種樂舞歌辭混合起來的樂歌，是一種過人之見。這些作品，從其性質上講，是具有戲曲的因素的。如維清、酌、桓、賚、般諸篇，都是象舞、武舞的歌辭。表演的時候，在奏樂歌唱之中，跳舞一定是占着很重要的部分。此外如清廟、維天之命諸篇，祀農的詩如豐年、載芟諸篇，也都是一種樂歌。除音樂以外，一定還得伴着跳舞的。周頌的年代，正代表着武、成、康、昭的西周盛世。鄭樵說：「頌有在武王時作者，有在昭王時作者。必以此拘詩，所以多滯也。」這話是對的。最早的如清廟、維清諸篇，成於武王時，最遲者如執競爲昭王時作。可見周頌的時期，前後有一百餘年。在周頌裏，有幾篇農事詩；這些詩篇，在表面上看，好像與宗教無關，其實它們都是祭祖酬神的樂歌。噫嘻那首詩，詩序說：「春夏祈穀於上帝也。」臣工、載芟、良耜也都是祭神酬神的樂歌。再如豐年，詩序說：「秋冬報也。」在古希臘的文學裏，也可看出類似的情形。悲劇起源於迎神，喜劇起源於社祭，都與農事生產有關，如果從這裏來看周頌的農事詩，就可以得到深一層的體會。

> 噫嘻成王，既昭假爾。率時農夫，播厥百穀。駿發爾私，終三十里。亦服爾耕，十千維耦。（周頌噫嘻）
>
> 豐年多黍多稌，亦有高廩，萬億及秭。為酒為醴，蒸畀祖妣，以洽百禮。降福孔皆。（周頌豐年）

在這些祭祖宗祀社稷的詩裏，當日的奴隸們生活，我們還可窺見其餘影。再如臣工、載芟、良耜諸篇，更是真實地反映出奴隸們耕作的姿態及其勞苦的生活。這些詩篇成爲今日研究西周農業生產的重要史料。君主政治與父權的家族制度加強以後，於是萬物本乎天，人本乎祖的尊祖敬天的宗教觀念更爲進展。天上最尊嚴的是上帝，地上最尊嚴的是天子；陰間最有權力的是祖先，陽間最有權力的是家長。這兩種觀念互相結合推演，祖先也可以配天，於是形成一種上帝祖先的混合宗教，家族組織便成爲政治上的主要原素，宗法精神遂成爲國家政治上的主要精神了。中庸上說：「明乎郊社之禮，禘嘗之義，治國其如示諸掌乎！」孟子中也說：「天下之本在國，國之本在家」，就是這個意思。在這種宗教思想統治人心的時代，祭祀、祈禱一類的事，自然都帶着極其嚴肅的政治意義，爲統治階級所掌握的藝術、哲學，都得屈服於宗教意識之下，在祭壇下面得着其發展的生命了。

> 思文后稷，克配彼天。立我烝民，莫匪爾極。貽我來牟，帝命率育，無此疆爾界，陳常于時夏。（周頌思文）
>
> 維天之命，於穆不已。於乎不顯，文王之德之純。假以溢我，我其收之。駿惠我文王，曾孫篤之。（周頌維天之命）
>
> 昊天有成命，二后受之。成王不敢康，夙夜基命宥密。於緝熙，單厥心，肆其靖之。（周頌昊天有成命）

說來說去，自然就只是這一套。在這類作品中，表現出對於上帝的敬畏和祖先的贊頌，呈現着虔誠的宗教感情。這些宗教性的作品，雖說文學價值不高，然而在文學史的發展上，正履行着它的歷史使命，而適合於當日的意識形態，適合於統治者的要求。在農業生產和神權思想進一步發展的社會基礎上，爲統治者所掌握的文學藝術，從巫術迷信變爲宗教儀式，繼續其實用的功利的任務。我們如果把卜辭、易經看作是巫術文學，那末頌雅中的舞曲、祭歌，正是從巫術的行動變爲宗教儀式的作品。

同這種宗教詩歌的性質相同的，還有商頌與魯頌。魯頌是前七世紀的作品，這是大家都知道的。關於商頌的時代問題，有在這裏稍稍敘述的必要。據國語魯語說，商頌原爲十二篇。但在詩經裏只保留了那、烈祖、玄鳥、長發、殷武五篇。這些作品都是祭祖祭天的頌歌。玄鳥、長發二篇具有歷史傳說和神話故事結合的特點，而富有商族史詩的因素。照毛詩序的意見，商頌是周代樂官保管的殷商樂章。如果這些話可靠，那末在易經以前的卜辭時代，這種作品便產生了。但從文字的歷史與文學思想來說，這都是不可信的。在國語魯語和史記宋世家中，或是暗示，或是明說，都以商頌爲宋詩。近代魏源、王國維諸人，更從地名、國名以及文句的形態各方面研究，論證了商頌是宋人的作品。其真確的時間，雖很難斷定，說出於前八、七世紀之間，大體上是不錯的。因爲它們產生的時代，比起周頌來要晚得多，文字技巧受了風雅的影響，較之周頌，自然是較爲進步了。其內容與實用功能，雖仍是屬於宗教的詩歌，但在文學的發展史上，已失去了周頌的歷史性，同後代那些轉相摹擬的郊祀的樂章，是大略相近的東西了。

四　頌詩的演進

頌詩的演進，接着起來的是宮廷的樂歌。毛詩序說：「雅者正也，言王政之所由廢興也。政有小大，故有小雅焉，有大雅焉。」用這樣的意見來解釋雅，自然是不夠合理的。大雅中所表現的未必是大政，小雅中所表現的也未必就是小政。鄭樵所說的「宗廟之音曰頌，朝廷之音曰雅」，比起詩序的意見，要合理得多。他在這裏，正好說明了文學藝術在當日統治階級的掌握下，是由宗廟進入宮廷的。雖說現存的雅詩中，看去不全是朝廷之音，這或者由於後人編纂時，竄亂了次序，或者因爲合樂的關係，全都歸在那樂律相同的範圍了。朱熹說：「正小雅燕饗之樂也，正大雅朝會之樂，受釐陳戒之辭也。及其變也，則事未必同，而各以其聲附之。」（詩集傳）他這種說明，很近情理。我現在要說的主要是正雅中那些朝會燕饗的作品。

呦呦鹿鳴，食野之苹。我有嘉賓，鼓瑟吹笙。吹笙鼓簧，承筐是將。人之好我，示我周行。

呦呦鹿鳴，食野之蒿。我有嘉賓，德音孔昭。視民不恌，君子是則是傚。我有旨酒，嘉賓式燕以敖。

呦呦鹿鳴，食野之芩。我有嘉賓，鼓瑟鼓琴。鼓瑟鼓琴，和樂且湛。我有旨酒，以燕樂嘉賓之心。（小雅鹿鳴）

湛湛露斯，匪陽不晞。厭厭夜飲，不醉無歸。
湛湛露斯，在彼豐草。厭厭夜飲，在宗載考。
湛湛露斯，在彼杞棘。顯允君子，莫不令德。
其桐其椅，其實離離。豈弟君子，莫不令儀。（小雅湛露）

在這些詩裏，描寫了奴隸主貴族們宴會享樂的生活，不僅內容情感和那些宗教詩完全不同，在藝術上也表現着明顯的進步。如「呦呦鹿鳴」的音調的和諧，湛露的文字的精煉，都是前一期的作品所少有的。在這些詩中所出現的已不是上帝祖宗，只是天子、君子、嘉賓一類的統治階級的人物。鐘鼓琴瑟已不是娛神鬼的，而成爲娛人的音樂了。再如靈臺、伐木、南有嘉魚、南山有臺、彤弓、菁菁者莪、四牡、皇皇者華、出車諸篇，都是這一類作品。有的寫宴會，有的寫賞賜諸侯，有的寫慰勞士卒，都是宮廷的樂歌。伐木那篇對於宴會的情狀的描寫，那是更爲生動的。奴隸主的親友們聚會起來，吃羊肉，飲美酒，奏樂的奏樂，跳舞的跳舞，反映出剝削階級的享樂生活。像靈臺中所描寫的，百姓們造起亭臺樓閣來，內面養着麀鹿魚鳥，安置着大鼓大鐘，那都是帝王的娛樂品，絕不是神鬼的娛樂品。不用說，那帝王不一定便是文王，是那些有權有勢的統治者。於是就從這時候起，統治者從神鬼的手裏，分得了一部分享受藝術的特權。

兒孫們在人間做了帝王，得了無上尊嚴的權力與地位，過着奢侈的生活，對於祖先們的紀念，除了帶着虔誠的宗教情緒舉行莊嚴的祭祀以外，到這時候，漸漸地有進一步的表現了。把祖先們創造國家的功業和種種奮鬥的歷史，交織着神話傳說的材料，有意識地記述下來，一面作爲統治者的楷模，一面爲不忘祖先的功德而傳給後代子孫們以祖先的影子，這自然是必要的。在這種要求之下，於是民族史詩接着宗教詩而出現了。這類作品，很明顯的超越了宗教的階段，而帶有進步的歷史觀念了。如大雅中的生民、公劉、緜、皇矣、大明五篇，可稱爲這種民族史詩的代表作。這五篇詩從后稷、公劉、古公亶父敘到文王、武王，記事生動，條理分明。周朝的開國史，在這些詩中勾出了一個系統的線索，而成爲後代歷史家的重要材料。

生民是敘述后稷的歷史，是一首傳說的史詩。說姜嫄禱神求子，後來因踏着上帝走過的腳印便懷孕了，生下了后稷。生下來以後，姜嫄並不歡喜這孩子，把他丟在路上，牛羊却乳他，丟在冰塊上，鳥翼却護他，於是得以養成。后稷生來就有種植之志，一長成人，便發明了農業，瓜果豆麥都知道耕種。後來就在有邰地方成家立業，建立周民族的基礎。而他自己便成爲周的始祖，農業之神了。這首充滿了神話傳說的詩，雖不能作爲信史，但原始社會的影子，却保存得很濃厚。在初民的母系社會裏，人民只知有母不知有父，所以這裏只提出母親的名字姜嫄來。說他父親是帝嚳（史記周本紀），那是出於後人的傳說。

公劉是后稷的曾孫，是周民族中一位有名的英雄。在公劉篇內敘述他帶着糧食兵器、開疆闢土、組織國家的歷史。開始是說他到了胥地，經營耕種，很是發達。後來又到百泉，又到豳谷。於是便在那裏定住下來了。產業人口日繁，他便做了那一個部族的領袖。建宮室，練軍隊，定田賦，成立了國家的規模。生民篇中的后稷，完全是一位農神，公劉却是一個遊牧時代的民族英雄。在那詩裏，活現着一位族長，率領着全族的人民，帶着糧食器具在外面過着遊牧生活的影子。公劉這個人或許是一種傳說，但在詩人的筆下，確是表現着相當的真實性的。

古公亶父是公劉的十世孫，文王的祖父。周民族自公劉以後，似乎有中衰之象，到古公亶父才復興起來。綿一篇，是敘述他遷居岐下一直到文王受命的歷史，也是一篇優秀的作品。

綿綿瓜瓞，民之初生。自土沮漆，古公亶父。陶復陶穴，未有家室。

古公亶父，來朝走馬。率西水滸，至于岐下。爰及姜女，聿來胥宇。

周原膴膴，堇荼如飴。爰始爰謀，爰契我龜。曰止曰時，築室于茲。

迺慰迺止，迺左迺右。迺疆迺理，迺宣迺畝。自西徂東，周爰執事。

乃召司空，乃召司徒。俾立室家，其繩則直。縮版以載，作廟翼翼。

捄之陾陾，度之薨薨。築之登登，削屢馮馮。百堵皆興，鼛鼓弗勝。

迺立皐門，皐門有伉。迺立應門，應門將將。迺立冢土，戎醜攸行。

肆不殄厥慍，亦不隕厥問。柞棫拔矣，行道兌矣。混夷駾矣，維其喙矣。

虞芮質厥成，文王蹶厥生。予曰有疏附，予曰有先後，予曰有奔奏，予曰有禦侮。（大雅綿）

在史詩中這是最好的一篇。規模宏大，結構謹嚴，敘事很有條理，文字的技巧、音節也很樸茂和諧。一二章寫他從豳地遷居到岐下來，同姜女結婚。三四章寫他看見岐下這塊肥沃的土地，於是築室定居，從事農產。五六七章寫他看見情形很順利，於是大修宗廟宮室，委任官吏，打算在那裏創業了。七八章敘他建國滅夷，最後是文王受命。這樣宏偉生動的敘事詩，在三百篇裏是少見的。此外如皇矣是記文王，大明是記武王，我想不在這裏多加敘述了。小雅中也有幾篇具有史詩因素的詩歌，大都是記述當日的戰事。如出車記厲王時南仲的征伐玁狁，采芑、江漢、六月、常武諸篇，大都是記述宣王時代同蠻荊、淮夷、玁狁、淮徐諸部落戰爭的事蹟。比起大雅中那些詩來，是時代較後的作品。如果把這些史詩有次序地排列着，那末東遷以前的周民族歷史，就可以看出一個線索來。

五　社會詩的產生與文學的進展

自厲王、宣王、幽王到平王東遷的這一歷史時期，在階級矛盾、民族予盾和統治階級內部矛盾的複雜尖銳的形勢下，西周的統治政權產生了嚴重的危機，終於走上崩潰衰敗的命運。這些暴虐荒淫的君主，對內進行殘酷的剝削和暴力的壓迫，對外又不斷地用兵，使人民大衆陷入了無比慘痛的生活境遇。當日的奴隸們除了耕種土地以外，還要包括兵役和各種勞動，築城防水、營造宮室、參加戰事，都是奴隸們對於統治階級所必須擔負的工作。奴隸們在這種種剝削摧殘之下，生活日益困苦，真是比牛馬還不如。而奴隸主憑藉着政治上的權力，佔有了社會上的一切財富，享受着奴隸們辛勤勞動的果實，度着荒淫無恥的生活。在這種極端壓榨極端不平的矛盾尖銳的形勢下，奴隸大衆對於統治者必然是要怨恨和反抗的。還有那些統治階級內部比較進步的知識分子，面對着這樣的黑暗現實，也會表示出強烈的不滿和批判。因此自厲王被逐至平王東遷，這一個時代的政治社會與思想，都起了激烈的動搖。反映着這個動搖的時代的，是那些變風變雅中的社會詩。這些詩反映了廣闊的社會生活，揭露了剝削階級的罪惡，表現了人民大衆的思想感情。在文學發展史上具有積極進步的歷史意義。

七月雖不是變風，但在作品中所反映出來的剝削階級與被剝削階級的生活成了鮮明的對照。其中所表現的農夫生活，表面上似乎是安樂和平，內面却是很苦痛的。看他們一年四季沒有休息的時候，男的耕田，女的織布。田中耕種出來的五穀，機上織出來的布帛，山林中打獵打來的獸皮，都要貢獻給公家。自己是無衣無褐地受着寒冷，吃的是一些苦菜，餓着肚皮。「我朱孔陽，爲公子裳」，「取彼狐狸，爲公子裘」，這些公子自然便是那些不事生產的貴族剝削者。「春日遲遲，采蘩祁祁。女心傷悲，殆及公子同歸。」這明明是寫那些貴族公子，在春光明媚之下，看中了年青貌美的採桑女子，就準備搶奪回去的情形。由「何以卒歲」、「女心傷悲」這種真實描寫的詩句，將當日奴隸生活的悲慘和精神上的苦痛，表現得非常明白。詩序說七月爲周公陳王業之作，自然是後人的附會。這顯然是一首描寫西周中葉時代的奴隸生活的詩篇。

比七月更進一步的，是伐檀、碩鼠、黃鳥諸篇，在這些詩篇裏，表現出奴隸們憤怒的呼聲，和對於剝削階級的強烈反抗與譴責。

坎坎伐檀兮，寘之河之干兮，河水清且漣猗。
不稼不穡，胡取禾三百廛兮？
不狩不獵，胡瞻爾庭有懸貆兮？
彼君子兮，不素餐兮！（魏風伐檀）

碩鼠碩鼠，無食我黍。三歲貫女，莫我肯顧。
逝將去女，適彼樂土。樂土樂土，爰得我所。（魏風碩鼠）

黃鳥黃鳥，無集于穀，無啄我粟。
此邦之人，不我肯穀。言旋言歸，復我邦族。（小雅黃鳥）

詩的主題非常明確，詩的情感非常激昂。那些奴隸主們不勞動不工作專事剝削奴隸的勞動成果，以圖自己奢侈享樂，正如食黍的大老鼠和啄粟的黃鳥一樣。他們不耕不種，倉庫裏堆滿了糧食，不狩不獵，房間裏掛滿了獸皮。人民活不下去，只好逃亡，去另找樂土。誰知剛一逃開老鼠，又遇到了黃鳥，正是一樣的黑暗。這樣不合理的社會，在人民的心裏，引起了無比的憤怒。「人而無儀，不死何爲？」「人而無止，不死何俟？」（鄘風相鼠）這真是從人民心中發出來的反抗，從人民口中吐露出來的咒罵的聲音。以重覆回旋的音節，表現極其憤慨的感情，語言樸實，而藝術力量很是強烈。

人有土田，女反有之。人有民人，女覆奪之。此宜無罪，女反收之。彼宜有罪，女覆說之。（大雅瞻卬）

彼有旨酒，又有嘉殽。洽比其鄰，婚姻孔云。念我獨兮，憂心慇慇。仳仳彼有屋，蔌蔌方有穀。民今之無祿，天夭是椓。哿矣富人，哀此惸獨。（小雅正月）

或燕燕居息，或盡瘁事國。或息偃在牀，或不已于行。或不知叫號，或慘慘劬勞。或棲遲偃仰，或王事鞅掌。或湛樂飲酒，或慘慘畏咎。或出入風議，或靡事不為。（小雅北山）

這些作品大都出於士大夫之手，反映了統治階級內部的尖銳矛盾。如節南山、十月之交、雨無正、巧言、召旻諸篇，都是這一類作品。詩序說這些詩是刺幽王的，鄭箋說其中幾首是刺厲王的，不管是厲王是幽王，都同樣是暴虐荒淫的君主。「家父作誦，以究王訩」（節南山）是這些詩的主題。這些富於諷刺性的作品，對當日政治的黑暗和統治者的罪惡，作了大膽的揭露和無情的批判，而具有強烈的政治傾向和較高的藝術成就。再如民勞、板、蕩、抑、桑柔諸篇，也是這方面的重要作品。

在上面那些詩句裏，當日貧富對立、勞逸不均的社會現象，反映得多麼明顯。坐食的統治者，不務正業，專事剝削奴隸們的勞動生產，以圖自己的奢侈享樂。吃好的穿好的，強奪人民和田地。這種不合理的生活，是不能長久下去的。只要一有機會，暴動的革命就會起來。厲王、幽王和平王時代的各種歷史事變，主要是由於奴隸們的叛離和反抗。

政治如此黑暗，民眾如此窮苦，再加以連年不斷的戰役，強迫着人民離開家室，荒棄農事，於是人民只有陷於破滅的絕境。

何草不黃，何日不行。何人不將，經營四方。
何草不玄，何人不矜。哀我征夫，獨為匪民！
匪兕匪虎，率彼曠野。哀我征夫，朝夕不暇。
有芃者狐，率彼幽草。有棧之車，行彼周道。（小雅何草不黃）

擊鼓其鏜，踊躍用兵。土國城漕，我獨南行。
從孫子仲，平陳與宋。不我以歸，憂心有忡。
爰居爰處，爰喪其馬。于以求之？于林之下。
死生契闊，與子成說。執子之手，與子偕老。
于嗟闊兮，不我活兮。于嗟洵兮，不我信兮。（邶風擊鼓）

伯兮朅兮，邦之桀兮。伯也執殳，為王前驅。
自伯之東，首如飛蓬。豈無膏沐，誰適為容。
其雨其雨，杲杲出日。願言思伯，甘心首疾。
焉得諼草，言樹之背。願言思伯，使我心痗。（衛風伯兮）

在這些詩裏，非戰爭反勞役的情緒，表現得非常深刻。或寫征人的怨恨與歎息，或寫少婦的悲苦與相思。用着沉痛而優美的文句，和諧的音調，描繪苦痛的生活和激越的感情，反映出民衆強烈的反抗意識，成爲抒情詩中的傑作。東山、采薇二詩雖不是變風，而其描寫征人之情，懷鄉之念，細緻深刻，極爲動人。「昔我往矣，楊柳依依。今我來思，雨雪霏霏。行道遲遲，載渴載飢。我心傷悲，莫知我哀」（采薇）。這是何等的沉痛，而詩歌的語言藝術，又是多麼的優美！我們讀了這些作品以後，當日社會生活的混亂和民間那種妻離子散的影子，都活現在我們的眼前。

彼黍離離，彼稷之苗。行邁靡靡，中心搖搖。知我者謂我心憂，不知我者謂我何求。悠悠蒼天，此何人哉！（王風黍離）

有兔爰爰，雉離于羅。我生之初尚無為，我生之後逢此百罹，尚寐無吪。（王風兔爰）

式微式微，胡不歸？微君之故，胡為乎中露。

式微式微，胡不歸？微君之躬，胡為乎泥中。（邶風式微）

東人之子，職勞不來。西人之子，粲粲衣服。

舟人之子，熊羆是裘。私人之子，百僚是試。（小雅大東）

在這種連根腐爛的狀態下，自然是要走到國破家亡的地步的。有的看見禾黍，發出國破的悲吟，有的生逢亂世，發出傷時的哀感。階級分化愈來愈激烈，舊的貴族漸漸沒落，新的剝削階級露出頭面來了。從前的貴族，有些窮得連飯也找不着吃，暴發戶却穿上漂亮的衣服，爬上了政治的舞台。政治狀況和社會生活起了這麼大的變動，思想上自然是要跟着發生動搖的。貧窮的那樣的貧窮，富貴的那樣富貴，享樂的那麼享樂，勞苦的那麼勞苦，未必都是天帝和祖先們的意思。因此，懷疑的思想，也就必然要產生了。懷疑思想的產生，使得從前那種無上尊嚴的敬天尊祖的宗教觀念，不得不發生動搖。宗教觀念的動搖，接着便是人的覺醒。天帝靠不住了，祖先靠不住了，一切都靠不住了，無論什麼都得靠自己。因爲自己是一個人，人纔真是有意志、有思想、有能力的主宰。人權的思想就在這個懷疑時代萌芽了。

浩浩昊天，不駿其德。降喪饑饉，斬伐四國。

旻天疾威，弗慮弗圖。舍彼有罪，既伏其辜。若此無罪，淪胥以鋪。（小雅雨無正）

昊天不傭，降此鞠訩。昊天不惠，降此大戾。（小雅節南山）

出自北門，憂心殷殷。終窶且貧，莫知我艱。已焉哉，天實為之，謂之何哉！（邶風北門）

從前那種尊嚴的天帝，現在在人們的心靈中，起了激烈的動搖。接連地發生着天災人禍，使得百姓們無以爲生，可見天帝只是一個沒有意志沒有靈驗的偶像，還信仰他、尊敬他、畏懼他幹什麼呢？於是怨恨的怨恨，責罵的責罵，比起當初那種「臨下有赫，監視四方」的皇天上帝來，現在這種可憐的狀態，真令人有式微之歎了。

維桑與梓，必恭敬止。靡瞻匪父，靡依匪母。

不屬于毛，不離于裏。天之生我，我辰安在！（小雅小弁）

父母生我，胡俾我瘉。不自我先，不自我後。

好言自口，莠言自口。憂心愈愈，是以有侮。（小雅正月）

不僅對於上帝的信仰發生了動搖，連對於祖先的崇拜也發生懷疑了。從前把祖先看作是一個家族的保護神，所以那樣鄭重地去祭祀。一到亂世，他什麼事都不管，才知道從前是受了騙。他的本領，正如上帝一樣都是靠不住的。在宗教觀念動搖、懷疑思想興起的時代中，便發現了人的存在。「匪兕匪虎，率彼曠野。」「哀我征夫，獨爲匪民。」（何草不黃）人不是野牛，也不是老虎，如何老是在曠野上供人驅遣呢？「下民之孽，匪降自天。噂沓背憎，職競由人。」（小雅十月之交）這眞是對於人權思想的大膽宣言。這聲音叫喊得多麼有力量！天帝沒有權威和本領，任何事物要得到解決，非靠人力不可。在這種狀態下，於是「天道遠、人道邇」、「民爲貴、君爲輕」的人權思想漸漸地滋長起來，神鬼的尊嚴，不得不趨於衰落了。

從詩經中的作品來看，文學經過了宗教的儀式與宮廷娛樂的階段，而入於社會生活和人民的思想感情的表現時，取得了飛躍的進步。對於社會與民生，文學開始擔負起更大的鬥爭任務。「寺人孟子，作爲此詩，凡百君子，敬而聽之。」（小雅巷伯）「心之憂矣，我歌且謠。」（魏風園有桃）「吉甫作誦，以贈申伯。」（大雅崧高）由這些話，我們可以知道作者都是有所爲而作，或是贊美，或是諷刺，已經把作者的思想放進到作品裏，同從前那些專爲媚神、媚鬼、媚人的歌功頌德的作品比起來，這些詩都表現了強烈的現實意義和政治傾向。在藝術上，無論形式與辭藻，那進步的痕跡，也非常顯明。形式的整齊，音節的和諧，文字的修煉，描寫的細緻，都遠遠超過了前階段的作品，而具有很高的藝術價値。

六　抒情歌曲

抒情歌曲在口頭文學時代便是有了的。它的產生，還在宗教頌歌以前。不過因爲它們開始只在口頭歌唱，用文字記錄下來就比較晚了。國風、二南中大多數的抒情歌曲，是詩經時代較後的產品。

詩序說：「上以風化下，下以風刺上。主文而譎諫，言之者無罪，聞之者足以戒，故曰風。」這是傳統的文學思想的一種解釋。朱熹的意見是較爲適當的。「凡詩之所謂風者，多出於里巷歌謠之作，所謂男女相與詠歌，各言其情者也。」（詩集傳序）他在這裏說明了兩點：一，風大部分是民間的歌謠；二，風的內容，大都是男女言情之作。他這種解釋，使我們認清了風詩的來源和內容。其次關於周南、召南，古人也各有不同之見。多數人以地言南，故南詩屬於國風。另一些人如宋代王質（詩總聞）程大昌（考古編）之流，則主張南只是一種樂名，可與風、雅、頌並列，故詩應分南、風、雅、頌四部。到了清朝如陳啓源在毛詩稽古編中，魏源在詩古微中，都發出了反駁的意見。清胡承珙說：

總之，南以地言者，乃采詩時編部之名也。以音言者，又入樂時編部之名也。二者不同而亦不相悖。（毛詩後箋）

他這種雙方顧到的方法，可算是最取巧的了。不過無論怎樣，二南詩的產地，是在河南南部和江漢一帶的地方，其內容、風格與時代，同國風中的作品，大體是相同的。南、風中的詩篇，絕大部分是民間的抒情詩。正如鄭樵所說，國風是風土之音。在那些作品裏，表現着人民的勞動生活以及健康而又熱烈的愛情。音調優美，回旋反復，語言生動自然，富於藝術的感染力量。

十畝之間兮，桑者閑閑兮，行與子還兮。
十畝之外兮，桑子泄泄兮，行與子逝兮。（魏風十畝之間）

采采芣苢，薄言采之。采采芣苢，薄言有之。
采采芣苢，薄言掇之。采采芣苢，薄言捋之。
采采芣苢，薄言袺之。采采芣苢，薄言襭之。（周南芣苢）

彼狡童兮，不與我言兮。維子之故，使我不能餐兮。
彼狡童兮，不與我食兮。維子之故，使我不能息兮。（鄭風狡童）

野有蔓草，零露漙兮。有美一人，清揚婉兮。邂逅相遇，適我願兮。
野有蔓草，零露瀼瀼。有美一人，婉如清揚。邂逅相遇，與子偕臧。（鄭風野有蔓草）

將仲子兮，無踰我里，無折我樹杞。
豈敢愛之，畏我父母。

仲可懷也！父母之言，亦可畏也。（鄭風將仲子）

這些詩的意義都是非常明顯的。在美麗的文字與和美的音律中，把勞動生活和男女愛情，生動巧妙地表現出來。將仲子一首全詩三節，重疊婉轉，曲折地描寫一個追求愛情的女子的矛盾苦悶的心情。再如衞風中的氓，更是一首抒情敍事密切結合的非常優秀的詩歌。詩中描寫一個被遺棄的女子的悲苦命運，通過回憶的敍述方法，表現出愛情悲劇的過程。一面強烈地譴責了薄情男子的惡德，同時對舊禮教表示了反抗。全詩六章，一幕一幕地開展，一段一段地緊張，一草一木一山一水都染了自己的感情，描寫細緻而又眞實，形象非常鮮明，是一首優秀的詩歌。

這些情詩，在後代儒家的眼裏，曾給它們以各種不同的曲解。到了東漢儒家思想在學術界成了權威的時候，就產生了衞宏的詩序。後漢書衞宏傳裏說：「宏從（謝）曼卿受學，因作毛詩序，善得風雅之旨，於今傳於世。」在這裏，把詩序的作者時代及主旨，都說得非常明白。而後代儒家要故意抬高詩序的地位，也就是要抬高詩經在經典中的地位，於是發生是子夏所作的各種說法。詩經本身的文學價值，却降爲詩序的附庸了。

詩經所代表的是一個五百多年的長時代，那些作品非一人一時所輯成，由多人、多時慢慢地收集起來，方成爲這樣一本集子，毫無疑問，孔子是整理過的。時代最早的是周頌，次爲大小雅，再次爲風。這是從大體上說的，並不是每篇都是如此。在那個長時期中，政治狀態、社會生活及宗教思想各方面的演變，在許多詩篇裏，都留下了明顯的痕跡。

七　詩經的文學特色

詩經是中國一部最早的詩歌選集，它在中國文學歷史上，保持着崇高的地位，對於後代文學，發生了重大的影響。它何以能造成這樣的地位和影響，我們必須明瞭詩經在文學上的特色。

一、現實主義精神　詩經最大的特色，是在詩歌創作上初步建立了現實主義的優良傳統。早期的宗教詩與宮廷詩，雖說大部分是祭祀鬼神、歌頌統治階級和表現他們享樂生活的作品，但在二雅、國風中的許多詩篇，反映了當代社會生活和人民的思想感情。有的是勞動與愛情的歌唱，有的是被壓迫階級困苦生活的描寫，有的是對於黑暗政治的諷刺與批評，有的是對於神權的懷疑與反抗。這些作品的思想內容，都富於現實性和人民性。如七月、東山、采薇、伐檀、碩鼠、黃鳥、何草不黃、伯兮、氓、行露一類的詩篇，都是思想和藝術高度結合的作品，還有許多情感健康、藝術優美的抒情歌曲。關於這類作品的思想價值，我在上面第五、第六兩節裏，已作了較詳的敘述，此處不再重複。特別值得注意的，是這些歌唱，都不是對於神鬼、宮廷的歌頌，也不是爲了個人的娛樂，而是爲了更崇高的任務，而具有反映現實、批判現實的積極鬥爭的社會意義。

「家父作誦，以究王訩」（小雅節南山）；「君子作歌，維以告哀」（小雅四月）；「作此好歌，以極反側」（小雅何人斯）；「維是褊心，是以爲刺」（魏風葛屨）；「心之憂矣，我歌且謠」（魏風園有桃）；在這些詩句裏，明確地說明了那些作家創作詩歌的嚴肅態度和政治傾向。詩經的現實主義精神，對於後代詩人的影響很大。後代的詩人能繼承和發展這種精神的，詩歌就更有生命，更有光輝。古代的文學批評家，都是以詩經的風、雅，作爲品評詩歌的標準，這不是沒有理由的。

二、詩經的形式

詩經中許多優秀的作品，不僅有積極的思想內容，在形式上也很有成就和特點，對於後代的詩歌起了很大的影響。

詩經保存了濃厚的民歌特色，大都用重疊反復的章法，樸素和諧的語言，反映現實生活。其形式雖以四言爲主，但有各種長短不齊的句子，錯綜變化，出於自然，使得詩歌的形式，活潑自由，不受拘束。詩經中的句型，有二字句至八字句。如：

二字句：「魚麗於罶，鱨鯊。魚麗於罶，魴鱧。」（小雅魚麗）

三字句：「江有渚，之子歸，不我與；不我與，其後也處。」（召南江有汜）

四字句：例多不舉。

五字句：「誰謂雀無角，何以穿我屋？誰謂汝無家，何以速我獄？」（召南行露）

六字句：「我姑酌彼金罍，我姑酌彼兕觥。」（周南卷耳）

七字句：「我有旨酒，以燕樂嘉賓之心。」（小雅鹿鳴）

八字句：「胡瞻爾庭有縣貆兮。」（魏風伐檀）

在這裏可以看出詩經句型的變化無定。後代各種詩體，在詩經裏都有了萌芽。也有人說詩經裏有一字句的，如緇衣中的「敝」與「還」；有九字句的，如昊天有成命中的「二后受之成王不敢康」，但這種例子特別少。

詩經產生在幾千年前，那時還沒有人爲的嚴密的韻律。但聲音的和美，是詩經的特徵。兩三千年前的古歌，大都出於天籟，成於自然。後代研究詩韻的人，如清孔廣森的詩聲分例，清甄士林的詩經音韻譜，分門別類，舉例紛繁，大都是後人的看法。明陳第在讀詩拙言中云：「毛詩之韻，不可一律齊也。蓋觸物以攄思，本情以敷辭。從容音節之中，宛轉宮商之外。如清漢浮雲，隨風聚散，蒙山流水，依坎推移，斯其所以妙也。……總之，毛詩之韻，動乎天機，不費雕刻，難與後世同日論矣。」（見毛詩古音考附）江永也說：「里諺童謠，矢口成韻，古豈有韻書哉？韻即其時之方音，是以婦孺猶能知之協之也。」（古韻標準例言）他們的話說得都很正確。他們明瞭詩經大部分的作品，是「里諺童謠，矢口成韻」的。也明瞭詩經的作品產生在兩三千年前，那時沒有韻書，它的韻律，是「動乎天機，不費雕刻」的。但在這種「矢口成韻」和自然和諧的歌聲中，已形成了詩歌的初步韻律，已具備着各種各樣的韻律的規範，而爲後代詩人所取法。顧炎試說：「古詩用韻之法，大約有三。首句次句連用韻，隔第三句而於第四句用韻者，關雎之首章是也，凡漢以下詩及唐人律詩之首句用韻者源於此。一起卽隔句用韻者，卷耳之首章是也，凡漢以下詩及唐人律詩之首句不用韻者源於此。自首至末句句用韻者，若考槃、清人、還、著、十畝之間、月出、素冠諸篇……，凡漢以下詩若魏文帝燕歌行之類源於此。自是而變，則轉韻矣。轉韻之始，亦有連用隔用之別，而錯綜變化，不可以一體拘。」（日知錄古詩用韻之法）風、雅中的許多詩篇，在音節上那樣美麗，就是因爲它們掌握了音韻的自然與和諧的規律。兩三千年前的古代，我們的無名詩人，就能在音節上創造出這樣高的成就，實在是驚人的。

三、詩經的語言　在詩歌語言的融鑄與鍛鍊上，詩經達到了很高的成就。他們用各種各樣的方法，加工提鍊，使詩歌的語言，更加豐富，更加純美，在寫景、言情、敘事各方面，都得到了精深的表現力。

詩經中使用多樣的語助詞，不僅使詩的形式、音律增加了美麗，而且使詩的情感增加真實與力量。如：

之字：「維鵲有巢，維鳩居之；之子于歸，百兩御之。」（召南鵲巢）

乎字：「是究是圖，亶其然乎！」（小雅常棣）

者字：「知我者，謂我心憂；不知我者，謂我何求。」（王風黍離）

也字：「何其處也，必有與也；何其久也，必有以也。」（邶風旄丘）

矣字：「陟彼砠矣，我馬瘏矣。我僕痡矣，云何吁矣。」（周南卷耳）

焉字：「嗟行之人，胡不比焉；人無兄弟，胡不佽焉。」（唐風杕杜）

哉字：「已焉哉，天實爲之，謂之何哉！」（邶風北門）

兮字：「于嗟闊兮，不我活兮；于嗟洵兮，不我信兮。」（邶風擊鼓）

只字：「母也天只，不諒人只！」（鄘風柏舟）

且字：「不見子都，乃見狂且。」（鄭風山有扶蘇）

思字：「漢之廣矣，不可泳思；江之永矣，不可方思。」（周南漢廣）

止字：「既曰歸止，曷又懷止。既曰庸止，曷又從止。」（齊風南山）

其字：「彼人是哉，子曰何其。」（魏風園有桃）

乎而字：「俟我於庭乎而，充耳以青乎而，尙之以瓊瑩乎而。」（齊風著）

只且字：「右招我由房，其樂只且。」（王風君子陽陽）

這些語助詞，無疑的都是當日民間的口頭語。把它們用在詩裏，不僅音調美麗，而且表現思想感情也更爲生動曲折。有的是表驚歎，有的是表疑問，有的是表歡欣，有的是表悔恨。由於這些語助詞的使用，使得那些詩篇更接近口語，更接近自然，顯示出詩經民歌的特色。唐成伯瑜說

：「『已焉哉，謂之何哉！』傷之深也。『俟我於庭乎而，充耳以青乎而。』加乎而二字爲助者，悔之深也。『其樂只且』，美之深也。」（毛詩指說文體）可惜這些口語，到了後代都成了文言中的專用品了。

詩經的語言，在描寫方面，表現了很高的技巧。寫景的如「葛之覃兮，施於中谷，維葉萋萋。黃鳥于飛，集于灌木，其鳴喈喈。」（周南葛覃）前三句寫葛，後三句寫鳥，萋萋的顏色與喈喈的聲音融和一片，真是一幅天然的風景畫。描寫人物的如「手如柔荑，膚如凝脂，領如蝤蠐，齒如瓠犀。螓首蛾眉，巧笑倩兮，美目盼兮。」（衛風碩人）在這些詩句中，人物的形態與性情，一齊湧出，把作爲古代婦女的美的特徵也刻劃出來了。再如無羊中的描寫羊羣的形態，東山中的描寫征人的心理，氓中敘事的生動，伯兮中抒情的婉轉，都達到了高度的描寫技巧。

詩經更運用雙聲叠韻的聯綿詞，和叠字叠句的各種形式，增加詩歌的音律和修辭美，去表達細微曲折的感情和自然界美麗的形象。叠字運用的巧妙，尤爲詩經的特色。如「昔我往矣，楊柳依依。今我來思，雨雪霏霏」（小雅采薇），「蕭蕭馬鳴，悠悠旆旌」（小雅車攻），「湛湛露斯，匪陽不晞，厭厭夜飲，不醉無歸」（小雅湛露），「風雨凄凄，鷄鳴喈喈。風雨瀟瀟，鷄鳴膠膠」（鄭風風雨），這樣的例太多了，不能多舉。由於叠字巧妙的運用，使詩中的思想感情表現得更爲深刻，使自然界的景色表達得更爲生動。如關雎詩中，關關是叠字，窈窕、輾轉是叠韻，參差是雙聲。卷耳詩中，釆釆是叠字，頃筐、高岡、玄黃都是雙聲，崔嵬、虺隤都是叠韻。再如碩人末章連用六叠字，鴟鴞末章連用五聯綿詞，都是値得注意的。這種修辭造句的方法，這種詩歌語言形容的技巧，對於後代的詩人，起了很大的教育意義。劉勰說：「是以詩人感物，聯類不窮。流連萬象之際，沈吟視聽之區。寫氣圖貌，旣隨物以宛轉；屬釆附聲，亦與心而徘徊。故灼灼狀桃花之鮮，依依盡楊柳之貌，杲杲爲出日之容，瀌瀌擬雨雪之狀，喈喈逐黃鳥之聲，喓喓學草蟲之韻。皎日嘒星，一言窮理；參差沃若，兩字窮形。並以少總多，情貌無遺矣。雖復思經千載，將何易奪？」（文心雕龍物色）在這裏顯示出詩經在語言藝術上的偉大創造性，在兩三千年前，我們的無名詩人，在詩歌語言藝術的創造上就有了這樣高的成就，只有使我們感到驕傲與自豪。

詩經的文學特色，在於通過高度的藝術形式，反映了現實生活和人民的思想感情。它有比興，有寄託，有內容，風格樸素自然，音調和美，保持了民歌的特色。在許多優秀的作品中，表現了思想與藝術結合的完整性。在我國古典文學中，成爲非常寶貴的遺產，對於後代發生了深遠的影響。

第三章　社會的變革與散文的勃興

一　散文發達的原因

春秋、戰國在中國歷史上是一個大大的解放時代。無論政治、經濟和社會組織，都起了劇烈的變化。在這新的時代中，文化思想非常活躍，取得了很大的進步。在文學歷史上有一個明顯的事實，便是詩的衰頹與散文的勃興。記載歷史事實和表現哲學思想的散文，代替了詩歌的地位。由那些優秀的富於文學價值的歷史、哲學的作品，推進了中國古代散文的新發展。

這種現象的產生，並不是偶然的，而有它的社會原因和文學發展的規律性。這種原因和規律性，是奴隸社會過渡到封建社會思想特徵的反映，是文學給予人類社會的實用功能的表現，是新內容決定新形式的表現。在那個大變革的百家爭鳴的新時代裏，錯綜複雜的社會矛盾和人們豐富的思想意識，要開展劇烈的鬥爭和詳細歷史的記載，詩歌已不能擔負這種繁重的任務，就在散文方面，也必然要突破盤庚、周誥的舊形式，向着新的形式發展，才能更好地爲新內容服務。這是時代的要求，這是歷史給予文學的新使命。

我們要瞭解這時代變化發展的根源，首先要注意這一時期生產力的進展與生產關係的變革，而階級鬥爭又是推動社會進化的基本動力。只有通過這方面，才能說明當日政治、社會、文化、思想諸方面變動發展的真實情形。從春秋、戰國時代一般的生產情況、階級關係、工商業的發達和意識形態各方面來看，這一時代社會變革的實質，是奴隸社會過渡到封建社會的重要歷史時期。我們都知道一切政治制度和社會組織，都聯繫着決定性的經濟意義。春秋、戰國時代生產工具的進步，最主要的便是鐵器的使用。中國發現鐵器大約在西周末年。但在春秋，尤其是戰國時代，鐵製器具在社會上普遍地使用起來。國語齊語云：「美金以鑄劍戟，試諸狗馬；惡金以鑄鉏夷斤斸，試諸壤土。」美金是青銅，用來製劍，惡金是鐵，用來作農具。春秋後期，晉國用鐵來鑄刑鼎（左傳昭公二十九年），這是非常可信的。到了戰國，鐵器使用的範圍更爲廣泛。

許子以釜甑爨，以鐵耕乎？（孟子滕文公）

楚人……宛鉅鐵鉇，慘如蠭蠆。（荀子議兵篇）

可見戰國時期，鐵器不僅製成了各種農業工藝的器具，而且擴充到兵器。江淹在銅劍讚序中說：「古者以銅爲兵，……明知春秋迄於戰國，戰國至於秦時，攻爭紛亂，兵革互興，銅既不充給，故以鐵足之。鑄銅既難，求鐵甚易，是故銅兵轉少，鐵兵轉多。」在鐵器普遍使用的同時，牛耕也進一步推廣了。再加以生產技術的改進和水利工程的興修等等，直接是促進農業生產和手工業的發達，間接是促進商業的進展與都市的繁榮。出產品大量增加，商業自然是跟着興盛，從前的城市，不過是貴族諸侯防禦侵略的堡壘，到了春秋、戰國時代，都變爲工商業的集中地和文化交通的中心點了。如河南的大梁、陝西的咸陽、河北的邯鄲、山東的臨淄，都是當日有名的都市。

臨淄之中七萬户……甚富而實。其民無不吹竽鼓瑟彈琴擊筑鬥雞狗博蹋鞠者。臨淄之途，車轂擊，人肩摩，連衽成帷，舉袂成幕，揮汗成雨。家給人足，志高氣揚。（戰國策齊策）

（齊）宣王喜文學遊說之士，……七十六人皆賜列第為上大夫，不治而議論。是以齊稷下學士復盛，且數百千人。（史記田敬仲完世家）

像這種百業匯集文化集中的都市，決不是西周時代所能產生的。我們再讀一讀史記的貨殖傳，更可知道當日都會發達的真實情況。商業一發達，新興的富商巨賈，與貨幣制度便應運而生。如陶朱、猗頓、子貢之流，都是以經商致富的大財主。再如鄭弦高的退秦兵，呂不韋的奪政權，都證明商人勢力在政治地位上的抬頭。就是當時的君主，也知道商業有利可圖，尤其是注意人人必用的鹽鐵。漢書食貨志說：「（秦）用商鞅之法，……田租、口賦、鹽鐵之利，二十倍於古。」由這些史料，知道當日商業經濟發展的重要性，商人的勢力一天天地擴張起來了。

經濟基礎發生這麼大的變化，給與政治社會的影響自然是很大的。因爲農業生產力的進展，增加了土地的利潤，於是剝削統治階級，都注意到這方面去。因此便形成武力掠奪土地以及收買土地的現象。而土地所有者對於勞動人民進行更殘酷的剝削，出現了「率土地而食人肉」的慘狀。春秋時代尚有一百餘國，到戰國時只有七國，這都是當日各國掠奪、兼併土地的戰爭的結果。孟子說：「今之事君者皆曰，我能爲君辟土地，充府庫，今之所謂良臣，古之所謂民賊也。」不管是良臣或是民賊，總之掠奪土地確是當日戰爭的根源。在激烈的兼併戰爭和階級鬥爭的複雜形勢中，一面是促成中國逐步走上統一的道路，同時由於社會經濟的發展，也替奴隸制社會轉變爲封建制社會逐漸造成了物質條件。土地私有的確立與公田制度的破壞，產生了和奴隸主貴族對抗的新興地主階級。商業經濟的興起，使得商人在政治上抬頭。漢書食貨志說：「及秦孝公，用商君，壞井田，開阡陌……然王制遂滅，僭差亡度，庶人之富者累鉅萬，而貧者食糟糠。」貨殖傳說：「及周室衰，禮法墮，……稼穡之民少，商旅之民多。穀不足而貨有餘。……於是商通難得之貨，工作亡用之器，士設反道之行，以追時好而取世資。……禮誼不足以拘君子，刑戮不足以威小人。富者木土被文錦，犬馬餘肉粟；而貧者短褐不完，哈菽飲水。」這裏所說的，便是因當日經濟情況的變動，促進舊政治的崩潰，舊貴族的衰落，以及新的官僚地主政治的逐步形成。同時也說明了在商業經濟的發展下，農民所受的痛苦。

我們只要看左傳、國語、國策這些史書，便可知當日政界人物的興替，比起西周時代的狀況是完全改觀了。最值得我們注意的是士階層的出現。春秋時期貴族領主已開始養士，到了戰國，由於貴族領主政權與新興地主政權的劇烈鬥爭，養士的風氣更爲普遍。士的成份很雜，不少是地主階級，也有出身於沒落貴族階級，也有下層社會的人物。有學士，如孔、孟、墨、莊；有策士，如蘇秦、張儀；還有術士和俠士，所以流品也很雜。學士、策士進可以取卿相，退可以著書立說，是當日學術界政治界最活躍的人物。在這種情況下，就出現了這樣的政治局面：卿相降爲皁隸者有之，布衣執政者有之。富商大賈、鷄鳴狗盜之徒都擠上政治舞臺，於是舊日的貴族王孫，不得不作式微之歎了。從前的學術文化，爲貴族階級所專有，因當日兼併鬥爭之結果，平民羣中加入了不少的沒落貴族。像孔子之流，也只好教書糊口，於是學術得到解放普及的機會。加之商業繁榮、大都市的產生，於是交通日趨便利，而那些都市便成爲會集文人的淵藪，各方人士可以互相交換智識，而促進文化思想的興盛。

在當日經濟政治制度以及社會組織起了空前變化的過程中，社會上的知識分子，面對着這種動搖不定的現實，面對着社會上的各種矛盾和階級關係的變化，面對着勞苦人民的窮困生活，自然會產生出來各種不同的思想。有守舊的，有趨新的，有調和折衷的，有代表貴族領主的，有代表新興地主的，也有傾向於農民的，於是產生了歷史上有名的諸子哲學時代。孟子說：「聖王不作，諸侯放恣，處士橫議。」莊子天下篇說：「天下大亂，賢聖不明，道德不一，天下多得一察焉以自好。譬如耳目鼻口，皆有所明，不能相通；猶百家衆技也，皆有所長，時有所用。雖然，不該不徧，一曲之士也，判天地之美，析萬物之理，察古人之全，寡能備於天地之美，稱神明之容。是故內聖外王之道，闇而不明，鬱而不發。天下之人，各爲其所欲焉以自爲方。」他們把原因歸於「聖王不作」、「聖賢不明」，當然是錯誤的，但當日學術思想的發達，却是實在的事情。這一些思想家，每個人都要盡力地發表他自己的意見，代表不同階級不同階層的利益，開展思想鬥爭。這些意見，已經不是過去時代那種神權政治的簡單理論，而是具有複雜的哲學思想。這種哲學思想，想用詩歌的形式來表現，當然是不夠的，必得採用宜於說理的散文。於是散文代替詩歌的地位，而走上勃興之途了。

其次，春秋、戰國時代，國與國的吞併，人與人的殺戮，舊貴族的沒落，新人物的興起，這種種興亡盛衰的事蹟，在政治史上，都演着激烈的變化。這種激烈的社會變化和豐富的歷史內容，促進了歷史觀念的發展。在這樣的思想基礎上，進步的史學家們便從歷史的立場，對於那些興亡盛衰的人類史蹟，更詳細地記載下來了。要做這繁雜的工作，也不是詩歌的形式所能擔任的，因此記事的歷史散文，同哲學家的散文一樣，蓬勃地發展起來。孟子說的「詩亡然後春秋作」這句話，如果從詩歌轉到散文的發展上來看，並不是完全沒有理由的。

這一時期的散文，不僅具有豐富的思想內容，反映了社會上的諸般矛盾，揭露了統治階級的黑暗，而在散文的體裁和語言上，也得到了很大的發展和進步。從奴隸社會銅器銘文和尙書中那種僵硬古板的形體解放出來，而使散文的語言規範化通俗化，敘事真實，說理透徹，氣勢生動，流利通暢，既富於邏輯性而又有很高的藝術概括能力，成爲古代散文的典範。春秋、戰國時代散文的興盛與成就，在中國文學史上是一件大事，我們是應當重視的。

二　歷史散文

周誥　尙書是中國最古的歷史，也是中國最古的散文。它雖說一向被稱爲經，論其性質，正如春秋一樣，也是一本古史。所謂左史記言，右史記事，言爲尙書，事爲春秋，正說明了這兩部書的性質。現存的尙書，包括虞、夏、商、周四代，其來源有今古文之分。古文尙書之僞，經古今學者的努力證明，我們自然是不相信了。但是今文尙書的二十九篇（伏生口傳只二十八篇，加後得的泰誓，始爲二十九篇），也有許多問題。堯典、皋陶謨、禹貢，自然是靠不住的，就是商書，除盤庚以外，其餘的也很有可疑。關於這一些，我在第一章裏，已經敍述過了。

正如周頌是周初的詩歌代表一樣，尙書中的周誥正是周初的散文代表。現在人讀起來，周誥佶屈聱牙，不容易懂，其實並非此中有奧妙的道理，也並非作者的文章特別高深；原因是周誥中的文辭，全是用當時的口語記錄的文告和講演。記錄以後，一直沒有什麼變動，於是那種言語漸漸隨時代而殭化了。周頌中的詩篇，雖說時代也差不多，但那些都是可歌可唱的東西，寫定較遲，所以也就比較容易懂了。

王若曰。猷。大誥爾多邦。越爾御事。弗弔。天降割于我家，不少延。洪惟我幼沖人，嗣無疆大歷服，弗造哲，迪民康，矧曰其有能格知天命！已。予惟小子，若涉淵水。予惟往求朕攸濟。敷賁。敷前人受命。茲不忘大功。予不敢閉于天降威用。寧王遺我大寶龜，紹天明。即命曰，有大艱于西土，西土人亦不靜。越茲蠢。殷小腆，誕敢紀其敘。天降威，知我國有疵，民不康。曰，予復反鄙我周邦……

這是大誥中的一段，是武庚叛變周公東征時的一篇文告。全篇中天命、吉卜、寶龜之言，層見疊出，正反映出周初時代的神權思想。其他如康誥、酒誥、無逸諸篇，也是重要的文獻。周誥的語言形式和結構，同盤庚很類似，屬於中國最古的散文的類型。

春秋　在歷史散文中得到進一步的表現，成爲有系統的編年體的是春秋。春秋同尚書一樣，也被稱爲經，尤其是今文經學家重視的古籍。孟子說：「世衰道微，邪說暴行有作。臣弑其君者有之，子弑其父者有之。孔子懼，作春秋。春秋天子之事也。是故孔子曰：知我者其惟春秋乎，罪我者其惟春秋乎！」（滕文公）因爲春秋是出於孔子，所以後代人都把它看作是一本含有微言大義的思想書，把它看作是定名分、制法度的範本。莊子天下篇說的「春秋以道名分」，便是這個意思。於是許多經師賢哲，都在那裏面去研討微言大義，倒把列國的史事輕視了。

春秋的文句雖是簡短，前人竟有譏爲斷爛朝報者，但在文字的技巧及史事的編排上，比起尙書來，都有顯著的進步。我們讀了，對於當代諸國的事實，得到一個系統的印象。在造句用字上，都從尙書的文體中解放出來，非常簡煉平淺，而且爲了要符合「寓褒貶，別善惡」的批判精神，在語言上必然要注意到謹嚴深刻，一字不苟，這一點對後人也很有影響。

二年，春王正月，戊申。宋督弒其君與夷，及其大夫孔父。滕子來朝。三月，公會齊侯、陳侯、鄭伯于稷，以成宋亂。夏四月，取郜大鼎于宋，戊申，納于大廟。秋七月，杞侯來朝。蔡侯、鄭伯會于鄧。九月入杞。公及戎盟于唐。冬，公至自唐。（桓公二年）

一年的史事，包括在這八十五個字裏，簡短極了，這只能算是一個歷史的大綱。但在當日比較貧弱的物質文化的環境下，這種大綱式的歷史，却是帶着進步的姿態而出現的。因爲這種史書，無論從當日的歷史觀念或是物質條件看來，都表現着適合於時代的形式。從文字的技巧上講，比起尙書來，那進步也很顯然：一是殭化了的語句，一是平淺流暢的新興散文。

到了戰國時代，隨着物質條件與史學觀念的進一步發展，歷史散文呈現着很大的進步。如國語、左傳、戰國策諸書，都是當日歷史散文中優秀的作品。左傳與國策，更爲後代散文家所重視，幾乎成爲學習散文的教科書。在這些散文中，具有反映社會矛盾和政治鬥爭的現實內容。

左傳　關於左傳的著者及其本身的眞僞問題，我們無法在這裏作較詳的敘述。古說左傳爲孔子同時魯人左丘明解經之作，此說雖不可靠；但近代疑古學者說左傳全爲劉歆僞造，從國語改作而成，也難成立。前者見於史記十二諸侯年表及漢書藝文志，後者則以康有爲爲最有力的代表。我們放棄今古文家的成見，平心而論，左傳的作者，是一位戰國初期傑出的歷史家、散文家，他不是孔子的弟子。他寫這本書的目的，並不全是爲解經而作，是從歷史家的立場，採取春秋的大綱，再參考當時的多種史籍，而成就了這部優秀的作品。因此裏面有合經者，有不合經者。這正是當日史學觀念的進步，表示不能滿意於春秋式的史書，而不得不另有所創述了。到了漢朝，在劉歆的手中，內容方面可能有所增減，但也不能說全出於劉歆的僞造。我們可以說左傳是出於戰國初期，作者是失名了。他在歷史散文的地位上，是成爲上承尙書、春秋，而下開國策、史記的重要橋梁，而是戰國時代無可否認的最優秀的歷史散文作品。

左傳通過各國歷史事實的記述，揭露了社會各種矛盾和鬥爭，反映了社會現實，對統治階級的腐敗殘暴作了一定的批判。對於子產、晏嬰、伍子胥一類的著名政治家和具有愛國精神的人物，予以表揚和贊美，表現出褒貶、美刺的精神。其次，在左傳裏也反映出比較進步的民本思想。

季梁止之曰：「……夫民神之主也。是以聖王先成民而後致力於神。」（左傳桓公六年）

史嚚曰：「虢其亡乎？吾聞之，國將興，聽于民；將亡，聽于神。」（莊公三十二年）

邾子曰：「苟利于民，孤之利也。天生民而樹之君，以利之也，民旣利矣，孤必與焉。」

閔子馬見之曰：「子無然，禍福無門，唯人所召。」（襄公二十三年）

（文公十三年）

從這些文句裏，可以看到天命、神鬼思想的衰退，人本思想的抬頭。在詩經的變風、變雅中，這種思想已有了萌芽，到了左傳就更爲明朗了。由於生產的發展和社會的變革，科學的進步，以及錯綜複雜的政治鬥爭的實踐，提高了當日士大夫認識現實、批判現實的水平。在新的經濟基礎和新的社會關係上，出現了新的意識形態。當然，左傳中的民本思想，並不徹底，還沒有完全衝破天命、神鬼的藩籬，因此書中還存留不少落後的迷信成分。汪中說：「左氏所書，不專人事。其別有五：曰天道，曰鬼神，曰災祥，曰卜筮，曰夢。其失也巫，斯之謂歟？」（左氏春秋釋疑）即是如此，左傳中所表現的民本思想的進步的一面，仍然是顯著的。

左傳無論在記言記事方面，都表現了很高的藝術成就。用着簡煉的或接近口語的文句，善於以寫人敘事的手法，把當日複雜的史事，多樣的人物，活躍地記載或形象地表現出來。使我們現在讀了，還能親切地感到當日政治生活的實況，和那些人物的精神面貌。如呂相絕秦，燭之武退秦師，臧孫諫君納鼎，僖伯諫君觀魚，季札觀樂，王孫論鼎諸篇，都能用委婉曲折的文章，表達當日巧妙的詞令。再如城濮之戰，殽之戰，邲之戰，鄢陵之戰，層次分明，結構縝密，都是敘事文中的傑作。劉知幾說：「左氏之敘事也：述行師則簿領盈視，哤聒沸騰。論備火則區分在目，修飾峻整。言勝捷則收獲都盡，記奔敗則披靡橫前，申盟誓則慷慨有餘，稱譎詐則欺誣可見，談恩惠則煦如春日，紀嚴切則凜若秋霜，敍興邦則滋味無量，陳亡國則淒涼可憫。或腴辭潤簡牘，或美句入詠歌。跌宕而不羣，縱橫而自得。若斯才者，殆將工侔造化，思涉鬼神，著述罕聞，古今卓絕。」（史通雜說上）劉氏以史學家而又從文學角度來評價左傳，也可見文史結合實爲中國歷史作品的最大特色，而這種特色，在先秦時代又不能不以左傳爲卓越的代表。

九月甲午，晉侯秦伯圍鄭，以其無禮于晉，且貳于楚也。晉軍函陵，秦軍氾南。佚之狐言于鄭伯曰：「國危矣，若使燭之武見秦君，師必退。」公從之。辭曰：「臣之壯也，猶不如人，今老矣，無能為也已。」公曰：「吾不能早用子，今急而求子，是寡人之過也。然鄭亡，子亦有不利焉。」許之。夜縋而出，見秦伯曰：「秦晉圍鄭，鄭既知亡矣。若亡鄭而有益于君，敢以煩執事。越國以鄙遠，君知其難也。焉用亡鄭以倍鄰？鄰之厚，君之薄也。若舍鄭以為東道主，行李之往來，共其乏困，君亦無所害。且君嘗為晉君賜矣，許君焦瑕，朝濟而夕設版焉，君之所知也。夫晉，何厭之有，既東封鄭，又欲肆其西封。若不闕秦，將焉取之？闕秦以利晉，唯君圖之。」秦伯說，與鄭人盟。使杞子、逢孫、揚孫戍之，乃還。子犯請擊之。公曰：「不可。微夫人力不及此。因人之力而敝之，不仁，失其所與，不知，以亂易整，不武。吾其還也。」亦去之。（燭之武退秦師。見僖公三十年）

這可作歷史讀，尤可作優美的散文讀。用字造句是非常簡煉，又是極其準確、生動。後人每以左傳的文字失之浮誇，有文勝於質的弊病，這都是那些死守六經爲文章正統的迷古派的意見。一定要佶屈聱牙的尚書，簡略斷爛的春秋，才是蒼老，才是質勝於文，這正是退化的觀念。像左傳這樣的文字，正適合於戰國時代的環境，由尚書、春秋到左傳，那散文發展的趨向，是極明顯極合理的。

國語　左傳以外，要簡略地介紹一下國語。

國語舊傳爲左丘明所作，說與左傳出於一人之手，後來很多人懷疑，至今尚無定論。此書與左傳，無論從體例、文風以及內容方面都有區別，說出於同一作者，很難令人相信。全書二十一卷，分敘周、魯、齊、晉、鄭、楚、吳、越八國，起於周穆王，終於魯悼公。晉國較多，共有九卷。書中以記言爲主，與左傳偏重記事者不同。在這些記載裏反映出春秋時代政治變化的輪廓，反映出當代重要政治人物的精神面貌。其中雖雜有不少天命神鬼的迷信思想，但也有不少作品揭露社會的矛盾，對統治者的殘暴、奢淫作了批判，對人民大衆的利益表示關懷，對賢君賢相則寄以贊美，如召公諫弭謗（周語），里革論君之過、季文子相宣成（魯語），桓公爲司徒（鄭語），靈王爲章華之台、王孫圉聘於晉（楚語）等篇，都是富有現實意義的作品。再如晉語的寫驪姬，吳語的寫夫差，越語的寫勾踐，刻劃人物都比較生動，富有文學價值。語言藝術雖不如左傳，但古樸簡明，是其特點。

厲王虐，國人謗王。召公告王曰：「民不堪命矣。」王怒。得衞巫，使監謗者。以告，則殺之。國人莫敢言，道路以目。王喜。告召公曰：「吾能弭謗矣，乃不敢言。」召公曰：「是障之也。防民之口，甚於防川。川壅而潰，傷人必多，民亦如之。是故為川者決之使導，為民者宣之使言。故天子聽政，使公卿至於列士獻詩，瞽獻曲，史獻書，師箴，瞍賦，矇誦，百工諫，庶人傳語，近臣盡規，親戚補察，瞽史教誨，耆艾修之，而後王斟酌焉。是以事行而不悖。民之有口也，猶土之有山川也，財用於是乎出。猶其原隰之有衍沃也，衣食於是乎生。口之宣言也，善敗於是乎興。行善而備敗，其所以阜財用衣食者也。夫民慮之於心而宣之於口，成而行之。胡可壅也？若壅其口，其與能幾何！」王不聽，於是國人莫敢出言。三年，乃流王於彘。（周語）

戰國策　左傳、國語以外，我們得注意的，是表現縱橫捭闔之術的戰國策。漢志有戰國策三十三篇，今有三十三卷，無作者名氏，爲漢代劉向裒合排比而成。體制與國語相同，也是分爲國別的。卽分東周、西周、秦、齊、楚、趙、魏、韓、燕、宋、衞、中山十二策。劉氏序云：「戰國之時，君德淺薄，爲之謀策者，不得不因勢而爲資，據時而爲畫。故其謀扶急持傾，爲一切之權，雖不可以臨教化，兵革救急之勢也。皆高才秀士，度時君之所能行，出奇策異智，轉危爲安，運亡爲存，亦可喜，皆可觀。」他在這裏說明了當日時代性的特徵，同時也就說明了國策文章的特色。蘇秦合縱，張儀連橫，范睢相秦，魯連解紛，鄒忌的幽默，淳于髡的諷刺，真可謂盡鼓舌搖脣之能事，極縱橫辯說的大觀了。而其文字無不委曲達情，微婉盡意，而又明快流暢，富於波瀾。章學誠說：「戰國者縱橫之世也。縱橫之學，本於古者行人之官。觀春秋之辭命，列國大夫，聘問諸侯，出使專對，蓋欲文其言以達旨而已。至戰國而抵掌揣摩，騰說以取富貴，其辭敷張而揚厲，變其本而加恢奇焉，不可謂非行人辭命之極也。孔子曰：誦詩三百，授之以政，不達；使於四方，不能專對，雖多奚爲。是則比興之旨，諷諭之義，固行人之所肄也。縱橫者流，推而衍之，是以能委折而入情，微婉而善諷也。」（文史通義詩教上）他在這裏說明了在縱橫的戰國時代，隨着言語辭令的需要與進步，文章除其內容以外，更爲注重語言的藝術。敷張揚厲，變本加奇，正是戰國策散文的特色。這種散文對於後代散文家發生很大的影響，同時，漢代的賦家，在鋪陳誇張的形式上，也感染着它的影響。

在國策裏，反映出這一歷史時期各國之間進行兼併的政治局面，以及人民大衆在殘酷剝削下的痛苦生活。特別是對於士階層一類人物的政治活動，作了非常生動的描寫。蘇秦、魯仲連、馮諼、顏斶、莊辛諸人的形象和性格，寫得尤其鮮明。書中如鄒忌諷齊威王納諫、馮諼客孟嘗君、顏斶說齊王貴士、趙威后問齊使（齊策），莊辛說楚襄王、不死之藥（楚策），魯仲連義不帝秦（趙策），樂毅報燕王書（燕策）諸篇，都是優秀作品。

鄒忌修八尺有餘，而形貌昳麗。朝服衣冠，窺鏡，謂其妻曰：「我孰與城北徐公美？」其妻曰：「君美甚，徐公何能及君也！」城北徐公，齊國之美麗者也。忌不自信，而復問其妾曰：「吾孰與徐公美？」妾曰：「徐公何能及君也！」旦日，客從外來，與坐談，問之客曰：「吾與徐公孰美？」客曰：「徐公不若君之美也。」明日徐公來，孰視之，自以為不如，窺鏡而自視，又弗如遠甚。暮寢而思之曰：「吾妻之美我者，私我也。妾之美我者，畏我也。客之美我者，欲有求於我也。」於是入朝見威王曰：「臣誠知不如徐公美，臣之妻私臣，臣之妾畏臣，臣之客欲有求於臣，皆以美於徐公。今齊地方千里，百二十城，宮婦左右，莫不私王；朝廷之臣，莫不畏王；四境之內，莫不有求於王。由此觀之，王之蔽甚矣。」王曰：「善。」乃下令：「羣臣吏民，能面刺寡人之過者受上賞，上書諫寡人者受中賞，能謗譏於市朝，聞寡人之耳者受下賞。」令初下，羣臣進諫，門庭若市；數月之後，時時而間進；期年之後，雖欲言無可進者。燕、趙、韓、魏聞之，皆朝於齊。此所謂戰勝於朝廷。（鄒忌諷齊王納諫）

由於左傳、國語、戰國策的出現，戰國時代的歷史散文，取得了很大的成就和發展。它們的共同特點，通過歷史事實的敘述和政治人物的描寫，反映出當代的社會現實和複雜的矛盾鬥爭，並在一定程度上反映出勞動人民對統治者的反抗。描寫事物深刻細緻，語言洗煉而又流暢，富於表達能力，很多文學性強烈的作品，對於後代散文很有影響。

三　哲理散文

老子　我國古代的哲理散文，當以老子、論語爲最早。此二書出，在中國的文化界，才有近於私人著述的作品。不用說，老子與論語不是老子、孔子手寫的，是他們的門徒記下來的一種語錄。這種簡約的語錄，在我國哲理散文史上，具有重要地位。關於老子的時代問題，近年來發生了熱烈的爭論。如老聃、李耳、老彭、太史儋、老萊子諸人，究竟是一是二，也是議論紛紛，無法斷定。我認爲，現存的老子這本書，究其思想的複雜矛盾，可能是完成於戰國道、法家的增益；就其文字的體裁看來，許多韻文的部分，似乎也是受了騷體的影響，好像是戰國末葉的作品，因此引起許多學者對於老子本人的懷疑。但由許多史料看來，覺得老子確爲春秋時代的人物，並與孔子有過師生關係；現存的老子保存了老子原有的思想，其他如陰陽家、法術家之言，是後來混雜進去的，所以無論思想或是文體，都形成現在那種矛盾複雜的樣子。我們如果肯承認這一個論點，那末在論語時代，可能是有過老子的原書的。

老聃曰：知其雄，守其雌，為天下谿。知其白，守其辱，為天下谷。人皆取先，己獨取後。曰：受天下之垢，人皆取實，己獨取虛。無藏也故有餘，巋然而有餘。其行身也徐而不費，無為也而笑巧。人皆求福，己獨曲全。曰：苟免于咎，以深為根，以約為紀。曰：堅則

毀矣，銳則挫矣，常寬容于物，不削于人，可謂至極。（莊子天下篇）

莊子天下篇內所引的各家之言，一向爲學者認爲比較可靠。但這裏所引的老子，和現今的老子，不甚一致。因此，我們很可相信這些文句是出於老子的原本，而現存的老子是後人的增補本。在上面這些文句裏，正表現了原始的老子思想，並且與論語式的簡約的語錄體，也大體相同。

論語　孔子（前五五一——前四七九）名丘，字仲尼，魯國曲阜人。他的祖先雖是宋國的貴族，他自己却是士階層中的人物。少孤貧。他是中國儒家學說的創始者，也是古代的大思想家、教育家。他在整理文化遺產和普及文化教育方面，都有很大的功績。他「不語怪、力、亂神」，曾說：「祭神如神在」；「未能事人，焉能事鬼」；「天何言哉！四時行焉，百物生焉，天何言哉！」對於天神人鬼表示了非常鮮明的態度。他主張選賢任能，反對橫征暴斂，對統治者的殘酷剝削，發出「苛政猛於虎」的強烈譴責。他理解人民的生活與政治密切的關係。所以他說：「不患寡而患不均，不患貧而患不安。」「節用而愛人，使民以時。」作爲新興地主階級代表的孔子，是要建立封建階級的新秩序來反對腐朽的奴隸制度，他的思想在當時的歷史條件下，是具有適應奴隸解放的進步意義的。由於他處在那社會變革的過渡時代，思想中還存在矛盾，有積極的一面，也有保守、妥協的一面。在中國幾千年來的封建社會裏，他的學說一直被統治者利用，作爲統治人民的工具。

論語是古代初期哲理散文中一部最可靠的書，是孔子門徒們的記錄。其中一部分（如堯曰等）

雖也有可疑之處，但它本身的真實性，是無可疑的。書中的文句，都是三言兩語，各自獨立，不相連貫。這正與春秋的文字，有些相像。因爲當時物質條件比較貧弱，無論在歷史或是哲學上的表現，都只能做到大綱的形式。詳細情形，一切都待於口語的解說。因此，我們讀論語的時候，時常有一種突然而來忽然而止的感覺。這固然是因爲散文尚在發展的途中，但主要還是由於當日的物質環境。關於這一點，由春秋的歷史文，老子、論語的哲理文，都是簡約的文句和節段的形式，還沒有達到單篇的式樣看來，這是很可證明的。

孔子在論語裏，對於文學發表了重要的見解。他說：「詩三百，一言以蔽之，曰：思無邪。」又說：「詩可以興，可以觀，可以羣，可以怨。」又說：「辭達而已矣。」他在這裏一面強調文學的內容，不要片面地追求形式美，同時又指出文學的社會作用和政治關係。在二千多年前，孔子提出了這些意見，在文學思想史上，是有意義的，對後代起了深遠的影響，當然，他所講的內容和作用，都有他自己的階級標準。

其次，論語雖是一種哲理散文，還沒有構成完整的文學形式，但在少數的段落裏面，也還有一些具有文學意義的記事文，如寫孔門師弟的形象，都各有他們的特徵。這裏可舉先進中一段爲例：

子路、曾晳、冉有、公西華侍坐。子曰：「以吾一日長乎爾，毋吾以也。居則曰不吾知也，如或知爾，則何以哉？」子路率爾而對曰：「千乘之國，攝乎大國之間……由也為之，比及三年，可使有勇，且知方也。」夫子哂之。……「點爾何如？」鼓瑟希，鏗爾，舍瑟而作，對曰：「異乎三子者之撰。」子曰：「何傷乎，亦各言其志也。」曰：「莫春者，春服既成，冠者五六人，童子六七人，浴乎沂，風乎舞雩，詠而歸。」夫子喟然嘆曰：「吾與點也！」

不但寫出了孔門師弟閒談時的從容活潑的氣象，而且從各人的談話中，還表現了不同的性格，像子路的率直中帶一點浮誇（論語中寫子路的那種「由也喭」的性格是很鮮明的），曾點的活潑中顯得瀟灑，都很適合他們的身分，孔子自己給人的印象則是態度親切、思想明智、胸襟開闊。其中寫曾點聽了孔子的話，就立刻放下了瑟，一時瑟聲就鏗然而止。似乎已接觸到細節的描寫了。可惜這樣的段落在論語全書裏還是不多。

老、孔時代，正是中國哲學思想發育的初期，還沒有到達諸子爭鳴彼此辯論的時代。因此在他們的文字裏，多是語錄體的形式，而不是論辯文的形式。他們所講的一言一語，雖俱有可論辯之處，然而在當日思想發展的初期，所謂理論的鬥爭還沒有產生。只要用那種平鋪直敘的說明文字，便夠表明他們的思想。到了社會基礎進一步發生變化的戰國時代，思想的宣傳與鬥爭，便蓬勃地開展起來，任何流派的思想家要發表文章，非帶着鬥爭的論辯的形式不可了。由於思想的發展，散文也跟着發展起來，於是第二期的哲學散文，帶着長篇辯論的形式、深刻犀利的辭句而出現了。在墨子、孟子、莊子、荀子、韓非子諸書的文字裏，文章的氣勢、格調和所表現的思想雖各有不同，然都是帶着論辯的形式。

墨子　墨翟是墨家的創始人。其生卒年代與籍貫，到現在還不能完全確定。有人說他是宋人，也有人說他是魯人。從各種古書上所載的事蹟來看，他是戰國初期的人，孔、孟之間的人。墨子雖早受儒家之學，而他却建立了與儒家對立的學派。在非儒篇裏對儒家作了猛烈的攻擊。在尚賢、尚同、兼愛、非攻、節用、節葬、天志、明鬼、非樂、非命十題中，系統地表現了墨家的思想。他相信鬼神，主張選賢任能，反對戰爭，反對奢侈浪費等等，是他思想中的重點。他富於實踐精神，提倡儉樸生活。他組織的政治性集團，帶有宗教性的色彩。門徒很多，紀律很嚴，在當日成爲一個很重要的學派，與儒學同稱爲顯學。從總的傾向來說，墨子最能重視下層人民的利益。不單是理論，而且見於行爲。在公輸盤這篇文章裏，表現了墨子的高貴品質。「治於神者，衆人不知其功；爭於明者，衆人知之」，這真是令人感歎。公輸盤是研究墨子思想的重要文獻，也是墨子散文中的優秀作品。墨子漢有七十一篇，今存五十三篇。大都是墨子講學，由弟子們記錄下來編輯而成的。

論辯的散文是由墨子開始的。墨子的文章雖不重文采，但邏輯性很強，很有說服力。我們讀他的非攻、非命、尙同、非儒諸篇，知道他是一個條理謹嚴的理論家，對於論辯方法與邏輯理論，發表了許多重要的意見。在我國古代學術界中，墨學最講究方法，開名學之先導。故其學說之立論，都是採取首尾一貫的論理形式。因此，他的文章成爲富有條理的論文。他說：

凡出言談，則不可而不先立儀而言，若不先立儀而言，譬之猶運鈞之上而立朝夕焉也。我以為雖有朝夕之辯，必將終未可得而從定也。是故言有三法。何謂三法？曰有考之者，有原之者，有用之者。惡乎考之？考先聖大王之事。惡乎原之？察眾之耳目之請。惡乎用之？發而為政乎國，察萬民而觀之。此謂三法也。（非命下）

所謂立儀，便是說要有一種準則和一個要旨。所謂三表法，便是一種層次分明的論理方法，考之者是說要求證於古事，原之者是說要求證於現實，用之者是說要求證於實際的應用。他所講的雖是一種講學立論的方法，同時也就是做論辯文的方法。用這方法作論辯文，是有條有理，決沒有前後矛盾層次紊亂的弊病。在墨子許多篇中，都是這種方法的應用，而得到了很好的成績。

小取篇是出於墨子還是出於別墨，現在雖是問題，在那裏面所講的論辯方法，比上述的三表，發揮得更爲詳盡。所謂「辟、侔、援、推」固然是講學立論的重要方法，同時在修辭學的理論上也有重要的貢獻。小取篇說：

辟也者舉也物而以明之也。侔也者比辭而俱行也。援也者，曰子然，我奚獨不可以然也。推也者，以其所不取之同，於其所取予之也；是猶謂也者同也，吾豈謂也者異也。

辟是譬喻，是一種舉他物以明此物的譬喻法。侔是辭義齊等之意，是一種用他辭襯托此辭的比辭法。援是援例的推論，推是歸納的論斷。他這種論辯方法具有科學精神。因此在古代哲學的方法論中，實以墨家爲最完密。後來如惠施、公孫龍這一派的辯者，都是承繼這一個系統而發揚光大起來，就是其餘各派的哲學家，也莫不接受這種方法論的影響。這種方法用之於講學立論，固然很重要，用之於論辯文，同樣重要。像非攻那樣有力的文章，其層次條理，都是辟、侔、援、推各種方法的應用。我們不能以墨子文的樸質無華，缺少文采，而忽視它在中國散文史上的地位。

孟子　當代的儒家作品以孟子爲最有文采。他的散文對後代很有影響。孟子雖是倡仁義，法先王，拒楊墨，反縱橫，然而他自己却也逃不出當日流行的縱橫家的風氣。其門人公都子對他說：「外人皆稱夫子好辯。」他回答說：「予豈好辯哉，予不得已也。」在那諸子爭鳴、縱橫捭闔的時代，各派學術思想興起，相互批評，相互爭論，是非常激烈的。

孟子（約前三九〇——約前三〇五）名軻，鄒（今山東鄒縣東南）人，是子思的私淑弟子。曾一度爲齊卿。他是孔子學說的繼承者、發揚者。在政治思想上他有一些比較進步的見解。提倡仁政，力主安民。要人民不飢不寒，政治才能安定。他認識到農民在社會上的重要，能從人民生活考慮政治問題。他希望「明君制民之產，必使仰足以事父母，俯足以畜妻子，樂歲終身飽，凶年免於死亡。」（梁惠王上）「施仁政於民，省刑罰，薄稅斂。」（同上）但當時各國的統治者，對於人民進行殘酷的剝削，並且「殺人盈野、殺人盈城」，是虐政而不是仁政。「狗彘食人食而不知檢，塗有餓莩而不知發。人死，則曰：非我也，歲也；是何異於刺人而殺之，曰：非我也，兵也。」（梁惠王上）「庖有肥肉，廄有肥馬；民有飢色，野有餓莩，此率獸而食人也。」（同上）所以他痛切地說：「民之憔悴於虐政，未有甚於此時者也。」（公孫丑上）他這樣尖銳有力地揭露階級矛盾，對於統治者的虐政提出了嚴厲的批判。他還說過「民爲貴，社稷次之，君爲輕。」（盡心下）「賊仁者謂之賊，賊義者謂之殘，殘賊之人，謂之一夫。聞誅一夫紂矣，未聞弒君也。」（梁惠王下）這樣鮮明的民本思想，確實是光輝的。史記說：「天下方務於合從連衡，以攻伐爲賢，而孟軻乃述唐、虞三代之德，是以所如者不合。退而與萬章之徒，序詩書，述仲尼之意，作孟子七篇。」（孟軻荀卿列傳）

孟子的文章不僅文采華贍，清暢流利，尤以氣勝。他自己曾說：「我知言，我善養吾浩然之氣。」（公孫丑上）。他在這裏沒有把氣與文章的關係聯繫起來，到了後代的論文家，受了他的啓發，才注意到氣與文學的關係，把氣作爲論文的標準之一。曹丕的典論、論文，把氣提到很高的地位，文心雕龍也有養氣的專篇。他們已經接觸到才性和風格的問題。韓愈說：

氣，水也；言，浮物也。水大而物之浮者大小畢浮。氣之與言猶是也，氣盛則言之短長與聲之高下者皆宜。（答李翊書）

蘇轍也說：

孟子曰：「我善養吾浩然之氣。」今觀其文章，寬厚弘博，充乎天地之間，稱其氣之小大。太史公行天下，周覽四海名山大川，與燕趙間豪俊交遊，故其文疏蕩頗有奇氣。此二子者豈嘗執筆學為如此之文哉！其氣充乎其中，而溢乎其貌，動乎其言，而見乎其文而不自知也。（上樞密韓太尉書）

到了桐城派所講的陰陽剛柔，那就更爲細密了。其次是「知言」。孟子說：「詖辭知其所蔽，淫辭知其所陷，邪辭知其所離，遁辭知其所窮。」（公孫丑上）這裏所說的是一種知人之言而知人之情的體會。既然能知人之言，自然也能知己之言。這種修養，用之於批評固然重要，用之於創作也同樣重要。真是知言之人，在自己立論造文的時候，才會對於文辭得到巧妙的選擇與運用。墨子告訴我們論辯的方法，孟子所講的養氣和知言，是屬於內在的修養。在孟子的文章裏，許多地方也採用墨子中的「辟、侔、援、推」的方法，但因其氣勢辭藻的長處，總是給我們一種波瀾壯闊、辭鋒犀利的美感。如梁惠王的言仁義，滕文公的闢楊墨、闢許行，告子的辨性善，離婁的法先王，都是氣勢縱橫、文采華贍的文章。他行文的主旨，雖都很嚴正，然而偶爾舉例取譬，時時露出一種幽默。如牽牛過堂、齊人妻妾諸段，實在是巧妙，然而又是出色的比喻與諷刺。通過這些諷諭，顯示出散文的活潑和機智，這也可以說是戰國文章的一般特色。歷史散文中如左傳、國策，哲學散文中如莊子、韓非子，這種例子也很多。蘇洵在上歐陽內翰書中說：「孟子之文，語約而意盡，不爲巉刻斬絕之言，而其鋒不可犯。」孟子的散文確實有這種特色。

齊人有一妻一妾而處室者，其良人出，則必饜酒肉而後反，其妻問所與飲食者，則盡富貴也。其妻告其妾曰：「良人出，則必饜酒肉而後反，問其與飲食者，盡富貴也。而未嘗有顯者來，吾將瞯良人之所之也。」蚤起，施從良人之所之，徧國中無與立談者。卒之東郭墦間之祭者，乞其餘，不足，又顧而之他，此其為饜足之道也。其妻歸，告其妾曰：「良人者，所仰望而終身也，今若此！」與其妾訕其良人，而相泣於中庭，而良人未之知也，施施從外來，驕其妻妾。

由君子觀之，則人之所以求富貴利達者，其妻妾不羞也而不相泣者，幾希矣！（離婁下）

這段文章，用極經濟的筆法，先從齊人妻對丈夫的懷疑寫起，然後寫她暗中的窺探丈夫行徑，再把窺探的結果告訴齊人妾，最後又寫出齊人自得其樂地回來，以驕其妻妾的勢利之色。既有波折，又很細緻，從齊人妻妾的苦痛心情，愈加映襯出齊人的醜惡可恥。兩種不同性格，也就表現在兩種不同的生活態度上。在技巧上也具有諷刺小說的特徵。孟子借這個故事來鞭撻當時熱中利祿的士子，實際也反映了孟子的處世態度。

莊子　莊子名周，宋國蒙人，曾爲蒙漆園吏。家境貧困，住陋巷，織鞋子，形容枯槁。他與孟子同時，其年代當在公元前三六五年至前二九〇年間。莊子一書，漢書藝文志曾著錄爲五十二篇，但今存者只三十三篇。

莊子是道家的代表人物，有濃厚的悲觀厭世的虛無思想。他強調「天地與我並生，而萬物與我爲一」（齊物論）；要求「獨與天地精神往來」、「不譴是非以與世俗處」（天下篇）的逍遙放任的生活，否定是非、善惡、美醜、高低的區別和標準，否定文化知識的意義和作用，追求絕聖棄智、修生保真的神人真人的虛幻世界，對於政治鬥爭和對自然鬥爭，完全失去了信心。但他頭腦很聰明，觀察力很深刻，他看到了在新起的封建社會裏，下層人民仍然是過着痛苦的生活。封建主和奴隸主同樣是暴虐和奢侈。在他的有些作品裏，對於當日新興地主統治階級對人民的殘酷剝削，作了一些揭露，對於儒家的仁義禮樂學說虛僞的一面，作了尖銳的批判，對於墨家名家，也表示不滿。在這方面雖具有一定的現實意義，但他的思想基本上是消極的悲觀的，表面上是叫人超脫，實際是把人引到棄絕人世的太虛幻境中去。荀子批評他「蔽於天而不知人」（解蔽）是很中肯的。但另一面，封建社會中一些不滿現實的知識分子，對封建政治採取消極反抗，對封建禮教採取蔑視嘲諷的態度，這也是受有莊子思想的影響的。

在諸子裏，莊子是一位優秀的散文家，他和孟子散文的風格不同，但對於後代同樣具有很大的影響。他才華傑出，想像豐富，具有驅使語言的高度表達能力，造句修辭，瑰奇曲折，如行雲流水一般，創造一種特有的文體，富於浪漫主義的特徵。他的文章也採用各種辯論的方法，然無不雄奇奔放，峯巒疊起，汪洋恣肆，機趣横生。他能不顧一切規矩，使用豐富的語彙，倒裝重叠的句法，巧妙的寓言，恰當的譬喻，使他的文章，顯得格外靈活，格外有獨創性。墨子的文失之板滯，孟子之文失之浮露，莊子之文却沒有這些弊病，而耐人咀嚼和體會。但從實用性通俗性方面來說，孟子又勝過了他。

以謬悠之說，荒唐之言，無端崖之辭，時恣肆而不儻，不以觭見之也。以天下為沈濁，不可與莊語，以卮言為曼衍，以重言為眞，以寓言為廣。獨與天地精神往來，而不敖倪於萬物，不譴是非以與世俗處。其書雖瓌瑋，而連犿無傷也；其辭雖參差，而諔詭可觀，彼其充實不可以已，上與造物者遊，而下與外死生無終始者為友。其於本也，宏大而辟，深閎而肆。其於宗也，可謂調適而上遂矣。雖然，其應於化而解於物也，其理不竭，其來不蜕，芒乎昧乎，未之盡者。（天下篇）

這一段作爲評論莊子的哲學思想與寫作態度，固然是極其精當，然而看作他的文學批評也是非常確切的。要懂得他的思想，才能瞭解他爲什麼不歡喜用那種辭嚴義正的莊語，偏要採用那種寓言、卮言等類的荒唐謬悠的語言。「依乎天理，因其固然」，是他說明庖丁解牛的祕訣，也就是他的語言藝術的精義。我們只要讀讀逍遙、齊物諸篇，便會知道他散文技術的特點，而不得不承認他在散文上創立了一種特殊的風格。

北冥有魚，其名為鯤，鯤之大不知其幾千里也。化而為鳥，其名為鵬，鵬之背不知其幾千里也。怒而飛，其翼若垂天之雲。是鳥也，海運則將徙於南冥，南冥者天池也。齊諧者志怪者也。諧之言曰：鵬之徙於南冥也，水擊三千里，摶扶搖而上者九萬里，去以六月息者也。野馬也，塵埃也，生物之以息相吹也。天之蒼蒼，其正色邪，其遠而無所至極邪？其視下也，亦若是則已矣。且夫水之積也不厚，則其負大舟也無力；覆杯水於坳堂之上，則芥為之舟，置杯焉則膠，水淺而舟大也。風之積也不厚，則其負大翼也無力。故九萬里則風斯在下矣，而後乃今培風；背負青天而莫之夭閼者，而後乃今將圖南。蜩與鷽鳩笑之曰：「我決起而飛，搶榆枋，時則不至，而控於地而已矣；奚以之九萬里而南為！」適莽蒼者，三飡而反，腹猶果然；適百里者，宿舂糧；適千里者，三月聚糧。之二蟲，又何知！小知不及大知，小年不及大年。奚以知其然也？朝菌不知晦朔，蟪蛄不知春秋，此小年也。楚之南有冥靈者，以五百歲為春，五百歲為秋；上古有大椿者，以八千歲為春，八千歲為秋，此大年也。而彭祖乃今以久特聞，眾人匹之，不亦悲乎？……

故夫知效一官，行比一鄉，德合一君，而徵一國者，其自視也亦若此矣。而宋榮子猶然笑之。且舉世而譽之而不加勸，舉世而非之而不加沮，定乎內外之分，辯乎榮辱之竟，斯已矣；彼其於世，未數數然也。雖然，猶有未樹也。夫列子御風而行，泠然善也，旬有五日而後反；彼於致福者，未數數然也。此雖免乎行，猶有所待者也。若夫乘天地之正，而御六氣之辯，以遊無窮者，彼且惡乎待哉！故曰：至人無己，神人無功，聖人無名。（逍遙遊）

郭象說：「夫小大雖殊，而放於自得之場，則物任其性，事稱其能，各當其分，逍遙一也，豈容勝負於其間哉！」（莊子注）這就是本篇的意義。他的散文，風格鮮明，形象生動，在藝術上有很高的成就。至於他的思想，雖有破壞聖人偶像、毀棄禮教名教、揭露黑暗現實的積極的一面，但那些引人逃避現實的悲觀厭世的虛無思想，在舊社會裏也是很有影響的。

荀子　荀卿名況，趙人，是儒家的大師。他的生死年代，已難確定，大約生於前四世紀末年，死於前三世紀末年，史記本傳及鹽鐵論毀學篇都說李斯相秦，荀子還在世，可見他是一個活到將近百歲的老人。他曾遊學於齊，稱爲學術界的領袖，後因不得志，去楚，春申君以爲蘭陵令。春申君死而荀卿廢，嫉濁世之政，亡國亂君相屬，因發憤著書而死，葬於蘭陵。他在儒家學說的傳授上，佔有重要地位，毛、魯、韓詩、左傳、穀梁皆其所傳，猶長於禮。他是以孔學爲本，再適合當代政治社會變遷的趨勢，綜合各家的思想，加以補充修正，建立了一種新儒學。這種新儒學，很多地方接近法家的學說。

荀子的宇宙觀是唯物主義的。他肯定物質對精神的決定作用，同時又強調精神對物質的能動作用。他以科學的態度，對當時的迷信思想作了批判。特別是他的人定勝天的思想，在諸子哲學中最有力量和光輝。「大天而思之，孰與物畜而制之；從天而頌之，孰與制天命而用之；望時而待之，孰與應時而使之；因物而多之，孰與騁能而化之；思物而物之，孰與理物而勿失之也？願於物之所以生，孰與有物之所以成？故錯人而思天，則失萬物之情。」（天論篇）在制天、用天的思想基礎上，特別強調人的創造能力，強調人對自然界作鬥爭的重要意義，正確地說明人與自然的關係。

荀子的文學思想是重質尙用，反對華而不實的文章。他說：「故多言而類聖人也，少言而法君子也，多少無法而流湎，然雖辯小人也。故勞力而不當民務，謂之姦事；勞知而不律先王，謂之姦心；辯說譬喩，齊給便利，而不順禮義，謂之姦說。此三姦者聖王之所禁也。」（非十二子）這裏所批評的是哲學，同時也反映出荀子的文學觀點。他在正論裏說過：「故凡言議期命以聖王爲師」，在儒效篇裏說過：「聖人也者道之管也。天下之道管是矣，百王之道一是矣，故詩書禮樂之歸是矣。」從這些文字裏，知道荀子初步建立了文學原道、徵聖、宗經的傳統，把文學和政治更爲緊密地結合起來。他的散文雖文采不足，但質樸簡約，謹嚴綿密，剖析事理，非常透闢。如勸學、解蔽、正名、天論、非十二子諸篇，都是深刻有力的作品。

荀子除哲學著作以外，還寫過賦和詩。這類作品，晚於屈原，現在爲了便利，附論在這裏。漢書藝文志列孫卿賦十篇（孫卿卽荀卿，避漢宣帝劉詢諱改），今荀子的賦篇中只有禮、智、雲、蠶、箴五篇和佹詩二章。又漢志列成相雜辭十一篇，無作者姓名。現荀子集中有成相三篇。那末漢志的成相雜辭中，或有荀子的作品。班固云：「大儒孫卿及楚臣屈原，離讒憂國，皆作賦以風，咸有惻隱古詩之義。」（藝文志）可知古人是把他們兩人看作爲辭賦之祖的。屈原的作品，本無賦名，真正以賦名篇的，則起於荀子。賦篇的藝術價値雖不甚高，然在賦的發展史上，却很有影響。

爰有大物，非絲非帛，文理成章。非日非月，為天下明。生者以壽，死者以葬，城郭以固，三軍以強。粹而王，駁而伯，無一焉而亡。臣愚不識，敢請之王。王曰：此夫文而不采者與？簡然易知而致有理者與？君子所敬而小人所不者與？性不得則若禽獸，性得之則甚雅似者與？匹夫隆之，則為聖人；諸侯隆之，則一四海者與？致明而約，甚順而體，請歸之禮。（禮賦）

這種作品同離騷、九辯並讀，我們便立刻體會到兩種不同的特色。荀子雖久居楚國，他的賦篇並沒有感染到南方文學的色彩和情調。禮賦是一種說理的散文賦，離騷、九辯却是抒情的長篇新體詩。在禮賦中，很明顯的缺少詩歌所必有的那種情感、韻律的美質，它同漢代的散文賦，形式已很接近。它的問答形式，成爲漢代賦家普遍採用的形式。由這種作品的變化發展，出現了賈誼的鵩賦，枚乘的七發，前篇用他的賦名，後篇用他的形式，而終於演成司馬相如、揚雄諸人一類的作品。漢賦的形體是源於荀子，辭藻是取於楚辭，又受了縱橫家辭令的影響。

荀子的賦，其表面雖是詠物，其內容還是說理。其主要目的，是要說明禮、智、雲、蠶、箴這五種具體的或是抽象的物的形狀與功用。這種態度，正如他寫論文時候所取的態度一樣，是抱着不反先王之言不背禮義的要旨的。所不同者，他採取了一種詩文混合的新體裁。他的成相辭也是想把政治思想裝在通俗的文學裏的。如果說屈原、宋玉的創作態度是文學的，荀子的態度則是學術的教育的。到了漢代的賦家，接受荀子嘗試過的粗具規模的新體裁，拋棄了他那種學術家教育家的態度，完全從文學的立場上來創作，於是號稱六義附庸的賦，變爲漢代文學界的重要部門了。

荀子是重視通俗文學的功能的。成相辭是荀子一種宣傳道義賢良的通俗文學。它的體裁，是當日流行的一種歌謠式的自由體。成相二字的意義，古今學者，各有解釋。東坡志林云：「卿子書有韻語者，其言鄙近。成相者，蓋古歌謠之名也。」把成相解作是古代歌謠之名，可備一說。但也有以爲「成」是演奏，「相」是樂器，故文中的「請成相」，卽是「先來奏樂唱一曲」之意。盧文弨云：「禮記：治亂以相。相乃樂器，所謂春牘。又古者瞽必有相。審此篇音節，卽後世彈詞之祖。篇首卽稱『如瞽無相何倀倀』，義已明矣。首句『請成相』，言請奏此曲也。漢志成相雜辭十一篇惜不傳，大約託於瞽矇諷誦之辭，亦古詩之流也。」（荀子集解）成相辭雖不能說一定就是彈詞之祖，但說它是受了當日民間歌謠的影響，把治國爲政的人君大道，寫在通俗的文體中，要達到規箴教訓的目的，與現今的彈詞道情一類作品大體相同的事，是可以相信的。

成相辭所敍述的也都是尙賢、勸學、爲君、治國的道理。在前面敍述了不少的賢君如堯舜等人、暴君如桀紂等人的史事，中間言世亂之因，末篇言治國之術。他是想用通俗的民歌體裁，來傳佈他的政治思想。

請成相，世之殃。愚闇愚闇墮賢良。人主無賢，如瞽無相何倀倀。

請布基，愼聖人。愚而自專事不治。主忌苟勝，羣臣莫諫必逢災。

……

世之衰，讒人歸，比干見刳箕子累。武王誅之，呂尙招麾殷民懷。

世之禍，惡賢士，子胥見殺百里徙。穆公得之，強配五伯六卿施。

世之愚，惡大儒，逆斥不通孔子拘。展禽三絀，春申道綴基畢輸。

請牧基，賢者思，堯在萬世如見之。讒人罔極，險陂傾側此之疑。

基必施，辨賢罷。文武之道同伏戲。由之者治，不由者亂何疑為？

這完全是一種歌謠或道情式的調子，一定可以伴着簡單的樂器來歌唱。裏面所說的雖都是一些賢德聖道，但其中夾雜着許多歷史故事，聽者也會感着興味的。其中所謂「愚而自專，讒言得逞；暴人芻豢，賢士糟糠」，顯示出荀子對當代是非不分的黑暗政治的譴責。

佹詩可稱爲荀子的詩，然其中也雜有許多散文的調子，似乎是一種詩賦混合的體裁。它的內容，正和他的賦篇和成相辭一樣，也還是表現他的政治思想。「天下不治，請陳佹詩」，由這開篇兩句，就可領悟他的創作態度和作品中的政治傾向。他重視文學的實際功用，他說過「凡言不合先王，不順禮義，謂之姦言」的話，所以在他的作品裏，這種思想始終是一貫的。

韓非子　韓非，韓國貴族，是後期法家的代表人物，是荀子的學生。在先秦諸子中，他的時代最晚，故能綜合各家思想，成爲他自己的體系。司馬遷說他「喜刑名法術之學，而其歸本於黃、老」（史記老莊申韓列傳），但他的思想，主要是批判、結合申不害、商鞅、愼到的法、術、勢三者而成，而又雜有道家、儒家的思想成分。由分裂趨於統一，新興地主政權日益壯大的政治環境，是產生韓非思想的歷史根源。他一面攻擊儒家的仁政，一面詳細說明法令、手段、權勢的重要意義和作用，尊耕戰之士，除五蠹之民，嚴刑罰，一思想，把一切權力集中於君主，造成一套完整的極端專制主義的理論。難怪秦始皇讀到他的著作，佩服得五體投地。他雖不用於秦而死於秦，而秦皇、李斯之徒，實際是他的學說的忠實奉行者。

韓非的散文，深刻明切，鋒利無比，具有嚴峻峭拔的風格。他對於邏輯和心理有很深的研究，所以文章寫得條理分明，嚴密透徹，有很強的說服力。又善用寓言，巧設譬喻，使得文章更爲生動。顯學、五蠹、孤憤、說難諸篇，辭鋒犀利，論證充實，且富於批判精神，表現他散文的特色。

今有不才之子，父母怒之弗為改，鄉人譙之弗為動，師長教之弗為變。夫以父母之愛，鄉人之行，師長之智，三美加焉而終不動，其脛毛不改。州部之吏，操官兵，推公法，而求索姦人，然後恐懼，變其節，易其行矣。故父母之愛，不足以教子，必待州部之嚴刑者，民固驕於愛聽於威矣。故十仞之城，樓季弗能踰者，峭也；千仞之山，跛牂易牧者，夷也。故明主峭其法而嚴其刑也。布帛尋常，庸人不釋；鑠金百溢，盜跖不掇。不必害則不釋尋常，必害手則不掇百溢。故明主必其誅也。是以賞莫如厚而信，使民利之；罰莫如重而必，使民畏之；法莫如一而固，使民知之。故主施賞不遷，行誅無赦，譽輔其賞，毀隨其罰，則賢不肖俱盡其力矣。今則不然。以其有功也，爵之，而卑其士官也；以其耕作也，賞之，而少其家業也；以其不收也，外之，而高其輕世也；以其犯禁也，罪之，而多其有勇也。毀譽賞罰之所加者，相與悖謬也，故法禁壞而民愈亂。今兄弟被侵必攻者，廉也；知友被辱隨仇者，貞也；廉貞之行成，而君上之法犯矣。人主尊貞廉之行，而忘犯禁之罪，故民程於勇，而吏不能勝也。不事力而衣食，則謂之能；不戰功而尊，則謂之賢；賢能之行成，則兵弱而地荒矣。人主悅賢能之行，而忘兵弱地荒之禍，則私行立而公利滅矣。（五蠹）

五蠹是一篇重要的政治論文，集中地表現了韓非的政治思想。文中反覆說明由於社會的變化發展，只有法治學說最能符合實際情況。他認爲儒家、縱橫家、游俠、近侍之臣及商工之民爲五蠹，主張善養農民和軍隊，除去五蠹，方可富國強兵。文章寫得謹嚴綿密，很能代表他的散文風格，因爲篇幅過長，上面只錄了一段。

呂氏春秋與李斯 呂氏春秋和李斯雖屬於秦代，我想在這裏也簡單地附論一下。呂氏春秋爲呂不韋的門客編撰，分爲十二紀、八覽、六論，又稱呂覽。內容綜合諸子，兼收並蓄，所以稱爲雜家。但對於儒道兩家的思想，採取吸收者多，也雜有一些法家思想，對於墨家則表示不滿。書中文章，頗有佳作。其特點是語言簡明，組織嚴密，大都篇幅短小，而言之有物。如察今、去囿、察傳諸篇，無論思想與藝術，都是較爲優秀的作品。

李斯死於公元前二〇八年，年約七十歲，生年不可考。他是一個不甘寂寞、熱中富貴利祿的人，同蘇秦正是一流人物。他先從荀卿學帝王之術，後來看見楚國不足成大事，乃西入秦。到了秦國，先投呂不韋，爲其舍人，後來果然得了秦王的重用，步步高升，一家富貴，成爲秦朝一統的大功臣。始皇死後，不久便慘死在趙高的手裏。臨刑時，對他兒子說：「吾欲與若復牽黃犬，俱出上蔡東門，逐狡兔，豈可得乎？」這種心情，似乎在悲愴中還含着悔恨。

李斯的政治思想很近於韓非。他雖是一個嚴格的法治主義者，但也是一個富於文采的縱橫家、散文家。讀他的諫逐客書，便會知道他的文才和辭令。鋪陳排比，氣勢奔放，上承縱橫之勢，下啓漢賦之漸，不僅是秦代散文的佳篇，同時也可看出當日散文賦化的傾向。到了賈誼的過秦論，這傾向更爲顯著了。

李斯還替秦始皇作過幾篇刻石銘文，這當然是一些歌功頌德的作品。現在所看到的，以史記中所載的泰山、琅琊台、之罘、東觀、碣石、會稽諸篇爲可信。除琅琊台銘外，都是三句一韻，是一種新體。雖爲歌頌之作，文筆確還壯麗。故劉勰說：「秦皇銘岱，文自李斯，法家辭氣，體乏泓潤，然疎而能壯，亦彼時之絕采也。」（封禪）這種作品，對後代的碑銘文是有影響的。

漢志有秦時雜賦九篇，劉勰詮賦篇也說：「秦世不文，頗有雜賦。」這些賦是早已失傳了，連作者的姓名也無法知道。如果我們能發現那時的作品，那末從荀賦到漢賦的發展狀況就更明顯了。

春秋、戰國時代散文發展的過程，同着當代社會生產與精神文化的發展，取着一致的步調。由古代的尙書到春秋以至於左傳和國策，這是一條分明的歷史散文發展的路線；由老子、論語到墨子、孟子、莊子以及荀、韓諸子，這又是一條分明的哲學散文發展的路線。隨着社會的發展，文章的質與量，內容與形式，也都取得了顯著的進步。

由歷史散文的左傳、國策與哲學散文的墨、孟、莊、韓諸子的出現，在藝術上取得了很高的成就，成爲中國上古散文的典型。它們不僅在文章技巧上有了很大的進步，而且也具有豐富的思想內容。有的敘述了複雜的史事，反映了社會矛盾和現實生活；有的批判了政治制度，提出了經濟上的各種意見；有的在宇宙觀上倫理觀上展開了辯論，進行了古代唯物主義與古代唯心主義的思想鬥爭；有的對貴族統治者的罪行作了暴露，對知識分子的面貌作了刻劃，對人民的窮困生活作了同情的敘述。它們的內容是廣泛的，是有現實意義的。這些散文在形式上的發展也非常顯著。在這些作品中，已埋藏着各種文體的種子等待後人去培植創造，關於這一點，史學家章學誠是早已說過了。

周衰文弊，六藝道息，而諸子爭鳴。蓋至戰國而文章之變盡，至戰國而著述之事專，至戰國而後世之文體備。故論文於戰國，而升降盛衰之故可知也。……後世之文，其體皆備於戰國，何謂也？曰：子史衰而文集之體盛，著作衰而辭章之學興。文集者辭章不專家，而萃聚文墨以為蛇龍之菹也。後賢承而不廢者，江河導而其勢不容復遏也。經學不專家，而文集有經義，史學不專家，而文集有傳記。立言不專家，而文集有論辨。後世之文集，舍經義與傳記論辨之三體，其餘莫非辭章之屬也。而辭章實備於戰國，承其流而代變其體製焉。學者不知，而溯摯虞所裒之流別，甚且於蕭梁文選，舉為辭章之祖也，其亦不知古今流別之義矣。（詩教上）

章氏指出「辭章」是戰國散文的一個重要組成部分，也就是着重肯定了戰國散文的藝術成就，因此，後代的歷史家和文學家都向它們吸取營養、學習技巧，司馬遷、班固、司馬光、韓愈、柳宗元、歐陽修、王安石、蘇軾、曾鞏這些大家們的作品，無不滲透着戰國散文的血肉和靈魂。

第四章　屈原與楚辭

一　南北文化的交流與楚國文化的發展

詩經以後的三百年間，是理智思維發展的時代，是哲學、歷史散文勝利的時代。許多才智之士，處在那激烈變化的社會裏，都以不同的立場觀點，用盡心力，討論政治、經濟、哲學上的各種問題，記述歷史上各種興亡盛衰的事蹟。大家都利用散文這一武器，在思想的戰線上，展開劇烈的鬥爭。詩歌的聲音是消沉了，詩壇是冷落了。但詩的生命並沒有死亡，它在諸子哲學時代豐富的思想基礎上，在新興的散文時代的語言發展的基礎上，在民間的歌曲和音樂的基礎上，正積蓄着它們的力量和感情，準備唱出更新鮮更美麗的歌聲。「大風雨過後，開出來的花更香」，到了戰國後期的南方，以屈原爲代表的楚辭，開展了中國詩歌史上詩經以後的第二個春天。

一、南北文化的交流　楚國的祖先，據說是黃帝的後裔，鬻熊之子事文王，熊繹（鬻熊的後代）在成王時代，封於楚地。西周時代，北方的君主諸侯把楚國都看作是南方的蠻族。如小雅采芑說：「蠢爾蠻荆，大邦爲讎。……顯允方叔，征伐玁狁，蠻荆來威。」這是周宣王南征楚國的敘事詩。荆上加一蠻字，同北方的異族玁狁對舉，很可知道北方對於楚人的輕視態度。再如時代較晚的魯頌閟宮說：「戎狄是膺，荆舒是懲。」北方的戎狄，南方的荆舒，一概看作蠻族，而加以膺懲的事，這口氣是更大的。不僅中原人的態度是如此，就是楚國人自己，也承認自己是蠻夷。如史記楚世家說：「熊渠曰：我蠻夷也，不與中國之號謚。……楚伐隨，隨曰：我無罪。楚曰：我蠻夷也。今諸侯皆爲叛，相侵或相殺，我有敝甲，欲以觀中國之政，請王室尊吾號。」自己稱蠻夷，對方稱中國，這更可說明楚國在當時政治上的地位。

楚國在江淮流域一帶，很早就與殷商的文化發生淵源。殷商滅亡以後，它的文化分爲兩個支流，一支在北方周人的手下融和發展，另一支則在宋楚的南方保存。楚國雖被稱爲蠻夷，其文化來源，與周民族同樣，是受殷商的影響。但是後來因爲中原政治經濟的迅速進步，北方文化發展迅速，而成爲中國古代文化的中心。楚國文化是較爲落後的。

楚國在西周時代，努力擴展地盤，到了春秋，軍事政治都有了進步，於是開始向北方進取了。楚莊王是五霸之一，觀兵問鼎，聲威赫赫，昔日稱爲荆蠻的楚人，也在中原的政治舞台上露了頭角，掌握着操縱政治的大權。當時長江一帶的大小國家，都先後合併於楚。所謂「周之子孫封於江漢之間者，楚盡滅之」，「漢陽諸姬，楚實盡之」，都是真實的情形。這樣一來，楚的版圖擴大了自不必說，最要緊的是在文化方面增進了許多新原素新力量，促進南北文化的交流。稱雄爭霸，遠交近攻，於是南北諸侯的交涉日趨頻繁，會盟聘問的事也日益加多了。中原較高的文物制度、思想文化，自然會爲南方的民族大量吸收。到了戰國，這種南北文化滙流的現象更是明顯。許多南方學者，到北方去留學，北方的人士，也都到南方來遊歷。思想的交融，文學的感染，更加密切起來，這就加速了楚國文化的發展。一部詩經，在春秋時代，是列國使臣的教科書，我們只要看看當日外交界的賦詩、歌詩事件的流行，便可明瞭。但在那時候，楚國君臣上下，很多人都能引用詩經來談話了。

左傳中所記的楚人賦詩的事就有好多起，如：宣公十二年，楚子引周頌時邁及武。

成公二年，子重引大雅文王。

襄公二十七年，楚薳罷如晉賦既醉。

昭公三年，楚子享鄭伯賦吉日。

昭公七年，芊尹無宇引小雅北山。

昭公十二年，子革引逸詩祈招。

昭公二十三年，沈尹戌引大雅文王。

昭公二十四年，沈尹戌引大雅桑柔。

或是談話引詩，或是盟會賦詩，在當日成了一種風氣。可知一部詩經在春秋時代就從北方移植到南方來了。這種移植，開始是應用於外交辭令方面，但詩經究竟是一部詩歌。在這種環境下，楚國的文學必然要感染着詩經的影響，楚國文人的思想，必然會感受着北方的思想。橘頌、天問的形體源於詩經，屈原的政治倫理思想，受有儒家的影響，這是並不奇怪的。

二、詩經與楚辭　詩經與楚辭，在創作方法的主要傾向和詩歌的形式、風格方面，雖具有不同的特色，但在文學發展的源流與相互的影響上，是有聯繫的。孔子所提出來的「興觀羣怨」的文學作用，和「無邪」的思想內容，正是詩經和楚辭的共同特徵。這裏所說的楚辭，主要是指的屈賦，楚辭中所收的那些漢代作品，不在論述之列。皮錫瑞經學通論詩部云：「而楚辭未嘗引經，亦未道及孔子。宋玉始引詩素餐之語，或據以爲當時孔教未行於楚之證。按楚莊王之左史倚相、觀射父、白公、子張諸人在春秋時已引經，不應六國時猶未聞孔教。楚辭蓋偶未道及，而實兼有國風、小雅之遺。」他從精神實質上說明國風、小雅和楚辭的繼承關係，是相當正確的。再在語言上，我們也可看出詩經、楚辭的淵源。一些人以爲「兮」、「只」、「也」等詞彙的使用，成爲楚辭的特徵，其實這也是不正確的。這些詞彙，在詩經裏全都用過了。「兮」這個字，是楚辭中用得最多的，然而在詩經中最爲常見。周南、召南是江漢一帶的南方詩，我們不必講它，就是在其餘的十三國風裏，也用得很普遍。有每句用的，有隔句或隔二三句不等而用的，有用於字尾的，也有用於句中的。可知「兮」字的使用，在古代的民歌裏，是普遍全國，南北不分。不過到了楚辭，用得較爲廣泛，較爲整齊，意義較爲複雜而已。大招中的「只」，在詩經中也有，如鄘風柏舟篇云：「母也天只，不諒人只」，這形式與意義都是一樣。

「也」字在詩經裏也有，到了戰國，散文家用得更是普遍。「些」字雖在詩經裏找不出，但它在意義上，正如「兮」、「思」一樣，是一個虛助詞。郭沫若對於這個字有很好的見解。他說：「楚辭的『些』字和周頌賚與周南漢廣的『思』字是一個系統。」

文王既勤止，我應受之，敷時繹思。

我徂維求定，時周之命，於繹思。（賚）

南有喬木，不可休息。漢有游女，不可求思。

漢之廣矣，不可泳思。江之永矣，不可方思。（漢廣）

這樣排列地讀着，便知道招魂的體裁和這完全相似。「些」、「思」二字只是一聲之轉，都是口語中的虛詞。

二　楚辭的特徵

楚辭是楚國詩歌的代表。它在某些思想內容和形式方面，雖說接受着北方文化的影響，但它仍然很顯明地保存着南方文化的特性和風格。想像的豐富，文采的華美，形式的變化，濃厚的宗教情調，神話傳說的大量採用，情感的熱烈和奔放，這都和詩經有些不同的地方。構成不同的原因，一面由於文學精神和創作方法，關於這些，留在後面論屈賦時再說。但同時還要注意到楚辭的南方民族形式的特徵。語言、宗教、樂歌以及地方色彩各方面，對於楚辭的民族形式，都起了一定的作用。宋黃伯思翼騷序云：「屈宋諸騷，皆書楚語，作楚聲，紀楚地，名楚物，故可謂之楚辭。若些、只、羌、誶、蹇、紛、侘傺者楚語也。悲壯頓挫或韻或否者楚聲也。沅、湘、江、澧、修門、夏首者楚地也。蘭、茝、荃、葯、蕙、若、芷、蘅者楚物也。」（見陳振孫直齋書錄解題引）他的解釋雖說不錯，但還是不夠的。因此我將在這裏再作一點補充的說明。

一、楚國的語言　在楚辭中大量地使用楚國的方言口語，形成它在語言藝術上的風格。「些」字在文法上雖與詩經中的「思」字相同，但它畢竟是楚國的語言。再如：

「靈連蜷兮既留」（雲中君），王逸注云：「靈，巫也，楚人名巫爲靈子。」

「朝搴阰之木蘭兮」（離騷），說文云：「搴，拔取也，南楚語。」

「憑不厭乎求索」（離騷），王逸注云：「楚人名滿曰憑。」

「羌內恕己以量人兮」（離騷），王逸注云：「羌，楚人語辭也，猶言卿何爲也。」

「忳鬱邑余侘傺兮」（離騷），王逸注云：「傺，住也，楚人名住曰傺。」

「倚閶闔而望予」（離騷），王逸注云：「說文云：閶，天門也，闔，門扇也。楚人名門曰閶闔。」

「又眾兆之所咍也」（惜誦），王逸注云：「咍，笑也，楚人謂相調笑曰咍。」

這類的方言口語，還有很多，上面不過略舉數例而已。就是「離騷」二字，也是楚國的口語。國語楚語云：「伍舉曰：德義不行，則邇者騷離，而遠者距違。」王應麟以爲伍舉所謂「騷離」，屈原所謂「離騷」，其實都是楚國方言。至於楚辭中用的「兮」字，詩經中用的也很多，雖不是楚國的方言，但它在南在北，同樣是民間的口語，正如今天白話文中的「啊呀」一樣。然在楚辭中，兮字用的更加廣泛，並且發生更多的意義。聞一多在九歌兮字代釋略說裏，說明「兮」字在九歌中的各種用法，如「采芳洲兮杜若」，「觀流水兮潺湲」，「兮」字是「之」意。如「帶長劍兮挾秦弓，首身離兮心不懲」，「兮」字是「而」意；「傳芭兮代舞」，「兮」字是「以」意；「芳菲菲兮滿堂，五音紛兮繁會」，「兮」字是「然」意；「采薜荔兮水中，搴芙蓉兮木末」，「兮」字是「於」意。楚國口語方言大量的運用，在形成楚辭文學特有的風格上，具有重要的作用。

二、楚國的宗教

由殷商到西周，宗教觀念有很大的進展。由「先鬼而後禮」到「事鬼敬神而遠之」，這是很好的說明。春秋、戰國時代，經了儒家道家思想的衝洗，神鬼的信仰是更加淡薄了。但處在南方的楚國，巫術迷信的宗教風氣，却是非常流行。一方面固然是導源於殷商文化的影響，同時也因爲那種高山大澤、雲煙變幻的自然環境，宜於那種神鬼思想與宗教迷信的保留與發育。漢書地理志說：「楚地信巫鬼而重淫祀。」王逸也說：「沅湘之間，其俗信鬼而好祠。」（九歌序）可知信神鬼重淫祀，是楚國人民的風俗。在這種巫術迷信的風俗中，孕育着各種各樣的神話與傳說，養成着豐富的幻想力，成長着美麗的歌辭和樂舞，這些都成爲楚辭文學中的養料與特徵。九歌中的巫靈，離騷中的天國，招魂中的幽都，天問中的玄想，都是明顯的標記。對於這些美麗的詩篇，楚國特有的宗教色彩，也發生了一定的影響。

三、南方的音樂　宗教以外我們要注意的是南方的樂歌。左傳成公九年傳云：「晉侯觀於軍府，見鍾儀，問之曰：『南冠而縶者誰也？』有司對曰：『鄭人所獻楚囚也。』……使與之琴，操南音。……文子曰：『楚囚，君子也。言稱先職，不背本也。樂操土風，不忘舊也。』」楚囚所操的南音，自然是楚國民間流行的俗樂。呂氏春秋音初篇云：「禹行功見塗山之女，禹未之遇，而巡省南土。塗山氏之女乃命其妾待禹於塗山之陽。女乃作歌曰：『侯人兮猗！』實始作爲南音。」無論樂調與民歌，都有所謂「南音」，這種「南音」與北樂北歌自然是很不同的。它是一種富於幻想，變化曲折，悅耳動聽的樂歌，也就是後來所謂的楚聲。這樣的「南音」或「楚聲」，對於楚國的詩歌，無論在形式和情調上都是有影響的。九歌諸篇大部分是當時民間的歌曲，是楚國的巫風和南音的結晶，由屈原加工再造出來的。在其他的古籍裏，也還可以看到楚辭以前的南方歌曲。

今夕何夕兮，搴洲中流。今日何日兮，得與王子同舟。蒙羞被好兮，不訾詬恥。心幾煩

而不絕兮，知得王子。山有木兮木有枝，心悅君兮君不知！（越人歌）

此歌見於劉向說苑善說篇，是中國第一首譯詩。鄂君子晳泛舟河中，打槳的越人用越語三十一個字唱出這隻歌來，因爲鄂君聽不懂，請人用楚語譯出，成爲這麼一首美麗的歌辭。

延陵季子兮不忘故，

脫千金之劍兮帶丘墓。（徐人歌）

此歌見劉向新序節士篇，敘述延陵季子北遊時，路過徐國。徐君很愛慕他身上帶的那一把劍。等到季子北遊南返時，徐君已死於楚，於是季子把那劍掛在死者的墓上而走了。這一首歌便是徐人感謝季子的情義歌唱出來的。

滄浪之水清兮，可以濯我纓。

滄浪之水濁兮，可以濯我足。（孺子歌）

這首歌見於孟子離婁篇，據說是孔子遊楚時聽見一個小孩子唱的，所以叫做孺子歌。越人歌、徐人歌雖出於楚國的鄰邦，然同屬於南方的系統，孺子歌更是道地的楚國的民歌。由於這些歌曲，我們可以體會到楚辭的淵源。

四、地方色彩　楚國在江淮一帶的南方，得天獨厚。土壤肥沃，物產豐饒，雨水便利，風景清秀，與北方不同。物質生活，處境較優，精神方面，有富於幻想與愛美的傾向。這種現象反映到古代哲學或是文藝方面，都可得到同樣的影響。劉師培認爲北方多尙實際，南方多尙虛無。「民崇實際，故所著之文，不外記事析理二端；民尙虛無，故所作之文，或爲言志抒情之體。」（南北文學不同論）他所說的雖不完全眞實，也還可以供我們參考。不用說，北方也有言志抒情之作，南方也有記事析理之文，但其中的情調色彩，畢竟兩樣。試將孟、莊並讀，詩、騷對比，雖同樣是文，同樣是詩，風格的差異，確很顯然。我們再看在楚辭裏出現的那些名山大川，奇花香草，都是那地帶特有的風物，供給作家許多美麗的材料，在作品的畫面上，塗染了種種新奇的顏色。劉勰說：「若乃山林臯壤，實文思之奧府，略語則闕，詳說則繁，屈平所以能洞監風騷之情者，抑亦江山之助乎？」（物色）過於強調「江山之助」，當然片面，但也不能完全否認南方的自然環境對於屈原的作品所起的某些影響。在交通阻隔的二千多年的古代，地方色彩對文學藝術，更容易顯出它的感染作用。

三　屈原的生平及其作品

屈原是楚辭的創造者，是中國文學史上第一個出現的偉大詩人。在他以前的詩經，篇章是短小的，作者絕大部分是沒有姓名的。到了屈原，才用整個的生命，獻身於詩歌的藝術，用他全部的精神和情感，歌唱那一個悲劇的時代。在他的作品裏，表現了他卓越的思想、人格和天才。在兩千二百多年前，在中國文學史上出現了這樣偉大的作家，實在使我們感着無限的驕傲。

一、屈原的生平

屈原名平，是楚國的貴族。他有廣博的學問，豐富的想像和傑出的創作天才。關於他的生平事蹟，史記裏有一篇屈原傳，但記載得並不很詳細，所以我們還只能知道一個輪廓。他的生死年代，很難確定，大約生於公元前三四〇年左右，死於公元前二七八年左右。這正是戰國末期，楚國由強大轉入衰弱，離秦帝國的統一，只有半個世紀了。這時期是中國學術思想蓬勃發展、光輝燦爛的時代，也是各國軍事政治鬥爭最劇烈，縱横風氣最流行的時代。當代有名的學者，稍前於屈原的有商鞅、申不害、宋鈃、孟軻、惠施、莊周、陳良、許行諸人，比他稍後的有鄒衍、公孫龍、荀況和韓非，縱横家蘇秦與張儀，更和他一生有密切的關係。在這樣一個政治變化、社會動搖而學術思想正在蓬勃發展的時代，一面是提高了屈原的政治思想，同時也就豐富了他的精神文化生活。

屈原的家世，我們可以知道的不多。他自己說他的父親是伯庸，大概是可靠的。至於離騷中的女嬃，有說是他的姊妹，有說是他的妻妾或侍女，這都是想像之詞。屈原的故鄉是秭歸，據水經注引宜都記云：「秭歸蓋楚子熊繹之始國，而屈原之鄉里也。原田宅於今具存。」秭歸是巫峽鄰近居山傍水的一個小縣，也是王昭君的故鄉。走過三峽的人，總會知道那地方的風景絕美，壯麗中有清秀，雄偉中有情趣，山聲水影，都是自然界絕妙的音樂和圖畫。水經注云：「……其間首尾一百六十里，謂之巫峽，蓋因山爲名也。自三峽七百里中，兩岸連山，略無闕處。重巖疊障，隱天蔽日，自非停午夜分，不見曦月。至於夏水襄陵，沿泝阻絕，或王命急宣，有時朝發白帝，暮到江陵，其間千二百里，雖乘奔御風，不以疾也。春冬之時，則素湍淥潭，迴清倒影，絕巘多生怪柏，懸泉瀑布，飛漱其間，清榮峻茂良多趣味，每至晴初霜旦，林寒澗肅，常有高猿長嘯，屬引淒異，空谷傳響，哀轉久絕。」這樣奇絕的山水環境，對於屈原的雄渾的氣魄和清俊而又瑰麗的文風，不能沒有影響。

屈原是貴族出身，有深厚的文化教養。在二十多歲的青年時代，就在宮廷供職，任懷王的左徒。那是他的得意時期。年輕位高，懷王又很信任他，正如史記本傳所說：「入則與王圖議國事，以出號令；出則接遇賓客，應對諸侯，王甚任之。」屈原學問廣博，善於辭令，又熟悉國際形勢，在懷王那樣的信任下，很可以替楚國做一番事業。不料這一位進步的貴族知識分子，竟招來了一羣腐敗貴族的反對。在屈原的時代，當時雖號稱七國，但實際上最有地位的是秦、楚、齊三強。這三強各以地勢兵力的優越，都想爭雄稱霸，統一中國，而三強中，又以秦的力量最大。在這種局面下，楚國的外交政策，形成兩條路線，一條是聯齊抗秦，保全楚國的獨立，再謀發展，屈原、陳軫、昭睢主之。另一條是親秦的投降路線，靳尙、子蘭主之，再加以懷王的寵姬鄭袖也站在這一邊，因此親秦派在政治上的勢力，遠在聯齊之上。親秦派都是一些目光短小的腐敗貴族，他們只知貪圖享樂，鞏固權位，甘心接受秦國的賄賂，出賣楚國的利益。在這樣的內部矛盾下，靳尙、子蘭一派，設法在懷王的面前毀謗屈原，打擊他，疏遠他和懷王的關係。懷王是有名的昏君，自己毫無主見，聽了兒子和寵姬的話，果然免了屈原左徒的官職，不讓他參與國家大事。後來親秦派受了秦國種種的欺騙，喪師失地不用說，還把懷王騙到秦國，做了三年的俘虜，終於死在那裏。那時屈原可能正流浪在漢北。在那廣漠的山野中，他說他自己好像是一隻從南邊飛來的孤獨的鳥。北望着高山，南望着郢都，傷心着楚國政治的腐敗和國運的危殆，寫出了極其沉痛的詩篇。懷王死後，頃襄王繼位。屈原可能是回來過的。過了幾年，親秦派勢力復活，頃襄王作了秦王的女婿，屈原又受到打擊，再被放逐到江南去。他在湖北南部和湖南北部一帶比較偏僻的地方，流浪了不少的歲月，在長期的流浪中，和人民更爲接近，對現實更爲不滿，在憂愁苦痛的憤恨中，創作了許多優秀的作品。他孤獨地時常出沒在江邊澤畔，望着楚國的天野，朗吟着自己的詩篇，吐露出愛國愛民的深厚感情和悲歎自己的命運。他這時候年紀老了，身體衰弱了，眼看楚國的政治日益腐敗，秦國的侵略日益緊迫，他旣無力挽救，又不能坐視楚國的滅亡，於是寫完了最後的那篇懷沙，便於舊曆五月初五，投在長沙附近的汨羅江自沉了。屈原的死，激起了楚國人民對他無限的敬愛，增加了對腐敗的統治階級和貴族政治的憤恨，鼓舞了廣大人民的愛國熱情。二千多年來，人民都不忘記他，一到了端午節，用划龍船吃粽子的種種形式來紀念他，表示了廣大人民對於屈原的熱愛。

屈原的歷史，是他同那一羣腐敗貴族集團鬥爭的歷史，他的悲劇也就是楚國和楚國人民的悲劇。他許多優秀作品的成長和發展，正是他一生的鬥爭的成長和發展，也就是那一時代的政治悲劇和他的人生悲劇的真實的反映。

二、屈原的作品　屈原的作品，見於史記本傳的，有離騷、天問、招魂、哀郢及懷沙五篇。漢書藝文志載屈賦二十五篇，王逸的楚辭章句，有離騷、九歌（十一篇）、天問、九章（九篇）、遠遊、卜居和漁父，篇數與藝文志相符。但是王逸所收的這些作品，其中有些很可疑。因此我們研究屈原的作品，不要爲藝文志的篇數所限。從他作品的內容和發展上來看，可分爲前後兩期。前期是放逐前的作品，主要有橘頌和九歌。後期是流放後的作品，主要有抽思、思美人、招魂、離騷、天問、哀郢、涉江和懷沙。屈原的放逐對於他整個的人生以及他作品的思想內容和風格，起了決定性的變化。關於屈原的放逐，可能是前後兩次。一次是漢北，約在懷王末年；一次是江南，約在頃襄王時期，但其年代，很難確定。至於他許多作品寫定的時間和地點，也不容易知道。可以肯定的，抽思是作於漢北，哀郢、涉江、懷沙爲放逐江南時作。其餘的就很難確定了。

我們先說屈原流放以前的作品。

橘頌　橘頌是屈原初期之作。他以歲寒不凋的橘樹的品質，來比擬他自己的受命不遷、橫而不流的精神。所謂「嗟爾幼志，有以異兮」；「年歲雖少，可師長兮」，這都說明了橘頌的時代和屈原寫作時候的心情。戰國時期，是縱橫風氣最流行的時代。遊說之士，沒有國家觀念，只是抵掌揣摩，騰說而取富貴。「楚材晉用」，「朝秦暮楚」，當時的知識分子，不以爲恥，反以爲榮。屈原對於這種風氣，深表不滿。因此他願以抗傲霜雪、獨立不遷的橘樹作爲他的朋友和榜樣。

后皇嘉樹，橘徠服兮。受命不遷，生南國兮。

深固難徙，更壹志兮。綠葉素榮，紛其可喜兮。

……

蘇世獨立，橫而不流兮。閉心自愼，終不失過兮。

他這樣歌頌橘樹的品質和性格，也就正是歌頌他自己的品質和性格。「受命不遷」、「橫而不流」和「深固難徙」的精神，正是屈原後來在作品中所表現出的愛國家愛鄉土的精神，也就是屈原一生所保持着的崇高品質。橘頌的形體近於詩經，而又無「亂辭」，在形式和思想內容上，與離騷和九章中的作品有些不同，我們如果相信橘頌是屈原流放以前青年時代的作品，一切問題都可得到解決。

九歌　九歌是一套祭祀神鬼的舞曲，是歌辭、音樂、舞蹈混合而成，可以看作是中國古代歌劇的雛形。王國維說：「楚辭之靈，殆以巫而兼尸之用者也。其詞謂巫曰靈，謂神亦曰靈。蓋羣巫之中，必有象神之衣服形貌動作者，而視爲神之所憑依，故謂之曰靈，或謂之靈保。……至於浴蘭沐芳，華衣若英，衣服之麗也。緩節安歌，竽瑟浩倡，歌舞之盛也。……是則靈之爲職，或偃蹇以象神，或婆娑以樂神，蓋後世戲劇之萌芽，已有存焉者矣。」（宋元戲曲考）他所說的就是九歌。九歌是樂曲名，不是數目名。離騷上說：「啓九辯與九歌兮，夏康娛以自縱」；又天問說：「啓棘賓商，九辯九歌，」可知九歌是一個舞曲整體的名字。我們現在讀九歌，還可體會到當時表演的情況。那裏面有各種樂器，有跳舞，有歌辭，有佈景，有各樣登場的人物。場面熱鬧，範圍廣大。必得在一個重要典禮的紀念日，才能舉行。第一場是尊貴的天神（東皇太一），其次是雲神（雲中君），其次是愛神（湘君、湘夫人），其次是命神（大司命、少司命），其次是日神（東君），其次是河神（河伯），其次是山妖（山鬼）。因神鬼的類別不同，所以表現他們的性質也就兩樣。湘君、湘夫人、河伯、山鬼他們本身就充滿了浪漫色彩，因此對於這些神的措辭和表演都帶了濃厚的浪漫情調。其他的神就都很莊嚴。最後一場是追悼陣亡將士的靈魂，那是全劇中最悲壯的一幕（國殤）。禮魂是全劇的尾聲，是用着合樂合唱合舞的表演來收場的。「成禮兮會鼓，傳芭兮代舞，姱女倡兮容與」，在這三句裏，我們可以想像到那合樂合唱合舞的最後一場，是多麼熱鬧。所謂「成禮兮」，必然是一種典禮的完成。像這樣大規模的典禮，大規模的表演，還要追悼陣亡的將士，決非古代民間所用，一定屬於楚國的宮廷。所以我們說九歌可能是屈原放逐以前在楚國宮廷供職時期的作品。

九歌的原始材料，大部分是楚國民間的祭神歌曲，是南方各地流行的巫歌。屈原採用這些材料，再加以修改和補充，才完成這整體的九歌。王逸說：「九歌者屈原之所作也。昔楚國南郢之邑，沅湘之間，其俗信鬼而好祠，其祠必作歌樂鼓舞以樂諸神。屈原放逐，竄伏其域，懷憂苦毒，愁思怫鬱，出見俗人祭祀之禮，歌舞之樂，其詞鄙陋，因爲作九歌之曲。」（楚辭章句）朱熹也說：「蠻荊陋俗，詞既鄙俚，而其陰陽人鬼之間，又或不能無褻慢荒淫之雜。原既放逐，見而感之，故頗爲更定其詞，去其泰甚。」（楚辭集註）他們一致說九歌是民間文藝的改作，這見解是正確的。至於它的創作時期說在屈原放逐以後，朱熹說是「以寄吾忠君愛國眷戀不忘之意」，那就不可信了。

屈原對於這些材料，曾給以創造性的加工和提鍊，在語言上得到高度的純化和美化，融合他個人的想像和感情，變爲他自己的藝術品。在這裏可以看出，屈原是如何地喜愛民間文藝，是在自己民族的土地上，吸取文學的源泉和養料，來豐富他創作的生命的。

君不行兮夷猶，蹇誰留兮中洲。美要眇兮宜脩，沛吾乘兮桂舟。令沅湘兮無波，使江水兮安流。望夫君兮未來，吹參差兮誰思。……揚靈兮未極，女嬋媛兮為余太息。橫流涕兮潺湲，隱思君兮陫側。桂櫂兮蘭枻，斲冰兮積雪。采薜荔兮水中，搴芙蓉兮木末。心不同兮媒勞，恩不甚兮輕絕。（湘君）

帝子降兮北渚，目眇眇兮愁予。嫋嫋兮秋風，洞庭波兮木葉下。登白薠兮騁望，與佳期兮

夕張。鳥何萃兮蘋中？罾何為兮木上？沅有茝兮澧有蘭，思公子兮未敢言。荒忽兮遠望，觀流水兮潺湲。（湘夫人）

秋蘭兮青青，綠葉兮紫莖。滿堂兮美人，忽獨與予兮目成。入不言兮出不辭，乘回風兮載雲旗。悲莫悲兮生別離，樂莫樂兮新相知。（少司命）

操吳戈兮被犀甲，車錯轂兮短兵接。旌蔽日兮敵若雲，矢交墜兮士爭先。凌余陣兮躐余行，左驂殪兮右刃傷。霾兩輪兮縶四馬，援玉枹兮擊鳴鼓。天時墜兮威靈怒，嚴殺盡兮棄原野。出不入兮往不反，平原忽兮路超遠。帶長劍兮挾秦弓，首身離兮心不懲。誠既勇兮又以武，終剛強兮不可凌。身既死兮神以靈，子魂魄兮為鬼雄。（國殤）

或寫風景，或道柔情，或言離別，或敘戰事，有的清麗，有的悲壯，然無不委婉曲折，感染人心。這種藝術價值，一直到現在還保持着活躍清新的生命。在國殤裏，他用了高歌激昂的調子，通過劇烈的戰鬥的描寫，對於那些為國犧牲的英勇戰士，致以崇高的敬意。就在這些舞曲的歌辭裏，也表現出屈原的愛國精神。

其次，我們來談屈原放逐以後的作品。

抽思與思美人　抽思是屈原流放在漢北時的作品，可能是他在流放期中最早寫成的一篇。

有鳥自南兮，來集漢北。好姱佳麗兮，牉獨處此異域。既惸獨而不羣兮，又無良媒在其側。道卓遠而日忘兮，願自申而不得。望北山而流涕兮，臨流水而太息。望孟夏之短夜兮，何晦明之若歲。

這是抽思中的一節。前六句是寫他自己放逐異域、孤苦零仃的生活心境，後六句是寫懷王北上以後，表示出自己眷戀不忘的感情。他一面追念着北上的君王，同時又懷戀着南方的故都。「惟郢路之遼遠兮，魂一夕而九逝。曾不知路之曲直兮，南指月與列星。」這些都是非常沉痛的詩句。抒情極爲真實，造意富於想像。因爲他心中積壓着國恨鄉愁和種種痛苦的感情，所以發生這抽思的哀怨。再如思美人，想也是思念懷王之作。作抽思時懷王未死，故有惸獨不羣、無媒在側之歎；到了思美人，懷王可能已死，故有媒絕路阻之語。欲抒哀情，只好寄言於浮雲，致辭於歸鳥了。幽明的懸隔，文字的輕重，都有痕跡可尋。這兩篇作品，相隔的年代似乎不很久。文中說：「指嶓冢之西隈兮，與纁黃以爲期。」可知他還在漢北。又說：「開春發歲兮，白日出之悠悠；吾將蕩志而愉樂兮，遵江夏以娛憂。」這是說到了明年春天，準備到南方去。

離騷　離騷是屈原在放逐中的代表作品，也是他一生中最卓越的詩篇。全詩三百七十三行，共二千四百九十個字，成爲中國古代最雄偉的長詩。在離騷裏，屈原將他的思想、感情、想像、人格融合爲一，通過綺麗絢爛的文采和高度的藝術，傾吐出自己的歷史、理想，表達出對於昏庸王室和腐敗貴族的憤恨，而流露出愛國家愛人民的深厚的感情。在這一篇詩裏，使我們體會到：在那個政治黑暗、矛盾非常尖銳的環境裏，一個進步的作家，一個苦悶的靈魂，追求真理追求光明，盡了最大的努力和鬥爭，而終於感到幻滅的悲劇。全詩的發展，分爲三個段落。在第一段裏，他敘述了他的高尙品質和放逐的歷史，並追敘古代的史事去批判當代楚國政治的危機。在第二段中，屈原織入了許多神話傳說的材料，上天下地、入水登山的超越現實的描寫，去表達自己的願望和苦痛的心情，在文字上格外顯出離奇與光彩。在這一段中，作者的想像，精神的昇華，都達到了高潮。到了最後一段，直升的感情，又轉入了波折。因爲天門不開，陳志無路。他只好向靈氛問卜，向巫咸請示。他們告訴他楚國不可久留，不如到國外去。「曰勉遠逝而無狐疑兮，孰求美而釋女？何所獨無芳草兮，爾何懷乎故宇？」他乘龍駕象，在天空中飛翔了一陣，忽於陽光中，望見了自己的故鄉——楚國，他的僕人悲傷起來，馬也不肯走了。「既莫足與爲美政兮，吾將從彭咸之所居！」他決心用他的生命，來殉他的祖國，他用這兩句堅定的語言，作了這篇長詩的總結。在這一篇詩裏，真實地反映出屈原思想發展的道路，集中地表現了他全部創作的特徵。篇幅之長，文采之美，想像的豐富，象徵的美麗，愛國懷鄉之情，憤世嫉俗之感，再加以神話奇聞，夾雜交織，在現實生活的基礎上，發揮了積極的浪漫主義精神。這一詩篇成爲中國詩歌史上的傑作，放射出永久不滅的光輝。

天問　天問是屈原作品中較奇怪的一篇。無論內容與情調，都與屈原其他的作品不同。在全篇中，他對於自然現象、神話傳說和古代史事，提出了一百多個問題。全詩三百七十多句，一千五百餘字，爲屈原作品中的第二首長詩。這篇文章給我們兩個暗示。其一，作者一定是富於懷疑精神而心靈又有無限苦痛的人。其次，作者一定是一個博聞強記的學者。他蘊藏着許多天文地理的自然知識，遠古的神話傳聞，以及古代的歷史材料。屈原恰好有這兩種資格，史記又說天問是他所作，想是可靠的，我們用不着懷疑。王逸在天問序中說：「屈原放逐，憂心愁悴，彷徨山澤，經歷陵陸，嗟號昊旻，仰天歎息。見楚有先王之廟及公卿祠堂，圖畫天地山川神靈，琦瑋僑佹，及古賢聖怪物行事。周流罷倦，休息其下，仰見圖畫，因書其壁，呵而問之，以渫憤懣，舒瀉愁思。楚人哀惜屈原，因共論述，故其文義不次序云爾。」他對於屈原作天問的心境的表白是對的，但那種事實，不很可靠。先王廟宇公卿祠堂，何至於在江南野外的放逐之地，廟壁祠牆，又何能任意塗寫。衡之情理，極不可信。天問是屈原放逐以後，憂鬱彷徨，精神上起了激烈的動搖，舊信仰完全崩潰，因此對於自然界的現象、古代的歷史政跡、宗教信仰以及各種傳統思想，都起了懷疑，而發出來種種的問題。正是司馬遷所說的苦極呼天的意思。篇中雖無放逐之言，流竄之苦，但全文中却表現一個正陷於懷疑破滅途中的最苦悶的靈魂。這一個靈魂，恰好是屈原的靈魂。天問難讀，自古已然，其難並不在文字的艱深，而在於我們缺少古史的知識。在文學的立場上看來，天問的價值遠不如離騷，但在古史和神話學的研究上，它却有重要的地位。篇中保藏着無數的古代史料和神話傳說，將來總有完全開發的一天。

招魂　招魂，司馬遷說是屈原所作，但王逸說是宋玉所作。王說：「招魂者宋玉之所作也。……宋玉憐哀屈原忠而斥棄，愁懣山澤，魂魄放佚，厥命將落，故作招魂，欲以復其精神，延其年壽。……」因此古人多從王說。到了林雲銘才以屈原自招的議論，推倒王逸的意見。他說：「是篇自千數百年來，皆以爲宋玉所作。王逸茫無考據，遂序於其端。試問太史公作屈原傳贊云：『余讀招魂悲其志』，謂悲屈原之志乎，抑悲玉之志乎？此本不待置辯者，乃後世相沿不改，無非以世俗招魂，皆出他人之口。不知古人以文滑稽，無所不可，且有生而自祭者。則原被放之後，愁苦無可宣洩，借題寄意，亦不嫌其爲自招也。……玩篇首自敘，篇末亂辭，皆不用『君』字而用『朕』字『吾』字，斷非出於他人口吻。……故余決其爲原自作者，以首尾有自敘、亂辭及太史公傳贊之語，確有可據也。」（楚辭燈）我們細看招魂的文字，覺得這一篇應當是屈原爲招懷王之魂而作，同馬遷的話是可信的。首節與亂辭中的「朕」、「吾」是指作者自述之辭，其他的或「君」或「王」是指死者。中間一大段招詞，是作者託巫陽之口所表現的招魂本意。那中間所稱的「君」，也都是指懷王而言。觀其言宮室之偉，陳設之美，女樂之富麗，肴饌之珍奇，這些都合於國王的身分。有人看作是屈原的自招，他的生活身世，同這些物質環境是缺少統一性的。因懷王客死異域，後雖歸葬楚國，但恐其魂流落國外，故屈原有招魂之作。

招魂中提到廬江，時人多以爲是皖南的青弋江，因此說招魂是楚遷都壽春以後的作品，而非屈原所爲。關於這一點，譚其驤云：「招魂亂曰所謂廬江，在今湖北宜城縣北，其地於漢志爲中廬縣。……然而何以知茲所稱廬江在鄂而不在皖，此可以亂本文證之。亂下文云：『倚沼畦瀛兮遙望博，青驪結駟兮齊千乘』，再下云：『與王趨夢兮課後先』，又云：『湛湛江水兮上有楓』，而終之以『魂兮歸來哀江南』，與鄂西地形悉能吻合。漢水西岸，自宜城以南卽入平原，故遙望博平，結駟至於千乘。平原盡則入於夢中。漢志：『編（縣名）有雲夢宮』，編縣故城在今當陽荊門之西，自夢而南，乃臨乎江岸，達乎郢都也。若以移之皖境，則無一語可合。」（與繆彥威論招魂中廬江地望書）譚氏這一論證，解決了招魂中的地點問題，因此說招魂是屈原爲招懷王之魂而作，更沒有什麼可疑了。

招魂本是楚國民間的一種風俗，現在還盛行於湖南的農村。屈原運用民間的風俗和民間藝術的形式，寫成這篇招魂辭，他在上半篇裏，通過巫陽的口氣，對於四面八方的災禍與恐怖，對於地獄的形象，作了驚心動魄、光怪陸離的描寫，那一種景象，使我們聯想到但丁的地獄篇。他叫魂不要東南西北地亂跑，不要到天堂地獄裏去。最好的地方還是回到自己的家鄉。在下半篇裏，他生動地描寫了楚國宮廷華麗的生活，叫魂趕快回來。在這裏也反映出楚國宮廷生活的奢侈。「目極千里兮傷春心，魂兮歸來哀江南」，他最後用這兩句最沉痛而又含有愛國感情的句子作了總結。這一篇作品，在形體上，在鋪寫的方法上，給與漢代辭賦以重大的影響。

哀郢、涉江和懷沙　哀郢、涉江在屈原生活史的研究上，是兩篇重要的文章。在那裏面，他告訴了我們放逐江南的地點和流浪的路程。那些地點和路程，都合於實際的事實，決非雲遊想像之詞，所以更覺得可貴。尤其是哀郢，具有更高的思想性和藝術價值。

皇天之不純命兮，何百姓之震愆。民離散而相失兮，方仲春而東遷。去故鄉而就遠兮，遵江夏以流亡。出國門而軫懷兮，甲之鼂吾以行。發郢都而去閭兮，怊荒忽其焉極。楫齊揚以容與兮，哀見君而不再得。望長楸而太息兮，涕淫淫其若霰。過夏首而西浮兮，顧龍門而不見。……將運舟而下浮兮，上洞庭而下江。去終古之所居兮，今逍遙而來東。羌靈魂之欲歸兮，何須臾而忘反。背夏浦而西思兮，哀故都之日遠。登大墳以遠望兮，聊以舒吾憂心。哀州土之平樂兮，悲江介之遺風。當陵陽之焉至兮，淼南渡之焉如？曾不知夏之為丘兮，孰兩東門之可蕪。心不怡之長久兮，憂與愁其相接。惟郢路之遼遠兮，江與夏之不可涉。忽若去不信兮，至今九年而不復。慘鬱鬱而不通兮，蹇侘傺而含感。外承歡之汋約兮，諶荏弱而難持。忠湛湛而願進兮，妒被離而鄣之。堯舜之抗行兮，瞭杳杳而薄天。眾讒人之嫉妒兮，被以不慈之偽名。憎慍惀之脩美兮，好夫人之忼慨。眾踥蹀而日進兮，美超遠而踰邁。亂曰：曼余目以流觀兮，冀壹反之何時？鳥飛反故鄉兮，狐死必首丘。信非吾罪而棄逐兮，何日

夜而忘之！（哀郢）

哀郢和離騷，是屈原創作過程中兩篇最有代表性的作品。情感深厚，文字清麗，對於醜惡現實的憤恨，對於國土的熱愛與人民的關懷，充滿着字裏行間，構成完美感人的藝術風格。在哀郢中，敘述他流浪的路線非常分明，時令也很清楚。春天離開郢都，在江夏、洞庭一帶流浪。路程日遠，悲痛日深。王夫之、郭沫若都主張哀郢作於秦將白起破郢、楚王遷陳之年（公元前二七八）。文中有百姓震愆，人民離散，夏之爲丘，東門荒蕪的話，確實有國破家亡之痛。因此在哀郢中所表現的感情，最爲憂鬱，最爲哀苦。

涉江是敘述他從湖北入湖南的經歷。先由鄂渚動身，後來入洞庭，濟沅水，經枉陼、辰陽而至漵浦。這路程確是相當遼遠的。所以一時騎馬，一時乘舟，精神物質方面極受苦痛。「哀南夷之莫吾知兮，旦余將濟乎江湘。乘鄂渚而反顧兮，欸秋冬之緒風。步余馬兮山皋，邸余車兮方林。乘舲船余上沅兮，齊吳榜以擊汰。船容與而不進兮，淹回水而凝滯。朝發枉陼兮，夕宿辰陽。苟余心其端直兮，雖僻遠之何傷。入漵浦余儃佪兮，迷不知吾所如。」這旅途生活的描寫非常真實，其情其景，如在目前。在這些文字裏，我們可以看出一個苦難的詩人，在遼遠的旅途中流浪無定的影子。

懷沙是敘屈原從西南的漵浦到東北汨羅時的作品，是他的絕命詞。滿紙憤慨怨恨，比任何篇都要激烈。

變白以為黑兮，倒上以為下。鳳凰在笯兮，鷄鶩翔舞。

邑犬羣吠兮，吠所怪也。非俊疑傑兮，固庸態也。

他用這些辭句，對於當代黑暗的政治，表示了強烈的憤慨。他知道他召回故都的事已完全絕望，楚國的命運，是一天天的危險了。他在前面幾篇裏，也時常說出要追踪彭咸的話，到了懷沙才真的下了死的決心。「知死不可讓，願勿愛兮。明告君子，吾將以爲類兮。」這是他下了死的決心以後，向世人的告別詞，文句雖是簡短迫切，而其表現的感情，實在是沉痛已極。

屈原的作品，除了上述的幾篇以外，還有不少篇，但其中有些是可疑的。如「九章」之名，司馬遷並沒有提到。朱熹說：「後人輯之，得其九章，合爲一卷，非必出於一時之言也。」這是正確的。

四　屈原文學的思想與藝術

一、**愛國精神的發揚**　在屈原作品裏，表現得很強烈的是愛國精神。這種精神，通過優美的藝術形式的表現，形成他崇高的品質和偉大的人格，使他在那個朝三暮四、縱橫捭闔的戰國時代裏，樹立着高聳雲霄的碑塔，成爲後代人民熱愛景仰的典型，和古典文學中的光榮傳統。

豈余身之憚殃兮，恐皇輿之敗績。忽奔走以先後兮，乃前王之踵武。荃不察余之中情兮，反信讒而齌怒。余固知謇謇之為患兮，忍而不能舍也。……長太息以掩涕兮，哀民生之多艱。……曾歔欷余鬱邑兮，哀朕時之不當。攬茹蕙以掩涕兮，霑余襟之浪浪。……陟陞皇之赫戲兮，忽臨睨夫舊鄉。僕夫悲余馬懷兮，蜷局顧而不行。（離騷）

望孟夏之短夜兮，何晦明之若歲！惟郢路之遼遠兮，魂一夕而九逝。曾不知路之曲直兮，南指月與列星。願徑逝而未得兮，魂識路之營營。（抽思）

屈原熱愛國家熱愛鄉土的精神，在他早期的作品橘頌裏，已經有了根芽，到了那篇波瀾壯闊的離騷和哀痛無比的哀郢中，在回旋反覆的千言萬語中，愛國精神發展到了高潮。他的愛國精神是有人民性的基礎的，是能鼓舞人心的。他的憤恨和痛哭，並不只是關於他個人的升沉得失，他念念不忘的是要保持楚國的獨立，是要反對腐敗的貴族政治，這一切都符合楚國人民的利益。因此他是逐漸地離開了他自己的階級，而同人民的思想感情結合起來。在國破家亡之際，他總是同人民生活在一道。在這裏，可以體會到屈原自己的命運，和楚國及其人民的命運結合在一起。最後，他完全絕望了，他以生命來殉他的國家和政治理想，用死來鼓舞人民的愛國熱情。二千多年來，人民愛他敬他，正因爲他有這種崇高的思想和品質。

二、強烈的政治傾向　屈原是偉大的政治詩人。他對於政治有高遠的理想。對外是主張聯齊抗秦，保全楚國；對內是要嚴明法紀，選賢任能，改革內政。他在離騷中說：「舉賢而授能兮，循繩墨而不頗。夫惟聖哲以茂行兮，苟得用此下土。」這種政治理想在當時是具有進步性和民主性的，因此遭受到腐敗貴族集團的反對。後來的歷史證明，如果屈原的政治理想能實現，楚國一時是不會滅亡的。秦將白起攻破郢都以後，講述楚國失敗的原因說：「是時楚王恃其國大，不恤其政，而羣臣相妬以功，諂諛用事。良臣斥疏，百姓心離，城池不修，既無良臣，又無守備。」這是很正確的。這裏所說的良臣，自然是指的屈原一派人。屈原這樣爲他的政治理想而鬥爭，因此他的作品，帶着強烈的政治傾向。他的政治生命，就是他作品的生命。他敘述的古代歷史的興亡事蹟，都通過他自己的政治理想表現出來，對於當時的昏君佞臣，也都作了劇烈的反抗和批判。

三、不屈不撓的鬥爭精神　屈原一生的歷史，是同腐敗貴族集團鬥爭的歷史。他痛恨那一羣出賣楚國利益的無恥小人。他爲了正義和理想，絲毫沒有顧及到個人的利益與安危，勇往直前地向前邁進。在那些鬥爭中，顯示了他完整的人格。

何桀紂之猖披兮，夫唯捷徑以窘步；惟夫黨人之偷樂兮，路幽昧以險隘。……眾皆競進以貪婪兮，憑不厭乎求索。羌內恕己以量人兮，各興心而嫉妒。……謇吾法夫前脩兮，非時俗之所服。雖不周於今之人兮，願依彭咸之遺則。……怨靈脩之浩蕩兮，終不察夫民心。眾

女嫉余之蛾眉兮，謠諑謂余以善淫。固時俗之工巧兮，偭規矩而改錯。背繩墨以追曲兮，競周容以為度。（離騷）

貴族集團的行爲和生活，是如此的下流無恥，設法排擠他，陷害他，但屈原絕不妥協，絕不投降，並同他們作堅決的鬥爭。他流放了多年，度過了長期的苦難生活，最後至於自殺，終於沒有動搖他的意志。他堅決地說：「寧溘死以流亡兮，余不忍爲此態也」，「伏清白以死直兮，固前聖之所厚」，「亦余心之所善兮，雖九死其猶未悔」，「雖體解吾猶未變兮，豈余心之可懲」。（離騷）「吾不能變心而從俗兮，固將愁苦而終窮」。（涉江）要有這種金石般的意志，寧死不屈的精神，才能形成屈原那種崇高的品質，才能形成屈原那種有血肉有風骨的作品。

四、藝術的特色及其影響

屈原是一個偉大的積極浪漫主義者。我在前面說過，詩經中某些作品，已具有現實主義精神，屈原作品，却充滿了浪漫主義的創作精神。由詩經與楚辭，在我國最古的文學作品裏，形成了現實主義與積極浪漫主義兩個優良的傳統。這並不是說，屈原沒有現實主義，屈原的現實主義是同他的突出的浪漫主義結合起來的，浪漫主義是他的藝術的主要力量。屈原的九歌、離騷、招魂等代表作，具體地體現了積極浪漫主義的特色。他的作品，充滿了光明的理想，豐富的幻想，狂熱的感情，美麗的文采，再織入神話傳聞、宗教風俗的各種描寫，形成那一種特有的風格。劉勰在辨騷一文裏，說屈原諸作，有詭異、譎怪、狷狹、荒淫四事異於經典，不知道這正是屈原的積極浪漫主義文學的特色。

屈原的作品，不僅有豐富的思想內容，在藝術技巧方面，也有驚人的獨創性的成就。首先使我們注意的是詩律的解放與創造。在他以前，詩經的句子雖是長短不齊，大體上是以四言爲正格。到了他，善於運用和吸收楚國民間的語言和南方歌謠中的形式與韻律，寫成了許多雄大的詩篇。這種富於地方色彩的新詩體，在詩歌的歷史上，開闢了一條大路，給後代辭人以極大的教育與啓發。其次是他在詩歌的語言方面，有高度的創造能力，描寫的細緻，刻劃的深刻，用字的精巧，音律的和諧，再夾用各種美麗的象徵和譬喻的手法，使他的作品，舒徐宛轉，變化多端，文采絢爛，詞藻瑰奇。劉勰說：「其敘情怨，則鬱伊而易感，述離居則愴快而難懷，論山水則循聲而得貌，言節候則披文而見時。是以枚、賈追風以入麗，馬、揚沿波而得奇。其衣被詞人非一代也。故才高者菀其鴻裁，中巧者獵其豔詞，吟諷者銜其山川，童蒙者拾其香草。」（辯騷）他對於屈原的藝術價值和對後代的影響，作了很高的評價。

屈原想像力的豐富，是中國古典詩人中少有的。尤其在離騷中，我們可以體會到他的生命的高揚和想像的飛躍。真好像一隻雄健的天鵝，展開牠的強勁的翅膀，在自然界中飛動，驅使着雷電風雲，駕馭着龍象鳳凰，忽而上天，忽而下地，使他的作品，增加動人的形象和鮮豔的色彩。由於這些藝術方面的特徵，使得屈原的文學形成了他特有的成就。

屈原在詩經的基礎上，對於古代詩歌的內容和形式，有了很大的提高和發展。由於他偉大的人格和優美的藝術成就，對於後代的文人起了深遠的影響。司馬遷在屈原傳裏說：「余讀離騷、天問、招魂、哀郢悲其志；適長沙，觀屈原所自沉淵，未嘗不垂涕，想見其爲人。」屈原偉大的人格和悲劇的境遇，對於司馬遷起了這麼大的鼓舞和教育作用，在他的傑作史記中和他艱苦鬥爭的生活歷史中，我們看出了屈原靈魂的光輝的再現。司馬遷確實是屈原精神的真正繼承者。「國風好色而不淫，小雅怨誹而不亂，若離騷者可謂兼之矣。……其文約，其辭微，其志潔，其行廉，其稱文小，而其指極大，舉類邇而見義遠。其志潔，故其稱物芳；其行廉，故死而不容自疎。濯淖污泥之中，蟬蛻於濁穢，以浮遊塵埃之外，不獲世之滋垢，皭然泥而不滓者也。推此志也，雖與日月爭光可也。」（屈原傳）正由於司馬遷和屈原精神有深相契合之處，所以不但對他推崇備至，就是這篇屈原傳，也寫得充滿了熱情。漢代多少辭賦家，都在他的作品中吸取養料，豐富和發展自己的作品，有的學習他的創作精神，有的模擬他的形式，有的描寫他的境遇，有的吸取他的辭藻。唐代的大詩人李白、杜甫，在他們的詩句裏，時常表示對屈原的敬愛和推崇。「屈平辭賦懸日月，楚王臺榭空山丘。」（李白江上吟）不錯，楚王臺榭又怎能和屈原辭賦相比呢？屈原在文學史上是永垂不朽的。

魯迅對屈原的評價，更重視他對於後代文壇的影響。他說：「戰國之世，在韻言則有屈原起於楚。被讒放逐，乃作離騷。逸響偉辭，卓絕一世。後人驚其文采，相率倣效。以原楚產，故稱楚辭。較之於詩，則其言甚長，其思甚幻，其言甚麗，其旨甚明。憑心而言，不遵矩度。故後儒之服膺詩教者，或訾而絀之，然其影響於後來之文章，乃甚或在三百篇以上。」（漢文學史綱）

屈原在政治上是失敗了，在文學上獲得了巨大的成就。他的偉大創作，是我們民族貢獻給人類文化的優美的珍貴的遺產。由於他的創作，表現出中華民族的文化，在二千多年前就達到了光輝燦爛的境界，並且體現了我們民族熱愛祖國熱愛人民的光榮傳統。在我們今天所生活的新時代裏，他作品中所表現的思想價值與藝術價值，已經賦予了新的意義，都值得我們好好地研究。

五　宋玉

宋玉的時代及其作品　在古人的文章與詩歌裏，常是屈、宋並稱。宋就是宋玉，他與唐勒、景差，同爲屈派的南方詩人。宋玉的生平，我們知道得很少，因爲古書中供給我們的材料，都很混亂。史記上說宋玉是屈原的後輩，王逸九辯序說屈原是宋玉的先生，新序雜事第一說宋玉見過楚威王，同書雜事第五說他事楚襄王，北堂書鈔卷三十三引宋玉集序又說他事楚懷王。威王、懷王、襄王是祖孫三代，年代是相當久遠的。在各說中，仍以史記所載，較爲可信。「屈原既死之後，楚有宋玉、唐勒、景差之徒者，皆好辭而以賦見稱，然皆祖屈原之從容辭令，終莫敢直諫。」我們可以說，宋玉是戰國末年一位富於才華的南方詩人，他的文風是屈原的繼承者。

漢書藝文志載宋賦十六篇，隋志有宋玉集三卷。他現今流傳下來的作品，有楚辭章句中的九辯與招魂（招魂已見前論）；文選中有風賦、高唐賦、神女賦、登徒子好色賦、對楚王問；古文苑中有笛賦、大言賦、小言賦、釣賦、舞賦、諷賦等篇。古文苑成書最晚，其真實性本不可靠。文選所載各篇，其中敘事行文，也多有可疑之處，最重要的是那種散文賦體，宋玉的時代尚難產生。九辯以外的那些賦篇，大都敘述宋玉與楚王的問答之辭，觀其文氣，顯然是出於第三者的口吻。崔述云：「周庾信為枯樹賦，稱殷仲文為東陽太守，其篇末云：『桓大司馬聞而歎曰』云云，仲文為東陽時，桓溫之死久矣。然則是作賦者托古人以自暢其言，固不計其年世之符否也。謝惠連之賦雪也托之相如；謝莊之賦月也托之曹植，是知假托成文，乃詞人之常事。然則卜居、漁父亦非屈原之所自作，神女、登徒亦必非宋玉之自作明矣。但惠連、莊、信其世近，其作者之名傳，則人皆知之；卜居、神女之賦其世遠，其作者之名不傳，則遂以為屈原、宋玉之所為耳。」（考古續說卷一觀書餘論）崔述所論，言之成理，頗有說服力。所謂「假托成文，乃詞人之常事」，是用古人之言與事為題材，並不是故意作偽。但如登徒子好色賦、風賦、對楚王問數篇，善用比喻，描寫細緻，文辭簡勁明切，寄寓諷刺，在藝術上都有較高的成就。

九辯　宋玉的作品，最可信的是九辯。九辯正如九歌一樣，是古代的樂名，與漢人模倣楚辭而作的九懷、九歎的意義是不同的。王夫之云：「辯猶遍也，一闋謂之一遍。蓋亦效夏啓九辯之名，紹古體爲新裁，可以被之管弦。其詞激宕淋漓，異於風雅，蓋楚聲也。」（楚辭通釋）因此，九辯只是完整的一篇，把它分爲九章（朱熹）或是十章（洪興祖），都是不必的。在九辯裏，宋玉用了美麗細緻的文筆，描寫窮苦文人在秋風寒冷中的哀愁。王逸在九辯序中說，這是宋玉閔惜其師忠而放逐，故作此篇以述其志，這不很可信。九辯中的語言是精巧的，但作品中所反映出來的政治社會的影子很淡薄，也沒有屈原那種深厚的思想內容和那種剛毅堅強的精神以及那種豐富奔馳的想像。「惆悵兮而私自憐」，「私自憐兮何極」，自憐自歎，這是九辯的主題。一個失職的貧士，發洩出一點懷才不遇的不平之感，吐露出一點悲秋的感情，比起屈原那種以生命殉葬自己的政治理想，那種對於國家、人民的熱愛以及對於腐敗政治的強烈反抗來，宋玉就顯得柔弱了。屈原的感情，是由理想破滅中所產生出的憤激與沉痛，宋玉的感情，主要是由仕途失意與自然環境所釀成的哀傷。九辯中雖也有思君之語，與屈原相比，那思想的基礎也是很不相同的。但是宋玉的文才和情感，在舊社會裏，對於那些懷才不遇的知識分子，必然會產生同感與共鳴。因此窮愁潦倒的文人，都自比宋玉，傷春悲秋，多愁善感，模倣九辯，寫出那些自怨自憐的哀感文章。在九辯的前段中，連用着「蕭瑟」、「憭慄」、「泬寥」、「憯悽」、「愴怳」、「懭悢」、「坎廩」、「廓落」、「惆悵」、「寂寞」、「淹留」這些哀怨的字眼，織成淒涼悲苦的音樂，令人讀去，確有陰寒落魄之感。然而這些字眼，便成爲後代無病呻吟的文學的濫調，覺得亂堆這種字眼，便算是哀感頑豔的妙文，這當然不能要宋玉負責。善學者師其心，不善學者師其貌；專師其貌，得來的必然是皮毛了。

雖如此說，九辯在藝術上的成就還是很高的。用字深刻，描寫細緻，音調和美。那樣精細的技巧，在宋玉以前的文學裏是不多見的。

悲哉秋之為氣也！蕭瑟兮草木搖落而變衰。憭慄兮若在遠行。登山臨水兮送將歸。泬寥兮天高而氣清，寂寥兮收潦而水清。憯悽增欷兮，薄寒之中人。愴怳懭悢兮，去故而就新。坎廩兮貧士失職而志不平。廓落兮羈旅而無友生。惆悵兮而私自憐！燕翩翩其辭歸兮，蟬寂漠而無聲。雁廱廱而南遊兮，鵾雞啁哳而悲鳴。獨申旦而不寐兮，哀蟋蟀之宵征。時亹亹而過中兮，蹇淹留而無成。

他這一段對於秋天的描寫，確是極成功的文字。必然要對自然界有深刻的觀察和感受，才能表達得出來。在那裏面有聲音、有顏色、有情調、有感慨，從這些形象內，襯托一個失意文人的窮苦的心境，引起讀者的同情。再如他在末段十四句中，連用十二次疊字，藉以增強音律美與文字美的效果，這是他在藝術上表現的特色。宋玉雖不一定是屈原的弟子，但熟讀過屈原的作品，同情屈原的境遇，而深受其影響的事是無可疑的。我們說宋玉是屈原文學的繼承者，他的意義，只能在這一方面。「搖落深知宋玉悲，風流儒雅亦吾師」（杜甫詠懷古跡），杜甫對他的作品作了很高的評價。

唐勒與景差　宋玉以外，屈派的詩人，還有唐勒與景差。漢書藝文志載唐勒賦四篇，但不見於楚辭章句。景差賦連藝文志也沒有載，可見他們的作品，早已失傳了。楚辭章句中有大招一篇，傳爲景差所作。王逸云：「大招者屈原之所作也。或曰景差，疑不能明也。」到了朱熹，以爲平淡醇古，定爲景差所作，但此說不一定可信。我們細讀大招這篇文章，知道是後人模擬招魂之作。篇首無敘，篇尾無「亂」，只模倣招魂中間一大段，文字句法，都很相同。大招中鋪敘飲食歌舞一段，模擬招魂，尤爲顯明。游國恩云：「大招有『青色直眉，美目媔只』。考禮記禮器：『或素或青，夏造殷因。』鄭康成注曰：『變白黑言素青者，秦二世時，趙高欲作亂，或以青爲黑，黑爲黃，民言從之，至今語猶存也。』禮記漢儒所述，故謂黑爲青。今大招亦以黑眉爲青眉，若果戰國時人所作，胡爲作秦以後語耶？知其必秦漢間辭人所爲也。」（先秦文學）此論頗爲精確。

第五章　漢賦的發展及其流變

一　緒說

賦這種體製是較爲特殊的。由外表看去，是非詩非文，而其內含，却又有詩有文，可以說是一種半詩半文的混合體。賦本是詩中六義之一，原來的意義，是一種文學表現的態度與方法，並非一種體裁。三百篇以後，散文勃興，接着而起的是楚辭一派的新體詩。由詩經到楚辭，詩的範圍擴大了，篇幅加長了，散文形式的混合以及辭藻的鋪陳，都帶了濃厚的賦的氣味，但楚辭畢竟是一種新體詩。後人因此把屈原一派的作品，稱爲辭或稱爲騷，免得同詩賦混淆。文心雕龍內，分爲辨騷、詮賦兩篇，那界限也很明顯。後來由荀子的賦篇，秦時的雜賦，降而至於枚乘、司馬相如的創作，於是那種鋪采摛文、體物敘事的漢賦，才正式成立。代表漢賦的，是子虛、上林、甘泉、羽獵、兩都、二京一類的作品，而不是惜誓、七諫、哀時命、九懷、九歎、九思一類的作品，因爲這些文字，無論形式內容，只是楚辭的模擬，而成爲屈、宋的尾聲。但應當指出，淮南小山的招隱士，文字精煉，託意深遠，富有藝術特色，是屈、宋以後楚辭中一篇優秀之作。由楚辭到漢賦，是詩的成分減少，散文的成分加多，抒情的成分減少，詠物敘事的成分加強。到了這時，不僅詩與賦完全獨立，就是辭與賦也有區別了。

賦者鋪也。鋪采摛文，體物寫志也。……原夫登高之旨，蓋睹物興情。情以物興，故義必明雅；物以情觀，故詞必巧麗。麗詞雅義，符采相勝，如組織之品朱紫，畫繪之著玄黃。文雖新而有質，色雖糅而有本，此立賦之大體也。（劉勰詮賦）

直書其事，寓言寫物，賦也。（鍾嶸詩品總論）

可知「鋪采摛文」、「直書其事」，是賦的特質，然而裏面也應該有睹物興情的內容。可是漢代賦家，大都在鋪采摛文上用的工夫多，睹物興情的成分少。其結果是詞雖麗而乏情，文雖新而少質。

因此，在漢代賦中，雖有少數好的抒情作品，然大多數重在鋪陳。多以誇張的手法，板滯的形式，描寫宮苑的富麗，都城的繁華，物產的豐饒，神仙、田獵的樂事，以及封建統治者的奢侈生活；它們雖具有文采光華、結構宏偉和語彙豐富的特色，而一般缺點，是缺少感情，缺少現實社會生活的反映；喜用艱深的辭句，生僻的文字，按類羅列，有些作品幾乎成爲類書。賦末雖附以規勸諷諭之意，然本末倒置，輕重懸殊，所以作用也就很小。「然逐末之儔，蔑棄其本，雖讀千賦，愈惑體要。遂使繁華損枝，膏腴害骨，無貴風軌，莫益勸戒。此揚子所以追悔於雕蟲，貽誚於霧縠者也。」（詮賦）劉勰這幾句評論，是很正確的。漢賦中雖也有些好作品，然大多數都是繁華損枝、膏腴害骨的東西，因此價值就不很高了。

漢書藝文志分賦爲四派。一、屈原派：賈誼、枚乘、司馬相如等人屬之。二、陸賈派：枚皋、朱買臣、司馬遷等人屬之。三、荀卿派：李忠、張偃諸人屬之。雜賦派：不著作者姓名。班固這樣分別，他自己必有理由，可惜沒有說明。可是由現存各家的作品看來，這種分法並不妥當。在漢代初期，各家作品繼承楚辭的餘緒，到了枚乘、司馬相如的創作，賦的範圍擴大了，是糅合着楚辭的辭藻，荀賦的形體，以及縱横家的辭令而形成漢賦那種特有的形態。在這種情形下，我們很難用屈、宋或是荀卿那種派別去限制當代的作家。敘事賦、詠物賦、說理賦、擬騷賦，都同時排列在各作家的集子裏。司馬相如有子虛、上林，同時又有大人、長門。王褒有九懷，同時有洞簫。揚雄有甘泉、羽獵、河東，同時有反騷。班固有兩都，同時有幽通。張衡有二京，同時有思玄、歸田。在一人的集子裏，是並列着無論內容形式以及情調完全不同的作品。可知我們用某種派別來說明漢賦的作家，還不如從時代上來看漢賦的發展較爲妥當。

二　漢賦興盛的原因

漢賦是漢代文學的重要形式，這種形式適應當代宮廷的需要，同時也體現出漢帝國的制度和規模，其中多爲歌頌性的作品，也有些較有現實意義的作品。在漢代的幾百年間，產生了很多的賦家，賦在當代如此興盛發達，其原因是很複雜的。

一、政治經濟的關係　秦帝國的壽命在很短時期內便消滅了，接着起來的是漢帝國。封建帝國應有的特質，在秦代未能完成的，到了漢代算是大都實踐了。文景時代，採取社會經濟的恢復政策，扶助農業，減輕賦稅，緩和階級矛盾，人民得以安業，國庫得以充裕。史記平準書說：「漢興七十餘年之間，國家無事。非遇水旱之災，民則人給家足。都鄙廩庾皆滿，而府庫餘貨財。京師之錢累巨萬，貫朽而不可校。太倉之粟陳陳相因，充溢露積於外，至腐敗不可食。眾庶街巷有馬，阡陌之間成羣，而乘家牝者擯而不得聚會。守閭閻者食粱肉，爲吏者長子孫，居官者以爲姓號。」在這樣經濟發展的基礎上，鞏固了漢帝國的基業。武帝稱爲雄主，他繼承着這一分豐裕的家產，開始擴展他的雄圖。他對內是罷百家尊儒術，完成了學術思想的統一；對外是用軍事勢力去謀取發展，東平朝鮮，南平南越，開闢西南夷，北定西域平匈奴，打通河西走廊，溝通了西域諸國以至波斯的商路。自武帝至宣帝，將近一個世紀（前一四〇——前五〇），軍事政治的對外擴展，文化藝術的中外交流，一直繼續下去。在這種情況下，不僅國內的商業空前發展，大批的國際商人，踏着遠征軍的道路，四面八方地將中國的工業品，特別是絲綢，運送到西域諸國、波斯、印度以及羅馬文明的中心城市；同時又將那些地方的物產運回到中國來。由於漢帝國地域的擴大和文化物產的交流，一方面是改變了中國古代那種狹小的地理觀念，知道中國以外，還有無窮無盡的廣大世界；同時也就影響了中國人民的精神生活，豐富了中國的物產。這一時期是漢族力量空前膨脹的時代，在東亞建立了空前強大的帝國，四面八方的小國家，都受到漢族文化的籠罩和陶冶，漢帝國的威力，真是如日中天，光芒四佈。這種情況，在班固、張衡的賦裏，得到了鮮明的反映。

由於社會經濟和工商業的繁榮，政權鞏固和軍事的勝利以及對勞動人民的剝削，封建統治階級帝王們的享樂淫侈的生活，也就很快地滋長起來。於是酒色犬馬之樂，神仙長生之想，宮殿的建築，田獵的好尚，巡遊天下，祭望山川，這些事情也就都來了。高祖時的長樂、未央已經是富麗堂皇，武帝時代的甘泉、建章、上林更是雄偉壯麗。據西京雜記：「未央宮周圍二十二里九十五步五尺，街道周圍七十里，台殿四十三，其三十二在外，其十一在後宮，池十三，山六。池一山一在後宮，門闥凡九十五。」這情形真是令人感到驚奇的。武帝時的建築，有甚麼通天台、飛簾閣等名目，自然是更進一步了。三輔黃圖說建章宮千門萬戶，迷人眼目。這種宮殿建築的材料，內部器物的設備，珍禽怪獸的搜羅，自然都是盡奢侈之能事。三輔黃圖說：「以木蘭爲棼橑，文杏爲梁柱。金鋪玉戶，華榱璧璫，雕楹玉碣，重軒鏤檻，青瑣丹墀，左碱右平，黃金爲壁帶，間以和氏珍玉。風至，其聲玲瓏然也。」建築的進步，設備的富麗，必須以手工業與商業的發展爲其基礎，這種情形決非先秦時代所能有的。要在當時有了這種經濟物質的基礎，才能產生司馬相如、揚雄、班固、張衡他們那種富麗堂皇的賦。但在另一面，當日人民大衆的生活是窮苦的，社會矛盾也是尖銳的。「武帝雖有攘四夷廣土斥境之功，然多殺士衆，竭民財力，奢泰亡度，天下虛耗，百姓流離，物故者半。蝗蟲大起，赤地數千里，或人民相食，畜積至今未復。」（漢書夏侯勝傳）這是當時現實社會生活的真實情況，可是漢代的賦家很少正視這一方面，反映這一方面的那就更少了。

漢代初年，因採取重農輕商的政策，商業一時稍受壓制，惠帝高后時，因天下初定，乃弛商賈之律，於是商業遂在統一安定的狀況下，迅速地發達起來了。商業經濟的發展，加強了土地集中、剝削人民、交通貴族、操縱物價的種種現象。平民的生活日趨貧困，君主豪族的生活，就日趨於淫佚奢侈了。鼂錯說：「商賈大者積貯倍息，小者坐列販賣，操其奇贏，日遊都市，乘上之急，所賣必倍。故其男不耕耘，女不蠶織，衣必文采，食必粱肉。亡農夫之苦，有阡陌之得。因其富厚，交通王侯，力過吏勢，以利相傾。千里遊敖，冠蓋相望，乘堅策肥，履絲曳縞。此商人所以兼併農人，農人所以流亡者也。」（論貴粟疏）我們在這些文字裏，可以看出當日商業經濟的發展，一方面造成平民生活的窮困，同時又促成君主豪族的奢侈。建宮殿，打田獵，求神仙，溺酒色，是統治階級生活的主體。當時的賦家，不少是統治階級的依附者，是宮廷的御用文人。加以君主貴族飽食之餘，還要附庸風雅提倡辭章藝術，於是那些看不到人民困苦生活、只知誇耀才學的文人學士，競以最適宜於歌功頌德、鋪張揚厲的賦體，來描寫那些宮殿、田獵、神仙、京都的壯麗偉大的情狀，由此襯托出帝國的富庶與天子的威嚴，皇帝以此取樂，作者以此得寵，因此這種文學，離開實際的社會生活而變爲皇帝貴族的娛樂品了。漢書東方朔傳中說：「而朔嘗至太中大夫，後常爲郎，與枚皋、郭舍人俱在左右，詼啁而已。」枚皋傳中說：「皋不通經術，詼笑類俳倡，爲賦頌，好嫚戲，以故得媟黷貴幸。」又王褒傳中說：「（宣帝）數從褒等放獵，所幸宮館，輒爲歌頌，第其高下，以差賜帛。議者多以爲淫靡不急。上曰：不有博弈者乎？爲之猶賢乎已。辭賦大者與古詩同義，小者辯麗可喜。辟如女工有綺縠，音樂有鄭衞，今世俗猶皆以此虞說耳目，辭賦比之，尙有仁義風諭，鳥獸草木多聞之觀，賢於倡優博弈遠矣。」在這些記載裏，把當日君主對於辭賦的態度以及辭賦家的卑劣地位，表現得是很明顯的。

二、獻賦與考賦

其次，漢賦的興盛，利祿引誘的力量也起了一定的作用。開始是封君貴族們的獎勵提倡，如吳王劉濞，梁孝王劉武，淮南王劉安皆折節下人，招致四方名士。一時如鄒陽、嚴忌、枚乘、司馬相如、淮南小山、公孫勝、韓安國之流，都出其門下。枚乘賦柳，賜絹五匹，相如賦長門，得黃金百斤，這都是有名的故事。到了武帝，他愛好文學，重視文人，如司馬相如、東方朔、枚皋諸人，都以辭賦得官了。其後如宣帝時王褒、張子僑，成帝時的揚雄，章帝時的崔駰，和帝時的李尤都以辭賦而入仕途。君主提倡於上，羣臣鼎沸於下，於是獻賦考賦的事體，也就繼之而起了。班固兩都賦序說：

至於武、宣之世，乃崇禮官，考文章，內設金馬、石渠之署，外興樂府協律之事，以興廢繼絕，潤色鴻業，是以眾庶悅豫，福應尤盛。……故言語侍從之臣，若司馬相如、虞丘壽王、東方朔、枚皋、王褒、劉向之屬，朝夕論思，日月獻納，而公卿大臣御史大夫倪寬、太常孔臧、太中大夫董仲舒、宗正劉德、太子太傅蕭望之等，時時間作。或以抒下情而通諷諭，或以宣上德而盡忠孝，雍容揄揚，著于後嗣，抑亦雅、頌之亞也。故孝成之世，論而錄之，蓋奏御者千有餘篇。

獻賦的制度，這裏沒有說明，詳細的情形，我們無法知道。但這種制度，對於漢賦的發達起了一定的推動作用，是可以理解的。當時不僅言語侍從之臣，要朝夕論思，就是那些公卿太常、儒家國師也都要時時間作，那作賦的人自然也就愈來愈多了。又張衡論貢舉疏說：

夫書畫辭賦，才之小者，匡國理政，未有能焉。陛下卽位之初，先訪經術，聽政餘日，觀省篇章，聊以游藝，當代博弈，非以教化取士之本。而諸生競利，作者鼎沸。其高者頗引經訓風喻之言，下則連偶俗語，有類俳優；或竊成文，虛冒名氏。臣每受詔於盛化門，差次錄第，其未及者，亦復隨輩，皆見拜擢，既加之恩，難復收改，但守俸祿，於義已弘，不可復使理人，及任州郡。(張河間集)

在這篇疏內，有兩點值得我們注意。第一，在張衡時代，政府已採用考賦取士的制度，並且不管成績好壞，一概錄取，給以俸祿，在這種情形之下，自然是諸生競利，作者鼎沸。其次，是因爲有利祿可圖，賦也就日趨墮落。「連偶俗語，有類俳優，或竊成文，虛冒名氏」，這種卑鄙惡劣的現象，與科舉時代的八股，全無差別！賦墮落到這種程度，其價値可想而知。（蔡邕集中陳政要七事疏中，亦有此段文字。）

三、學術思想的影響　漢代初期的幾十年中，是黃老思想的全盛時期。竇太后是黃老思想在政治上的有力支持者。「竇太后好黃帝老子言，帝及太子諸竇，不得不讀黃帝老子，尊其術。」（史記外戚世家）竇太后作了二十三年的皇后，十六年的皇太后，六年的太皇太后，先後共四十多年，她有權有勢，凡是反對黃老的都受到排斥。推崇儒術的轅固生，幾乎被豬咬死，魏其失寵，田蚡免職，趙綰、王臧也逼得自殺了。司馬談的論六家要旨，淮南子的宣揚道術，反映出這一時期學術思想界的面貌。在這樣的政治空氣和學術思想的影響下，描寫富貴繁華、鋪張揚厲的賦，是不容易滋長的。難怪司馬相如在景帝門下，鬱鬱不得志，後來只好託病辭官，到梁國去作遊客。因爲那種賦，大都是寫給君主貴族們看的，若上面無人賞識，誰肯費幾年的苦功去寫那些東西？所以在黃老思想盛行的漢初，文學的發展，是繼續着楚辭的餘緒，產生的是賈誼弔屈原，淮南小山招隱士一類的作品，只可算是辭的時代，而不是賦的時代。

到了武帝當權，政治、學術都起了變化。儒家定於一尊，徵聖、宗經、原道的觀念，成爲文學理論的準則，大家都以此指導文學，批評文學。在這種情況下，漢賦反帶着諷諭的美名，古詩的遺意，順利地滋長起來。有道家思想的劉安，對於屈原的作品說了幾句贊美的話，儒家的班固大不滿意，說屈原露才揚己，爲人不遜，怨恨懷王，爲臣不忠，篇中行文引事，牽涉神怪，不合經傳，有違聖教。但他對於賦却認爲是有意義的作品，「或以抒下情而通諷諭，或以宣上德而盡忠孝，雍容揄揚，著於後嗣，抑亦雅、頌之亞也。」（兩都賦序）他這樣解釋就把賦同儒家的經典聯繫起來，同儒家的文學思想統一起來了。這一種論點，無形中起了對於漢賦的獎勵作用。當代的大歷史家、思想家、經學家如司馬遷、董仲舒、劉向、班固、張衡、馬融之流，都是作過賦的。在史記、漢書裏，各家的賦都是整篇地保存在那裏，他們除了尊重的意義以外，決沒有其他的用意。由這一點，也可看出漢人對於辭賦的態度。這樣的思想，這樣的空氣，對於漢賦的發達，不能說沒有作用。

三　漢賦發展的趨勢

一、漢初的賦家

自高祖至武帝初年，約有六七十年光景，是政治初平、經濟建設的休養生息時期。思想界是黃、老獨盛，當時挾書之律已除，學術尙未統制，在各方面都呈現出比較放任自由的空氣。這一時期的賦家，主要是追隨楚辭，在形式上初有轉變，而成就較高的是賈誼和枚乘。

賈誼　賈誼（前二〇一——前一六九），雒陽（今河南洛陽）人。自幼好學，通諸子百家之書。二十多歲時為博士，向文帝提出了許多進步性的政治建議。主張加強中央政權，擊敗匈奴。並力主重農，關懷人民生活。他有豐富的學識，卓絕的政治見解，本想在社會上做番事業，無奈為環境所迫，遭受到權貴的誹謗，鬱鬱不得志地流謫到長沙。後來雖被召回，拜為梁懷王太傅，不料梁懷王墮馬喪命，於是就自傷為傅無狀，哭哭啼啼地死去了。賈誼的性格雖較屈原稍為柔弱，但他的生活境遇及其憂鬱憤慨的心情，却和屈原有些類似。他的弔屈原賦無疑是屈原的苦悶靈魂與其哀怨情感的再現，弔屈原就是弔他自己。在作品裏表現出他的不幸遭遇，以及對封建政治不滿的感情。「鸞鳳伏竄兮，鴟梟翺翔；闒茸尊顯兮，讒諛得志」，正是賈誼所面臨的政治現實。故其價值也就遠在後人那種純出於模擬楚辭的為文造情的作品之上。

賈誼的鵩鳥賦，形式上具有不同的特點，在賦體的形成與演進上，值得我們注意。

單閼之歲，四月孟夏。庚子日斜，服集余舍。止於坐隅，貌甚閒暇。異物來萃，私怪其故。發書占之，讖言其度。曰：野鳥入室，主人將去。問於子服，余去何之？吉乎告我，凶言其災。淹速之度，語余其期。服乃太息，舉首奮翼，口不能言，請對以意。萬物變化，固亡休息。斡流而遷，或推而還。形氣轉續，變化而嬗。沕穆亡間，胡可勝言。禍兮福所倚，福兮禍所伏。憂喜聚門，吉凶同域。彼吳強大，夫差以敗。越棲會稽，句踐伯世。斯遊遂成，卒被五刑。傅說胥靡，乃相武丁。夫禍之與福，何異糾纆。命不可說，孰知其極。水激則旱，矢激則遠。萬物回薄，震蕩相轉。雲蒸雨降，糾錯相紛。大鈞播物，坱圠無垠。天不可與慮，道不可與謀。遲速有命，烏識其時。且夫天地為鑪，造化為工。陰陽為炭，萬物為銅。合散消息，安有常則。千變萬化，未始有極。忽然為人，何足控揣。化為異物，又何足患。小智自私，賤彼貴我。達人大觀，物亡不可。貪夫徇財，列士徇名。夸者死權，品庶每生。怵迫之徒，或趨西東。大人不曲，意變齊同。愚士繫俗，窘若囚拘。至人遺物，獨與道俱。眾人惑惑，好惡積意。眞人恬漠，獨與道息。釋智遺形，超然自喪。寥廓忽荒，與道翱翔。乘流則逝，得坻則止。縱軀委命，不私與己。其生兮若浮，其死兮若休。澹乎若深淵之靚，氾乎若不繫之舟。不以生故自保，養空而浮。德人無累，知命不憂。細故蔕芥，何足以疑。（鵩鳥賦）

這篇賦是賈誼寄居長沙的時候，見有鵩鳥飛入其室，以爲不祥，作以自慰的。賦中雖有比較濃厚的黃老消極思想，但也表現了他自己的不幸遭遇，以及對黑暗現實不滿的精神。所謂「貪夫徇財，列士徇名，夸者死權，品庶每生」，概括地反映出一些封建社會人物的真實面貌。從形體上來說，同楚辭一類的作品比較起來，頗有不同的地方。它主要是採用問答體的散文形式，與後來的漢賦，甚爲接近。所不同者，只缺少那種華麗的辭藻和誇張鋪陳的手法。這一篇賦是荀子賦篇的繼承和發展，也是楚辭的轉變，是可以作爲漢賦的先聲的。本文根據漢書，與史記所載者不同。漢書中載弔屈原賦、鵩鳥賦兩篇，體裁各異，班固必有所據。因有關於賦體的演進，故略加說明。

漢初的賦家，賈誼以外與漢賦較有關係的，還有陸賈。陸賈本來是縱橫家之流。班固將他的作品，列爲一派的領袖，想必有特殊的地方。可惜他的作品，現在完全失傳了。賈、陸以後，以賦聞名者還有枚乘、嚴忌（本姓莊，避明帝諱）、鄒陽、路喬如、公孫詭、公孫勝、韓安國諸人，都是吳、梁的遊士，但他們的作品，流傳下來的不多。其中值得注意，而在賦史上較有地位的是枚乘。

枚乘　枚乘字叔（？——前一四〇），淮陰（今屬江蘇）人。是漢初著名的賦家。景帝時任弘農都尉。先後遊吳、梁，做過吳王劉濞、梁孝王劉武的文學侍從。後來武帝慕他的文名，派車子去迎接他，因爲年紀太老，半路上死了。漢書藝文志載他有賦九篇。現存者只有七發、柳賦和菟園賦，後二篇前人疑爲僞作，可靠者只有七發一篇了。

七發雖未以賦名，却已形成了漢賦的體製。全篇是散文，用反復的問答體，演成爲敘事的形式。中間雖偶然雜有楚辭式的詩句，如「麥秀蔪兮雉朝飛，向虛壑兮背槁槐，依絕區兮臨迴溪」等，但並不多。它同鵩鳥比較起來，有兩個和漢賦更相接近的特點。第一，文字語氣不像鵩鳥那樣平淡質實，而富於誇張與鋪陳；其次，不全是說理的，而富於敘事寫物的成分。無論內容形式，都離開了楚辭，而進入了漢賦的領域。這篇賦的意義並不深厚。兩千多字的長篇是說明聲色犬馬之樂，不如聖賢之言的有益。要說到賦的諷諭功用，大概就在這一點。內容說，楚太子有疾，吳客去問病。首段鋪陳致病之由，次段鋪陳音樂之美，次陳飲食之豐，次陳車馬之盛，次陳巡遊之事，次陳田獵觀濤之樂，但太子俱以病辭。最後吳客說以聖賢方術之要言妙道，於是太子據几而起，出了一身大汗，那病就好了。文學價值雖不很高，但也反映出當日貴族社會的奢侈淫佚的生活，從側面作了批判，具有一定的諷諭意義。描寫相當生動，語言也不板滯而有變化。從楚辭到司馬相如、揚雄諸人的賦，七發確是一篇承先啓後的作品。並且自他的七發以後，倣作的很多。傅玄七謨序說：「昔枚乘作七發，而屬文之士若傅毅、劉廣世、崔駰、李尤、桓麟、崔琦、劉梁、桓彬之徒，承其流而作之者紛焉。七激、七興、七依、七款、七說、七蠲、七舉、七設之篇，於是通儒大才馬季長、張平子，亦引其源而廣之。」這樣一來，在賦史中「七」便成爲一種專體了。

二、漢賦的全盛期 武、宣、元、成時代，是漢賦的全盛期。藝文志所載漢賦九百餘篇，作者六十餘人，十分之九是這時期的產品。武、宣好大喜功，附庸風雅，一時文風大盛。元、成二世，繼其餘緒，作者不衰。班固兩都賦序說：「故言語侍從之臣……朝夕論思，日月獻納。而公卿大臣……時時間作。……故孝成之世，論而錄之，蓋奏御者，千有餘篇。」劉勰也說：「繁積於宣時，校閱於成世。進御之賦，千有餘首。」（詮賦）這盛況也就可想而知了。

司馬相如　這一時期內的賦家，有司馬相如、淮南羣僚、嚴助、枚皋、東方朔、朱買臣、莊葱奇、吾丘壽王、劉向、王褒、張子僑諸人。名望最大，在賦史上占着顯著地位的是司馬相如。司馬相如字長卿（前一七九——前一一七），小名犬子。蜀郡成都（今屬四川）人。少好讀書擊劍。景帝時爲武騎常侍。武帝時曾奉使西南，對於西南的開發，有一定貢獻。後爲孝文園令。不久病卒。他早年熱心政治，並不得志，後來受到誹謗和挫折，對現實也感到不滿，故常「稱病閑居，不慕官爵」。可見他並不是那種全無品格、阿諛逢迎的人。他同韓非一樣，患着口吃的毛病，不善於講話而長於寫文。學問淵博，文采煥發，是漢賦中有代表性的作家。

藝文志載司馬賦二十九篇，大都失傳。現存者爲子虛、上林、大人、長門、美人、哀二世六賦。另有梨賦、魚葅賦、梓桐山賦諸篇，僅存篇名而已。子虛、上林爲司馬氏的代表作品。從賈誼的鵩鳥，枚乘的七發，到他這時候，才建立了定型的漢賦體。子虛作於梁國，敘遊獵之盛，後來武帝看見了，大加賞識，恨不與此人同時。當時狗監楊得意對武帝說，他是臣的同鄉，於是武帝召了他去。他說子虛不過敘諸侯遊獵之事，不足觀，請賦天子的遊獵，遂成上林一篇。武帝讀了很高興，就命他爲郎。

子虛、上林二賦，實爲一篇。借三人對話，對諸侯、天子迷戀遊獵，不務政事，予以規諷。「相如以子虛，虛言也，爲楚稱。烏有先生者，烏有此事也，爲齊難。無是公者，無是人也，明天子之義。故空藉此三人爲辭，以推天子諸侯之苑囿，其卒章歸之於節儉，因以諷諫」（史記司馬相如傳）。在這幾句話裏，很概括地說明了子虛、上林的主題和形式。在主觀上，司馬相如作賦，是有諷諫意義的，不過作用不大，而成爲揚雄所說的「勸百而諷一，曲終而雅奏」了。

雲夢者方九百里。其中有山焉。其山則盤紆茀鬱，隆崇嵂崒，岑崟參差，日月蔽虧。交錯糾紛，上干青雲。罷池陂陁，下屬江河。其土則丹青赭堊，雌黃白坿，錫碧金銀。眾色炫耀，照爛龍鱗。其石則赤玉玫瑰，琳瑉琨珸。瑊玏玄厲，碝石碔砆。其東則有蕙圃衡蘭，芷若射干，芎藭菖蒲，江蘺蘼蕪，諸柘巴苴。其南則有平原廣澤，登降陁靡，案衍壇曼，緣以大江，限以巫山。其高燥則生葴菥苞荔，薛莎青薠。其卑溼則生藏莨蒹葭，東薔雕胡，蓮藕觚蘆，菴閭軒芋。眾物居之，不可勝圖。其西則有湧泉清池，激水推移。外發芙蓉菱華，內隱鉅石白沙。其中則神龜蛟鼉，瑇瑁鼈黿。其北則有陰林巨樹，楩柟豫樟，桂椒木蘭，蘗離朱楊，樝梨梬栗，橘柚芬芳。其上則有赤猿玃猱，鵷鶵孔鸞，騰遠射干。其下則有白虎玄豹，蟃蜒貙犴，兕象野犀，窮奇獌狿。（子虛賦）

這是子虛中的首段，只寫了一個雲夢，就費了這樣大的氣力。從這裏我們也可知道作賦的手法。他的目的，是要誇張那地方的盛況，因此無論什麼珍禽怪獸，異草奇花，只要腦子裏有的，一齊排列在那裏。山水怎樣，土石怎樣，東南西北有什麼，上面下面有什麼，老是這樣鋪陳下去。外表是華豔奪目，堂皇富麗，而內容實際貧乏，加以奇文僻字，令人難讀，這就削弱了感人的藝術力量。摯虞在文章流別論中說：「夫假象過大，則與類相遠；逸辭過壯，則與事相違；辯言過理，則與義相失；麗靡過美，則與情相悖。此四過者，所以背大體而害政教，是以司馬遷割相如之浮說，揚雄疾辭人之賦麗以淫也。」左思在三都賦序中說：「於辭則易爲藻飾，於義則虛而無徵。且夫玉巵無當，雖寶不用，侈言無驗，雖麗非經。」劉勰在夸飾中說：「自宋玉、景差，夸飾始盛。相如憑風，詭濫愈甚。故上林之館，奔星與宛虹入軒，從禽之盛，飛廉與鷦鷯俱獲。」他們一致指出漢賦專事誇張而缺乏真實性，都是很確切的，然而這種鋪敘誇張的形式，却成爲漢賦的定型。司馬以後，一直到班固、張衡，都是如此。因爲這種文字缺乏思想感情，只有這種寫法，才能延長篇幅，表現自己的辭章和學問，爲了要用那些奇文僻字，不得不通小學。所以當代有名的賦家，都是有名的小學家。司馬相如的凡將篇，揚雄的方言與訓纂篇，班固的續訓纂，都是當代有名的字學書。這樣一來，作賦固不容易，讀賦也就很難了。

這種賦的組織，大都是幾人的對話，彼此誇張形勢，極言淫樂侈靡之盛事；最後，是以荒樂足以亡國，仁義可以興邦的意義作結。如上林賦的最後一節說：「若夫終日暴露馳騁，勞神苦形。罷車馬之用，抏士卒之精，費府庫之財，而無德厚之恩。務在獨樂，不顧眾庶。忘國家之政，貪雉兔之獲，則仁者不由也。」這種勸戒的方法，正和滑稽家的隱語與縱橫家的辭令一樣。所不同者，一是出之於言語，一是出之於文章而已。司馬遷說：「相如雖多虛詞濫說，然其要歸，引之節儉，此與詩之諷諫何異？」賦在儒家的眼裏，認爲不違反宗經原道的主旨，就在這一點。可是皇帝們往往只取其歌頌而忘其諷諫。武帝好神仙，相如賦大人以諷，結果使得皇帝更加飄飄然，這例子是很有名的。

但是，我們也應該承認：司馬相如是一個富有文采和想像力的作家。其賦結構宏偉，語彙豐富，也有描寫很深刻、很形象的地方。如「於是鄭女曼姬，被阿緆，揄紵縞，雜纖羅，垂霧縠，襞積褰縐，紆徐委曲，鬱橈谿谷。衯衯裶裶，揚袘卹削，蜚襳垂髾，扶輿猗靡。噏呷萃蔡，下摩蘭蕙，上拂雨蓋；錯翡翠之威蕤，繆繞玉綏。渺渺忽忽，若神仙之髣髴。」（子虛賦）他一面把鄭女曼姬的形象寫得非常細緻生動，同時也反映出貴族社會的淫侈生活。語言豐麗，用字新奇，具有鮮明的特色。其次他在長門賦裏，表現出他善於用工麗的語言，作抒情的描寫。他論賦說：「合綦組以成文，列錦繡而爲質，一經一緯，一宮一商，此賦之迹也。賦家之心，苞括宇宙，總覽人物，斯乃得之於內，不可得而傳。」（西京雜記）賦迹偏於形式，賦心乃重在修養和構思。所謂「苞括宇宙，總覽人物」，是文學作品所應當具有的特點。愈是偉大的作品，愈要具有這樣的特點。

司馬相如在賦史上有很大的影響。漢賦到了他，揉合各家的特質，加以自己的創造，建立了固定的形體。使後來的作家都追隨他、模擬他，無法越過他的藩籬。揚雄說：「長卿賦不似從人間來，其神化所至耶？」又說，「如孔氏之門用賦也，則賈誼升堂，相如入室矣」，他對司馬相如的賦，推崇備至，而是作爲自己作賦的典範的。

東方朔　東方朔（前一五四——前九三）字曼倩，平原厭次（今山東無棣東）人。爲人玩世不恭，善詼諧。因古書上有許多關於他的滑稽故事，總覺得他是一個無品的文人。其實看他諫上林罵董偃的那些事體，他却是一個有膽量有氣概的剛毅之士。他的七諫，因襲楚辭，用典過多，價値不高。非有先生論、答客難二篇，雖未以賦名，却是賦體。詼諧諷刺，頗能代表他的個性。「尊之則爲將，卑之則爲虜，抗之則在青雲之上，抑之則在深泉之下。用之則爲虎，不用則爲鼠。」（答客難）封建帝王的玩弄人才，在這些句子裏，很形象地表現出來。「今陛下以城中爲小，圖起建章，左鳳闕，右神明，號稱千門萬戶，木土衣綺繡，狗馬被繢罽，宮人簪瑇瑁，垂珠璣，設戲車，教馳逐，飾文采，聚珠怪，撞萬石之鐘，擊雷霆之鼓，作俳優，舞鄭女，上爲淫侈如此，而欲使民獨不奢侈失農，事之難者也。」（見漢書本傳）在這裏，不但大膽揭露了封建帝王的奢侈荒淫的生活，而且他能當面對皇帝講這些話，也是很有勇氣的。還有枚皋，也是這時的賦家。他是枚乘之子，字少儒，武帝時爲郎。他寫文很敏捷，因此作品特多，藝文志載他的賦百二十篇，但現在這些作品都不傳了。

司馬遷的賦　司馬遷是偉大的歷史家和散文家，但他也善於作賦，流傳下來的悲士不遇賦一篇，是漢賦中的優秀作品，思想和藝術都有很高的價值，值得我們重視。

悲夫士生之不辰，愧顧影而獨存；恒克己而復禮，懼志行之無聞。諒才韙而世戾，將逮死而長勤。雖有形而不彰，徒有能而不陳。何窮達之易惑，信美惡之難分。時悠悠而蕩蕩，將遂屈而不伸。使公於公者，彼我同兮；私於私者，自相悲兮。天道微哉，吁嗟闊兮；人理顯然，相傾奪兮。好生惡死，才之鄙也；好貴夷賤，哲之亂也。炤炤洞達，胸中豁也；昏昏罔覺，内生毒也。我之心矣，哲已能忖；我之言矣，哲已能選。沒世無聞，古人惟恥；朝聞夕死，孰云其否！逆順還周，乍沒乍起。理不可據，智不可恃。無造福先，無觸禍始。委之自然，終歸一矣。（悲士不遇賦）

此賦是司馬遷被禍以後的晚年作品。抒寫懷抱，辭意憤激，風格略近賈誼的鵩鳥，而傾向性更爲鮮明。在這篇短文裏，作者概括了他的生活悲劇，表達了他的不平之感，對於公私不分、是非不明、諂媚奉迎、傾奪排擠的黑暗現實，作了強烈的控訴。語言簡勁有力，具有他的散文特色。太史公自序、報任安書和這一篇賦，是研究司馬遷生平思想的重要史料。

王褒　王褒字子淵，生卒年不詳。蜀資中（今四川資陽）人。宣帝時爲諫大夫。因爲宣帝「頗作詩歌，欲興協律之事」，於是能爲楚辭的九江被公，以及劉向、張子僑、華龍，音樂家趙定、龔德之流，齊集於他的門下。王褒也就在那時候受了益州刺史王襄的奏薦，同他們一道待詔於金馬門。王褒現有的作品，如聖主得賢臣頌、甘泉宮頌、九懷和移金馬碧鷄文等篇，除九懷擬屈、宋外，其餘多爲歌頌之作。值得我們一提的，是他的洞簫賦。

洞簫賦雖是以楚辭的調子寫成的，但這篇文字却對於後代的文風文體頗有影響。第一，他在修辭造句方面用了極大的工夫，不是用的那種堆砌誇張的方法，而是描寫精巧細微，音調和美，形象鮮明，別具風格。正如劉勰所指出的：「子淵洞簫，窮變於聲貌。」（詮賦）篇中頗多駢偶的句子，開魏、晉、六朝駢儷文學之端。自他以後，馮衍的顯志，崔駰的達旨裏，這種駢偶的文字，在賦中一天天地多起來了。第二，他又是詠物賦的完成者。荀卿的蠶、雲二賦，雖爲詠物，但內多隱語，辭亦簡略，只有詠物賦的雛形。賈誼的鵩鳥，似詠物而實說理。再如枚乘賦柳，路喬如賦鶴，鄒陽賦酒，公孫勝賦月，古人多疑爲僞作，我們不能視爲史料。真把一件小小的物件，用長篇的文字來鋪寫它的聲音、容貌、本質、功用等等而成爲一種新體裁的，不得不推王褒的洞簫。自他以後，詠物賦作者漸多。揚雄、班固、張衡、王逸、蔡邕的集子裏，都有這一類的作品，到了魏晉六朝，詠物賦更是觸目皆是。以至於後代的詠物詩，也多少受到它的影響。

朝露清泠而隕其側兮，玉液浸潤而承其根。孤雌寡鶴娛優乎其下兮，春禽羣嬉翱翔乎其顚。秋蜩不食抱樸而長吟兮，玄猿悲嘯搜索乎其間。處幽隱而奥屏兮，密漠泊以獭猭。惟詳察其素體兮，宜清靜而弗諠。……

這是洞簫賦中的一小段，駢偶句子的連用，描寫的精巧細密，已開六朝時代纖弱之風。

三、漢賦的模擬期　由於司馬相如的創作，漢賦的形式格調，已成了定型。後輩的作者，無法越出他們的範圍，因此模擬之風大盛。這風氣從西漢末年到東漢中葉，等到張衡幾篇短賦出來，才稍稍有點改變。這一時期中，如揚雄、馮衍、杜篤、班固、崔駰、李尤、傅毅諸人，都是有名的賦家。揚雄、班固二人是這一期的代表。

揚雄　揚雄（前五三——一八）字子雲，蜀郡成都（今屬四川）人。家貧好學，爲人簡易佚蕩，不慕富貴。同司馬相如一樣，患着口吃的毛病。他是一個學問淵博，經學、小學、辭章兼長的人。成帝時以文名見召，奏甘泉、羽獵數賦，除爲郎，給事黃門。歷事成、哀、平、莽四朝，鬱鬱不得志。一生著作豐富，出於模擬者居多。甘泉、羽獵、長楊、河東四賦，是擬相如的子虛、上林。廣騷、畔牢愁是倣屈原的。在辭賦方面，他以屈原、司馬相如爲模擬的對象，「蜀有司馬相如，作賦甚弘麗溫雅，雄心壯之，每作賦，常擬之以爲式。又怪屈原文過相如，至不容，作離騷自投江而死，悲其文，讀之未嘗不流涕也。……」（漢書本傳）乃作反離騷、廣騷、畔牢愁。這是他崇拜前人因而模擬前人的自供。班固在傳贊中說：「以爲經莫大於易，故作太玄；傳莫大於論語，作法言；史篇莫善於倉頡，作訓纂；箴莫善於虞箴，作州箴；賦莫深於離騷，反而廣之；辭莫麗於相如，作四賦。皆斟酌其本，相與倣依而馳騁云。」可知他的模擬，並不限於辭賦，其他如經傳字書，都是如此。然而也就因爲他有太玄、法言這一類的作品，除了他在賦史上的地位以外，在哲學史上，他也是很有地位的。

揚雄雖喜事模擬，究因其才高學博，還能獨成一個局面，能在模擬的生活中，運用他的才學，表現出自己的特色。當日如劉歆、范逡對他都表示敬意，桓譚以爲他的文章絕倫者，也就在此。後輩在才學方面遠不如他，仍是一味從事模倣，其結果必然要走到如張衡所說的「連偶俗語，有類俳優，或竊成文，虛冒名氏」那種墮落的現象了。

辭賦到了這種模擬的時代，自然是更沒有生氣、沒有意義，只是照着一定的形式，堆砌辭句，鋪陳形勢。外表華麗非凡，內面空虛貧弱。就是說到諷諫，那也只是一種點綴。揚雄早期非常推崇司馬相如，稱其賦爲神化所至，而作爲自己創作的典範。他到了晚年，在體驗中得到一種寶貴的覺悟，知道這種文學，是無益於人心世道，只是一種雕蟲小技而已。於是他棄辭賦而不爲，另寫他的學術著作了。「雄以爲賦者，將以風之。必推類而言，極麗靡之辭，閎侈鉅衍，競於使人不能加也。既乃歸之於正，然覽者已過矣。往時武帝好神仙，相如上大人賦欲以風，帝反縹縹有凌雲之志。繇是言之，賦勸而不止明矣。……於是輟不復爲」（漢書本傳）。這一段話是他對於漢賦確切的批評。他在賦體文學的寫作過程中，深刻地體會到這種作品的缺點和稱爲諷諭作用的虛僞性。他又說：「詩人之賦麗以則，詞人之賦麗以淫」（法言吾子篇）。雖寥寥二語，然對辭賦的優劣得失，批評得相當深刻。

法言雖是哲學著作，其中也有許多進步性的文學理論。吾子篇云：「或曰：女有色，書亦有色乎？曰：有。女惡華丹之亂窈窕也，書惡淫辭之淈法度也。……或曰：君子尚辭乎？曰：君子事之爲尚。事勝辭則伉，辭勝事則賦，事辭稱則經。足言足容，德之藻矣。」又君子篇云：「文麗用寡，長卿也；多愛不忍，子長也。仲尼多愛，愛義也；子長多愛，愛奇也。」他所論雖以儒道六經爲主，宣揚儒家的傳統觀念。但他這些意見，在當時專重形式的文風下，還是可取的。

班固　班固（三二——九二）是以歷史家兼賦家，他的漢書與司馬遷的史記，是中國史傳文學中的重要著作。但他又擅長辭賦，在賦史上，前人總是把西漢的司馬相如、揚雄，東漢的班固、張衡，稱爲漢賦中的四大作家。班固字孟堅，扶風安陵（今陝西咸陽）人，是班彪的長子。先爲蘭台令史，遷爲郎。竇憲征匈奴，固爲中護軍，憲敗，固免官，遂死獄中。他的兄弟是以武功著名的班超，妹妹是世人稱爲曹大家的班昭，也是史賦兼能的女作家。他們一家，都是享有盛名的人。

班固有名的作品是兩都賦。東漢建都洛陽，西京父老有怨言。「西土耆老，咸懷怨思。冀上之睠顧，而盛稱長安舊制，有陋洛邑之議。故臣作兩都賦，以極眾人之眩曜，折以今之法度。」（兩都賦序）這就是兩都賦的主題。其內容爲敘述京都，與西漢流行的描寫游獵宮殿的不同。結構宏偉，富於文采。但其形式組織，卻全是模仿子虛、上林。再如他的幽通，是模仿屈原的離騷，典引是模仿司馬相如的封禪，答賓戲是模仿東方朔的答客難。在這種模擬的空氣下，要產生有新意識有新生命的作品，是很難的。與班固前後同時的作家，如馮衍、杜篤、崔駰、傅毅、李尤之徒，也都在這種空氣之下活躍着，因此我們也無須多說了。

四、漢賦的轉變期　東漢中葉以後，宦官外戚爭奪政權，國勢日衰。加以帝王貴族奢侈成習，橫征暴斂，社會民生，日益窮困。所謂「國王驕奢，不遵典憲。又多豪右，共爲不軌。」（張衡傳）這都是當日的實情。在這種政治社會情形之下，進步的文學家，不能無所感受。就是專以鋪采摛文爲能事的賦，也漸漸地發生轉變了。這一時期的代表作家是張衡和趙壹。

張衡　張衡（七八——一三九），字平子，南陽西鄂（今河南南陽）人。少善屬文，爲人從容淡靜。安帝時爲郎中，後任河間相。是漢代一位人格高尚、學問淵博、反迷信、倡科學的重要思想家。其天文著作有渾天儀圖注和靈憲。在中國文學史上，他也有重要的地位，同聲歌、四愁詩成爲五七言詩創始期中重要的文獻。漢賦的轉變，由他開其緒端。不用說，張衡時代，漢賦的模擬之風並沒有停止，他自己的二京賦，也是這類作品。不過他的二京賦却和班固的兩都賦略有不同，而較有現實意義。「方其用財取物，常畏生類之殄也，賦政任役，常畏人力之盡也。……今公子苟好勦民以媮樂，忘民怨之爲仇也，好殫物以窮寵，忽下叛而生憂也。夫水所以載舟，亦所以覆舟。堅冰作於履霜，尋木起於蘖栽。」這些話的意義是很明顯的。並且在賦裏，也描寫到當代一些社會風俗，世態人情，他的眼界也較爲廣闊。卽在描寫景物上，也很有特色。如「濯龍芳林，九谷八溪。芙蓉覆水，秋蘭被涯。渚戲躍魚，淵遊龜蠵。永安離宮，脩竹冬青。陰池幽流，玄泉冽清。鵯鶋秋棲，鶻鳩春鳴。鴡鳩麗黃，關關嚶嚶。」不僅文字清麗，音調和諧，而且描寫也很細緻。

二京賦以外，更值得我們注意的，是張衡的歸田、思玄一類的作品。這些作品，形式比較短小，一掃那種鋪采摛文虛誇堆砌的手法，運用清麗抒情的文句，描寫自己的懷抱和感情，內容和形式都起了變化，對後代的辭賦也很有影響。

遊都邑以永久，無明略以佐時。徒臨川以羨魚，俟河清乎未期。感蔡子之慷慨，從唐生以決疑。諒天道之微昧，追漁父以同嬉。超埃塵以遐逝，與世事乎長辭。於是仲春令月，時和氣清。原隰鬱茂，百草滋榮。王雎鼓翼，倉庚哀鳴。交頸頡頏，關關嚶嚶。於焉逍遙，聊以娛情。爾乃龍吟方澤，虎嘯山丘。仰飛纖繳，俯釣長流。觸矢而斃，貪餌吞鉤。落雲間之逸禽，懸淵沈之魦鰡。于時曜靈俄景，繼以望舒。極盤遊之至樂，雖日夕而忘劬。感老氏之遺誡，將迴駕乎蓬廬。彈五弦之妙指，詠周孔之圖書。揮翰墨以奮藻，陳三皇之軌模。苟縱心於域外，安知榮辱之所如。（歸田賦）

由長篇鉅製的形式，變爲短篇，由描寫宮殿遊獵而只以帝王貴族爲賞玩的作品，變爲表現個人的胸懷情趣的作品，這一轉變是很重要的。作品裏雖存在着一些消極思想，但同時也反映出作者對現實的不滿，和不願同流合污的精神。後漢書本傳說：「後遷侍中，帝引在帷幄，諷議左右，嘗問衡天下所疾惡者，宦官懼其毀己，皆共目之，衡乃詭對而出。閹豎恐終爲其患，遂共讒之。衡常思圖身之事，以爲吉凶倚伏，幽微難明，乃作思玄賦，以宣寄情志。」這就是產生思玄、歸田的政治環境，和產生他那種消極反抗思想的政治根源。這類作品和他的四愁詩，精神上是大略相通的。

與張衡同時的賦家，如崔瑗、馬融、崔琦，稍後如王逸、王延壽之流，雖仍沉溺於擬古的範圍而不能自拔，但作賦的風氣確已轉變了。朝政日非，民生日困，宦官外戚日益橫暴，剝削人民日益殘酷，在這種情形下，歌功頌德誇美逞能的賦，自然不會像往日那麼得勢了。我們只要讀了趙壹的刺世疾邪賦、蔡邕的述行賦和禰衡的鸚鵡賦，就會體會到賦這一種文學，並不是歌頌獻媚的專利品，只要作家的態度正確，同時也會成爲暴露醜惡、攻擊黑暗的利器的。

趙壹　趙壹字元叔，漢陽西縣（今甘肅天水）人。與蔡邕同時。爲人狂傲耿直，屢次犯罪幾死，而終不屈服。其刺世疾邪賦最能表現他的風骨。

> 春秋時禍敗之始，戰國愈復增其荼毒。秦漢無以相踰越，乃更加其怨酷。寧計生民之命，唯利己而自足。於茲迄今，情僞萬方。佞諂日熾，剛克消亡。舐痔結駟，正色徒行。嫗㛂名勢，撫拍豪強。偃蹇反俗，立致咎殃。捷懾逐物，日富月昌。渾然同惑，孰溫孰涼？邪夫顯進，直士幽藏。原斯瘼之攸興，實執政之匪賢。女謁掩其視聽兮，近習秉其威權。所好則

鑽皮出其毛羽，所惡則洗垢求其瘢痕。雖欲竭誠而盡忠，路絕嶮而靡緣。九重既不可啓，又羣吠之狺狺。安危亡于旦夕，肆嗜欲于目前。奚異涉海之失柂，坐積薪而待燃？榮納由於閃榆，孰知辨其蚩妍？故法禁屈撓於勢族，恩澤不逮於單門。寧飢寒於堯舜之荒歲兮，不飽暖於當今之豐年。乘理雖死而非亡，違義雖生而非存。有秦客者，乃為詩曰：河清不可俟，人命不可延。順風激靡草，富貴者稱賢。文籍雖滿腹，不如一囊錢。伊優北堂上，抗髒倚門邊。

這是賦中的一段。他以犀利的詞句，憤激的情緒，揭露了漢末吏治的腐敗無恥，人情風俗的勢利敗壞。宦官弄權，奸邪逞虐，而忠良則報國無門。「寧飢寒於堯舜之荒歲兮，不飽暖於當今之豐年」，表示他對黑暗的決不妥協；「乘理雖死而非亡，違義雖生而非存」，說明他對維護正義的堅定意志。張衡還只是不願同流合污、全生隱退，趙壹却表現了奮鬥反抗的積極精神。政治傾向如此鮮明的作品，在漢賦中真是罕見的。

蔡邕與禰衡　蔡邕（一三三——一九二）字伯喈，陳留圉（今河南杞縣）人。因遭誣陷流朔方。董卓時曾官左中郎將，後卓被殺，邕也被捕，死於獄中。他學問淵博，精通經史、天文、音律之學，善書法，工文章，尤長於碑記。是漢代辭賦家的殿軍。述行篇云：「窮變巧於台榭兮，民露處而寢溼；消嘉穀於禽獸兮，下糠粃而無粒。……觀風化之得失兮，猶紛挐其多違。無亮采以匡世兮，亦何爲乎此畿。」對於漢末的腐敗政治，作了激烈的批判，對於人民的疾苦，表示了關懷。

禰衡（一七三——一九八）字正平，平原般（今山東平原）人。他才高志大，憤世嫉俗，見辱於曹操，死於黃祖，使後代多少文人，作詩作文去紀念他。他的鸚鵡賦，看去好像是一篇詠物的小賦，然而却是一篇有寓意的好作品。

> 矧禽鳥之微物，能馴擾以安處。眷西路而長懷，望故鄉而延佇；忖陋體之腥臊，亦何勞於鼎俎。嗟祿命之衰薄，奚遭時之險巇；豈言語以階亂，將不密以致危。痛母子之永隔，哀伉儷之生離；非餘年之足惜，愍眾雛之無知。

表面是在寫鸚鵡，實際是在寫自己。鸚鵡的惡劣處境，正是影射着當日險惡的政治環境。但由於他自己有「迫之不懼，撫之不驚」的堅強性格，才能對封建統治者表示堅強不屈的反抗精神。漢代的賦，從張衡的轉變開其端，到了蔡邕、趙壹、禰衡諸人，賦才表現了更積極的現實內容和短小適宜的形式，在漢賦的轉變上，起了很大的作用。

四　漢代以後的賦

漢代以後，作賦的風氣並沒有全衰。尤其魏、晉、南北朝的作家，很喜歡採用賦的形式。但在各時代文學思潮的影響下，賦的內容與形式，都發生了變化。我想在這裏，將漢以後賦的演變，作一概略的敘述，使讀者得到一點賦史的概念。

一、魏、晉期　魏、晉是中國政治紊亂思想轉變的時代。篡奪繼作，外患不已，民生窮困，社會不安。儒家思想的衰落，道佛思想的興起，清談的流行，因種種原因，造成玄學的興盛。在這種思潮中，哲學文學都離開往日那種傳統觀念的束縛，朝着新的方向發展。這一時期的賦，無論內容形式，都不是漢賦的面目了。

題材擴大　漢賦的題材，大都以宮殿遊獵山川京城爲主體。東漢以後，雖稍有轉變，然其範圍仍然狹小。到了魏晉，賦的題材擴展了。抒情、說理、詠物、敘事各種體製，登臨、憑弔、悼亡、傷別、遊仙、招隱各種題材的賦都出現了。而最多的是詠物賦。如飛禽走獸，奇花異草，天上的風雲，地下的落葉，都是他們的題材。橘子、芙蓉、夏蓮、秋菊、蝙蝠、螳螂、麻雀、小蛇都被他們賦到了。正如劉勰所說：「至如草區禽族，庶品雜類，則觸興致情，因變取會。擬諸形容，則言務纖密；象其物宜，則理貴側附。斯又小制之區畛，奇巧之機要也。」（詮賦）這類作品雖多，價值並不高。

篇幅短小　短賦在漢代，雖說已經有了，但不是普遍的形式，到了魏晉，短賦成爲主體了。我們試從曹丕、曹植的作品看起，一直到晉末的陶淵明，所作的賦大都是些短篇。如陸機的文賦，潘岳的西征，左思的三都，郭璞的江賦那樣的長篇，真是寥寥可數。並且描寫細緻，字句清麗，沒有漢賦那種堆垛鋪陳的習氣。

富於抒情成分　漢賦專事鋪陳事物，大都缺少抒情。魏、晉的賦，除了那些詠物的作品以外，在其他的賦篇裏，呈現出較多的抒情成分。我們試讀曹植、王粲、潘岳、陶淵明諸人的作品，都會感到作家的個性分明，內容也較充實。或是表現人生的理想，或是反映現實的生活，或是描寫自己的命運，或是敘述田園山水的樂趣，都有他們自己的特點。

曹魏期的代表作家，是曹植與王粲。曹植的幽思、慰子、出婦、洛神諸篇，都是較好的作品。短短的篇幅，充滿着濃厚的詩情，與那種堆砌鋪張的漢賦，是全異其趣了。王粲本是建安七子的領袖。從漢代王褒、蔡邕以來，駢偶風氣，已爲賦家所喜用，到了王粲，這技巧更進步了。在登樓賦裏，作者運用了精鍊妍麗的語言，表露出在大亂的社會裏，懷才不遇、思念鄉土的感情和社會的一些面貌，富於感染人心的藝術力量。

登茲樓以四望兮，聊暇日以銷憂。覽斯宇之所處兮，實顯敞而寡仇。挾清漳之通浦兮，倚曲沮之長洲。背墳衍之廣陸兮，臨皐隰之沃流。北彌陶牧，西接昭丘。華實蔽野，黍稷盈疇。雖信美而非吾土兮，曾何足以少留。遭紛濁而遷逝兮，漫踰紀以迄今。情眷眷而懷歸兮，孰憂思之可任。憑軒檻以遙望兮，向北風而開襟。平原遠而極目兮，蔽荊山之高岑。路逶迤而脩迥兮，川旣漾而濟深。悲舊鄉之壅隔兮，涕橫墜而弗禁。昔尼父之在陳兮，有歸歟之歎音。鍾儀幽而楚奏兮，莊舄顯而越吟。人情同於懷土兮，豈窮達而異心。惟日月之逾邁兮，俟河清其未極。冀王道之一平兮，假高衢而騁力。懼匏瓜之徒懸兮，畏井渫之莫食。步棲遲以徙倚兮，白日忽其將匿。風蕭瑟而並興兮，天慘慘而無色。獸狂顧以求羣兮，鳥相鳴而舉翼。原野闃其無人兮，征夫行而未息。心悽愴以感發兮，意忉怛而憯惻。循堦除而下降兮，氣交憤於胸臆。夜參半而不寐兮，悵盤桓以反側。（登樓賦）

在這篇賦裏，表現了作者鑄煉語言和抒寫情感的高度技巧，可稱爲建安賦中的代表作。

西晉期的作家如傅玄、張華、潘岳、潘尼、陸機、陸雲、夏侯湛、左思之流，都以賦名。然最能代表當日的潮流的，當以潘、陸爲首。潘賦以情韻勝，陸賦以駢儷稱。陸機的文賦、豪士、浮雲以及演連珠諸篇，已經成爲駢四儷六的雛形。文賦特別寫得精美，在我國文學批評史上，具有重要地位。潘岳的作品，能以清綺的辭句，刻劃細密的情感。閒居、秋興、悼亡諸賦，表現出他特有的風格。續文章志說：「岳爲文選言簡章，清綺絕倫。」（世說新語註引）又孫興公說：「潘文淺而淨，陸文深而蕪。」（文選註引）從這裏可以看出他倆的優缺點。

左思的三都，爲魏晉賦中獨有的長篇，一時聲譽特盛，洛陽爲之紙貴。他自己爲反對漢賦的浮誇，在序中敍述他作賦的態度說：「余旣思摹二京而賦三都，其山川城邑，則稽之地圖，鳥獸草木，則驗之方志。風謠歌舞，各附其俗，魁梧長者，莫非其舊。何則?發言爲詩者，詠其所志也。升高能賦者，頌其所見也。美物者貴依其本，讚事者宜本其實。非本非實，覽者奚信？」他這種排斥虛誇、尊重現實的創作態度，自然是對的，但在體製上，仍是沿倣着漢賦的典型，很少改革。他雖是用了不少氣力和心血，文字寫得富麗典雅；然而這類作品，思想價值總不很高。

但在這裏值得我們特別提出來的，是向秀的思舊賦。向秀雖不以賦名，然其思舊賦確爲佳作。爲了紀念嵇康的被害，作者用極其悲憤的心情和含蓄迴轉的筆法，表達出深厚的友誼，從側面表示對當日黑暗政治的不滿。序中云：「余逝將西邁，經其舊廬，於時日薄虞淵，寒冰淒然，鄰人有吹笛者，發聲寥亮，追思曩昔遊宴之好，感音而歎，故作賦云。」這心情是真實而又沉痛的。

將命適於遠京兮，遂旋反而北徂。濟黃河以汎舟兮，經山陽之舊居。瞻曠野之蕭條兮，息余駕乎城隅。踐二子之遺跡兮，歷窮巷之空廬。歎黍離之愍周兮，悲麥秀於殷墟。惟古昔以懷今兮，心徘徊以躊躇。棟宇存而弗毀兮，形神逝其焉如。昔李斯之受罪兮，歎黃犬而長吟。悼嵇生之永辭兮，顧日影而彈琴。託運遇於領會兮，寄餘命於寸陰。聽鳴笛之慷慨兮，妙聲絕而復尋。停駕言其將邁兮，遂援翰而寫心。

篇幅短小，情意深厚，在晉人抒情賦中，確是一篇優秀作品。

陶淵明是晉代文學家的代表。他的作品，無論詩文辭賦，都保持着他特有的個性，和鮮明的平淡自然的風格。歸去來辭是他辭賦中的名篇。以樸茂清新的語言，沒有半點雕琢、鋪陳的習氣，非常真實地描寫脫離黑暗現實，歸身於自然懷抱的喜悅的心境。其次如感士不遇賦、閒情賦，也值得我們重視。蕭統以閒情一賦歎爲白璧之瑕，實在是迂腐之見。閒情賦爲何而作，現雖不能明說，說那是一篇象徵性的作品，是無可疑的。技巧的新奇，描寫的深刻，很有特色。歸去來辭是大家都讀過的，茲舉閒情賦一段爲例。

> 願在衣而為領，承華首之餘芳；悲羅襟之宵離，怨秋夜之未央。願在裳而為帶，束窈窕之纖身；嗟溫良之異氣，或脫故而服新。願在髮而為澤，刷玄鬢於頹肩；悲佳人之屢沐，從白水以枯煎。願在眉而為黛，隨瞻視以閑揚；悲脂粉之尚鮮，或取毀于華粧。願在莞而為蓆，安弱體於三秋；悲文茵之代御，方經年而見求。願在絲而為履，附素足以周旋；悲行止之有節，空委棄於床前。願在晝而為影，常依形而西東；悲高樹之多蔭，慨有時而不同。願在夜而為燭，照玉容於兩楹；悲扶桑之舒光，奄滅景而藏明。……考所願而必違，徒契闊以苦心。擁勞情而罔訴，步容與於南林。棲木蘭之遺露，翳青松之餘蔭。儻行行之有覿，交欣懼於中襟。竟寂寞而無見，獨悁想以空尋。

二、南北朝

魏晉以來，文學上駢儷的風氣日益濃厚，到了齊梁，再加以沈約、王融一般人的聲律論的鼓吹，於是文學的形式技巧更趨精美。沈約在宋書謝靈運傳論裏說過：「夫五色相宣，八音協暢。由乎玄黃律呂，各適物宜。欲使宮羽相變，低昂舛節，若前有浮聲，則後須切響。一簡之內，音韻盡殊；兩句之中，輕重悉異。妙達此旨，始可言文。」這是永明體的文學特徵，也是晉宋以後一般文人的風尙。他們一面注意駢詞儷句，一面又要注意韻律與音節，這樣下去，使得文學日益追求形式技巧的完美。詩文如此，辭賦更是如此。因此這一期的賦，前人稱爲駢賦。

當日的賦，仍以短篇爲主。長篇如謝靈運的山居，沈約的郊居，梁元帝的玄覽，庾信的哀江南諸作，不過寥寥數篇而已。在此數篇中，哀江南是代表作。在思想上表現了故國之思，語言也很精麗，不過用典過多，辭義隱晦，反而削弱了藝術力量。

在當日追求形式的文風裏，一般辭賦作家，對於修詞煉句，費盡苦心，雕琢刻鏤，力求新奇。由煉章煉句而至於煉字，在語言技巧上，表現了較高的成就。

白楊早落，塞草前衰。稜稜霜氣，蔌蔌風威。孤蓬自振，驚沙坐飛。灌莽杳而無際，叢薄紛其相依。（鮑照蕪城賦）

綠苔生閣，芳塵凝榭。……白露曖空，素月流天。……若夫氣霽地表，雲斂天末。洞庭始波，木葉微脫。菊散芳於山椒，雁流哀於江瀨。升清質之悠悠，降澂輝之藹藹。（謝莊月賦）

一字一句，都經過精心刻意的鑄煉，修辭固然美麗，音律也極爲和諧，描繪自然景物的細密和形象的鮮明，都超過了前人。但當代的賦家絕大部分是君王、貴族和高級官僚，養尊處優，靠着剝創，享受着奢侈荒淫的生活。他們不關懷人民的疾苦，也接觸不到人民的生活，所以他們的作品，總是內容空虛，風格不高。除了少數幾篇如鮑照的蕪城賦、江淹的別賦、庾信的小園賦一類作品外，其餘的大都陷於華靡和卑弱，至於那些描寫色情的作品，就墮落得更不足道了。孫松友在述賦篇中說：「左陸以下，漸趨整鍊；齊梁而降，益事妍華，古賦一變而爲駢賦。」（國粹學報）他以駢賦概括這個時代，是能代表當日的文學潮流的。

三、唐宋期　沿着前代駢體與聲律說的演進，古詩變爲律詩，駢賦也變爲律賦了。王銍四六話序云：「唐天寶十二載，始詔擧人策問，外試詩賦各一首，於時八韻律賦始盛。其後作者，如陸宣公、裴晉公、呂溫、李程猶未能極工，逮至晚唐薛逢、宋言及吳融出於場屋，然後曲盡其妙。」律賦只注意音韻的諧調和對偶的工整，而很少顧到情韻內容，與明清的八股文，並沒有什麼分別。律賦的特點，是限題限韻。如王棨的沛父老留漢高祖賦是以「願止前驅、得申深意」八字爲韻的。賦到了這種程度，完全趨於形式，文學的價值日益低落，而爲世人所鄙棄所輕視了。

宋朝的律賦，我們還可看見很多，如范仲淹的金在鎔賦（金在良冶求鑄成器爲韻），歐陽修的應天以實不以文賦（天應誠德豈尙文爲爲韻），王安石的首善自京師賦（崇勸儒學爲天下始爲韻），蘇軾的濁醪有妙理賦（神聖功用無捷於酒爲韻）等等，到現在還可以讀到。孫松友述賦篇說：「自唐迄宋，以賦造士，創爲律賦，用便程式。新巧以製題，險難以立韻。課以四聲之切，幅以八韻之凡。……然後銖量寸度，與帖括同科。」（國粹學報）這說明了律賦的本質。

唐宋除律賦以外，比較有文學價值的作品是文賦。文賦的特點是：廢棄駢律的嚴格限制，駢散結合，形成一種自由的體裁。文賦雖盛於宋，然唐人早已開其端，在杜甫的幾篇賦裏，這種傾向，已很明顯。到了白居易的動靜交相養賦，那差不多是一篇說理的散文了。「天地有常道，萬物有常性。道不可以終靜，濟之以動；性不可以終動，濟之以靜。養之則兩全而交利，不養之則兩傷而交病。」這是開首的一節，通篇是用着這種散文的句法寫成的。再如杜牧的阿房宮賦，也是韻散相間，一點也不整齊，內容與形式，都很美茂。這些作品，可以說是宋代文賦的先聲。到了宋朝，這種作品就更多了。如歐陽修的秋聲賦，邵雍的洛陽懷古賦，蘇軾的前後赤壁賦，蔡確的送將歸賦諸篇，都是這類作品，而最有代表性的是歐陽的秋聲，東坡的赤壁。

辭賦源於屈、宋、荀卿，一變而爲鋪采摛文的漢賦，再變而爲魏晉的小賦，三變而爲南北朝的駢賦，四變而爲唐、宋的律賦與文賦。宋代以後，在賦的演進史上，就再沒有什麼值得敘述的了。

第六章　司馬遷與漢代散文

司馬遷是中國古代的偉大歷史家，同時也是傑出的散文家，優秀的史傳文學家。屈原的賦，司馬遷的文，杜甫的詩，是中國古典文學中在這三方面的高峯；又好像三條大河，在封建社會灌溉各代文學的田園。他們所處的時代雖是不同，但同樣遭受着封建統治者的迫害，形成生活上各種不同的悲劇。他們都具有高尚的人生品質，嚴肅的藝術態度，堅持反抗黑暗現實的強烈意志，和辛勤刻苦的勞動精神。他們都是深入生活深入人民的實踐者，也都是渴望光明的理想主義者。他們的進步思想和藝術技巧緊緊結合在一起，人品與文品表現得非常鮮明。在他們的身上，體會出中國文學家的光榮傳統，給後人以深刻的教育。司馬遷的不朽著作，是他的一百三十篇的史記，史記不僅在史學上和散文上獲得了偉大成就，同時也表現出西漢帝國的強大向上的精神和民族巨大的創造力量。

一　司馬遷的生平

司馬遷：司馬遷（前一四五或前一三五——？）字子長，夏陽（今陝西韓城）人，幼年時代同父親住在家鄉，一面學習，一面從事牧牛放羊的勞動。不到十歲，他父親司馬談到長安作太史令，他也跟着到了長安，這就給了他一個專心學習的良好環境。司馬談是一位非常有學問的人，精通天文、易理，又長於黃老之學，對於古代歷史和學術思想，有深厚的研究。在六家要旨裏，我們可以體會到他在這方面精闢的見解和分析批判的能力。司馬遷在這樣一位好父親好教師的指導下，再加以自己的刻苦鑽研，到十歲時，便能閱讀古代典籍。後來又從孔安國治尙書，從董仲舒習春秋，學問益進。二十歲時，開始漫遊。他說：「二十而南遊江淮，上會稽，探禹穴，窺九疑，浮於沅湘。北涉汶泗，講業齊魯之都，觀孔子之遺風，鄉射鄒嶧。戹困鄱、薛、彭城，過梁、楚以歸。」（太史公自序）這次漫遊的時間雖不知道，但他所到的地方確是很廣。他從長安出發，先到南郡、長沙，憑弔了古代大詩人屈原遺蹟。屈原的文學成就和悲劇遭遇，使這位青年感到無限的同情和讚歎，而爲之悲傷流涕。他又南上九疑山，調查了舜帝南巡的傳說。再順江東下，遊廬山，至會稽，考察禹王治水的偉大功業。再到姑蘇，參觀了春申君的宮室遺址，爲五湖的風光所陶醉。他漫遊江南以後，渡江北上，先至淮陰，訪問了韓信的故里，再至齊、魯，訪問了孔子的故鄉。孔子是司馬遷景仰的聖人，他在那裏對這位古代的教育家的遺物遺風，作了詳細的考察。「余讀孔氏書，想見其爲人。適魯觀仲尼廟堂，車服禮器，諸生以時習禮其家，余低回留之，不能去云。」孔子和屈原，給這位青年精神上以巨大的影響，在孔子世家和屈原列傳兩篇文字裏，可以體會出他對這兩位先賢的無限景仰。他遊歷了鄒縣、薛城以後，南入彭城、豐沛地區，這是當日楚漢戰爭的中心地，也是秦末起義主要人物的家鄉，劉邦、蕭何、曹參、夏侯嬰、樊噲、周勃都是這一帶人。司馬遷親自在這一帶考察體驗，使他後來在這一段歷史的記述和描寫上，有很大的幫助。他遊歷豐沛一帶以後，又轉向河南，經過睢陽、大梁，收集了信陵君的故事，訪問了夷門，聽取了父老們講述的秦魏作戰的歷史。最後回到長安，任職郎中，開始了政治生活。後來或因侍從武帝，或因奉使出外，仍有很多旅行機會。他說過：「奉使西征巴蜀以南，南略邛、筰、昆明。」（太史公自序）又說：「余嘗西至空峒，北過涿鹿，東漸於海，南浮江淮矣。」（五帝本紀）可見他的遊蹤，幾遍全國。中國古典文學家如李白、杜甫、蘇軾、陸游諸人，都走過不少地方，但在這方面都還比不上司馬遷。

司馬遷這樣廣闊的多次的遊歷，對於他的歷史事業和文學事業，起了重要的影響。他欣賞了祖國各處雄奇秀媚的山河景色，參觀了各地的名勝古蹟，收集了許多古代的文物史料和歷史故事，深入地體驗了人民的實際生活，考察了社會風俗和經濟面貌，瞭解了山川形勢和物產情況。在這樣的實踐中，不僅豐富了他的生活和知識，擴大了他的眼界，也使他進一步體會到人民的生活願望和思想感情。各種社會實踐的深刻教育，提高了他的政治和生活認識，在他的文學思想和歷史觀念的發展上，起了重大的作用。再如山水形象的感受，民間語言的影響，使他在寫作技巧上有所提高，而形成他散文上特具的風格。所以司馬遷的遊歷，是他在文化事業上的學習、鍛鍊、實踐的重要過程。他能夠把他在書本上得到的豐富知識和實踐中得來活生生的知識，緊緊地結合起來，使他在後來的著作上，得到了特出的成就。

司馬遷的父親司馬談，不是一個普通的史官，他有崇高的理想，想繼承孔子的春秋，寫一部體系完整的史書，可惜他只做了一些準備工作，就於公元前一一〇年病死洛陽。他死時把他未完成的理想事業，交給他的兒子，哀痛地說：「余先，周室之太史也。自上世嘗顯功名於虞夏，典天官事。後世中衰，絕於予乎！汝復爲太史，則續吾祖矣。今天子接千歲之統，封泰山，而余不得從行，是命也夫，命也夫！余死，汝必爲太史，爲太史，無忘吾所欲論著矣。……幽厲之後，王道缺，禮樂衰，孔子修舊起廢，論詩書，作春秋，則學者至今則之。自獲麟以來，四百有餘歲，而諸侯相兼，史記放絕。今漢興，海內一統，明主賢君忠臣死義之士，余爲太史而弗論載，廢天下之史文，余甚懼焉，汝其念哉！」（太史公自序）這是一個具有重要文化意義的遺囑。司馬遷在他父親瞑目之前，接受了這重大的遺命，此後，他獻出了全部的精力，爲完成這部歷史而奮鬥。

司馬談去世的第三年，司馬遷果然作了太史令，這對於他的著述事業，供給了有利的條件。他於是參考藏書，整理資料。又過了三年，才開始他的著述工作，那時他正是四十二歲的壯年。天漢二年，李陵敗降匈奴，司馬遷替李陵辯護，得罪了漢武帝，將他關進監獄，司馬遷如果有錢，可以贖罪，否則將遭受極爲羞恥的宮刑。他沒有錢，朋友又不肯幫助。他這時候，精神非常苦痛，徘徊於生死的劇烈鬥爭中。他想起古代許多先輩，都在受迫害受苦難的境遇中，從事他們不朽的著作。「文王拘而演周易，仲尼戹而作春秋，屈原放逐，乃賦離騷，左丘失明，厥有國語，孫子臏腳，兵法修列，不韋遷蜀，世傳呂覽，韓非囚秦，說難、孤憤，詩三百篇，大底聖賢發憤之所爲作也。此人皆意有所鬱結，不得通其道，故述往事思來者。」（報任安書）他從這裏得出了發憤著書的理論。這一理論顯示出在階級社會裏，一個有進步思想的作家，決不會爲統治階級所容，而將遭受到種種殘酷的迫害，受刑罰，遭流放，終於死亡。思想越進步，受的迫害越嚴重，反抗意志和戰鬥精神也就越堅強。在這種情況下寫出來的作品，思想內容才能夠深厚，藝術也就更爲光輝。三百篇、春秋是如此，屈原、韓非等人也是如此。在這裏確實暗示出世界觀在創作上起指導作用的基本原則，司馬遷這種文學思想是非常可貴的。因爲他有了這種體會和認識，給他的創作事業帶來了力量。他想到許多先輩的悲劇境遇和光輝燦爛的文化事業，再想到自己「草創未就」的史記，得到精神上的鼓勵，於是「以就極刑而無慍色」的堅忍鬥爭的意志，爲了完成他的不朽之作，接受了最爲羞恥的宮刑，忍受着那種「隱忍苟活，幽於糞土之中而不辭」的生活。「是以腸一日而九迴，居則忽忽若有所亡，出則不知其所往，每念斯恥，汗未嘗不發背霑衣也。」在寫給任安的信裏，表達了他這一時期精神上難以形容的苦痛和堅忍不拔發憤著書的決心。

出獄不久，司馬遷以「閨閤之臣」的身分，做了漢武帝的中書令，他的內心是很悲憤的，不過是「從俗浮沉、與時俯仰」而已。他以刑後餘生的全部精力，貢獻於他的著作。一百三十篇、五十二萬六千五百字的史記，終於基本完成了。那時候他大約是五十三四歲。此後，司馬遷的事蹟就不明了，卒年也不詳。他的一生，大致與武帝相始終。到班固寫漢書的時候，史記已闕十篇。我們今天讀的史記，有些篇章，是後人補作的。

二　史記的史學價值

史記是一部偉大的歷史著作，是一部承上啓下富有獨創性的史書。它不是單純的史事記載，並且反映出三千年的政治、經濟、文化各方面的發展過程，揭露出歷史上各種矛盾鬥爭的真實面貌，同時也表現着作者的歷史哲學和政治思想。這是一部中國古代政治史文化史的總結，是一部波瀾壯闊、包羅萬象、雄偉無比的史詩。它在史學上有巨大的價值和深遠的影響，要詳細地加以說明，這是史學家的任務，我限於篇幅和範圍，只能在這方面作簡略的敘述。

一、新創的體製　我國的歷史觀念發達極早，卜辭中已有史官，周禮中有各種史官的名目，分工甚爲精密。再如古書中所載的晉董狐、齊太史，不畏強暴秉筆直書的精神，顯示出我國古代史學的優良傳統。史記以前的史書，雖取得了一定的成就，但缺少完整的統一性。尙書限於記載個別事件，春秋、左傳限於一個時代，國語、國策又限於地域。到了史記在古史原有的基礎上，參考各種史料文獻，溝通自有史以來到漢武帝爲止上下數千年人類歷史的活動過程，展開了中國古代史的全部面貌，創立了前所未有的通史的新體裁。司馬遷這種雄偉的氣魄和卓越的成就，固有賴於他的傑出的天才、深厚的學問、家庭的教養和豐富的實踐，但具體的歷史條件也是重要的因素。自漢初至武帝，經過幾十年的休養生息，由於農工商業的迅速發展，社會經濟達到空前的繁榮，再由於對外軍事的勝利，國土的擴張，成爲西漢帝國強大昌盛的頂點。政權鞏固，財富雄厚，軍力堅強，土地遼闊，形成自殷商以來空前未有的完整統一的新局面。在這樣的時代環境下，各方面都出現一種向上發展的強烈的精神力量。對舊時代的整個歷史文化，加以貫通和總結，正是新時代的實際要求。天才的歷史學家司馬遷，生長在這一時代，在他的身上體現了並且也滿足了時代的要求，他的「究天人之際、通古今之變、成一家之言」的通史體的史記，便成爲適應時代要求、表現新歷史內容的新形式。

史記在通史的總則下，運用五種體例組織配合起來。十二本紀敘帝王，十表繫時事，八書詳制度，三十世家記諸侯，七十列傳誌人物。體例雖有五種，但它們並不是孤立的，而是血肉相連地成爲一個整體，形成紀傳體的通史。這種紀傳體，一直影響到後代的歷史家。鄭樵說：「司馬氏世司典籍，工於制作，故能上稽仲尼之意，會詩、書、左傳、國語、世本、戰國策、楚漢春秋之言，通黃帝、堯、舜，至於秦漢之世，勒成一書。分爲五體：本紀紀年，世家傳代，表以正歷，書以類事，傳以著人。使百代而下，史官不能易其法，學者不能舍其書。六經之後，惟有此作。」（通志總序）趙翼也說：「自此例一定，歷代作史者，遂不能出其範圍，信史家之極則也。」（廿二史劄記卷一）由此，可見史記在體例的創造上，有多麼重要的意義。但這並不是說，這種體例，完全出於獨創，而一無所本，司馬遷是在前人的基礎上，加以組織、綜合、發展，經過再創造的過程，而成爲自己的形式。正如梁啓超所說：「諸體雖非皆遷所自創，而遷實集其大成，兼綜諸體而調和之，使互相補而各盡其用，此足徵遷組織力強而文章技術之妙也。」（中國歷史研究法）

二、進步的觀點　司馬遷作史記，是以孔子作春秋自許的。「太史公曰：先人有言，自周公卒，五百歲而有孔子。孔子卒後，至於今五百歲，有能紹明世，正易傳，繼春秋，本詩、書、禮、樂之際，意在斯乎！意在斯乎！小子何敢讓焉。」（太史公自序）在這裏表露出司馬遷作史記的志願。春秋、史記在「明是非、定猶豫、善善惡惡、賢賢賤不肖」的史學精神上是相通的，但從歷史觀點來說，史記比起春秋來，已得到了進一步的發展，由於時代的不同，從春秋到西漢，政治、經濟、文化各方面都有很大的變化和進展，史記不僅在體製上超越了春秋，更重要的在歷史觀上，已突破了儒家正統思想的束縛，自成一家之言，建立了進步的歷史觀點。

首先値得我們注意的，是史記在紀傳體的體裁中，突出了人物在歷史進程中的重要作用。古代對於歷史事物的解釋，都是受着自然力量、神權、天命等等的支配，盤庚、周書固不必說，卽如春秋、國語，亦復如此。到了史記，司馬遷強調了人物在歷史上的巨大意義，突出了多種人物在文化創造上的功績。他雖說還不能完全擺脫天命論的影響，但在兩千多年前的漢代，他這種思想已經前進了一大步，比起董仲舒的天文感應說來，是遠遠超過了。並且他敘述人物，並不限於王侯將相，而遍及於社會各階層；也不限於政治，而涉及於社會各部分，凡與政治、軍事、經濟、文化、科學及其他方面有所貢獻的人，他都爲他們立傳。在史記裏，我們可以看到活躍在歷史舞台上的各種各樣的人物。有帝王、將相、貴族、官吏；有教育家、哲學家、文學家；有農民、商人、隱士、婦女、倡優、刺客、俠士以及醫卜、星相等等。對於革命英雄，特別重視，對下層人物尤具同情。在這裏就顯示出史記在處理歷史人物的革新精神。

其次，司馬遷史學的進步意義，表現在他對於歷史發展規律的初步認識，他肯定歷史是進化的，是今勝於古的。因爲他能夠在一定程度上否定自然威力和神權對於歷史的支配，他一面重視人的力量，同時也意識到經濟發展是推動歷史前進的巨大作用。發展經濟、積累財富，是富國富民的重要措施。他在平準書、貨殖列傳裏，一面反映出當代的政治現實、社會矛盾和剝削階級的本質，同時又着重地敘述經濟政策、各地的豐富物資和人民生活的密切關係。階級矛盾尖銳劇化，農民陷於飢餓流亡不能生存的時候，必然要爆發革命，推動歷史向前進展。他把秦末革命的領導人物，提到很高的歷史地位。陳涉寫爲「世家」，比之於湯、武和孔子的功業；項羽寫爲「本紀」，給他以無比的同情和讚歎。在這些地方，一面可以反映出司馬遷對於歷史發展規律的體會，同時也表現出他突破了傳統的觀念，和進步的思想價值。在今天看來，司馬遷的歷史觀，當然還存在着缺點，但它的進步意義是主要的。王充稱史記爲「謗書」，班固批評他「論大道則先黃老而後六經，序游俠則退處士而進姦雄，述貨殖則崇勢利而羞貧賤。」（司馬遷傳）在這些話裏，正說明了司馬遷的歷史觀點，突過了他自己時代的水平。

三、**嚴肅的態度**　司馬遷作史記，首先是掌握了豐富的資料，除班彪指出的左傳、國語、世本、戰國策、楚漢春秋幾種主要的參考書以外，還參考了六藝、諸子書以及其他各種檔案和文獻。同時他在各地漫遊中，還隨時在民間採訪遺聞逸事和收集傳說。在項羽本紀、趙世家、魏世家、淮陰侯列傳、樊酈滕灌列傳、李將軍列傳、衞將軍驃騎列傳、游俠列傳諸篇裏，都提到在他的所見所聞中，得到許多活的史料，他把書本知識和實踐知識結合起來，這就更加豐富了史記的內容，增加了史記的血肉和光彩，特別是在敘述秦楚、楚漢的戰爭，描寫秦漢之際的各種人物，呈現出那種飛躍流動的內容和文采，不是他有豐富的生活體驗和實踐知識，是達不到那樣的成就的。

所謂「罔羅天下舊聞」、「厥協六經異傳」、「整齊百家雜語」，在這裏可以體會出司馬遷在收集材料整理材料方面的辛勤勞動。他有了那樣多的材料，卻不是生吞活剝，堆積羅列，而是經過分析判斷，再加以選擇運用，在寫作上表現出嚴肅的態度和科學精神。他說：「學者多稱五帝，尙矣。然尙書獨載堯以來，而百家言黃帝，其文不雅馴，薦紳先生難言之。孔子所傳，宰予問五帝德及帝繫姓，儒者或不傳。余嘗西至空峒，北過涿鹿，東漸於海，南浮江淮矣。至長老皆各往往稱黃帝、堯、舜之處，風教固殊焉。總之不離古文者近是。」（五帝本紀贊）又說：「夫學者載籍極博，猶考信於六藝，詩書雖缺，然虞夏之文可知也。」（伯夷列傳）在這裏，可以看出他寫作態度的嚴肅認真，選用材料的謹慎周詳。他注重「考信」的科學精神，又強調「好學深思，心知其意」的獨立思考。他對於歷史事件的分析和歷史人物的褒貶，都能堅持準則，掌握分寸，不流於主觀的好惡和無原則的虛誇。因爲如此，司馬遷才能成爲「良史之材」，史記才能達到稱爲「實錄」的巨大成就。

關於史記的史學價值，說得不夠詳細，我因限於篇幅，只舉其要點而已。

三　史記的文學成就

史記雖是一部史書，但由於作者的進步思想和光輝絢爛的文采，使它在文學上達到了高度的成就。史記是文學的歷史，也是歷史的文學，它是歷史、文學完整統一的典範，因此，史記在中國散文史上，具有崇高的地位。

一、豐富的思想內容

史記的文學價值，首先在於它具有豐富的思想內容和深厚的人民性。史記在敘述複雜的歷史事件的基礎上，無情地揭露了社會的矛盾，統治階級和農民的矛盾以及統治集團內部的種種矛盾。對於專制帝王和貪官酷吏魚肉人民、剝削人民的殘暴行爲，畫出他們的醜惡面貌，給以有力的諷刺和抨擊。特別在酷吏傳中，對於武帝時代的政治現實，作了非常真實的描寫。如張湯、杜周、義縱、王溫舒之徒，大都姦盜出身，卑鄙無恥，因爲善於諂媚逢迎，都由小吏做到大官，掌握生殺大權，而成爲皇帝的爪牙，統治者的鷹犬。他們的本領，是善於用兩面手法，挑撥離間，排除異己，結黨營私，而又勾結商人，斂取財物。最惡毒的是用嚴刑峻法來迫害人民，想在屠刀和血漬上來鞏固封建政權。他們一殺人就是幾十幾百，有時連坐者至千餘家，流血至十餘里，皇帝聽到了，大爲贊賞他們的才能，立刻加官進爵。結果是善惡不分，談虎色變，在朝者不安於位，在野者民不聊生。然而這羣酷吏，還在口口聲聲地高談王法。杜周爲廷尉，「其治大放張湯，而善候伺，上所欲擠者，因而陷之，上所欲釋者，久繫待問，而微見其冤狀。客有讓周曰：『君爲天子決平，不循三尺法，專以人主意指爲獄，獄者固如是乎？』周曰：『三尺法安出哉？前主所是著爲律，後主所是疏爲令，當時爲是，何古之法乎？』至周爲廷尉，詔獄亦益多矣。」（杜周列傳）在這裏說明了封建社會所謂法律的實質，同時也說明了那些爪牙鷹犬能夠取得重要政治地位掌握生殺大權的主要原因。對於這種嚴刑峻法的殘酷統治，司馬遷不但對那些酷吏表示了譴責，對漢武帝也是予以諷刺的。所以他說：「法令者治之具，而非制治清濁之源也。」在這種黑暗殘酷的統治下，必然是善者遭殃，惡者當權，司馬遷在他自己的生活境遇裏，也深刻地體會到這一點。因爲作者對於現實有了這樣深刻的認識，在史記全書裏，才能充分表現出反對暴君、暴政，豪強、酷吏的思想，洋溢着熱愛人民，關懷人民疾苦的感情。革命的英雄人物，提到極高的地位。凡是愛國愛民的、品質高尚的、急公好義的、尙義任俠的、在文化、教育方面有成就對於社會事業有貢獻的各種人物，都在歷史上得到很高的地位，而予以不同程度的評價。出身微賤的下層人物的歷史，同樣受到重視。因此，管仲、晏嬰、孔子、荀卿、屈原、賈誼、廉頗、藺相如、魯仲連、田單、王蠋、信陵君、侯嬴、荆軻、聶政、陳涉、項羽、李廣、郭解、淳于髡這些身分不同事業各異的人物，作者都注以同情的筆力，使他們在史記的歷史舞台上，放射出不滅的光輝。

或曰：「天道無親，常與善人。」若伯夷、叔齊，可謂善人者非邪？積仁絜行，如此而餓死。且七十子之徒，仲尼獨薦顏淵為好學，然回也屢空，糟糠不厭，而卒蚤夭。天之報施善人，其何如哉！盜跖日殺不辜，肝人之肉，暴戾恣睢，聚黨數千人，橫行天下，竟以壽終，是遵何德哉？此其尤大彰明較著者也。若至近世，操行不軌，專犯忌諱，而終身逸樂，富厚累世不絕。或擇地而蹈之，時然後出言，行不由徑，非公正不發憤，而遇禍災者，不可勝數也，余甚惑焉。儻所謂天道，是邪非邪？（伯夷列傳）

今游俠，其行雖不軌於正義，然其言必信，其行必果，已諾必誠，不愛其軀，赴士之阨困。既已存亡死生矣，而不矜其能，羞伐其德，蓋亦有足多者焉。……由此觀之，「竊鉤者誅，竊國者侯，侯之門，仁義存」，非虛言也。（游俠列傳）

在這些文字裏，司馬遷不僅反對了天命論，同時對當時那種是非不分、善惡不明的政治現實和社會制度，表示了深刻的不滿。天命的賞罰既不可靠，孤苦無援的人民大眾，對於強暴豪門的制裁，只有渴望「救人於戹，振人不贍」的游俠了。

二、發揚愛國精神　司馬遷是具有愛國思想的史學家和文學家，他這種思想貫穿在他的傳記文學裏。對於那些保衞國土忠於國事的歷史人物，他總以飽滿的熱情和敬意去描繪他們、歌頌他們。贊揚他們的高貴品質，突出那些英雄人物的精神面貌，給予讀者以鼓舞和教育。在屈原列傳裏，他一面譴責楚懷王的昏庸和貴族政治的腐敗，同時又一再強調屈原即是在被迫害流放的長期歲月裏，仍是念念不忘他的故國。廉頗藺相如列傳是史記中優秀作品之一。這篇作品的思想內容，主要是突出那兩位英雄人物的愛國精神，用歷史事實來教育後代的讀者。藺相如能忍辱負重，先國家而後私怨，廉頗受到感動，才能「肉袒負荊」，團結對外，挽救了趙國的危亡。文章寫得那樣生動鮮明，波瀾曲折，熱情充沛，感動人心。

知死必勇，非死者難也，處死者難。方藺相如引璧睨柱，及叱秦王左右，勢不過誅，然士或怯懦而不敢發。相如一奮其氣，威信敵國，退而讓頗，名重太山，其處智勇，可謂兼之矣。（廉頗藺相如列傳贊）

在這些贊語裏，可以看出司馬遷滿懷敬意，對於歷史上英雄人物作出了正確的評價，同時也使我們體會到司馬遷本人的愛國精神的思想基礎。再如他寫信陵君、寫燕太子丹、寫李牧、寫田單、寫王蠋、寫李廣這些人物時，都從不同角度不同程度上，發揚這種精神，貫輸這種思想，在那些篇章裏，閃爍着動人的光輝。由於社會制度的變革和歷史的發展，當時那種愛國精神，當然與今天的愛國主義有很大的區別，但那種精神在過去社會裏，對於人民確實起着積極的教育作用。

三、精粹的語言藝術　司馬遷有深厚的修養，傑出的天才，堅強的理智和飽滿的熱情，再加以政治上的多見多聞，社會生活的豐富體驗，山水景色的感受和民間語言的滋補，加強了他洞明事物的觀察力，同時也提高了表達事物的表現力。史記富於充實的社會內容，並通過藝術技巧的優秀語言表現出來，使史記在史學和文學上，在思想性和藝術性上得到了統一。史記語言的特色，是詞彙豐富，整潔精煉，氣勢雄偉，變化有力，具有高度的概括性和生動的形象性。同時，還具有規範化通俗化的特徵。他寫五帝本紀、宋微子世家把尙書、堯典和洪範中難懂的文句，譯爲漢代通行的語言。以明白流暢的今語，代替「佶屈聱牙」的古語，這種規範化通俗化的特徵，雖爲後代的古文家所不能理解，但是在史學上文學上都有重要的意義。再如他引用左傳、國語、國策諸書的材料時，有的意譯，有的加工，都經過一番剪裁提煉的工夫，表現他自己的風格。其次，他在語言的運用上，還大量吸取民間口語、諺語和歌謠，使他在寫人敘事上，豐富其內容，增強形象的真實。如陳涉世家中的「夥頤！涉之爲王沈沈者！」張丞相列傳中的「臣口不能言，然臣期期知其不可！陛下雖欲廢太子，臣期期不奉詔！」一個是鄉下人的土話，一個是口吃，這樣寫來，便神態逼露了。再如：

一尺布，尚可縫；一斗粟，尚可舂。兄弟二人，不能相容。（淮南衡山列傳引民歌）

潁水清，灌氏寧；潁水濁，灌氏族。（魏其武安侯列傳引潁川兒歌）

桃李不言，下自成蹊。（李將軍列傳贊引諺語）

力田不如逢年，善仕不如遇合。（佞幸列傳引諺語）

這樣的例子太多了。這些歌謠諺語，是民間在實際生活中概括出來的，語言簡短，而包含着豐富的思想內容。司馬遷深入生活，吸取這些生動語言，非常恰當地使用在自己的文章裏，使他的散文更豐富多采，更富於表現力。

我國古代的散文，奴隸社會期是以盤庚、周誥爲代表。到了戰國，由於社會變革，散文進展了，孟子、莊子、左傳、國策是這一時期的代表。到了西漢帝國，政治、經濟、文化各方面更向前發展，在新時代新內容的表現要求下，司馬遷以他的優秀的語言藝術，將古代的散文，推到了高峯。

四、善於描寫人物　史記的體裁，是以寫人物爲中心的紀傳體，因此描寫人物，成爲史記文學的重要特色。左傳、國策，在描寫人物上已取得了很好的成就，但到了史記，技巧更高，藝術性更強了。史記中出現的人物，非常廣泛，有各階級各階層大小不同的人物，司馬遷能採用不同的筆調，不同的語言，以現實主義的表現手法，去刻劃他們多種多樣的性格和人物面貌，使他們的個性分明，神情逼露，形象生動，姿態如生。有的用讚歎，有的用同情，有的用諷刺，有的用批判，有的粗豪，有的細膩，有的用對話，有的用直敘，愛憎非常鮮明，褒貶極有分寸，敘事條理明晰，說理透澈精闢，給讀者以深刻難忘的印象和強烈的藝術感染力。在七十篇列傳裏，展開了多樣性的人物圖畫。同爲貴族出身的四公子，各人有各人的性格；同爲刺客、游俠、滑稽，各人有各人的面貌；都是賢相，管仲、晏嬰的形象有別；都是策士，蘇秦、張儀、李斯的臉譜不同。史記的描寫人物，既能表現出在特定歷史條件下所產生的那種人物的典型意義，又能從各個角度上描寫出同一類型人物的各種不同的個性，這就是司馬遷的語言藝術，在描寫人物上所表現的才能和成就。今舉兩段爲例。

沛公旦日從百餘騎來見項王，至鴻門，謝曰：「臣與將軍戮力而攻秦，將軍戰河北，臣戰河南，然不自意能先入關破秦，得復見將軍於此。今者有小人之言，令將軍與臣有郤。」項王曰：「此沛公左司馬曹無傷言之，不然，籍何以至此。」項王卽日因留沛公與飲。項王、項伯東嚮坐。亞父南嚮坐，亞父者，范增也。沛公北嚮坐，張良西嚮侍。范增數目項王，舉所佩玉玦以示之者三。項王默然不應。范增起，出召項莊，謂曰：「君王為人不忍，若入前為壽，壽畢，請以劍舞，因擊沛公於坐，殺之。不者，若屬皆且為所虜！」莊則入為壽。壽畢，曰：「君王與沛公飲，軍中無以為樂，請以劍舞。」項王曰：「諾。」項莊拔劍起舞；項伯亦拔劍起舞，常以身翼蔽沛公，莊不得擊。於是張良至軍門見樊噲。樊噲曰：「今日之事如何？」良曰：「甚急！今日項莊拔劍舞，其意常在沛公也。」噲曰：「此迫矣！臣請入，與之同命！」噲卽帶劍擁盾入軍門。交戟之衞士欲止不內。樊噲側其盾以撞，衞士仆地，噲遂入。披帷西嚮立，瞋目視項王，頭髮上指，目眦盡裂。項王按劍而跽曰：「客何為者？」張良曰：「沛公之參乘樊噲者也。」項王曰：「壯士！賜之卮酒。」則與斗卮酒。噲拜謝，起，立而飲之。項王曰：「賜之彘肩。」則與一生彘肩。樊噲覆其盾於地，加彘肩上，拔劍切而啗之。項王曰：「壯士！能復飲乎？」樊噲曰：「臣死且不避，卮酒安足辭！夫秦王有虎狼之心，殺人如不能舉，刑人如恐不勝，天下皆叛之。懷王與諸將約曰：先破秦入咸陽者王之。今沛公先破秦入咸陽，毫毛不敢有所近，封閉宮室，還軍霸上，以待大王來。故遣將守關者，備他盜出入與非常也。勞苦而功高如此，未有封侯之賞，而聽細說，欲誅有功之人，此亡秦之續耳，竊為大王不取也！」項王未有以應，曰：「坐。」樊噲從良坐。坐須臾，沛公起如廁，因招樊噲出。沛公已出，項王使都尉陳平召沛公。沛公曰：「今者出，未辭也，為之奈何？」樊噲曰：「大行不顧細謹，大禮不辭小讓，如今人方為刀俎，我為魚肉，何辭為！」於是遂去。乃令張良留謝。良問曰：「大王來何操？」曰：「我持白璧一雙，欲獻項王；玉斗一雙，欲與亞父。會其怒，不敢獻。公為我獻之。」張良曰：「謹諾。」當是時，項王軍在鴻門下，沛公軍在霸上，相去四十里。沛公則置車騎，脫身獨騎，與樊噲、夏侯嬰、靳彊、紀信等四人持劍盾步走，從酈山下，道芷陽閒行。沛公謂張良曰：「從此道至吾軍，不過二十里耳，度我至軍中，公乃入。」沛公已去，閒至軍中，張良入謝，曰：「沛公不勝桮杓，不能辭。謹使臣良奉白璧一雙，再拜獻大王足下；玉斗一雙，再拜奉大將軍足下。」項王曰：「沛公安在？」良曰：「聞大王有意督過之，脫身獨去，已至軍矣。」項王則受璧，置之坐上。亞父受玉斗，置之地，拔劍撞而破之，曰：「唉！豎子不足與謀！奪項王天下者，必沛公也，吾屬今為之虜矣。」沛公至軍，立誅殺曹無傷。（項羽本紀）

魏有隱士曰侯嬴，年七十，家貧，為大梁夷門監者。公子聞之，往請，欲厚遺之。不肯受。曰：「臣修身絜行數十年，終不以監門困故而受公子財。」公子於是乃置酒大會賓客。坐定，公子從車騎，虛左，自迎夷門侯生。侯生攝敝衣冠，直上載公子上坐，不讓，欲以觀公子。公子執轡愈恭。侯生又謂公子曰：「臣有客在市屠中，願枉車騎過之。」公子引車入市。侯生下見其客朱亥，俾倪故久立，與其客語，微察公子。公子顏色愈和。當是時，魏將相宗室賓客滿堂，待公子舉酒。市人皆觀公子執轡。從騎皆竊罵侯生。侯生視公子色終不變，乃謝客就車。至家，公子引侯生坐上坐，徧贊賓客，賓客皆驚。酒酣，公子起，為壽侯生前。侯生因謂公子曰：「今日嬴之為公子亦足矣。嬴乃夷門抱關者也，而公子親枉車騎，自迎嬴於眾人廣坐之中。不宜有所過，今公子故過之。然嬴欲就公子之名，故久立公子車騎市中，過客以觀公子，公子愈恭。市人皆以嬴為小人，而以公子為長者能下士也。」於是罷酒。侯生遂為上客。（魏公子列傳）

在這兩段文字裏，我們可以體會到司馬遷的語言藝術和寫人敘事的深厚筆力。事件如此複雜，他寫得那樣簡明，人物如此多樣，他寫得那樣生動；不僅寫出了他們的面貌神情，還寫透了他們的內心活動，真具有小說故事性和戲曲表演性的特色。項羽和信陵君本是司馬遷心愛的人物，這兩篇文章，他傾注了飽滿的精力和同情的筆鋒，寫得筆墨酣暢，神采飛動，成爲史記中的傑作。其他如陳涉世家、管晏列傳、廉頗藺相如列傳、魯仲連鄒陽列傳、田單列傳、淮陰侯列傳、魏其武安侯列傳、李將軍列傳、游俠列傳、貨殖列傳、太史公自序等篇，都是非常優秀的作品。劉向、揚雄都稱司馬遷有良史之才，說他「善序事理，辨而不華，質而不俚，其文直，其事核，不虛美，不隱惡，故謂之實錄。」（司馬遷傳）一面讚歎他散文的特色，同時又指出他寫人敘事的真實。因能如此，史記達到了古代散文的高峯，成爲傳記文學的典範。

五、「史家之絕唱，無韻之離騷」

魯迅用「史家之絕唱，無韻之離騷」這兩句讚語，給予史記以非常高的評價。在這兩句話裏，一面指出史記的歷史價值，同時又說明了史記在文學上的精神實質。司馬遷在屈原的政治生活悲劇中，體會到自己的命運，在屈原的文學事業中，得到了忠於理想忠於著作的精神鼓舞力量。他在屈原傳裏說：「屈平疾王聽之不聰也，讒諂之蔽明也，邪曲之害公也，方正之不容也，故憂愁幽思而作離騷。離騷者猶離憂也。夫天者人之始也，父母者人之本也，人窮則反本。故勞苦倦極，未嘗不呼天也，疾痛慘怛，未嘗不呼父母也。屈平正道直行，竭忠盡智，以事其君，讒人間之，可謂窮矣。信而見疑，忠而被謗，能無怨乎！……國風好色而不淫，小雅怨誹而不亂，若離騷者可謂兼之矣。上稱帝嚳，下道齊桓，中述湯武，以刺世事。明道德之廣崇，治亂之條貫，靡不畢見。其文約，其辭微，其志潔，其行廉，其稱文小，而其指極大，舉類邇而見義遠。其志潔，故其稱物芳；其行廉，故死而不容自疏。濯淖汙泥之中，蟬蛻於濁穢，以浮游塵埃之外，不獲世之滋垢，皭然泥而不滓者也。推此志也，雖與日月爭光可也。」（其中有引用劉安語）他在這裏用力歌頌屈原，實際也就是在描寫自己，處處流露出自己的悲憤和感情。司馬遷和屈原的悲劇命運緊緊地擁抱在一起，他們對於讒諂蔽明、邪曲害公、方正不容的黑暗政治的反抗思想密切地結合在一起，他們的憂愁幽思的感情和爲著作事業而奮鬥的精神，血肉相連地成爲一體了。司馬遷暗示出在文學發展中由風雅到離騷到史記的光榮道路，他自己在文學史上就成爲屈原真正的繼承者了。魯迅說的「無韻之離騷」，這意義是重要的。

六、史記的影響　史記在文學上的影響是巨大的，而且也是多方面的。後代的散文家無不繼承它的精神，學習它的方法。唐宋古文八大家不用說，就是明代的散文家歸有光以及清代的桐城派、陽湖派的散文，都蒙受它的影響。柳宗元一再推崇史記的散文藝術，並且在讚歎韓愈的文章時，用司馬遷作爲最高比擬的標準。在小說方面，史記的影響也是顯著的。唐、宋的傳奇以至清代的聊齋志異，也可以看出史記傳記文學的精神。至於東周列國志、西漢通俗演義一類的小說，大都取材於史記，這是大家都知道的事。再如史記中許多動人的戲劇性的故事，成爲元、明戲曲的題材，在元曲選和六十種曲中，取材於史記故事的雜劇與傳奇，共有十一種。就是在今天的舞台上，霸王別姬、將相和、文昭關、趙氏孤兒、屈原、棠棣之花、信陵公子一類的劇本，時時在上演，得到廣大人民的喜愛。史記對於文學界的影響，確實是巨大的，而且也是多方面的。

四　漢書

班固是漢代的賦家，也是有名的歷史家。他著的漢書，與史記齊名，世稱史漢。司馬遷的史記，止於漢武帝，後來如劉向、劉歆、揚雄、班彪等人，都綴集時事，做過續補史記的工作。寫得最多的是班彪，他採集前史遺事，旁貫異聞，曾作「後傳」六十五篇。

到了班固，在他父親的六十五篇的基礎上，另成體系，再加組織，典校祕書，綴輯所聞，前後費了二十年的工夫，寫成斷代史的漢書。據後漢書班昭傳說：「兄固著漢書，其八表及天文志，未竟而卒，和帝詔昭就東觀藏書閣，踵而成之。」又說：「時漢書始出，多未能通者，同郡馬融伏于閣下，從昭受讀，後又詔融兄續，繼昭成之。」這樣看來，漢書的編成，前後經過多人的手，班固是主要的編撰人。

漢書雖爲斷代史，但其體例是繼承史記的。所不同者，改「書」爲「志」，取消「世家」併入「列傳」，於是史記的五體，成爲漢書的四體了。十二帝紀、八表、十志、七十列傳，共一百篇，一百二十卷，起於漢高祖，止於王莽。關於武帝以前的史事，漢書大都引用了史記的原文，但並不是原封不動，也有改動和補充的地方。如鼂錯傳就增加了不少材料，內容更爲豐富。鄭樵譏評他「事事剽竊」，也是不真實的。

關於史、漢的優劣異同，前人評論的很多，我覺得重要的有三點。

觀點　史記是私書，是「成一家之言」的獨創性的著作。書中充滿着關心人民疾苦、批判帝王貴族罪惡的進步觀點，具有豐富的思想內容與深刻的人民性。漢書是受詔而作的官書，作者是站在儒家正統思想的立場，爲封建王朝服務，缺少批判現實的精神，輕視人民在歷史上的地位，而成爲「追述功德、傅會權寵」的官史。在漢書的帝紀中，這種傾向非常顯著。再如史記中入於「本紀」、「世家」的項羽、陳涉，漢書皆貶入「列傳」，失去了原有的光彩。在酷吏中，抽去了張湯、杜周那樣重要的角色。那些反抗暴政、同情人民的一些人物，在史記裏寫得有聲有色，到了漢書，是判了死罪的。「惜乎不入於道德，苟放縱於末流，殺身亡宗，非不幸也」，「況於郭解之倫，以匹夫之細，竊殺生之權，其罪已不容於誅矣。」（游俠傳）在這些地方，表現出史記和漢書在歷史觀點上有很大的區別。

語言　史記的語言，用的是單筆，具有通俗化口語化的優良精神，富於簡潔明朗、淺易近人的特色。漢書語言，喜用古字，並尚藻飾，傾於排偶，入於艱深。劉知幾所謂「怯書今語，勇效昔言」（史通言語篇），雖非專指漢書，但也確是漢書在語言上的缺點。范曄說的「遷文直而事覈，固文贍而事詳」，正指出史漢散文不同的風格。

體製　史記是上下數千年的通史，正如作者自己所說，是要「通古今之變」的。所以規模宏偉，氣魄壯大，具有會通古今反映社會全貌的精神。因爲年代久長，史事繁雜，就難免有疏略和抵牾的地方。漢書是斷代史，時代不到三百年，再加以史記在先，又有了班彪的後傳作基礎。其規模雖小於史記，但記述史事，是較爲精詳的。這兩種體製對於後代史學界，都有很大影響。

漢書在歷史觀點和散文語言上雖比不上史記，但也不能否認它在史傳文學上的價值。漢書中的列傳，有許多優秀的篇章，在暴露現實、反映生活、描寫人物上，都有很好的成就。在蘇武傳中寫出了蘇武的愛國精神和民族氣節；在東方朔傳中，描繪了東方朔詼諧善諷的特性，反映出宮廷的淫侈生活；在朱買臣傳中，刻劃了知識分子在貧苦富貴不同環境中的精神面貌，諷刺了舊社會的勢利醜態；在外戚列傳中，暴露了宮闈的種種黑幕和帝王們殘暴的本質；在霍光傳中，生動地描寫了外戚的專橫暴虐和他的爪牙們魚肉人民的罪行；在張禹傳中，刻劃出大官僚剝削人民、淫侈腐化、而又善於阿媚取寵保持祿位的真實形象。這些人物都寫得有個性，而且也具有典型的意義。漢書的語言雖不如史記的通俗流暢和變化多端，但那種整煉工麗的特色，我們是不能否認的。

單于使衞律召武受辭。武謂惠等：「屈節辱命，雖生，何面目以歸漢！」引佩刀自刺。衞律驚，自抱持武，馳召醫。鑿地為坎，置熅火，覆武其上，蹈其背以出血。武氣絕，半日復息。惠等哭，輿歸營。單于壯其節，朝夕遣人候問武，而收繫張勝。武益愈，單于使使曉武。會論虞常，欲因此時降武。劍斬虞常已，律曰：「漢使張勝謀殺單于近臣，當死，單于募降者赦罪。」舉劍欲擊之，勝請降。律謂武曰：「副有罪，當相坐。」武曰：「本無謀，又非親屬，何謂相坐？」復舉劍擬之，武不動。律曰：「蘇君！律前負漢歸匈奴，幸蒙大恩，賜號稱王，擁眾數萬，馬畜彌山，富貴如此。蘇君今日降，明日復然。空以身膏草野，誰復知之？」武不應。律曰：「君因我降，與君為兄弟。今不聽吾計，後雖欲復見我，尚可得乎？」武罵律曰：「女為人臣子，不顧恩義，畔主背親，為降虜於蠻夷，何以女見為？且單于信女，使決人死生，不平心持正，反欲鬥兩主，觀禍敗。南越殺漢使者，屠為九郡；宛王殺漢使者，頭縣北闕；朝鮮殺漢使者，即時誅滅；獨匈奴未耳。若知我不降明，欲令兩國相攻，匈奴之禍，從我始矣！」律知武終不可脅，白單于。單于愈益欲降之。乃幽武，置大窖中，絕不飲食；天雨雪，武臥齧雪與旃毛，并咽之，數日不死。匈奴以為神。乃徙武北海上無人處，使牧羝，羝乳，乃得歸。別其官屬常惠等，各置他所。武既至海上，廩食不至，掘野鼠去草實而食之。杖漢節牧羊，臥起操持，節旄盡落。積五六年，單于弟於靬王弋射海上，武能網紡繳，檠弓弩，於靬王愛之，給其衣食。三歲餘，王病，賜武馬畜、服匿、穹廬。王死後，人眾徙去。其冬，丁令盜武牛羊，武復窮厄。（蘇武傳）

蘇武不僅是漢代有名的人物，也是中國歷史上有名的民族英雄。在這篇傳記中，非常生動地描繪出蘇武的愛國精神，堅忍不拔的民族氣節和生活上的種種苦難，同時也反映出那些漢奸們的醜惡面目，給讀者以強烈的感染力和思想意義。

五　漢代的政論文

漢代的散文，除主要的歷史散文以外，還有一些作家，寫了許多政治論文、經濟論文，我們也必須注意。如賈誼的陳政事疏、論積貯疏、過秦論，鼂錯的言兵事疏、論貴粟疏，桓寬的鹽鐵論，王符的潛夫論，仲長統的昌言等等，都是很重要的作品。這些文章，語言樸實，內容豐厚，暴露現實，指訐時政，是他們共同的特色。在這些篇章裏，有的批判官場的腐敗，有的討論經濟的政策，有的揭發官商的淫侈，有的控訴農民的窮困，大都關懷國計民生，直抒政見，不在爲文，而文章都寫得渾厚樸茂。

賈誼　賈誼是漢代傑出的賦家，也是非常優秀的散文家，其政論文皆見於新書中。他有遠大的政治抱負，對於當代政治的實際情況，有深刻銳敏的觀察力。而對於現實又有批判的勇氣。他力主中央集權，削弱藩鎭，全力擊敗匈奴，鞏固邊防。同時強調以民爲本的安民思想，重農抑商，鼓勵生產。

在他一些的政論文裏，反復陳述這種開明、進步的政治主張。

筦子曰：「倉廩實而知禮節。」民不足而可治者，自古及今，未之嘗聞。古之人曰：「一夫不耕，或受之飢；一女不織，或受之寒。」生之有時，而用之無度，則物力必屈。古之治天下，至纖至悉也，故其蓄積足恃。今背本而趨末，食者甚眾，是天下之大殘也；淫侈之俗，日日以長，是天下之大賊也。殘賊公行，莫之或止，大命將泛，莫之振救。生之者甚少，而靡之者甚多，天下財產，何得不蹶？漢之為漢，幾四十年矣。公私之積，猶可哀痛！失時不雨，民且狼顧，歲惡不入，請賣爵子，既聞耳矣，安有為天下阽危者若是，而上不驚者！世之有饑穰，天之行也，禹湯被之矣。卽不幸而有方二三千里之旱，國胡以相恤？卒然邊境有急，數十百萬之眾，國胡以餽之？兵旱相乘，天下大屈。有勇力者，聚徒而衡擊；罷夫羸老，易子而齩其骨。政治未畢通也，遠方之能疑者，並舉而爭起矣；乃駭而圖之，豈將有及乎？夫積貯者，天下之大命也。苟粟多而財有餘，何為而不成？以攻則取，以守則固，以戰則勝，懷敵附遠，何招而不至？今毆民而歸之農，皆著於本，使天下各食其力，末技游食之民，轉而緣南晦，則蓄積足而人樂其所矣。可以為富安天下，而直為此廩廩也。竊為陛下惜之。（見漢書食貨志上）

在這篇論積貯疏裏，對當日稱爲太平盛世的社會實際情況，作了真實的敘述。主要論點是「毆民而歸之農，皆著於本，使天下各食其力」。他的散文，氣勢縱橫，說理透闢，筆力鋒利，條理縝密，從語言藝術方面說，過秦論更具有這種特色。

鼂錯　鼂錯（？——約前一五四）潁川（今河南禹縣）人。景帝時為御史大夫，後被殺。他的政治思想，是主張「守邊備塞，勸民力本」，與賈誼很相近。他的論貴粟疏，對於當日商人巧取豪奪的奢侈生活進行了嚴厲的批判，對於農民的窮苦，表示極大的關懷。

今農夫五口之家，其服役者不下二人，其能耕者不過百畮，百畮之收，不過百石。春耕夏耘，秋穫冬藏，伐薪樵，治官府，給繇役；春不得避風塵，夏不得避暑熱，秋不得避陰雨，冬不得避寒凍，四時之間，亡日休息；又私自送往迎來，弔死問疾，養孤長幼在其中。勤苦如此，尚復被水旱之災，急政暴虐，賦斂不時，朝令而暮改，當具有者半賈而賣，亡者取倍稱之息，於是有賣田宅，鬻子孫，以償責者矣。而商賈大者積貯倍息，小者坐列販賣，操其奇贏，日游都市，乘上之急，所賣必倍。故其男不耕耘，女不蠶織，衣必文采，食必粱肉，亡農夫之苦，有仟佰之得。因其富厚，交通王侯，力過吏勢，以利相傾，千里游敖，冠蓋相望，乘堅策肥，履絲曳縞。此商人所以兼并農人，農人所以流亡者也。（見漢書食貨志）

在這裏，鼂錯看到了在官商的殘酷剝削下，農民所受的苦痛和不平的待遇。一面是「賣田宅，鬻子孫」，一面是「衣必文采，食必粱肉，交通王侯，力過吏勢」，兩兩對比，貧富如此懸殊，成為階級矛盾的根源。鼂錯想出「入粟拜爵」的辦法，當然是不能解決問題的，但他的同情農民、揭露社會矛盾的進步思想，在他的文章裏是表現很顯明的。

桓寬　桓寬字次公，生卒年不詳，汝南（今河南上蔡）人。宣帝時舉爲郎，官至廬江太守丞。他的有名的著作是鹽鐵論。昭帝始元六年，命丞相御史與賢良文學之士討論鹽鐵問題，形成了激烈的爭論。御史大夫一派，以爲國家財政不足，征討匈奴需要大量軍費，主張興鹽鐵、設酒榷，以佐邊費。賢良文學一派，主張修德安民，廣利農業，反對鹽鐵專賣政策。這次的爭論，反映出當日重工商與重農業兩種政治思想的鬥爭。桓寬利用這次鹽鐵會議的記錄，推衍雙方的議論，增廣條目，寫成了有名的鹽鐵論。據藝文志載，有六十篇。

文學曰：「古者貴以德而賤用兵。孔子曰：遠人不服則修文德以來之。既來之，則安之。今廢道德而任兵革，興師而伐之，屯戍而備之，暴兵露師，以支久長，轉輸糧食無已，使邊境之士飢寒於外，百姓勞苦於內，立鹽鐵始張利官以給之，非長策也。故以罷之為便也。」

大夫曰：「古之立國家者，開本末之途，通有無之用，市朝以一其求，致士民，聚萬貨，農、商、工師，各得所欲，交易而退。易曰：『通其變，使民不倦。』故工不出則農用乏，商不出則寶貨絕，農用乏則穀不殖，寶貨絕則財用匱，故鹽鐵、均輸，所以通委財而調緩急，罷之，不便也。」

文學曰：「夫導民以德則民歸厚，示民以利則民俗薄；俗薄則背義而趨利，趨利則百姓交於道而接於市。老子曰：『貧國若有餘，非多財也，嗜慾眾而民躁也。』是以王者崇本退末，以禮義防民欲，實菽粟，貨財市，商不通無用之物，工不作無用之器，故商所以通鬱滯，工所以備器械，非治國之本務也。」

大夫曰：「管子云：『國有沃野之饒而民不足於食者，器械不備也；有山海之貨而民不足於財者，商工不備也。』隴、蜀之丹漆旄羽，荊、揚之皮革骨象，江南之柟梓竹箭，燕、齊之魚鹽旃裘，兗、豫之漆絲絺紵：養生送終之具也。待商而通，待工而成，故聖人作為舟檝之用以通川谷，服牛駕馬以達陵陸，致遠窮深，所以交庶物而便百姓。是以先帝建鐵官以贍農用，開均輸以足民財。鹽鐵均輸，萬民所戴仰而取給者，罷之，不便也。」（本議）

上篇幾段，錄自鹽鐵論的本議篇。全書都採用對話體，彼此詰難，相互辯駁，逐步深入，展開爭論。生動地描述了當時的會議情況，反映了這一次會議的歷史內容。文字非常潔煉鋒利，能傳達出當日出場人物的感情和神態，在漢代散文中，獨成一格。

東漢散文，有趨於駢偶的傾向。班固的漢書，顯得齊整華贍，對於當代文風，很有影響。到了蔡邕，這種傾向更為顯著。我們讀他的郭有道碑，就可以知道。因此，東漢的文章，已缺少西漢那種渾樸自然的風格。但王符、仲長統的政論文，仍能繼承賈誼、鼂錯的優良傳統。

王符　王符字節信，安定臨涇（今甘肅鎮原）人。少好學，有節操。出身貧寒，爲鄉人所賤。「自和、安之後，世務遊宦，當塗者更相薦引，而符獨耿介不同於俗，以此遂不得升進。志意蘊憤，乃隱居著書三十餘篇，以譏當時得失，不欲章顯其名，故號曰潛夫論。其指訐時短，討讁物情，足以觀見當時風政。」（後漢書本傳）在這裏，把王符的生活、品質和著書態度，說得很清楚。我們現在讀他的潛夫論，知道他不但是一個淵博的學者，而且是一個不滿現實、敢於批判的政論家。在務本、遏利、考績、思賢、潛歎、忠貴（後漢書作貴忠）、浮侈、救邊、實邊諸篇裏，對當代政治的黑暗，封建統治者的腐敗，官吏的貪劣，社會風氣的敗壞等等，作了無情的揭露和批判。他主張選用賢才，改革政治，重農安民，鞏固邊防。他痛恨當日用人不以才德爲標準，或是「將相權臣，必以親家」，或是「愛其嬖媚之美，不量其材而授之官」（思賢）。而「羣僚舉士者，或以頑魯應茂才，以桀逆應至孝，以貪饕應廉吏，以狡猾應方正，以諛諂應直言，以輕薄應敦厚……名實不相副，求貢不相稱。富者乘其材力，貴者阻其勢要，以錢多爲賢，以剛強爲上。凡在位所以多非其人，而官聽所以數亂荒也。」（考績）官場現象如此腐敗黑暗，他們一旦富貴，自然是「背親捐舊，喪其本心，皆疎骨肉而親便辟，薄知友而厚狗馬，財貨滿於僕妾，祿賜盡於猾奴，寧見朽貫千萬，而不忍賜人一錢；情知積粟腐倉，而不忍貸人一斗。人多驕肆，負債不償。骨肉怨望於家，細民謗讟於道。」（忠貴）他對封建政治的醜惡，觀察很深，揭露得淋漓盡致。把那些「貪殘專恣，侵冤小民」的封建官吏的本質，予以概括的敘述。

王者以四海為家，兆人為子，一夫不耕，天下受其飢；一婦不織，天下受其寒。今舉俗舍本農，趨商賈，牛馬車輿，塡塞道路，游手為巧，充盈都邑。務本者少，浮食者眾，商邑翼翼，四方是極。今察洛陽，資末業者，什於農夫，虛偽游手，什於末業，是則一夫耕百人食之，一婦桑百人衣之，以一奉百，孰能供之。……而今京師貴戚，衣服飲食，車輿廬第，奢過王制，固亦甚矣。且其徒御僕妾，皆服文組綵牒，錦繡綺紈，葛子升越，筩中女布，犀象珠玉，虎魄瑇瑁，石山隱飾，金銀錯鏤，窮極麗美，轉相誇咤。其嫁娶者，車駢數里，緹帷竟道。騎奴侍童，夾轂並引。富者競欲相過，貧者恥其不逮，一饗之所費，破終身之業。……（浮侈篇。據後漢書）

王符和賈誼都引用了古代「一夫不耕，天下受其飢」的成語，說明了農民在社會生產上的重大作用；同時，又指出了那些貴族、商賈的豪華奢侈的寄生生活，實際是建立在這種殘酷的剝削上面的，從而認爲這正是促成社會混亂的根源，「然則『盜賊』何從而銷，太平何由而作乎？」（愛日篇）他們能從社會現象上來揭露內在的嚴重危機，在當時不能不算是有遠大的眼光了。

仲長統　仲長統（一七九——二一九）字公理，山陽高平（今山東鄒縣西南）人。少好學，贍於文辭。性俶儻，敢直言，不拘小節，時人謂之狂生。尙書令荀彧奇其才，舉爲尙書郎，後參曹操軍事。「每論說古今及時俗行事，恆發憤歎息，因著論名曰昌言，凡三十四篇，十餘萬言。」（後漢書本傳）昌言已佚，後漢書載有理亂、損益、法誡三篇，理亂篇尤爲傑出。

……彼後嗣之愚主，見天下莫敢與之違，自謂若天地之不可亡也，乃奔其私嗜，騁其邪欲，君臣宣淫，上下同惡。目極角觝之觀，耳窮鄭衛之聲，入則耽於婦人，出則馳於田獵，荒廢庶政，棄亡人物，澶漫瀰流，無所底極。信任親愛者，盡佞諂容說之人也；寵貴隆豐者，盡后妃姬妾之家也。使餓狼守庖廚，飢虎牧牢豚，遂至熬天下之脂膏，斲生人之骨髓，怨毒無聊，禍亂并起。中國擾攘，四夷侵叛，土崩瓦解，一朝而去！昔之為我哺乳之子孫者，今盡是我飲血之寇讎也。至於運徙勢去猶不覺悟者，豈非富貴生不仁，沈溺致愚疾耶？……漢與以來，相與同為編戶齊民，而以財力相君長者，世無數焉。而清潔之士，徒自苦於茨棘之間，無所損益於風俗也。豪人之室，連棟數百，膏田滿野，奴婢千羣，徒附萬計。船車賈販，周於四方，廢居積貯，滿於都城。琦賂寶貨，巨室不能容，馬牛羊豕，山谷不能受。妖童美妾，塡乎綺室，倡謳妓樂，列乎深堂。賓客待見而不敢去，車騎交錯而不敢進。三牲之肉，臭而不可食，清醇之酎，敗而不可飲。睇盼則人從其目之所視，喜怒則人隨其心之所慮，此皆公侯之廣樂，君長之厚實也。苟能運智詐者，則得之焉，苟能得之者，人不以為罪焉。源發而橫流，路開而四通矣。求士之舍榮樂而居窮苦，棄放逸而赴束縛，夫誰肯為之者耶

？（理亂篇）

仲長統在這篇文章裏，說明從周秦至漢代政治治亂的根源，深刻揭露統治階級的荒淫腐敗，所謂「熬天下之脂膏，斲生人之骨髓」，「魚肉百姓，以盈其欲；報蒸骨血，以快其情」（損益篇），非常真實地指出封建統治階級殘酷剝削的本質，他雖說還不能理解農民起義的作用，但對於廣大人民的疾苦，表示出深切的同情。文辭暢達，條理分明，是政論文中的優秀作品。他另有樂志論，行文多用排偶，對於駢文的發展很有影響。

在漢代的政論散文和歷史散文裏，可以看出文章的內容和散文的風格。至於漢末，文風漸變。大都趨向辭藻，頗尚妍華。下及晉代，尤多玄理。劉師培論漢魏之際文學變遷說：「建安文學，革易前型，遷蛻之由，可得而說。兩漢之世，戶習七經，雖及子家，必緣經術；魏武治國，頗雜刑名，文體因之，漸趨清峻，一也。建武以還，士民秉禮，迨及建安，漸尚通侻，侻則侈陳哀樂，通則漸藻玄思，二也。獻帝之初，諸方棋峙，乘時之士，頗慕縱橫，騁詞之風，肇端於此，三也。又漢之靈帝，頗好俳詞（見楊賜蔡邕傳），下習其風，益尚華靡，雖迄魏初，其風未革，四也。」（中國中古文學史講義第三課）在這樣的情況下，文風漸弱，於是漢代散文那種內容充實、語言樸茂的特色和精神，難以再見，所謂「文必秦漢」、「兩漢文章」，便成爲後代散文家景仰讚歎的典範了。

六　王充的文學觀

王充　王充（二七——九七）字仲任，會稽上虞（今屬浙江）人。師事班彪，博覽羣書。曾充揚州治中，後罷職，居家著作。「志俗人之寡恩」，作譏俗節義十二篇；「閔人君之政，不得其宜，不曉其務」，作政務；又「傷僞書俗文，多不實誠」，著論衡。譏俗、政務二書今已不存，現在傳的祇有八十五篇論衡了。（佚招致篇）王充生性恬澹，不貪富貴，爲人清重，遊必擇友。「在鄉里慕蘧伯玉之節，在朝廷貪史子魚之行。見汙傷不肯自明，位不進亦不懷恨。貧無一畝庇身，志佚於王公；賤無斗石之秩，意若食萬鍾。得官不欣，失位不恨。處逸樂而欲不放，居貧苦而志不倦。淫讀古文，甘聞異言。世書俗說，多所不安。幽處獨居，考論虛實。」（自紀）在這一篇文字裏，可以看出王充的生活、品質和他的著書態度，他確實是一個清貧自守富有反抗性獨創性的學者。

王充是我國古代傑出的思想家。他的時代，正是漢朝學術思想界烏煙瘴氣的黑暗時代。天人感應、讖緯符命的邪說，深入人心。統治者利用它們來統治人民，欺騙人民。王充以戰士的精神，以無神論樸素唯物論的思想，對當時各種虛妄荒誕的迷信思想，加以猛烈的抨擊和批判，對統治階級的唯心論、神祕論的思想，進行了激烈的鬥爭。他的思想，是在荀卿、桓譚諸家的基礎上得到進一步的發展，在中國哲學史上，具有積極的進步意義和巨大貢獻。自然、物勢諸篇，說明他的宇宙觀；變虛、異虛、感虛、福虛、禍虛、寒溫、變動諸篇，批判了天文感應說；講瑞、指瑞諸篇，批判了祥瑞思想；問孔、刺孟、儒增諸篇，批判了儒家學說；死僞、紀妖，訂鬼、難歲諸篇，批判了迷信思想。論衡所討論所批判的範圍，非常廣泛，涉及到各方面。要詳細地說明他的思想，是哲學史的任務。我現在要敘述的，是他的文學觀點。

王充的時代，文學的觀念還不十分明確。他所提到的著述、文章，內容是比較廣泛的，然他的論點，都與文學很有關係。

一、**主實用** 王充覺得寫文立論，必須注重它的實用功能和教育效果。他提出「文人之筆，勸善懲惡」的重要原則。（佚文）能做到勸善懲惡，文學就能爲世用，爲社會人羣服務。「爲世用者，百篇無害，不爲用者，一章無補。」（自紀）「天文人文，豈徒調墨弄筆，爲美麗之觀哉！」（佚文）他反對調墨弄筆徒爲美觀的空頭文學，而強調了文學的教育意義。

二、**重內容** 文學要能發生教育作用，首先要注重內容、要注重眞實。祇有內容豐富描寫眞實的作品，才能教育人感動人。如果祇追求形式的美麗，辭句的藻飾，那就成爲「言之無物」的東西了。他說：「實誠在胸臆，文墨著竹帛，外內表裏，自相副稱，意奮而筆縱，故文見而實露也。人之有文也，猶禽之有毛也。毛有五色，皆生於體。苟有文無實，是則五色之禽，毛妄生也。」（超奇）所謂「外內表裏、自相副稱，」就是內容形式結合的意思，所謂「意奮而筆縱，文見而實露」

，也就是思想藝術統一的境界。完美的藝術形式，要建立在真實的內容上，才能顯出它的真美，正如五色的羽毛，是生在禽鳥的血肉中的。因爲重內容，他反對「雕文飾辭」的華美；因爲重真實，他反對「言過其實」的虛妄。「虛妄之語不黜，則華文不見息；華文放流，則實事不見用。」（對作）他在超奇、佚文、自紀諸篇中，都表示了這樣的意見。但由於他不能深入瞭解文學的特點，在藝增篇中，見解上也有其偏執之處。

三、反模擬　文學、著作的特色，在於各具個性和風格，所以王充反對模擬，主張獨創。他說：「飾貌以彊類者失形，調辭以務似者失情。……文士之務，各有所從，或調辭以巧文，或辯僞以實事。必謀慮有合，文辭相襲，是則五帝不異事，三王不殊業也。美色不同面，皆佳於目；悲音不共聲，皆快於耳。酒醴異氣，飲之皆醉；百穀殊味，食之皆飽。謂文當與前合，是則舜眉當復八采，禹目當復重瞳。」（自紀）他對模擬因襲的學風和文風，表示了明確的不滿。

四、尚通俗　王充主張文學要切合實用，堅決反對虛美之文，所以他強調文學語言應該通俗，力求淺顯。「口則務在明言，筆則務在露文。」（自紀）語言通俗，文學才可以普及，實用的教育意義，才可收到更大的效果。因此，他進而主張文字與口語應該統一，那文字就更能通俗了。他說：「故口言以明志，言恐滅遺，故著之文字，文字與言同趨，何爲猶當隱閉指意？……夫筆著者，欲其易曉而難爲，不貴難知而易造；口論務解分而可聽，不務深迂而難睹。」（自紀）在兩千年前的古代，王充能有這種進步的意見，不能不說是很難得的。

五、對賦的不滿　賦是漢代文學的主要形式。漢賦的缺點是多方面的。王充在文學上所反對的「不切實用」、「缺乏內容」、「模擬因襲」、「辭藻虛美」、「文字艱深」等等，都是漢賦的缺點。因此，他對當代的賦，表示不滿說：「以敏於賦頌、爲弘麗之文爲賢乎？則夫司馬長卿、揚子雲是也。文麗而務巨，言眇而趨深，然而不能處定是非，辯然否之實。雖文如錦繡，深如河漢，民不覺知是非之分，無益於彌爲崇實之化。」（定賢）又說：「深覆典雅，指意難覩，唯賦頌耳。」（自紀）他在這裏用了上面所敘述的那些文學觀點，概括起來，對漢賦作了批判。

王充的文學觀，在當時具有進步意義，對於後代的文學批評很有影響。當時，他所講的文章內容和實用，有他自己的階級標準。

第七章　漢代的詩歌

一　緒說

漢代的賦固然有些比較優秀的作品，但大部分是內容貧弱，對廣大人民在政治壓迫和經濟剝削下的窮困生活，很少直接的反映。武帝時代是漢朝歷史上的昌盛時期，建立了統一集權鞏固強大的國家，推動歷史和社會發展。擊敗匈奴，溝通西域，既保衞了邊疆的安全，也促進了國際貿易和文化的交流。從主要方面來說，他對於歷史是有貢獻的。但由於好大喜功，戰爭頻繁，奢侈浪費，不知節制，這就給人民帶來了不少的禍患。西漢末期，政治更加黑暗，民生更爲疾苦。

陰陽不和，水旱為災，一亡也；縣官重責，更賦租稅，二亡也；貪吏並公，受取不已，三亡也；豪強大姓，蠶食無厭，四亡也；苛吏繇役，失農桑時，五亡也；部落鼓鳴，男女遮泄，六亡也；盜賊劫略，取民財物，七亡也。七亡尚可，又有七死。酷吏毆殺，一死也；治獄深刻，二死也；冤陷無辜，三死也；盜賊橫發，四死也；怨讎相殘，五死也；歲惡飢餓，六死也；時氣疾疫，七死也。民有七亡而無一得，欲望國安誠難；民有七死而無一生，欲望刑措誠難。此非公卿守相貪殘成化之所致耶？（漢書鮑宣傳）

鮑宣在這一段話裏，敘述當日政治腐敗到如此程度，人民苦痛到如此程度，階級矛盾尖銳到如此程度，農民起義的爆發，乃是歷史的必然道路。東漢初期的社會雖得到了短期的安定，但後來政治越來越黑暗，剝削越來越殘酷，勞動人民大量餓死流亡，甚至發生人吃人的慘劇，結果是在農民起義的強大力量中，漢帝國就瓦解了。這樣的社會現實，這樣的民生疾苦，在漢賦裏並沒有直接反映。因此我們要瞭解漢代社會民生的真實面貌和人民羣衆的思想感情，必須求之於漢代的詩歌。這裏所講的詩歌，主要是那些樂府歌辭、民謠和無名作家的古詩。這些詩歌中的許多優秀作品，題材現實，情感真摯，形式獨創，語言質樸，具有豐富的思想內容和優美的藝術特色，而成爲漢代進步文學的重要力量。

漢代的有名詩人是不多的，他們偶爾作幾首詩，大都是模擬詩經、楚辭的形式。四言詩較好的作品，是漢末朱穆的與劉伯宗絕交詩和仲長統的述志。在絕交詩裏，作者斥責了劉伯宗的富貴驕奢和那種「饕餮貪污，臭腐是食，填腸滿膆，嗜欲無極」的無恥行爲，把他比爲北山的鴟鴞。在述志詩裏，表示作者對於現實的憤慨，對於儒家傳統思想的不滿。「寄愁天上，埋憂地下，叛散五經，滅棄風雅……抗志山西，游心海左。……翺翔太清，縱意容冶。」這是東漢末年大亂、儒學衰微時期知識分子徬徨苦悶的呼聲。但四言詩到了漢代已經成爲尾聲餘響，很難有什麼藝術的光輝了。

漢代楚辭體的詩歌，爲數也不很多，特別值得重視的是梁鴻的五噫和張衡的四愁，其他如項羽的垓下歌，漢高祖的大風歌，漢武帝的秋風辭，烏孫公主（劉細君）的悲愁歌，也各有特色。

陟彼北芒兮，噫。顧瞻帝京兮，噫。宮闕崔巍兮，噫。民之劬勞兮，噫。遼遼未央兮，噫。（梁鴻五噫歌）

我所思兮在泰山，欲往從之梁父艱，側身東望淚沾翰。美人贈我金錯刀，何以報之英瓊瑤。路遠莫致倚逍遙，何為懷憂心煩勞。（張衡四愁詩）

大風起兮雲飛揚，威加海內兮歸故鄉，安得猛士兮守四方！（漢高祖大風歌）

秋風起兮白雲飛，草木黃落兮雁南歸。蘭有秀兮菊有芳，懷佳人兮不能忘。汎樓船兮濟汾河，橫中流兮揚素波。簫鼓鳴兮發櫂歌，歡樂極兮哀情多，少壯幾時兮奈老何！（漢武帝秋風辭）

後兩首出自宮廷，反映出封建帝王那種萬歲長存的統治思想和樂極生悲的感傷氣息。但一以氣概勝，一以文采見長。五噫、四愁則是這一時期的優秀作品，對當時的現實表示着憂憤和諷刺。梁鴻之作五噫，是因爲路過洛陽，看到帝王宮室的富麗，感嘆人民的勞苦，遂作此詩。章帝讀後，甚爲不滿，梁鴻只得改名換姓，隱居齊魯。至於張衡四愁詩的寫作動機，在詩序中說得很明白：

時國王驕奢，不遵法度，又多豪右并兼之家……時天下漸弊，鬱鬱不得志，為四愁詩。

五噫、四愁在詩歌形式上，表現出向新的方向發展，而成爲五七言體的初步形態。它們雖沒有脫盡楚辭體的影響，但不是死板的模倣，能融化舊體，創意創調，音節諧美，具有民歌的特色。項羽垓下歌反映出英雄末路的悲哀，烏孫公主悲愁歌表現懷念家國的感情，都不失爲佳作。

正當漢代的文人學士在那裏埋頭作辭作賦，或者專心模擬詩經、楚辭的時候，民間却有許多無名作家，正在那裏創作新詩，歌唱自己的生活和感情，由這些民間詩人的優秀作品，充實了豐富了漢代的詩壇。因他們的努力，由醞釀而達到一種新詩體的形成。這種新詩體的成立，在中國詩史上開闢了一個新局面。這些來自民間的詩歌，無論內容、形式以及創作精神，對於中國古典詩歌都發生了很大的影響。由這一點，可以使我們瞭解民間文學在文學史上所產生的重要意義和作用。

二　樂府中的民歌

所謂樂府中的民歌，只是一般的概念，並不全是勞動人民的詩歌，而是指那些來自民間的羣眾性創作。其中有勞動人民的作品，也有些是知識分子的作品。這些知識分子主要是出身於下層社會，熟悉人民的生活，同情人民的疾苦，在創作上受有民歌的影響。這些詩既無作者姓名，又在社會上流傳歌唱，後來被人收集，而入於樂府。郭茂倩說：「雜曲者歷代有之，或心志之所存，或情思之所感，或宴遊懽樂之所發，或憂愁憤怨之所興，或敘離別悲傷之懷，或言征戰行役之苦，或緣於佛老，或出自夷虜，兼收備載，故總謂之雜曲。」（樂府詩集）他在這裏說明了作者地位不同，所以作品的內容也很有區別。他所指的雖是雜曲，其他樂府歌辭，也大略相同。

樂府詩是一種合樂的歌辭。廣義地說，古代的詩經也是樂府詩。不過樂府這個名稱的產生，却起於漢代。漢書禮樂志說：「又有房中祠樂，高祖唐山夫人所作也。……孝惠二年使樂府令夏侯寬備其簫管，更名曰安世樂。」這裏所說的樂府令，屬於太樂，只是周、秦時代的樂官，並非後來的樂府官署。他所掌管的是那些郊廟朝會的貴族樂章，與民間的歌辭還沒有發生關係。直到文、景之間，也不過禮官肄業而已。到了武帝時代，才在掌管雅樂的太樂官署之外，另創立樂府官署，掌管俗樂，收集民間的歌辭入樂，於是樂府詩便在文學史上發生了價值。

至武帝定郊祀之禮……乃立樂府，采詩夜誦，有趙、代、秦、楚之謳。以李延年為協律都尉，多舉司馬相如等數十人，造為詩賦，略論律呂，以合八音之調，作十九章之歌。（漢書禮樂志）

自孝武立樂府而采歌謠，於是有代、趙之謳，秦、楚之風。（藝文志）

延年善歌，為新變聲。是時上方興天地諸祠，欲造樂，令司馬相如等作詩頌，延年輒承意絃歌所造詩，為之新聲曲。（李延年傳）

在這些史料裏，我們可以注意兩件事實：第一，樂府官署的設立以及民歌的收集，起於武帝。當時所採集的，據藝文志所載，有下列各地的民歌：吳、楚、汝南歌詩十五篇，燕代謳、雁門、雲中、隴西歌詩九篇，邯鄲、河間歌詩四篇，齊、鄭歌詩四篇，淮南歌詩四篇，左馮翊、秦歌詩三篇，京兆尹秦歌詩五篇，河東、蒲反歌詩一篇，雒陽歌詩四篇，河南周歌詩七篇，河南周歌聲曲折七篇，周謠歌詩七十五篇，周謠歌詩聲曲折七十五篇，周歌詩二篇，南郡歌詩五篇。漢武帝收集民歌，並不是他重視民歌文學的價值，而主要是收集俗樂，作為娛樂而已。但這樣大規模的收集民歌，在客觀效果上，對於中國文學的貢獻自然是極大的。可惜這些民歌沒有好好地保存下來，大都散失了，否則漢代的詩歌史料，更要豐富得多。漢哀帝時因為他不歡喜這種俗樂，曾下令罷樂府官，將八百二十九人的樂府職員，裁去了四百多人，只留下一部分人掌管郊廟燕會的樂章。但經過了一百多年的俗樂民歌的提倡，這些樂府官員的罷免，並不能阻止民歌勢力的發展。所以禮樂志中說：「然百姓漸漬日久，又不制雅樂，有以相變，豪富吏民，湛沔自若。」可知哀帝時樂府雖遭受挫折，並未中絕，就是俗樂民歌，仍為一般人民所愛好。所以現存的樂府，仍多哀帝以後的作品。

其次，我們要注意的，是樂府的成分，約有兩種。一為貴族文人所作的頌歌，一為民間的歌辭。如唐山夫人的房中歌，鄒子、司馬相如等的郊祀歌等是屬於前者，相和歌、清商曲及雜曲是屬於後者。鐃歌（亦名鼓吹）其樂譜來自北狄，原為軍中之樂，但據現存之歌辭觀之，大半出於民間，大約是以民歌合軍樂者。惟上之回、上陵等篇，似爲歌功頌德之作。樂府詩在文學史上最有價值的，不是那些文士們的頌歌，而是從民間採集來的歌辭。如房中歌、郊祀歌一類的作品，都是廟堂文學的殘骸，我們用不着去敘述它們了。

在當日的民歌中，有許多優美的小詩。如江南可採蓮。

江南可採蓮，蓮葉何田田。魚戲蓮葉間：魚戲蓮葉東，魚戲蓮葉西，魚戲蓮葉南，魚戲蓮葉北。

這詩回旋反覆，形象鮮明，音調和諧，文字活潑，正是民歌的本色。這種民歌，一定是江南青年男女採蓮時所唱的歌謠，一面工作，一面歌唱，我們可以體會到鄉村男女集體勞動生活的快樂，同時又展示出江南農村美麗的自然風光。

在辭賦家的作品裏，盡力地在那裏鋪陳帝國的軍威武功的時候，人民却正在那裏忍受着極其慘痛的戰爭生活。如戰城南一首，就把這種情緒，表現得非常深刻。

戰城南，死郭北，野死不葬烏可食。為我謂烏：「且為客豪，野死諒不葬，腐肉安能去子逃。」水深激激，蒲葦冥冥。梟騎戰鬥死，駑馬徘徊鳴。梁築室，何以南，何以北，（此三句似有脫誤）禾黍不穫君何食？願為忠臣安可得？思子良臣，良臣誠可思，朝行出攻，暮不夜歸。

這種描寫，情境既是悽慘，心情亦極哀怨。遍地死屍和鳥啄獸食的景況，描成一幅荒涼恐怖的畫面，誠爲暴露封建時代戰爭苦痛生活的寫實詩篇。前人稱此篇爲武帝時代的詩，是比較可信的。當時連年用兵，弄得民窮財盡。有的戰爭是必要的，也有不少戰爭是侵略性的。加以當時的兵役制度，非常腐敗，給人民帶來莫大的痛苦。如東光一篇，反映出武帝征討南越、軍士們所流露出的悲怨感情。「倉梧多腐粟，無益諸軍糧。諸軍遊蕩子，早行多悲傷」，調子雖然低沉，不滿的情緒仍然是強烈的。再如十五從軍征一首，更爲此類詩中的傑作。

十五從軍征，八十始得歸。道逢鄉里人，家中有阿誰？遙望是君家，松柏冢纍纍。兔從狗竇入，雉從梁上飛。中庭生旅穀，井上生旅葵。烹穀持作飯，采葵持作羹。羹飯一時熟，不知貽阿誰？出門東向望，淚落霑我衣。

此篇見樂府詩集梁鼓角橫吹曲，古今樂錄說是古辭，當是漢作。文字的技巧與詩歌的形式，較前者都進步多了，那一定是時代較晚的作品。但其思想內容，却真正是民衆的社會的，民歌精神，非常顯明。詩中描寫一個在外面征戰六十五年的軍人，到了八十歲的高年，回到家鄉來，房屋破壞不堪，成了鳥獸的巢穴，親故凋零，一無所有，肚皮是餓了，於是採着野穀葵草煮着作羹飯，但是在這種情景之下，怎能吃得下去呢？出門望着天邊，眼淚不住地流下來了。詩中通過鮮明的藝術形象，對封建時代那種不合理的兵役制度和勞動人民所受的苦難，作了無情的揭露和控訴。全篇無一奇字奇句，純用白描，而描寫真實動人，富於感染力量。漢書賈捐之傳說：「當此之時，寇賊並起，軍旅數發，父戰死於前，子鬥傷於後，女子乘亭障，孤兒號於道，老母寡婦，飲泣巷哭。」西漢是如此，東漢也是如此。這就是產生這類作品的社會根源。

在上述王符、仲長統等人的文章裏，揭露了當日貴族巨商們享樂生活的荒淫豪奢，在樂府歌辭裏，也有這樣的反映。「黃金爲君門，白玉爲君堂。堂上置樽酒，作使邯鄲倡。中庭生桂樹，華燈何煌煌。兄弟兩三人，中子爲侍郎。五日一來歸，道上自生光。黃金絡馬頭，觀者盈道傍。入門時左顧，但見雙鴛鴦。鴛鴦七十二，羅列自成行。……」（相逢行）地主官僚家庭，靠着剝削，享受這種豪華的生活。他們的剝削手段是多種多樣的，重租重役，把勞動人民當做牛馬，再就是經商致富，用高利貸來兼併土地，一做了官，旣貪且污，甚至公開刼奪人民的財物。

> 平陵東，松柏桐，不知何人刦義公。刦義公，在高堂下，交錢百萬兩走馬。兩走馬，亦誠難，顧見追吏心中惻。心中惻，血出漉，歸告我家賣黃犢。（平陵東）

這眞是一種強盜的刼奪行爲。官吏向善良人民（「義公」）勒索財物，一要就是百萬錢和兩匹好馬，人民實在拿不出來，心情極爲苦痛，至於眼中流血，終於無可奈何，只好叫家人賣去小牛湊足這筆贖金。官吏貪暴的罪行，殘酷到了如此程度，封建社會的政治黑暗也就可想而知了。表面說是「不知何人」，其實正是此中有人！

出東門，不顧歸。來入門，悵欲悲。盎中無斗米儲，還視架上無懸衣。拔劍東門去，舍中兒母牽衣啼。他家但願富貴，賤妾與君共餔糜。上用倉浪天故，下當用此黃口兒。今非！咄行，吾去為遲，白髮時下難久居。（東門行）

貧困的夫妻，幼小的孩子，家中窮得無飯無衣，一籌莫展，終於被迫想出門去做非法的行爲，妻兒們不讓他去，說出他家願富貴我等願共餔糜的真情真愛的傷心話來。但他爲了窮困，仍然是走了。

婦病連年累歲，傳呼丈人前一言。當言未及得言，不知淚下一何翩翩。屬累君兩三孤子，莫我兒飢且寒。有過慎勿笪笞，行當折搖，思復念之。……（婦病行）

孤兒生，孤子遇生，命獨當苦。父母在時，乘堅車，駕駟馬。父母已去，兄嫂令我行賈。南到九江，東到齊與魯。臘月來歸，不敢自言苦。頭多蟣虱，面目多塵。大兄言辦飯，大嫂言視馬。上高堂，行取殿下堂，孤兒淚下如雨。使我朝行汲，暮得水來歸。手為錯，足下無菲。愴愴履霜，中多蒺藜。拔斷蒺藜，腸肉中，愴欲悲。淚下渫渫，清涕纍纍。冬無複襦，夏無單衣。居生不樂，不如早去，下從地下黃泉。春氣動，草萌芽，三月蠶桑，六月收瓜。將是瓜車，來到還家。瓜車反覆，助我者少，啗瓜者多。願還我蒂，兄與嫂嚴，獨且急歸，當與校計。亂曰：里中一何譊譊，願欲寄尺書。將與地下父母，兄嫂難與久居。（孤兒行）

或寫病婦的貧寒，或寫孤兒的苦楚，這種身無衣食還要汲水收瓜看馬燒飯的孤兒，正與當日富豪手下所豢養的那些奴婢的生活是一樣的。他受不住壓迫的痛苦，情願去死。在這些文字裏，呈現着一幅下層社會的生活圖，提出了嚴重的社會家庭的實際問題。這種種現象，是那些膏田滿野、奴婢成羣的豪富們所鄙視的，也是那些描寫宮殿遊獵的辭賦作家們所不描寫的，因此，我們更覺得這些作品的可貴了。

在封建社會裏，婦女沒有獨立的地位和人格。一舉一動，遭人指責，一言一語，動輒得咎。貧賤時是和好夫妻，男人一旦得勢，便厭舊喜新，造成婦女各種各樣的悲劇。「傍能行仁義，莫若妾自知。眾口鑠黃金，使君生別離……莫以豪賢故，棄捐素所愛。莫以魚肉賤，棄捐葱與薤……」（塘上行）在這些詩句裏，沉痛地描寫出封建社會棄婦的悲哀。

> 上山采蘼蕪，下山逢故夫。長跪問故夫：「新人復何如。」「新人雖言好，未若故人姝。顏色類相似，手爪不相如。新人從門入，故人從閤去。新人工織縑，故人工織素。織縑日一疋，織素五丈餘。將縑來比素，新人不如故。」（上山采蘼蕪）

這也是一首描寫棄婦的詩，雖沒有從正面發出怨恨和悲傷，但這一種感情却隱藏在詩歌的反面。全詩只有八十個字，用剪裁適當的敘事法，通過幾句短短的對話，將那夫婦三人的生活境遇、性格、本領以及那個小家庭的悲劇，全部反映出來。對於男人的譴責，對於棄婦的同情，作者雖着墨不多，却意在言外，令人感到民間詩歌藝術的特點。那位棄婦本領既好，顏色也不惡，只以失了愛情，不得不上山採野菜度日。下山途中，偶然遇着過去的丈夫，還要隱藏着心中的悲痛，長跪下去，問新人何如，在這裏正暗示着當代男權的尊嚴以及女子的奴隸道德，使這一悲劇更加深刻化。

翩翩堂前燕，冬藏夏來見。兄弟兩三人，流宕在他縣。故衣誰當補？新衣誰當綻？賴得賢主人，覽取為吾組。夫壻從門來，斜倚西北眄。語卿且勿眄，水清石自見。石見何纍纍，遠行不如歸。（豔歌行）

豔歌行是從另一角度來寫封建社會的婦女境遇。兄弟們流落外鄉，得到一位賢良的女主人替他們縫補衣服，這正說明女主人的優良品質，不料女主人的丈夫回到家來，一見就加猜疑，各方關係都弄得非常緊張，在封建道德的統治下，男女的關係是這樣不正常的。通篇字句淺顯，如說話一般的自然，而又含意深厚，表現了民間詩歌的高度藝術。

但在樂府歌辭裏，我們也看到了英勇的反抗強暴的婦女形象。隴西行的健婦，寫來談笑風生，昂頭闊步，沒有半點封建習氣。至如羅敷、胡姬的形象，更富有典型意義。

日出東南隅，照我秦氏樓。秦氏有好女，自名為羅敷。羅敷善蠶桑，採桑城南隅。青絲為籠係，桂枝為籠鉤。頭上倭墮髻，耳中明月珠。緗綺為下裙，紫綺為上襦。行者見羅敷，下擔捋髭鬚。少年見羅敷，脫帽著帩頭。耕者忘其犂，鋤者忘其鋤。來歸相怒怨，但坐觀羅敷。使君從南來，五馬立踟躕。使君遣吏往，問是誰家姝？秦氏有好女，自名為羅敷。羅敷年幾何？二十尚不足，十五頗有餘。使君謝羅敷，寧可共載不？羅敷前致辭，使君一何愚？使君自有婦，羅敷自有夫。東方千餘騎，夫壻居上頭。何用識夫壻？白馬從驪駒。青絲繫馬尾，黃金絡馬頭。腰中鹿盧劍，可值千萬餘。十五府小吏，二十朝大夫。三十侍中郎，四十專城居。為人潔白皙，鬑鬑頗有鬚。盈盈公府步，冉冉府中趨。坐中數千人，皆言夫壻殊。（豔歌羅敷行一名陌上桑）

這是一篇優秀的民間敘事詩，通過民歌慣用的表現手法，在非常生動活潑的語言裏，展示出地主官僚的荒淫無恥，以及羅敷的美貌和堅貞的品質。首段用一切力量，誇張羅敷之美。開始鋪陳其裝飾，繼之以旁觀者的襯托。挑者見之，憩擔捋其鬚；少年見之，停步脫其帽；耕種者見之，停鋤停犂而忘其工作；到了家裏互相埋怨爲什麼坐着貪看那美婦人的容貌，使得田沒有犂，地也沒有鋤。由這種天真的寫法，顯得羅敷的美麗達到了極致。中段敘使君見而愛其美，憑其高官的特殊地位，想來騙取羅敷。末段再用力鋪陳其夫壻的美貌和地位，給使君一個斬鐵截釘的拒絕，表現出羅敷反抗權貴的高尚品質。結句十字，由旁觀者的語氣說出。言盡而意無窮，表面不作批評，而讀者心中自有褒貶。

古今注云：「陌上桑出秦氏女子。秦氏邯鄲人，有女名羅敷，爲邑人千乘王仁妻。王仁後爲趙王家令。羅敷出採桑於陌上，趙王登台見而悅之，因引酒欲奪焉。羅敷乃彈箏作陌上桑歌以自明焉。」這故事雖不一定可靠，也不一定是羅敷自作，但我們相信當日一定有這類的故事在社會上流行，於是民間詩人乃作此歌以流傳之。其次如辛延年的羽林郎，是與這篇精神相同的作品。

昔有霍家奴，姓馮名子都。依倚將軍勢，調笑酒家胡。胡姬年十五，春日獨當罏。長裾連理帶，廣袖合歡襦。頭上藍田玉，耳後大秦珠。兩鬟何窈窕，一世良所無。一鬟五百萬，兩鬟千萬餘。不意金吾子，娉婷過我廬。銀鞍何煜爚，翠蓋空踟躕。就我求青酒，絲繩提玉壺。就我求珍肴，金盤鱠鯉魚。貽我青銅鏡，結我紅羅裾。不惜紅羅裂，何論輕賤軀。男兒愛後婦，女子重前夫。人生有新故，貴賤不相踰。多謝金吾子，私愛徒區區。

詩中所說的霍家，可能是指的霍光家，而事實上是寫東漢的竇家。表面是西漢的故事，實際是寫的東漢的社會。借古說今，古人作詩多是如此。這兩大貴族縱容奴僕，在外爲非作歹，敲詐人民，在歷史上是有名的。馮子都一類的角色，實際就是權貴的爪牙。他倚賴權勢，魚肉人民，弄得商店都要閉市了，可想見那時政治的腐敗社會的黑暗。辛延年採取這現實性的題材，用民歌的形式，寫成這篇富有反抗性的敘事詩，其價值可與陌上桑比美。在這兩篇詩裏，都告訴我們一個女子在封建社會中的悲慘的地位。金錢、土地和美貌的女子，都是那些有錢有勢的人物掠奪的對象。不知有多少婦女在孤立無援之下犧牲了，屈服了。但採桑的羅敷和賣酒的十五歲的胡姬，竟然不顧強暴，向惡勢力作了堅強的反抗；態度嚴正，精神強毅，在字裏行間，都表示得非常顯明。在被惡勢力所包圍的舊時代裏，有這樣優良品質的反抗精神的女性，自然是值得人民敬愛和歌頌；詩人們表現了這樣明確的主題，創造了優美的民歌藝術，所以是優秀之作。

民間的戀歌，在樂府歌辭中保留的雖說很少，如有所思、上邪兩篇，都是很健康很真實的作品。

有所思，乃在大海南。何用問遺君？雙珠瑇瑁簪，用玉紹繚之。聞君有他心，拉雜摧燒之。摧燒之，當風揚其灰。從今以往，勿復相思！相思與君絕！鷄鳴狗吠，兄嫂當知之。妃呼豨，秋風肅肅晨風颸，東方須臾高知之。（有所思）

上邪！我欲與君相知，長命無絕衰！山無陵，江水為竭，冬雷震震夏雨雪，天地合，乃敢與君絕。（上邪）

在極其質樸的語言裏，迸發着熱烈的感情。海枯山爛，指天爲盟，反覆的描繪，曲折的傾吐，大膽的呼號，表現出男人已經變心，女子欲絕不能絕，欲忘不能忘的矛盾苦痛的心境。比起文人筆下那些故作傷感的情詩來，要真實動人得多。語言參差不齊，全無修飾，然又充滿着表達情意的力量。

基於上面的敘述，可見樂府民歌的內容是非常廣泛的。我們如果把這些作品，同漢賦比較，任何人都可看出雙方的明顯差別。漢賦中的大部分作品是帶着濃厚的宮廷色彩和典麗的氣息；民歌是社會民生的反映，在質樸的文字裏，蘊藏着豐富的內容與民眾的感情。有的描寫戰爭，有的表現飢寒，有的歌詠孤兒病婦的悲哀，有的描寫家庭男女問題的悲劇，有的反抗強暴，有的譴責貪污，揭露矛盾，批判黑暗，無不愛憎分明，傾向強烈。在這些地方，表現了民間詩歌的巨大成就。

但也必須指出：漢代樂府中的民間詩歌，也有消極的作品。如善哉行云：

來日大難，口燥脣乾。今日相樂，皆當喜歡。經歷名山，芝草飜飜。仙人王喬，奉藥一丸。自惜袖短，內手知寒。慚無靈輒，以報趙宣。月沒參橫，北斗闌干。親交在門，飢不及餐。歡日尚少，戚日苦多。何以忘憂，彈箏酒歌。淮南八公，要道不煩。參駕天龍，遊戲雲端。

樂府古題要解說：「此篇言人命不可保，當樂見親友，且求長年術，與王喬、八公遊也。」這首詩雖是樂府，但這種飲酒、求仙的沒落思想，不是人民大眾的思想感情，而是那些受有神仙思想影響的知識分子的意識形態的反映。這種傾向的詩歌，同上面那些富有人民性的作品，精神上是不同的。再如西門行、滿歌行、王子喬、驅車上東門行等篇，都是這一類的作品。

樂府歌辭以外，我們還要注意漢代的民謠。這些民謠大都散見於歷史文獻中，是在史學家的筆下保留下來的。它們的特點是：語言簡煉，傾向性強，深意淺說，詞鋒銳利。

生男無喜，生女無怒，
獨不見衞子夫霸天下？（衞皇后歌）

潁水清，灌氏寧；
潁水濁，灌氏族。（潁川歌）

牢耶，石耶，五鹿客耶？
印何纍纍，綬若若耶？（牢石歌）

這三首西漢的民謠，都有深刻的政治意義。衞皇后歌是諷刺封建王朝的裙帶政治，哪一個女子能得到皇帝的寵幸，她的兄弟便能陞官發財，掌握朝政。衞子夫本是漢平陽公主家的歌女，後來得寵於漢武帝，作了皇后，他的弟弟衞青做了大將軍，封長平侯，於是衞家聲威赫赫，有獨霸天下之勢。語言質樸無華，從反面設問，却顯正面的作用。

潁川歌表現了人民對豪族橫暴的憤怒和反抗。詩中的灌氏是指的灌夫。史記上寫他好任俠，「諸所與交通，無非豪傑大猾，家累數千萬，食客日數十百人。陂池田園，宗族賓客爲權利，橫於潁川。」（魏其武安侯列傳）這種殘酷剝削人民壓迫人民的土皇帝，人民當然恨之入骨。這一首童謠，語言簡短，但意義深長，無異對統治者投以鋒利的匕首，表示了強烈的怨恨，從這裏正顯示出文學在階級鬥爭中的積極作用。

牢石歌是元帝時的民謠。牢是牢梁，石是石顯，五鹿是五鹿充宗，都是元帝時的大官。他們三人結黨營私，掌握朝政，而又殘害忠良，排除異己。凡是依附他們諂媚他們的人都得到高官，反對他們的都受到打擊。這首歌謠對那些卑鄙無恥的依附權貴取得官職的知識分子，予以強烈的諷刺。其他如淮南王歌，寫封建統治階級的內部傾軋，五侯歌寫外戚貴族的荒淫驕縱，都是好作品。

直如絃，死道邊。

曲如鉤，反封侯。（京都謠）

小麥青青大麥枯，誰當穫者婦與姑。丈夫何在西擊胡。

吏買馬，君具車。請為諸君鼓嚨胡！（小麥謠）

舉秀才，不知書。舉孝廉，父別居。

寒素清白濁如泥，高第良將怯如鷄。（桓靈時童謠）

這三首東漢的民謠，都有其歷史內容。京都謠是指漢沖帝時李固、梁冀的政治鬥爭，這一鬥爭雖是統治階級的內部矛盾，但李固是正直的，梁冀是橫暴的權臣。因為李固反對梁冀，被梁冀害死，棄屍路旁。胡廣、趙戒等人附和梁冀，都陞官得勢，封了侯爵。這種黑暗政治現象，人民在民謠裏表示了譴責和贊歎。四句十二字，語言精煉，寓意也很深厚。

小麥謠反映出東漢末年連年征戰、徭役繁重因而造成生產破壞、農田荒廢的社會面貌。男人出征了，農事都要婦女們來負擔。這情形是多麼悽慘。那些官吏們，只知道抽調壯丁，而自己是具車買馬，一點不關懷人民，婦女們是敢怒而不敢言，而心中的怨恨當然是非常強烈的。

桓靈時童謠非常生動地對封建官僚的勢利醜惡的面貌，予以漫畫化，使我們進一步認識漢代末年政治腐敗的實質。舉出來的秀才沒有讀過書，推出來的孝廉同父親不和，自命為清高的人骯髒不堪，稱為良將的膽小如鷄。這種政治現象，令人為之憤慨，讀了這首歌謠，又令人啼笑皆非。這種諷刺筆墨，真可入儒林外史。

此外，民謠對於黑暗，固然是毫不容情地加以揭露和譴責，如果偶然看到好的現象，也並不吝惜贊美和表揚，人民的態度是公正的。如馮氏兄弟歌、張堪歌、皇甫嵩歌、范史雲歌等篇，或表揚他們廉潔愛民的政績，或贊歎他們清寒自守的品質，有美有刺，正是詩經的傳統。

三　五言詩的起源與成長

五言詩起源於民間，是在長期醞釀中逐步形成的，並非某一人的天才創造。對於這一問題，前人有各種不同的說法。

一、起於枚乘　徐陵編玉臺新詠時，在古詩十九首中指出西北有高樓等詩八首，再加蘭若生春陽一首，題爲枚乘雜詩。劉勰在明詩中也說：「古詩佳麗，或稱枚叔。其孤竹一篇，則傅毅之辭，比采而推，兩漢之作乎？」可知說五言詩起於枚乘並非徐陵一人，在較前的劉勰時代，已有此種傳說。不過劉勰的態度較爲活動，以枚叔作詩爲傳聞，而以出自兩漢爲推論。枚乘是文、景時代人，如果他那時就有這種完美的五言詩，不要說枚乘傳及藝文志中爲什麼不載，就是當代那些有名的文人，如司馬相如、王褒、揚雄之流，爲什麼都沒有這種作品。文學體裁的新起，本是一種風氣，一有人作，大家都作起來，於是便成一種潮流，決不會文、景時代已產生完美的五言詩，忽然又中斷了，到了東漢末年，再又興盛起來。試看漢賦、魏晉古詩、唐詩、宋詞的發展情況，都不是如此。

二、起於李陵　文選中有李陵詩三首。鍾嶸的詩品，於古詩以後，以李陵爲第一家。他在自序中說：「逮漢李陵，始著五言之目矣。古詩眇邈，人世難詳。……自王、揚、枚、馬之徒，詞賦競爽，而吟詠靡聞。從李都尉迄班婕妤，將百年間，有婦人焉，一人而已。」李陵是武帝時代人，同枚乘前後同時，那時候的文士，偶爾作詩，無不是效法詩經、楚辭的格調，李陵的別歌，就完全是楚辭式的雜言詩。觀現存的與蘇武詩三首，無論形式格調，都是五言詩成熟期的作品，決非草創期所能產生的。至於說李詩本傳不載、漢志不錄，卽以此爲李未曾作詩之證，自然也不是有力的證據。因漢代史家，多是詳賦略詩，章學誠在校讎通義中，已詳言之。又顏延之庭誥云：「逮李陵衆作，總雜不類，元是假託，非盡陵制，至其善篇，有足悲者。」（太平御覽五八六）可知李陵作詩之說，在晉宋已頗爲流行，並非起於文選。並且在那個時期，李陵的作品流傳於人口者已經很多，已有總雜假託的現象。真詩面目，無從辨識。由我們推想，李陵的真作品，恐怕就是別歌那一類的楚辭體，而流傳到現在的與蘇武詩三首，反是後人僞託之作，因其藝術上的成就，被世人傳誦，因而入於文選樓中了。這種推想，既不違反李陵作詩之說，又不違反文學演進的歷史性，是較爲合理的。如果說與蘇武詩一定是出自李陵，這懷疑並非起於我輩，就是前人也早已言之。劉勰在明詩中說：「至成帝品錄，三百餘篇，朝章國采，亦云周備。而辭人遺翰，莫見五言。所以李陵、班婕妤見疑於後代也。」可知劉勰時代，懷疑的人已經很多了。又蘇東坡答劉沔都曹書中也說：「李陵、蘇武贈別長安，而詩有江漢之語。及陵與武書詞句儇淺，正齊梁間小兒所擬作，決非西漢文，而統不悟。」不過擬作時代，不會晚至齊梁，說是建安時代，較爲適當。其他如卓文君的白頭吟，宋書樂志及樂府詩集皆云古辭，並無卓文君之說。首記其事者始於西京雜記，亦未著其辭。至宋末黃鶴注杜詩，始以雜記之事，傅會宋志之辭，後馮惟訥的古詩紀因之。然在馮舒的詩紀匡謬中已辯明了。蘇武的詩更不可靠，劉勰、鍾嶸都沒有提到，恐怕他這幾首詩的產生，還在李陵那幾首詩之後。至如文選、玉臺同載的班婕妤的怨歌，其時代屬於成帝，自較枚乘、李陵爲晚。但李善注引歌錄但稱古辭，劉勰亦謂見疑後代，恐亦爲後人代擬的。

三、兩漢有沒有五言詩　枚乘、李陵們的作品，既有可疑，我們自然不能相信。但西漢究竟有沒有五言詩？古詩十九首中，有沒有西漢的作品。我們的回答是：西漢有五言詩，但是古詩十九首那樣完整的作品，西漢却很難有。李善文選注說：「詩云驅車上東門，又云遊戲宛與洛，此則辭兼東都，非盡乘作明矣。」鍾嶸詩品也說：「去者日以疎四十五首，雖多哀怨，頗爲總雜，舊疑是建安中曹、王所製。」他們的意思，雖承認古詩十九首中有許多是東漢的作品，但同時也還相信有一部分是出自西漢的。到了現代，多數人都斷定這些作品，全都是出自西漢以後了。

我們雖不承認枚乘、李陵的作品，雖也不承認在西漢有古詩十九首那一類的詩歌，但我們仍是相信西漢時代已經有了五言詩。這種五言詩，是五言詩醞釀時期尚未完全成熟的作品，在形式上還帶有某種缺點或尙未發育完全的痕跡。西漢時代，是辭賦的全盛期，新體詩正在民間醞釀，由醞釀而到完成，需要一個長時期的努力。在醞釀期中的作品，我們可以舉出下面這些史料來。

一　戚夫人歌（見漢書外戚傳呂后傳）

子為王，母為虜。終日舂薄暮，相與死為伍。相離三千里，當誰使告汝。

二　李延年李夫人歌（見漢書李夫人傳）

北方有佳人，絕世而獨立。一顧傾人城，再顧傾人國。寧不知傾城與傾國，佳人難再得。

三　鐃歌中的上陵

上陵何美美，下津風以寒。問客從何來，言從水中央。桂樹為君船，青絲為君笮。木蘭為君櫂，黃金錯其間。……甘露初二年，芝生銅池中。仙人下來飲，延壽千萬歲。（甘露為宣帝年號，似為宣帝時的作品）

四　成帝時民謠一首（見漢書五行志）

邪徑敗良田，讒口害善人。桂樹華不實，黃雀巢其顚。古為人所羨，今為人所憐。

嚴格地說，這些還不能算是五言詩。但在那新詩體醞釀的期間，這都是重要的史料，由了它們，可以看出西漢時代的五言詩，在形式上究竟呈現着一種怎樣的狀態。在這種狀態下，說文、景時代可以產生枚乘的詩，武帝時代可以產生李陵、蘇武那一類的作品，就更不可信了。

由西漢這種未成熟的五言體的演進，到了東漢，純粹的五言詩出現了。應亨的贈四王冠詩和班固的詠史，是五言詩體正式成立的重要史料。今舉詠史爲例。

三王德彌薄，惟後用肉刑。太倉令有罪，就逮長安城。自恨身無子，困急獨煢煢。小女痛父言，死者不可生。上書詣闕下，思古歌雞鳴。憂心摧折裂，晨風揚激聲。聖漢孝文帝，惻然感至情。百男何憒憒，不如一緹縈。

這是歌詠孝女緹縈救父的故事。縈父犯罪當刑，自請入身爲宮婢，以贖父刑，文帝悲憐她，乃廢除肉刑律。這是一首短短的敘事詩，五言體的形式是完全成立了，但就藝術而論，相隔古詩十九首一類的作品還很遠。鍾嶸批評說：「班固詠史，質木無文」，這是不錯的。班固以後，做這種新體詩的人就漸漸地多起來了。如張衡的同聲歌，秦嘉的贈婦詩，趙壹的疾邪詩，蔡邕的飲馬長城窟，酈炎的見志，孔融的雜詩，蔡琰的悲憤詩等等，都是有主名的完整的五言詩。其他如無名氏的古詩十九首以及擬託的蘇、李詩一類的作品，大概也就在這時代產生了。由其文字的技巧與詩歌的風格看來，這一批作品，是應該都出於詠史以後。在這裏，先舉張衡、秦嘉、蔡邕的詩作例，以明東漢時代五言詩進展的情形。

邂逅承際會，得充君後房。情好新交接，恐慄若探湯。不才勉自竭，賤妾職所當。綢繆主中饋，奉禮助蒸嘗。思為莞蒻席，在下蔽筐牀。願為羅衾幬，在上衛風霜。洒掃清枕席，鞮芬以狄香。重戶結金扃，高下華燈光。衣解巾粉御，列圖陳枕張。素女為我師，儀態盈萬方。眾夫所希見，天老教軒皇。樂莫斯夜樂，沒齒焉可忘。（張衡同聲歌）

人生譬朝露，居世多屯蹇。憂艱常早至，歡會常苦晚。念當奉時役，去爾日遙遠。遣車迎子還，空往復空返。省書情悽愴，臨食不能飯。獨坐空房中，誰與相勸勉。長夜不能眠，伏枕獨展轉。憂來如循環，匪席不可卷。（秦嘉贈婦詩）

青青河畔草，綿綿思遠道。遠道不可思，夙昔夢見之。夢見在我旁，忽覺在他鄉。他鄉各異縣，展轉不可見。枯桑知天風，海水知天寒。入門各自媚，誰肯相為言。客從遠方來，遺我雙鯉魚。呼童烹鯉魚，中有尺素書。長跪讀素書，書中竟何如。上有加餐飯，下有長相憶。（蔡邕飲馬長城窟，此篇或作無名氏之古辭。蔡另有翠鳥，亦為五言。）

由班固到蔡邕，五言詩的藝術進步，非常顯明。這些詩篇，古書中有的稱爲樂府，有的稱爲古詩，這些都無關重要，但我們要注意的，是張衡、蔡邕之流都是作賦的能手，但一作詩，就完全呈現着通俗文學的氣息，這無疑是受了當代樂府民歌的影響。這種影響，使中國的詩歌，無論內容、形式都得到了新的生命，新的發展。

由上面的敘述，關於漢代五言詩的進展，我們可以得到一個結論。西漢是五言的醞釀時期，班固、張衡時代是五言的成立期，建安前後是五言詩的成熟時期。順便，我要在這裏提一提七言詩的問題。七言詩的成立，較五言爲遲，但它的起源很早，同五言詩一樣是來自民間。樂府中的有所思、艾如張等篇，都有完整的七言詩句，到了東漢，七言的歌謠諺語也很多。如三府諺、甘陵民謠、范史雲歌、汝南南陽二郡民謠等等，都是七言體。因爲樂府沒有收錄七言歌辭，作品失去了保存和寫定的機會。到了曹丕的燕歌行，才形成純粹的七言體，不過當時作此種詩體者爲數不多，故漢、魏、兩晉時代，只可看作是七言的試作期，而其發展，不得不待之於南北朝。

詩經的主要形式是四言，這種形式適應當代的社會。由春秋、戰國到漢代，社會歷史的發展，人民生活中的豐富內容，在詩歌創作上，需要更適當的新形式。鍾嶸也說過：「夫四言文約意廣，取效風、騷，便可多得。每苦文繁而意少，故世罕習焉。」（詩品序）這便是說四言體的缺點。五言詩雖衹多了一個字，但却有回轉周旋的餘地，無論敘事抒情，在語言的運用和音律的調和上，都有很大的優越性。所以鍾嶸接着說：「五言居文詞之要，是衆作之有滋味者也，故云『會於流俗』。豈不以指事造形，窮情寫物，最為詳切者耶！」因為五言宜於指事造形，窮情寫物，所以居文詞之要，便成為衆人所趨的一種新形體。詩由四言而變為五言，是中國詩歌史上形式的進步。四言詩自詩經以後，兩漢、魏、晉雖偶有佳篇，然而畢竟是沒落了。我們明瞭了這一點，便知道古詩十九首在五言詩體形成和鞏固的過程中，在中國詩歌史上的歷史地位，以及它們的藝術特點和對於後代詩歌的影響。

四　古詩十九首

古詩十九首是一羣無名作家的作品，都是完整的五言，是在漢代民歌的基礎上成長起來的。它們產生的時代，大都在東漢建安，是五言詩成熟期的作品。沈德潛說：「古詩十九首，不必一人之辭，一時之作。大率逐臣棄婦，朋友闊絕，遊子他鄉，死生新故之感。或寓言，或顯言，或反覆言。初無奇闢之思，驚險之句，而西京古詩，皆在其下。」（說詩晬語）他對於古詩十九首的評論，是相當正確的。他說：「不必一人之辭，一時之作」，認清了作品的時代性與作家的羣衆性。他所說的「無奇闢之思，驚險之句」，這正是那些作品的藝術特色。古詩的好處，是看去無一奇字，無一奇句，然又表現出語言的準確生動和高度概括的藝術能力。全體都是用着最平淺質樸的文句，抒寫曲折細微的感情，絲毫沒有當日辭賦的貴族氣，也無六朝詩的淫靡雕琢氣。自然美與整體美的純樸，勝過一切人工的粧抹與刻鏤，這便是古詩十九首在藝術上的特色。後代的陸機、江淹之流，拚命地模倣，也只得其形貌，無其精神。劉勰說：「觀其結體散文，直而不野；婉轉附物，怊悵切情，實五言之冠冕也。」（明詩）從其中的優秀作品來說，這批評是非常適當的。可惜這些作者的姓名都已失傳，我們無法知其生平歷史，難怪鍾嶸要發出「人代冥滅而清音獨遠」的悲歎了。

古詩十九首，是東漢末葉大亂時代人民思想情感的表現。在那一個長期的混亂中，政治之變化，災荒之嚴重，以及那長年不斷的兵禍、徭役，不僅摧殘了人民的安居生活，也動搖了社會的基礎。在那一個亂離時代，夫婦的分離，家庭的隔絕，成爲最普遍的社會現象。因此在這些詩裏，有許多作品是表現離鄉別井、征夫思婦的感情的。

行行重行行，與君生別離。相去萬餘里，各在天一涯。道路阻且長，會面安可知。胡馬依北風，越鳥巢南枝。相去日已遠，衣帶日已緩。浮雲蔽白日，遊子不顧返。思君令人老，歲月忽已晚。棄捐勿復道，努力加餐飯。

涉江采芙蓉，蘭澤多芳草。采之欲遺誰？所思在遠道。還顧望舊鄉，長路漫浩浩。同心而離居，憂傷以終老。

庭中有奇樹，綠葉發華滋。攀條折其榮，將以遺所思。馨香盈懷袖，路遠莫致之。此物何足貴，但感別經時。

迢迢牽牛星，皎皎河漢女。纖纖擢素手，札札弄機杼。終日不成章，泣涕零如雨。河漢清且淺，相去復幾許。盈盈一水間，默默不得語。

這類描寫離恨鄉愁的抒情詩，共有十篇，是古詩十九首中優秀的作品。這些詩篇不同於男女愛情的一般描寫，而具有現實意義的社會基礎。他們的別離與隔絕，決不是短期的，也不是相隔很近的。「相去萬餘里，各在天一涯」；「客從遠方來，遺我一書札」；「置書懷袖中，三年字不滅」，都說明了隔絕的空間與時間，是遠而且久。可見這些作品是在長年不斷的戰爭和繁重的徭役下，主要是反映出征夫思婦的悲痛感情。「冉冉孤生竹」的新婚遠別，更是這方面的例證。在這些抒情詩篇的背後，隱藏着那個亂離時代妻離子散家破人亡的現實。「古者無過年之繇，無踰時之役。今近者數千里，遠者過萬里，歷二期長子不還，父母愁憂，妻子詠歎。憤懣之恨發動於心，慕思之積痛於骨髓。」（鹽鐵論繇役）這便是這些抒情詩篇產生的社會根源，也正是這些抒情詩篇寫得特別真實而能感動讀者的社會根源。東漢末期的情形，比起鹽鐵論的時代來，自然是更要黑暗，更要嚴重。「小麥青青大麥枯，誰當穫者婦與姑。丈夫何在西擊胡。」這是後漢桓帝時期的民謠，這情形也說得很清楚。所謂「憤懣之恨發動於心，慕思之積痛於骨髓」，在這些詩篇裏，我們完全可以體會出來。所以我們對於這些作品，不能看作只是寫戀愛的豔體詩，也不能看作是以一般的遊子爲主題，應當從黑暗政治的角度和社會生活的基礎上，去理解這些抒情詩的現實意義。

從抒情的藝術技巧來說，這些詩篇達到很高的水平，給後代詩歌以很大的影響。最主要的是作者具有實際生活的深切感受，沒有半點矯情虛僞的缺點。它們從各個不同的角度、不同時間的環境，選擇各種非常適合的自然風物，來襯托、來加強抒情藝術的真實和力量。運用比興、象徵、想像、白描的各種手法，曲折細緻地深入到人物的內心世界，引起讀者的同情。由於語言的準確、自然，藝術形象格外鮮明生動。「青青河畔草」連用六個疊字，「迢迢牽牛星」連用四個疊字，無一不妥貼，無一不真實，自然的色彩、生命同人物的感情、性格緊密地配合起來，詩歌就更富於感染力。

青青陵上柏，磊磊澗中石。人生天地間，忽如遠行客。斗酒相娛樂，聊厚不為薄。驅車策駑馬，游戲宛與洛。洛中何鬱鬱，冠帶自相索。長衢羅夾巷，王侯多第宅。兩宮遙相望，雙闕百餘尺。極宴娛心意，戚戚何所迫。

本篇和「今日良宴會」、「西北有高樓」、「明月皎夜光」各篇，從不同角度，反映出那些鬱鬱不得志的知識分子自悲自歎的思想。「何不策高足，先據要路津？無爲守貧賤，轗軻長苦辛」；「不惜歌者苦，但傷知音稀」，是這些詩篇的主題。因此它們的地域，大都集中在政治中心的洛陽。這些知識分子，追求富貴既不可得，而又不甘於貧賤，一面發出一點不滿的悲憤，同時也就流露出「人生寄一世，奄忽若飆塵」的消極情緒。在這些詩裏充分表現出封建社會知識分子的汲汲於名利的人生觀和軟弱的性格。比起上面那些抒情詩來，那就要貧弱得多了。「青青陵上柏」一首，比較具體地寫出封建統治階級的豪華奢侈的生活，有一定的諷刺意義。

驅車上東門，遙望北郭墓。白楊何蕭蕭，松柏夾廣路。下有陳死人，杳杳卽長暮。潛寐黃泉下，千載永不悟。浩浩陰陽移，年命如朝露。人生忽如寄，壽無金石固。萬歲更相送，賢聖莫能度。服食求神仙，多為藥所誤。不如飲美酒，被服紈與素。

生年不滿百，常懷千歲憂。晝短苦夜長，何不秉燭游。為樂當及時，何能待來茲。愚者愛惜費，但為後世嗤。仙人王子喬，難可與等期。

在這類詩篇裏，更進一步表現出逃避現實的人生觀和消極頹廢的沒落思想。「四顧何茫茫，東風搖百草」；「白楊何蕭蕭，松柏夾廣路」；「白楊多悲風，蕭蕭愁殺人」，調子如此陰暗低沉，令人感到的一切都是幻滅。在這種虛無幻滅中，他們只好去求神仙長生，講藥石導養，然而也都是不可信的，結果就必然走到爲樂及時秉燭夜遊的頽廢享樂的道路上去。

另外如託名蘇、李的詩篇，也值得我們注意。產生的年代，大略與古詩十九首相同。現各舉一首作例。

良時不再至，離別在須臾。屏營衢路側，執手野踟躕。仰視浮雲馳，奄忽互相踰。風波一失所，各在天一隅。長當從此別，且復立斯須。欲因晨風發，送子以賤軀。（李陵與蘇武詩一）

結髮為夫妻，恩愛兩不疑。歡娛在今夕，燕婉及良時。征夫懷遠路，起視夜何其。參辰皆已沒，去去從此辭。行役在戰場，相見未有期。握手一長歎，淚為生別滋。努力愛春華，莫忘歡樂時。生當復來歸，死當長相思。（蘇武古詩）

從詩的內容看來，與古詩十九首中那些描寫征夫思婦的題材是相同的，社會基礎也是相同的。「結髮爲夫妻，恩愛兩不疑」；「生當復來歸，死當長相思」，這明明是描寫夫婦別離的詩，所謂征夫遠路、行役戰場，也明明點出他們的新婚別，爲的是要去從軍，不知何以歸在蘇武的名下。詩的藝術成就很高，可與古詩十九首中那些抒情詩篇比美。在描寫別離前夜以及分手一刹那的情景，非常真實細緻。

五 悲憤詩與孔雀東南飛

在中國的詩歌史上，數量多而成績又好的是抒情詩，作品少而發達又較遲的是敘事詩。詩經的篇數雖說不少，除了那些祀神饗宴的歌辭以外，大多數是抒情詩。惟有生民、公劉、綿綿瓜瓞、皇矣、大明諸篇，其體裁稍有不同，是記載民族英雄的傳說與歷史，略具敘事詩的規模。到了楚辭、漢賦，篇章擴大了，內容豐富了，想像力表現力也加強了；然楚辭主抒情，漢賦主詠物。到了東漢，五言體成熟以後，純粹的敘事詩才發展起來。

敘事詩也是來自民間。如孤兒行、婦病行、東門行一類作品，可稱是民間敘事詩的先聲。上山采蘼蕪、十五從軍征兩篇，篇幅不多，敘事也很簡略，但形式完整，成就很高，是五言敘事詩的佳作，陌上桑、羽林郎在敘事詩上，得到更大的進步。在這樣的基礎上，到了東漢末年，出現了長篇敘事詩的傑作，那就是蔡琰的悲憤詩和無名氏的孔雀東南飛。這兩篇詩具有深刻的思想內容和卓越的藝術成就，可稱爲長篇敘事詩的雙璧。

悲憤詩　蔡琰是漢末文學家蔡邕的女兒，在她父親的教養和熏陶下，能成爲一個優秀的女作家，是可以理解的。更重要的，是她處在那個大亂的時代裏，投入到那個黑暗苦難的深淵，壯年被虜入南匈奴，暮年別子還鄉的痛苦境遇和長期在國外所體驗的悲涼生活，對於她的詩歌成就，起了決定性的作用。

蔡琰現在流傳下來的作品，共有三篇，題材是相同的。悲憤詩二篇，一爲五言體，一爲楚辭體，俱載後漢書董祀妻傳；一爲胡笳十八拍，載郭茂倩的樂府詩集和朱熹的楚辭後語。這三篇詩有真僞之分，五言體悲憤詩較可信（懷疑的人也不少），楚辭體悲憤詩疑信參半（如爲擬作，約在魏晉之間），胡笳十八拍最不可信，可能產生在唐代。原因是：一，從漢末至晚唐不見著錄徵引。二，蔡琰虜入南匈奴，地點在山西臨汾境界，詩中有隴水、長城等字，地理環境不合。三，語言風格與漢詩不同。如八拍中的「爲天有眼兮何不見我獨漂流？爲神有靈兮何事處我天南海北頭？」如九拍中的「人生倏忽兮如白駒之過隙，然不得歡樂兮當我之盛年」，這種句法是要在鮑照時代才有的。再如十拍中的「殺氣朝朝衝塞門，胡風夜夜吹邊月」，不僅用字琢鍊，技巧細緻，而且對偶非常工整。漢末五言詩已有對句，但當時七言詩還未形成，這樣的七言對句更不能有。四，鄭樵在通志中指出，琴曲有辭，起於齊梁。並且漢代末年，樂曲沒有以拍名的。曲以拍名，盛于唐代。五，李頎有聽董大彈琴歌，只言蔡琰作琴曲，並沒有說她作歌辭，曲和辭是兩回事，不能混爲一談。這首長詩雖非蔡琰原作，但氣魄雄偉，熱情奔放，是一個對蔡琰生活境遇有深切同情、對蔡琰作品有深入體會的詩人擬作出來的。其藝術價值雖不如五言體悲憤詩，然仍然是一篇值得我們重視的作品。

漢季失權柄，董卓亂天常。志欲圖篡弒，先害諸賢良。逼迫遷舊邦，擁主以自強。海內興義師，欲共討不祥。卓眾來東下，金甲耀日光。平土人脆弱，來兵皆胡羌。獵野圍城邑，所向悉破亡。斬截無孑遺，尸骸相撐拒。馬邊懸男頭，馬後載婦女。長驅西入關，迴路險且阻。還顧邈冥冥，肝脾為爛腐。所略有萬計，不得令屯聚。或有骨肉俱，欲言不敢語。失意幾微間，輒言斃降虜。要當以亭刃，我曹不活汝。豈敢惜性命，不堪其詈罵。或便加棰杖，毒痛參并下。旦則號泣行，夜則悲吟坐。欲死不能得，欲生無一可。彼蒼者何辜，乃遭此戹禍。邊荒與華異，人俗少義理。處所多霜雪，胡風春夏起。翩翩吹我衣，肅肅入我耳。感時念父母，哀歎無窮已。有客從外來，聞之常歡喜。迎問其消息，輒復非鄉里。邂逅徼時願，骨肉來迎己。己得自解免，當復棄兒子。天屬綴人心，念別無會期。存亡永乖隔，不忍與之辭。兒前抱我頸，問母欲何之？人言母當去，豈復有還時！阿母常仁惻，今何更不慈？我尚未成人，奈何不顧思？見此崩五內，恍惚生狂癡。號泣手撫摩，當發復回疑。兼有同時輩，相送告離別。慕我獨得歸，哀叫聲摧裂。馬為立踟躕，車為不轉轍。觀者皆歔欷，行路亦嗚咽。去去割情戀，遄征日遐邁。悠悠三千里，何時復交會？念我出腹子，胸臆為摧敗。既至家人盡，又復無中外。城郭為山林，庭宇生荊艾。白骨不知誰，縱橫莫覆蓋。出門無人聲，豺狼嘷且吠。煢煢對孤景，怛咤糜肝肺。登高遠眺望，魂神忽飛逝。奄若壽命盡，傍人相寬大。為復強視息，雖生何聊賴！託命於新人，竭心自勗勵。流離成鄙賤，常恐復捐廢。人生幾何時，懷憂終年歲。

從董卓作亂被擄入胡敘起，一直寫到別兒歸國，還鄉再嫁爲止。條理謹嚴，描寫真實。作者十二年間流離轉徙的生活、悲傷痛苦的心情，以及當代政治的紊亂，社會的動搖，廣大人民的顛沛流離，軍閥割據鬥爭的罪惡和懷念祖國的熱情，一齊在這詩裏反映出來，成爲一首具有社會性與歷史性的作品。中間描寫胡人對於漢人的虐待，母子別離時候那種公義私情的矛盾和悲喜交集的情感，以及她回家後所看見的那種荒涼悽慘的境象，和隱伏在心中的深沉的悲哀，是全篇寫得有力深刻而又動人的文字。如「城郭爲山林，庭宇生荊艾。白骨不知誰，縱橫莫覆蓋。出門無人聲，豺狼嗥且吠。煢煢對孤景，怛咤糜肝肺」，對於當代社會面貌，作了真實生動的描寫，筆力深刻，概括性很強，與曹操的蒿里行，王粲的七哀詩，有共同的特色。

孔雀東南飛　悲憤詩是描寫一個在政治紊亂、內禍外患中遭受着犧牲的女子的悲劇，孔雀東南飛是表現一對犧牲於舊家長制度與封建道德下面的夫婦的悲劇。前者的歷史環境較爲特殊，而後者却是我國長期封建社會中最普遍的現象。孔雀東南飛的作者，抓住這個舊社會青年男女們所經常遭遇着的題材，用民歌的手法，敘事詩的體裁表現出來，成爲反抗封建罪惡、爭取婚姻自由的很有力的作品。

孔雀東南飛共三五三句，得一千七百六十五字。爲中國五言敘事詩中獨有的長篇。此篇不見文選，劉勰、鍾嶸的評論裏，都未提過，在現存的古籍裏，初見徐陵編纂的玉臺新詠，題目是古詩爲焦仲卿妻作。詩前有序云：「漢末建安中，廬江府小吏焦仲卿妻劉氏，爲仲卿母所遣，自誓不嫁，其家逼之，乃投水而死。仲卿聞之，亦自縊於庭樹。時人傷之，爲詩云爾。」在這序裏，人名地名，以及事實的內容，都記載得非常清楚，自然是當日社會上的一件實事。後面又說時人傷之而作詩，這詩人自然是建安時代的人，那末這首詩是建安末年的詩是無疑的了。但到了近年，這詩的時代，又起了爭論。首先提出來的，是梁啓超。他說：「我國古詩從三百篇到漢魏的五言，大率情感主於溫柔敦厚，而資料都是現實的。像孔雀東南飛一類的作品，起於六朝，前此却無有。佛本行讚譯成四本，原來只是一首詩。……六朝名士幾於人人共讀。那種熱烈的情感和豐富的想像，輸入我們詩人的心靈中當然不少。只恐孔雀東南飛一類的長篇敘事抒情詩，也間接受着影響罷。」（印度與中國文化親屬之關係）後來有些人也贊成此說，更以「青廬」爲北朝結婚時候的風俗，「龍子幡」爲南朝的風尚，作爲此詩出自六朝的證據。他們這種懷疑的精神是可貴的，但其結論，却很難令人信服。

梁氏說孔雀東南飛的產生，是由於受了佛教文學的影響，這話並不可信。在這首詩裏，一點沒有佛教文學的影子。所謂佛教文學的影響，一是佛學的宗教思想；一是佛教文學的想像力與散韻夾用的形式。我們試看仲卿、蘭芝的死，完全是受了封建道德與家庭惡勢力的壓迫，所表現的是中國家庭的悲劇，一點也沒有那種輪迴超度、因果報應一類的佛教思想。其次，孔雀東南飛是一首純粹寫實的敘事詩，所描寫的全是一些平凡瑣碎的家庭實事，並無佛教文學那種空虛的幻想。並且文體正是當日流行的五言詩，與陌上桑、悲憤詩完全相似，如何說六朝以前却無有。

「青廬」之俗，雖盛行於北朝，但漢末已有之。世說新語假譎篇云：「魏武少時，嘗與袁紹好爲遊俠。觀人新婚，因潛入主人園中，夜呼叫云：有偷兒賊。青廬中人皆出觀。」這是有力的證據。龍子幡是否爲漢制，雖不可考，但我們却無法證明這種風尚在南朝以前就沒有。

我們要注意的是：這種詩歌是否在建安時代有產生的可能？我覺得有產生的可能。無論在文字技巧和詩體的發展上，都有這種可能。漢代的敘事詩，由雜言體的孤兒行、婦病行，進展爲純粹的五言上山采蘼蕪、十五從軍征、陌上桑、羽林郎等篇，再進展爲長篇的悲憤詩、孔雀東南飛，這是非常合理的。再從技巧上看，全篇的文句，大都是質樸土俗，正適合當代民歌的格調。中間的鋪陳裝飾與對話的形式，在孤兒行、陌上桑、羽林郎諸篇中早已有之，並非孔雀東南飛的新創。中間只有「奄奄黃昏後，寂寂人定初」二句，稍有六朝人口氣，但民歌流傳社會，以後文人收集編寫，加以潤飾，是常有的事。我們不能以此爲後人所作的藉口。再從韻律上說，首段支、微、灰、魚韻通用，中段陽、江、冬、蒸、真、刪韻通用，與漢、魏樂府的韻格相同。至於說其初見於玉臺新詠而不見於文選、文心、詩品諸書而遂疑爲晚出者，這是不明玉臺新詠與文選諸書性質的差別。據隋志

：玉臺新詠之前，有詩歌總集之名而散亡者亦甚多，如古今五言詩美文五卷，古詩集九卷，謝靈運集的詩英九卷，昭明太子的古今詩苑英華十九卷，我們也無法證明在那些集子裏，就沒有孔雀東南飛那一首詩。這樣說來，這篇敘事詩產生在建安末年，是無可懷疑的。同時我們也可以看到：在東漢末年，由於政治的極端腐敗，階級矛盾非常尖銳，在農民起義的強大力量中，瓦解了漢帝國的政權，動搖了統治階級的社會基礎。一向統治人心的儒家思想，也逐步失去了力量。孔雀東南飛反封建反傳統的主題，正反映出這一時期思想的特徵。悲憤詩雖受了民歌的影響，但畢竟是詩人的作品。孔雀東南飛純粹是民歌的本色，是古典民間敘事詩中傑出的詩篇。它的思想價值，在於通過高度的藝術技巧，塑造出鮮明的人物形象，對不合理的封建家庭封建道德作了激烈的批判和反抗，表現出被壓迫的青年男女的強烈鬥志和渴望光明的願望。作品運用通俗的語言，民歌的手法，描繪出那錯綜複雜、矛盾衝突的家庭悲劇，結構謹嚴，剪裁巧妙，重點突出，層次分明，給人們以深刻的印象。焦母、劉兄是封建勢力的代表，詩人把他們那種專橫勢利的統治階級的本質，寫得非常真實，引起讀者無比的憤恨。在蘭芝的形象上，作者以滿腔同情的筆力，在矛盾極其尖銳的複雜鬥爭過程中，真實而又生動地寫出她那種反封建的堅強意志和爭取婚姻自由的決心。仲卿的性格雖不如蘭芝的剛強，然他始終是忠於愛情、忠於蘭芝的。他正表現出小官僚知識分子的軟弱性，但他這種軟弱的性格，在矛盾鬥爭的過程中，逐步堅強起來，終於用自己的生命，完成了他的理想。他們爲了追求愛情的幸福生活，對封建制度的罪惡，對權勢的迫害，作了強烈的反抗，而有積極的社會意義。

在全詩現實生活描寫的基礎上，到了詩的結尾，點綴着美麗的畫筆，表現出理想的光輝。使死者成爲鴛鴦，比翼于松柏梧桐之間，這是符合廣大人民的願望的。他們的死不是幻滅，不是消極，而具有樂觀主義的新生的積極精神。

孔雀東南飛，五里一徘徊。「十三能織素，十四學裁衣。十五彈箜篌，十六誦詩書，十七為君婦，心中常苦悲。君既為府吏，守節情不移。賤妾留空房，相見常日稀。鷄鳴入機織，夜夜不得息。三日斷五匹，大人故嫌遲。非為織作遲，君家婦難為。妾不堪驅使，徒留無所施。便可白公姥，及時相遣歸。」府吏得聞之，堂上啓阿母：「兒已薄祿相，幸復得此婦。結髮同枕席，黃泉共為友。共事二三年，始爾未為久。女行無偏斜，何意致不厚？」阿母謂府吏：「何乃太區區。此婦無禮節，舉動自專由。吾意久懷忿，汝豈得自由！東家有賢女，自名秦羅敷。可憐體無比，阿母為汝求。便可速遣之，遣之愼莫留。」府吏長跪告：「伏惟啓阿母。今若遣此婦，終老不復取。」阿母得聞之，槌床便大怒：「小子無所畏，何敢助婦語。吾已失恩義，會不相從許。」府吏默無聲，再拜還入户。舉言謂新婦，哽咽不能語：「我自不驅卿，逼迫有阿母。卿但暫還家，吾今且報府。不久當歸還，還必相迎取。以此下心意，愼勿違吾語。」新婦謂府吏：「勿復重紛紜。往昔初陽歲，謝家來貴門。奉事循公姥，進止敢自專？晝夜勤作息，伶俜縈苦辛。謂言無罪過，供養卒大恩。仍更被驅遣，何言復來還？妾有繡腰襦，葳蕤自生光。紅羅複斗帳，四角垂香囊。箱簾六七十，綠碧青絲繩。物物各自異，種種在其中。人賤物亦鄙，不足迎後人。留待作遺施，於今無會因。時時為安慰，久久莫相忘。」雞鳴外欲曙，新婦起嚴妝。著我繡裌裙，事事四五通。足下躡絲履，頭上玳瑁光。腰若流紈素，耳著明月璫。指如削葱根，口如含朱丹。纖纖作細步，精妙世無雙。上堂謝阿母，阿母怒不止：「昔作女兒時，生小出野里。本自無教訓，兼愧貴家子。受母錢帛多，不堪母驅使。今日還家去，念母勞家裏。」却與小姑別，淚落連珠子：「新婦初來時，小姑始扶床。今日被驅遣，小姑如我長。勤心養公姥，好自相扶將。初七及下九，嬉戲莫相忘。」出門登車去，涕落百餘行。府吏馬在前，新婦車在後。隱隱何甸甸，俱會大道口。下馬入車中，低頭共耳語：「誓不相隔卿，且暫還家去，吾今且赴府。不久當還歸，誓天不相負。」新婦謂府吏：「感君區區懷。君既若見錄，不久望君來。君當作磐石，妾當作蒲葦。蒲葦紉如絲，磐石無轉移。我有親父兄，性行暴如雷。恐不任我意，逆以煎我懷。」舉手長勞勞，二情同依依。入門上家堂，進退無顏儀。阿母大拊掌：「不圖子自歸！十三教汝織，十四能裁衣。十五彈箜篌，十六知禮儀。十七遣汝嫁，謂言無誓違。汝今何罪過，不迎而自歸？」「蘭芝慚阿母，兒實無罪過。」阿母大悲摧。還家十餘日，縣令遣媒來。云「有第三郎，窈窕世無雙。年始十八九，便言多令才。」阿母謂阿女：「汝可去應之。」阿女含淚答：「蘭芝初還時，府吏見丁寧，結誓不別離。今日違情義，恐此事非奇。自可斷來信，徐徐更謂之。」阿母白媒人：「貧賤有此女，始適還家門。不堪吏人婦，豈合令郎君？幸可廣問訊，不得便相許。」媒人去數日，尋遣丞請還。說「有蘭家女，承籍有宦官。」云「有第五郎，嬌逸未有婚。遣丞為媒人，主簿通語言。」直說「太守家，有此令郎君。既欲結大義，故遣來貴門。」阿母謝媒人：「女子先有誓，老姥豈敢言。」阿兄得聞之，悵然心中煩。舉言謂阿妹：「作計何不量？先嫁得府吏，後嫁得郎君。否泰如天地，足以榮汝身。不嫁義郎體，其往欲何云？」蘭芝仰頭答：「理實如兄言。謝家事夫壻，中道還兄門，處分適兄意，那得自任專？雖與府吏要，渠會永無緣。登卽相許和，便可作婚姻。」媒人下床去，諾諾復爾爾。還部白府君：「下官奉使命，言談大有緣。」府君得聞之，心中大歡喜。視曆復開書：「便利此月內，六合正相應，良吉三十日，今已二十七，卿可去成婚。」交語速裝束，絡繹如浮雲。青雀白鵠舫，四角龍子幡，婀娜隨風轉。金車玉作輪，躑躅青驄馬，流蘇金縷鞍。齎錢三百萬，皆用青絲穿。雜綵三百疋，交廣市鮭珍。從人四五百，鬱鬱登郡門。阿母謂阿女：「適得府君書，明日來迎汝。何不作衣裳，莫令事不舉。」阿女默無聲，手巾掩口啼，淚落便如瀉。移我琉璃榻，出置前窗下。左手持刀尺，右手執綾羅。朝成繡裌裙，晚成單羅衫。晻晻日欲瞑，愁思出門啼。府吏聞此變，因求假暫歸。未至二三里，摧藏馬悲哀。新婦識馬聲，躡履相逢迎。悵然遙相望，知是故人來。舉手拍馬鞍，嗟歎使心傷。「自君別我後，人事不可量。果不如先願，又非君所詳。我有親父母，逼迫兼弟兄。以我應他人，君還何所望？」府吏謂新婦：「賀君得高遷。磐石方且厚，可以卒千年。蒲葦一時紉，便作旦夕間。卿當日勝貴，吾獨向黃泉。」新婦謂府吏：「何意出此言？同是被逼迫，君爾妾並然。黃泉下相見，勿違今日言。」執手分道去，各各還家門。生人作死別，恨恨那可論！念與世間辭，千萬不復全。府吏還家去，上堂拜阿母：「今日大風寒，寒風摧樹木，嚴霜結庭蘭。兒今日冥冥，令母在後單。故作不良計，勿復怨鬼神。命如南山石，四體康且直。」阿母得聞之，零淚應聲落。「汝是大家子，仕宦於臺閣。愼勿為婦死，貴賤情何薄？東家有賢女，窈窕豔城郭。阿母為汝求，便復在旦夕。」府吏再拜還，長歎空房中，作計乃爾立。轉頭向戶裏，漸見愁煎迫。其日牛馬嘶，新婦入青廬。奄奄黃昏後，寂寂人定初。「我命絕今日，魂去尸長留。」攬裙脫絲履，舉身赴清池。府吏聞此事，心知長別離。徘徊庭樹下，自掛東南枝。兩家求合葬，合葬華山傍。東西植松柏，左右種梧桐。枝枝相覆蓋，葉葉相交通。中有雙飛鳥，自名為鴛鴦。仰頭相向鳴，夜夜達五更。行人駐足聽，寡婦起彷徨。多謝後世人，戒之愼勿忘。

六　結語

漢代的樂府歌辭和古詩，在中國古典詩歌的歷史上，有很高的藝術價值和地位。在那些詩篇裏，反映出豐富的社會內容。男女戀愛的歌唱，豪強惡霸對於人民的壓迫，封建制度下的婚姻悲劇，妻離子散的別情，兵役制度的腐敗，孤兒寡婦的悲慘生活，中下層知識分子的苦悶等等，都能生動地形象地表現出來。這種現實主義精神和富於人民性反抗性的思想內容，繼承並發展了詩經的優良傳統，對於後代詩人，發生很大的教育意義與啓發作用。建安詩人都在樂府文學中得到詩歌的訓練和提高，唐代三大詩人李白、杜甫、白居易以及元結、張籍、元稹諸人，他們的作品，也都受過樂府的影響。

由於漢代民歌的創造，在詩經舊有的形體上，發展了詩歌的新形式，形成了五言，七言也在醞釀之中。漢代以後，在中國古典詩歌的歷史上，一直是以五七言爲主。古詩十九首的出現，奠定了五言詩的穩固基礎。我們還要注意的，是漢代詩歌的藝術技巧和表現方法。漢代詩歌大部分是來自民間，即爲文人所作，也接受民歌的影響，因此形成一種特殊風格。最重要的是語言的樸素和自然，詩人們在運用人民語言的基礎上，洗鍊提高，使詩歌的語言更加豐富，敘事抒情非常真實，深刻生動。尤其是那些樂府歌辭，喜歡用鋪張的描寫，問答體的形式，白描的手法，使主題更加明確，而詩中又蘊藏着深厚的思想感情和現實意義。這樣的技巧與風格，對於後代的詩人，都發生很大的影響。

第八章　魏晉時代的文學思潮

一　魏晉文學的社會環境

中國文學發展到了魏晉，它的精神與作家的創作態度，都發生了變化。這期的文學，形成一種自覺的運動，重視文學價值和社會地位，探討文學理論問題。在這轉變的過程中，文學逐漸擺脫經學的束縛，得到比較自由的發展。

一、政治環境的混亂與恐怖　東漢末葉，政治上發生了激烈的動搖。由於封建統治階級的腐朽專橫，外戚宦官的爭權奪利，兼併土地，壓榨人民，水利不修，水旱連年，使得廣大人民，陷入飢餓流亡的絕境，終於爆發了以黃巾爲首的農民大起義。接着是董卓、曹操的舉兵，三國的混亂局面，因以形成。農民起義雖然失敗，但在那二十多年間，攻打豪強貴族，捕殺貪官污吏，向封建統治階級展開了持久頑強的鬥爭，在歷史上起了重要的推進作用。三國以後，接下去便是曹丕、司馬兩家的繼續篡奪，賈后之亂，八王之亂，再加以北方外族的侵入，結果是懷帝、愍帝相繼被虜，於是西晉便亡了。到了東晉，雖偏安一時，中經王敦、蘇峻、桓玄之亂，造成了劉裕稱帝的機會，東晉也就在這時告了結束。在這兩百年中階級矛盾與種族矛盾，非常尖銳。內禍外患，接踵而來，戰亂飢荒，連續不斷。人口銳減與人民流亡遷徙的情形，在古史上還可供給我們不少的材料。在政治派系對立與篡奪繼續的專制政治環境下，文人是動輒得咎，命如雞犬。東漢末年黨禍的大屠殺，造成了極其恐怖的局面。再如孔融、禰衡、楊修、丁儀、丁廙、何宴、嵇康、張華、石崇、陸機、陸雲、潘岳、劉琨、郭璞等人的遇害，都是很悲慘的。難怪郭泰、袁閎、申屠蟠之流，住的住土穴，躲的躲樹洞，都做了高士傳中的高士。難怪魏、晉文人，故意裝聾賣啞、寄情藥酒，或文尚曲隱，或詩雜仙心，或揮麈以談玄理，或隱田園而樂山水。這種環境對於文學的轉變是很有影響的。

二、儒學的衰微與玄學的興盛　儒學在漢代雖盛極一時，到了魏晉，便呈現着極度衰微無力的狀態。其原因：一面是因其本身的墮落，無法維持人們的信仰；其次是受了時代動亂的影響，已失去封建統治力量的支持，它既不是利祿之門，也不是養生之道，因此無法維繫人心。曹操一當權，便採取法治政策，尚刑名。他所需要的人才，是有治國用兵之術的權謀之士，看不起那些講德行學問、重禮義名節的儒生，接二連三地下着求賢令、求逸才令，舉士令，都是這種思想的表現。「夫有行之士，未必能進取；進取之士，未必能有行也」（舉士令）；又曹丕又與吳質書云：「觀古今文人，類不護細行，鮮能以名節自立」，進取之士未必有行、文人不護細行，這都不合於儒家的思想。傅玄在舉清遠疏中說：「近者魏武好法術，而天下貴刑名；魏文慕通達，而天下賤守節。

其後綱維不攝，而虛無放誕之論，盈於朝野。」又魚豢在儒宗傳序中說：「從初平之元至建安之末，天下分崩，人懷苟且，綱紀既衰，儒道尤甚。……正始中，有詔議圜丘，普延學士，是時郎官及司徒領吏二萬餘人，雖復分布，見在京師者尙且萬人，而應書與議者，略無幾人。又是時朝堂公卿以下四百餘人，其能操筆者，未有十人，多皆相從飽食而退。嗟乎！學業沉隕，乃至於此。」（全三國文）在這些言論裏，正反映出當代思想界變化的實況。由於儒學的衰頹，儒家的原道、宗經的文學觀點，就失去了對於文學的指導作用。曹操的文風，尙清峻、通脫，曹丕、曹植的詩文，漸趨華麗，陸機探討創作規律及修辭技巧，以及葛洪論文不以德行爲主，反對貴古賤今等等，都與儒家的文學觀念不同。正因如此，文學才能擺脫儒學的束縛，進入自覺的道路。

儒學衰微下去，繼之而起的是老、莊思想。當時那些特權階層的知識分子，面對着篡奪頻仍、相互屠殺的政治環境，都想在老、莊的思想中尋求靈魂的寄託，尋求安身立命的理論。老、莊的虛無思想，也表現出對政治壓迫、禮教束縛的反抗精神。他們看不慣也受不住那些人爲的煩瑣法度，和那種虛僞的忠孝仁義的儒家道德。他們夢想着回到原始的無爭無慾的自然狀態去，追求逍遙清靜的生活。他們雖也反抗現實，批評現實，但在行動上却是消極地逃避現實，並不向黑暗現實作鬥爭。所以他們的學說，對於政治社會的改革，民生的救濟，實際沒有用處。然而這種思想，却成爲晉代一般文人精神上的靈藥，在理論上加以解釋和發展，成爲當代的玄學。當時的名士，無不是在無爲、無名、逍遙、齊物幾種名理上用功夫。一方面是把經書玄學化，另一方面是把老、莊書加以解釋和闡揚。何晏的論語集解，王弼的論語釋疑，郭象的論語體略，王弼、韓康伯的注易，鍾會的周易盡神論，阮籍的通易論，或是詮釋，或是發揮，都是一種經書玄學化的工作。至如老、莊書的注釋和研究，那是晉代讀書人的必修科目。據世說新語說，向秀、郭象們注莊子的時候，當時注莊子的已經有了幾十家，到後來，那數目自然是更多了。到了東晉，支道林開始用佛學來解釋老莊，一時傳誦。我們試看當日史傳中稱揚某人的學問，總是以「精老莊，通周易」爲標準。因此老莊之學，一時披靡天下。當日名士，無不以談玄成名，乃至父兄之勸戒，師友之講求，都以推究老莊爲重要事業。玄學的盛行，必然要影響到文學。在那一時期的詩文辭賦裏，很多是表現玄風，或是辨析名理。如曹植的玄暢賦、釋愁文、髑髏說，已開其端，嵇康的秋胡行、酒會詩答二郭、與阮德如、述志詩諸篇，傾向更爲顯明。再如張華、陸機、孫楚的詩篇，也時時露出道家的言語來。此後風氣日盛，到了孫綽、許詢，再加以佛理，詩就更枯淡無味了。詩品說：「永嘉時，貴黃老，稍尙虛談，於時篇什，理過其辭，淡乎寡味。爰及江表，微波尙傳。孫綽、許詢、桓、庾諸公詩，皆平典似道德論，建安風力盡矣。」文心雕龍時序篇說：「自中朝貴玄，江左稱盛。因談餘氣，流成文體，是以世極迍邅，而辭意夷泰。詩必柱下之旨歸，賦乃漆園之義疏。」檀道鸞續晉陽秋也說：「正始中，王弼、何晏好莊、老玄勝之談，而俗遂貴焉。至過江佛理尤盛。故郭璞五言，始會合道家之言而韻之；詢及太原孫綽轉相祖尚，又加以三世之辭，而詩騷之體盡矣。」（世說新語文學篇注引）這些批評都相當確切。

在這種環境下，當代的名士文人，大都反對儒家的傳統道德和禮教，追求任達曠放的生活。不是服藥，就是飲酒，以此來麻醉自己的神經，在消極方面，表示向封建統治者的反抗，和毀棄禮法的叛逆精神。

寒食散之方雖出漢代，而用之者靡有傳焉。魏尚書何晏首獲神效，由是大行於世，服者相尋也。（世說新語注引寒食散論）

籍嫂嘗歸寧，籍相見與別。或譏之，籍曰：「禮豈為我輩設耶？」鄰家少婦有美色，當壚沽酒。籍嘗詣飲，醉便臥其側。籍既不自嫌，其夫察之，亦不疑也。兵家女有才色，未嫁而死，籍不識其父兄，徑往哭之，盡哀而還。其外坦蕩而內淳至，皆此類也。（晉書本傳）

劉伶恆縱酒放達，或脫衣裸形在屋中，人見譏之。伶曰：「我以天地為棟宇，屋室為褌衣，諸君何為入我褌中？」（世說新語任誕篇）

諸阮皆飲酒，咸至，宗人間共集，不復用杯觴斟酌，以大盆盛酒，圍坐相向，大酌更飲。時有羣豕，來飲其酒，咸直接去其上，便共飲之。（晉書阮咸傳）

何晏、王弼、阮籍、嵇康諸人，有自己的學問、見識，有自己的品質、精神，他們在各方面還有自己的成就，但那些徒有其表、華而不實的名士文人，必然流於放蕩狂妄，醜態百出，造成不良的社會風氣。

初至，屬（胡母）輔之與謝鯤、阮放、畢卓、羊曼、桓彝、阮孚，散髮裸袒，閉室酣飲，已累日。逸將排戶入，守者不聽，逸便於戶外脫衣，露頂於狗竇中，窺之而大叫。輔之驚曰：「他人決不能耳，必我孟祖也。」遽呼入，遂與飲，不捨晝夜，時人謂之八達。（晉書光逸傳）

在這裏正表現出所謂「八達」的真實面貌。所以干寶在晉紀總論裏說：「學者以莊老爲宗而黜六經，談者以虛薄爲辨而賤名檢，行身者以放濁爲通而狹節信，進士者以苟得爲貴而鄙居正，當官者以望空爲高而笑勤恪。」葛洪也說：「蓬髮亂鬢，橫挾不帶，或褻衣以接人，或裸袒而箕踞。朋友之集，類味之遊，莫切切進德，誾誾修業，攻過弼違，講道精義。其相見也，不復敘離闊，問安否，賓則入門而呼奴，主則望客而放狗。其或不爾，不成親至，而棄之不與爲黨。及好會則狐蹲牛飲，爭食競割，掣撥淼摺，無復廉恥，以同此者爲泰，以不爾者爲劣。終日無及義之言，徹夜無箴規之益。」（抱朴子疾謬篇）這真是一幅晉代文人日常生活的漫畫。文學是生活和思想的反映，在這樣的生活思想基礎上，文學必然離開現實，故當日作品，很少能反映出人民的生活和思想感情。

三、道教佛學的傳佈

道家道教這兩個名詞常有混淆，但意義很有區別。道家代表老莊一派的哲學，道教雖也奉黃老，却是一種宗教。道教的形成，始於漢末。一面因爲結合當日陰陽迷信的思想，同時又襲取初期輸入的佛教形式。所以在漢明帝時代，黃、老、浮屠還是一種混淆狀態。明帝永平八年答楚王英的詔中說：「楚王誦黃、老之微言，尙浮屠之仁祠，潔齋三月，與神爲誓。」（後漢書楚王英傳）到了桓帝，在皇宮中正式設立了黃老、浮屠之祠。後漢書桓帝本紀論說：「飾芳林而考濯龍之宮，設華蓋以祠浮屠老子。」適應着這種環境，於是譯經的事業興盛起來了。初期翻譯經典的如支讖、安清之流，都是桓、靈時代的人。道教也因着社會動搖、人民困苦的環境，在鄉村間宣傳推動，張陵的五斗米道，張角的太平道，應運而生，形成道教的民間組織。

佛學初來中國，多係口傳，國人尙難解其眞義，於是與當日流行的道教，彼此混雜，互相推演。當時信教者都未能將佛道二教分辨清楚。因爲當日那些託名黃、老的方術道士，除講服食導養丹鼎符籙之外，也講神鬼報應祠祀之方，而佛徒最重要的信條爲神靈不滅、輪迴報應之說，又奉行齋戒祭祀，故雙方容易調和，而成爲一種佛道不分的綜合形式。等到漢代末年，有安清、支讖、竺朔佛、康孟祥、竺大力諸人的譯經，有牟子討論佛義的理惑論，於是佛教本身的意義漸漸顯明。同時，道教在民間很快地發展起來，基礎也日趨穩固，成爲民間信仰的宗教，對於當代的知識分子，也發生了影響。如葛洪我們不必說，就是嵇康、王羲之之流，也是感染着道教的。其勢力的傳播，可知不僅限於民間。在這種變化時期，佛學也與玄學相輔而行，大爲清談之士所愛好，佛學的發展，又進展到一個新階段。

魏、晉是政治混亂、階級矛盾尖銳，而人民生活非常痛苦的時代，也正是適合於宗教傳佈、發展的時代。遁世超俗之風日盛，出家爲僧道的人也就日多了。那一時期的佛經翻譯，造成極盛的狀況。如支謙、竺法護、僧伽跋澄、曇摩難提、竺佛念、鳩摩羅什、曇無讖諸人，都有很好的成績。再如道安、支道林、慧遠之流，也都是當日有名的高僧。他們不僅宣揚佛理，並且精通中國的哲學，所以爲時流所敬重。佛徒在漢末三國時代，在讀書界並沒有地位，西晉時，漸露頭角，阮瞻、庾凱與沙門孝龍爲友，桓穎與竺法深結交，開了名士僧人結交的風氣。到了東晉，此風日盛，僧人加入清談，士子研究佛理，當日成爲美談。這種情況，不僅助長當日的玄風，在文學精神上也起了一些作用。追慕隱逸，嚮往山水，神鬼變異之談，因果輪迴之說，對於詩文、小說，發生了不同程度的影響。

魏晉文學的精神，固然有反映現實、批判現實的積極意義（尤其是建安），但一般說來，特別是在晉代，文學呈現出比較濃厚的玄虛傾向，不少作品還表現着神祕虛無的色彩和高蹈消極的情緒。作家們大都浮在上層，不能深入觀察社會民生，而又受到政治環境和玄學清談的種種複雜的感染，執筆爲文，大都不敢正視現實，常是採用隱蔽的象徵手法，表露出他們的精神苦悶和追求解脫的心情，曲曲折折地表達對封建政治、傳統禮法的不滿。有不少作家，把老、莊的無爲遁世，道教的神仙，佛教的厭世，各種思想一起揉雜起來，再借着古代許多神話、傳說爲材料，描出各種各樣的玄虛世界。於是崑崙、蓬萊成了他們歌詠的仙境，人面獸身的西王母，變成了觀世音，王喬、羨門、赤松子、河上公這些仙人逸士，都成爲他們的人生理想。山海經、穆天子傳變成了經典，招隱、遊仙、飲酒、升天、採藥、神女等等，成爲當代文學中流行的題材。這種精神在晉代文學中，頗爲顯著，這是我們應當注意的。

二　文學理論的建設

魏晉時代是文學的自覺時代。這一時代文學思想的特徵，是擺脫儒學的束縛，探討文學的特點和規律，明確文學觀念，提高文學的價值和社會地位。關於文學理論的建設和文學批評的開展，都取得了成就。在這方面首先要注意到的是曹丕。

典論論文　典論論文是我國最早討論文學的專篇，在這篇論文裏，曹丕發表了許多可貴的見解。他首先指出：由於文人相輕，故品評文學，難得持平之論。相輕的原因是：「夫人善於自見，而文非一體，鮮能備善；是以各以所長，相輕所短。」要「免於斯累」，必須具有「審己以度人」

的態度，必須克服「貴遠賤近，向聲背實，闇於自見，謂己爲賢」的不良習氣。

其次，他本着文非一體，各有所長的原則，品評了建安七子的優劣得失，提出了文氣之說。孟子說過「知言養氣」，但還沒有把氣和文學緊密地聯繫起來。以氣論文，始自曹丕。「文以氣爲主，氣之清濁有體，不可力強而致。……至於引氣不齊，巧拙有素，雖在父兄，不能以移子弟。」又說：「徐幹時有齊氣」；「應瑒和而不壯，劉楨壯而不密，孔融體氣高妙。」他所說的氣，是才性和氣質兼而有之，已初步接觸到文學的風格和文學與天才的關係問題。所論雖還簡略，但對後來的文論，有很大的啓發和影響。

其三，他提出了文學的本同末異之說，根據文學的體裁和性質的特點，說明了不同的要求。「奏議宜雅，書論宜理，銘誄尚實，詩賦欲麗」，他分文學作品爲四科，與經、史、子的學術性著作分開了。奏議書論是散文，銘誄詩賦是韻文，所謂宜雅、宜理、尚實、欲麗，關於文學的體性和特徵，說得相當概括。最後以「文章經國之大業，不朽之盛事」之意作結，把文學的價值提到了很高的地位。這與荀卿、王充諸人的觀點很有不同。另外，他對屈原、賈誼和司馬相如的評價，表現了很有眼力。

或問：「屈原、相如之賦孰優？」曰：「優游案延，屈原之尚也。窮侈極妙，相如之長也。然原據託譬喻，其意周旋綽有餘度矣。長卿、子雲意未能及也。」（北堂書鈔引）

余觀賈誼過秦論，發周、秦之得失，通古今之滯義……斯可謂作者矣。（太平御覽引）

對於屈原、相如的作品，就其內容和寫作精神，指出他們的優劣，對於賈誼的散文，內容與形式兼顧，予以較高的評價，這都是可取的。

文賦 自曹丕開了論文的風氣，繼續着這種工作的人就多起來了。曹植的與楊德祖書，應瑒的文質論，都是論文的文章。不過這些沒有什麼新穎的論點，略而不談，我們現在要注意的，是西晉陸機的文賦。

文賦是魏晉時代文學理論中的重要著作。它詳細地闡述了文學創作過程中的許多問題，論述了文章的利病得失，提出了文學的內容與形式的相互關係，文學的感興、想像和獨創，以及文學的體裁等等，涉及的範圍，甚爲廣泛，其中有許多精到的見解。文賦是魏、晉文學自覺時代的產物，在曹丕的典論、論文的基礎上，向前跨進了一大步，對於劉勰的文學理論，有很多的啓發和影響。

一、內容形式並重 關於文賦，首先值得我們注意的是文學的內容與形式的關係問題。漢儒的文學觀念，着重內容，所以強調義理。陸機覺得文章的內容雖是可貴，但其形式也不可忽略。他說：「理扶質以立幹，文垂條而結繁。」又說：「辭程才以效伎，意司契而爲匠。」又說：「其會意也尚巧，其遺言也貴姸。曁音聲之迭代，若五色之相宣。」他主張文學的理意固然重要，修辭也同樣重要，就是在聲律方面，也要給以音樂的美感。他在賦前說過：「恆患意不稱物，文不逮意。」物是客觀現實，意是作者頭腦中的思想，文是表達這種思想的語言。要注重形式，其目的是要「逮意」和「稱物」。他在這裏是把外物、內思和形式結合在一起的。但由於他片面強調感情和重視形式的綺靡，容易使人忽視文學的思想內容，而助長浮豔的文風，實際已起了這樣的壞影響。

二、感受和想像的重要 文學首先要重視內容和形式，但在創作中必須重視感興和想像。他說：「遵四時以歎逝，瞻萬物而思紛……游文章之林府，嘉麗藻之彬彬。慨投篇而援筆，聊宣之乎斯文。」四時嘆逝，是由於自然界不同的刺激，萬物思紛，是社會事物的感受，都能豐富生活，激發文思，再加以古典優秀作品的學習和啓發，對於創作就起了感興作用。到這時候援筆作文，便可達到如他所說的「思風發於胸臆，言泉流於唇齒，文徽徽以溢目，音泠泠而盈耳」的境地。若作者不觀覽萬物，就不能豐富生活；不鑽研古籍，就難於提高寫作技巧。一爲物的感受，一爲學的修養，這是文學創作的重要基礎。如果沒有這種基礎，而一定要無病呻吟，其結果必然是他所說的「六情底滯，志往神留，兀若枯木，豁若涸流」的狀態了。

感受以外，關於文學的想像，文賦中也作了很好的敘述。文學創作雖貴在取材於現實，但必得想像力的組織與創造，始能提高藝術的成就。「其始也，皆收視反聽，耽思旁訊。精騖八極，心游萬仞。其致也，情曈曨而彌鮮，物昭晰而互進。……觀古今於須臾，撫四海於一瞬。……罄澄心以凝思，眇眾慮而爲言。籠天地於形內，挫萬物於筆端」。在這裏，陸機描寫了想像在文學創作中的重要作用和力量。一個作家真能具有這種豐富的想像，作品必然更有感染人心的力量。正因作者在這方面有這樣的體驗，所以對於創作中的構思過程特別重視，也寫得較爲透闢。

三、**貴獨創、反模擬**　文學作品貴有獨創精神。抄襲模擬的東西，無論技巧怎樣高明，總是價值不高，不能爲人所重視。陸機對於這一點，說得非常清楚：「雖杼軸於予懷，怵他人之我先，苟傷廉而衍義，亦雖愛而必捐。」又說：「收百世之闕文，採千載之遺韻。謝朝華於已披，啓夕秀於未振。」所謂謝已披之華，啓未振之秀，就是要發古人之所未發，言前人之所未言，若一味模擬前人，就是傷廉衍義了。

另外，他還用了較多的篇幅，論述了寫作技巧和文章的利病，內容形式兼顧，頗多善言。論文體列舉詩、賦、碑、誄、銘、箴、頌、論、奏、說十體，辨明性質，說明特點，較之典論論文的四科，又有了發展。陸機的文賦，內容豐富，文辭工麗，價值在其詩歌之上。

自曹丕、陸機開了論文的風氣，當代專門論文的著述和文集編纂的書，也漸漸地多起來了。摯虞的文章流別志論、文章流別集，李充的翰林論等書都是重要的文獻，可惜都已失傳。現所見者多爲零篇短語，乃後人所輯錄。大抵摯虞所論，厚古薄今，強調儒道，尊四言而薄辭賦。李充則不分今古，對孔融、嵇康、曹植、陸機之作，頗多推崇。因他們留存的著作不多，不能詳論。自陸機以後，在晉代文學理論建設上具有成就的是葛洪。

葛洪　葛洪（二八三——三六三）字稚川，丹陽句容（今屬江蘇）人。少以儒學知名，後好神仙導養之術，崇信道教。除詩賦外，有抱朴子。自敍云：「其內篇言神仙方藥，鬼怪變化，養生延年，禳邪卻禍之事，屬道家。其外篇言人間得失，世事臧否，屬儒家。」他雖是一個道教徒，但同時又是一個淵博的學者。他雖以儒家自託，他的文學思想，實際和儒家的正統觀念不同。他有時很尊重王充、陸機，故其文學思想的某些方面，也感受王、陸的影響。

一、**德行文章並重**　儒家的傳統觀念，把德行看爲根本，文章看爲枝末。文章再做得好，也只是騁辭耀藻，無補救於得失。葛洪卻大膽地推翻了這種理論。他說：「且文章之與德行，猶十尺之與一丈，謂之餘事，未之前聞。……且夫本不必皆珍，末不必悉薄。譬若錦繡之因素地，珠玉之居蚌石，雲雨生於膚寸，江海始於咫尺爾。則文章雖爲德行之弟，未可呼爲餘事也。」（尚博篇）文章與德行，猶如十尺一丈，應當同時並重。天地萬物各有其德行實用，也各有其文彩光輝。若只重其一面，而忽視另一面，他認爲是錯誤的。並且他還進一步說：「德行爲有事，優劣易見；文章微妙，其體難識。夫易見者粗也，難識者精也。夫唯粗也，故銓衡有定焉；夫唯精也，故品藻難一焉。」（尚博篇）德行見於行爲，容易看出，文學出於創造，其術難精。他這種精粗的議論，已經接觸到生活與藝術的關係和特點問題，他不但推翻了歷來不敢動搖的德本文末的傳統觀念，而且也提高了文學的價值和地位，發展了曹丕、陸機的理論。

二、反對貴古賤今　儒家還有一個傳統觀念，認爲什麼東西都是今不如古，養成一種自卑的拜古心理。稱帝王必曰堯、舜，稱聖人必曰周、孔，稱文必講尙書，稱詩必道三百篇。他們的理由，是「古之著書者，才大思深，故其文隱而難曉；今人意淺力近，故露而易見。以此易見，比彼難曉，猶溝澮之方江河，蟻垤之並嵩岱矣。」（鈞世篇）葛洪覺得這種意見是大錯的。又說：「蓋往古之士，匪鬼匪神，其形器雖冶鑠於疇曩，然其精神布在乎方策。情見乎辭，指歸可得。」他首先要破壞那種盲目崇拜古人的心理。古人並不是鬼，也不是神，他也同我們一樣，是一個普通人。他們作品的精神，我們還可以見其情意。這種積極的解放精神是非常可貴的。至於說古文隱而難曉，今文露而易見，這不是古文優於今文的標準，反是今文優於古文的證據。並且古文的隱而難曉，只是時代、語言變遷的原因，與才大思深並無關係。今文淺顯美麗，正是文學進化的結果。故他說：「且古書之多隱，未必昔人故欲難曉。或世易語變，或方言不同，經荒歷亂，埋藏積久，簡編朽絕，亡失者多。或雜續殘缺，或脫去章句，是以難知，似若至深耳。」又說：「且夫古者事事醇素，今則莫不雕飾，時移世改，理自然也。」他用時代變遷說明文學的發展，用言語不同、章句殘缺種種合理的見解，來說明古今文章不同的原因，極富於科學精神，比起儒家那種盲目的拜古主義來，是要高明得多了。

他根據文學發展的原則，斷定今文不僅不劣於古文，今文反比古文進步。他說：「且夫尙書者政事之集也，然未若近代之優文詔策軍書奏議之清富贍麗也。毛詩者華彩之辭也，然不及上林、羽獵、二京、三都之汪濊博富也。……其於古人所作爲神，今世所著爲淺，貴遠賤近，有自來矣。故新劍以詐刻加價，弊方以僞題見寶也。是以古書雖質樸，而俗儒謂之墮於天也，今文雖金玉，而常人同之於瓦礫也。」（鈞世篇）他這種擺脫儒家傳統的精神是好的，但說詩經不如漢賦，說三百篇不如夏侯湛、潘岳的補亡詩，那就專着眼於文華，爲形式主義文風起了推波助瀾的作用。

三　魏晉小說

魏晉時代的玄風，特別是道、佛二教的迷信色彩，在這一時期的小說裏得到了反映，神鬼靈異之談，幾乎成爲小說的主要內容。我國小說起於古代的神話傳說，由於神話傳說的不發達，小說的形成和發展，也較爲遲緩。在山海經、穆天子傳裏，雖包含了一些神話傳說的故事，但只能看作是小說的素材，還不能算作是小說。山海經多記異物奇蹟，形式簡短，後來的神異經、十洲記與此略同。穆天子傳記周穆王登崑崙山會見西王母故事，較有系統，對後來的神仙道術之書，頗有淵源。在我國古代，「小說」這個名詞的概念，同我們今天所講的很不相同。莊子所說的「飾小說以干縣令，其於大達亦遠矣」（外物），其意是指瑣屑之言，並不是一種文學形式。桓譚所說：「若小說家合殘叢小語，近取譬喻，以作短書，治身理家，有可觀之辭。」（文選雜體詩三十首李善注引新論）我國古代小說，大都是這種樣子。到了班固的藝文志，雖特別看小說家不起，但在諸子略的末尾，附存其目。得小說十五家，共一千三百八十篇，這數目不能說少。班固說：「小說家者流，蓋出於稗官，街談巷語，道聽途說者之所造也。孔子曰：『雖小道必有可觀者焉，致遠恐泥』，是以君子弗為也，然亦弗滅也。閭里小知者之所及，亦使綴而不忘，如或一言可采，此亦芻蕘狂夫之議也。」他下的小說定義，和桓譚很相像。他後面加上去的那一點批評，也正是我國舊社會正統派文人對於小說一般的意見。

漢代小說的篇目雖有那麼多，可是到梁時只有青史子一卷，到隋時連這一卷也佚了。然據班固所注，則諸書大抵或託古人，或記古事。由太平御覽所引的鬻子，大戴禮記所引的青史子的零篇看來，或言戰爭，或言禮制，實在不成為小說。除此以外，現存的漢代小說，如託名東方朔的神異經、十洲記，託名班固的漢武帝故事、漢武帝內傳，託名郭憲的洞冥記，託名劉歆的西京雜記諸書，大都是魏、晉人所作。由此看來，論中國的小說，應當從魏、晉開始。

魏、晉的神怪小說，是方士思想和道佛迷信的反映。或出文人，或出教徒，大都把古代的神話傳說和民間故事，揉雜組合，予以靈性和美化。魯迅說：「中國本信巫，秦漢以來，神仙之說盛行，漢末又大暢巫風，而鬼道愈熾；會小乘佛教亦入中土，漸見流傳。凡此皆張皇鬼神，稱道靈異，故自晉訖隋，特多鬼神志怪之書。其書有出于文人者，有出于教徒者。文人之作，雖非如釋道二家，意在自神其教，然亦非有意爲小說，蓋當時以爲幽明雖殊途，而人鬼乃皆實有，故其敘述異事，與記載人間常事，自視固無誠妄之別矣。」（中國小說史略）在這裏正說明了當代神怪小說興盛起來的社會原因。

古書裏如山海經、穆天子傳中所記載的各種神靈，都只說其奇怪兇猛，但到了這一時期，經了文人方士的想像組織，都加以聰明的靈性和美麗的面貌了。如西王母在山海經裏是一個人面獸身的可怕的怪物：

西海之南，流沙之濱，赤水之後，黑水之前，有大山，名曰崑崙之丘。有神，人面虎身，有文有尾，皆白處之。其下有弱水之淵環之，其外有炎火之山，投物輒然。有人戴勝虎齒，有豹尾，穴處，名曰西王母。此山萬物盡有。（大荒西經）

玉山是西王母所居也。西王母其狀如人，豹尾虎齒而善嘯，蓬髮戴勝，是司天之厲及五殘。（西山經）

這種人獸合成虎齒豹尾穴居野處的怪物，是很可怕的；但到了漢武帝內傳、漢武故事，西王母變成人人喜愛的仙姑美女了。

到夜二更之後，忽見西南如白雲起，鬱然直來，徑趨宮庭，須臾轉近。聞雲中簫鼓之聲，人馬之響。半食頃，王母至也。縣投殿前，有似鳥集。或駕龍虎，或乘白麟，或乘白鶴，或乘仙車，羣仙數千，光曜庭宇。旣至，從官不復知所在，唯見王母乘紫雲之輦，駕九色斑龍。……王母唯扶二侍女上殿。侍女年可十六七，服青綾之袿，容眸流眄，神姿清發，眞美人也。王母上殿，東向坐，著黃金褡襴，文采鮮明，光儀淑穆，帶靈飛大綬，腰佩分景之劍，頭上太華髻，戴太眞晨嬰之冠，履玄璚鳳文之舄，視之可年三十許，修短得中，天姿掩藹，容顏絕世，眞靈人也。（漢武帝內傳）

漢武帝內傳描寫漢武帝從初生到崩葬時的故事，四庫提要說是魏晉人所作，宋晁載之續談助卷一引張柬之語云：「昔葛洪造漢武內傳、西京雜記，虞義造王子年拾遺錄，王儉造漢武故事，並操觚鑿空，恣情汙誕，而學者耽閱，以廣聞見，亦各有志，庸何傷乎。」（跋洞冥記）余嘉錫四庫提要辨證考證漢武內傳爲晉代葛洪所作，引證詳備。「日本人藤原佐世見在書目雜傳內，有漢武內傳二卷，注云：葛洪撰。佐世書著於中國唐昭宗時，是必唐以前目錄書有題葛洪撰者，乃得據以著錄，是則張柬之之言，不爲單文孤證矣。」（卷十八，子部九）這是一條很有力的證據。葛洪信道教，喜言神仙，文筆清麗，喜造僞書，他寫這類作品，極爲合適。我認爲西京雜記、漢武帝內傳和漢武故事，可能都出於葛洪之手。張柬之謂漢武故事，爲南朝王儉所作，未必可信。

漢武帝內傳已經脫離那種殘叢小語的形式，能用想像力把故事組織起來，成爲一個長篇。其中如敘王母下降一段，文字美麗，描寫也細緻活潑，開後代小說的先聲。但我們要注意的，除了文字描寫以外，便是從前那種人獸合一的王母，到了當代人的筆下，穿起了文化的衣冠，戴了珠寶的首飾，成了天姿掩藹、容顏絕世的仙女，在這裏正表現了當代文學的玄想精神。漢武帝故事的內容和這一篇大致相同，但文字稍遜。

描寫神仙以外，寫鬼的也很多。列異傳三卷，隋志云魏文帝撰，一作張華撰。其中都是敘鬼物怪異之事。文中有甘露年間事，在文帝後，或後人有所增益。現此書已亡，法苑珠林、太平御覽、太平廣記諸書中，俱有引錄。

南陽宗定伯，年少時，夜行逢鬼。問曰：「誰？」鬼曰：「鬼也。」鬼曰：「卿復誰？」定伯欺之，言：「我亦鬼也。」鬼問：「欲至何所？」答曰：「欲至宛市。」鬼言：「我亦欲至宛市。」共行數里，鬼言：「步行大亟，可共迭相擔也。」定伯曰：「大善。」鬼便先擔定伯數里。鬼言：「卿大重，將非鬼也？」定伯言：「我新死，故重耳。」定伯因復擔鬼，鬼略無重。如其再三。定伯復言：「我新死，不知鬼悉何所畏忌？」鬼曰：「唯不喜人唾。」於是共道遇水，定伯因命鬼先渡，聽之了無聲。定伯自渡，漕漼作聲。鬼復言：「何以作聲？」定伯曰：「新死不習渡水耳。勿怪。」行欲至宛市，定伯便擔鬼至頭上，急持之。鬼大呼，聲咋咋索下，不復聽之。徑至宛市中，著地化為一羊，便賣之。恐其便化，乃唾之，得錢千五百乃去。於時言：「定伯賣鬼，得錢千五百。」

此文見法苑珠林、太平御覽及太平廣記等書，但文字各有不同。上文根據魯迅輯的古小說鈎沉。內容雖爲寫鬼，而其特點乃是寫人與鬼的鬥爭，寫人不怕鬼，而終於勝利。這種精神在當日的鬼怪故事裏是很可貴的。

當代的小說，最値得我們注意的是干寶的搜神記。干寶字令升，新蔡（今屬河南）人。家貧好學，先爲史官，後官至散騎常侍。著晉紀二十卷，時稱良史。但好陰陽術數，言神仙五行，亦時雜佛說。著有搜神記，今存二十卷。自序中說：「今之所集，設有承於前載者，則非余之罪也。若使採訪近世之事，苟有虛錯，願與先賢前儒，分其譏謗，及其著述，亦足以發明神道之不誣也。」可見其作書之意。其中雖多神鬼怪異之談，但有一些民間傳說故事，甚爲優秀，故其價値在當代志怪書之上。如韓憑夫婦、干將莫邪、董永、天上玉女、吳王小女、李寄殺蛇等篇，揭露了封建統治者壓迫人民的殘暴罪行，歌頌了人民的純潔愛情和他們對壓迫者、對迷信思想的反抗精神，通過豐富巧妙的幻想，反映人民追求美好幸福生活的願望。這些故事，廣泛流傳民間。內容富於現實意義，卽在形式結構方面，已具小說規模，同那些殘叢小語的一般形體，大不相同了。

東越閩中，有庸嶺，高數十里。其西北隙中，有大蛇，長七八丈，大十餘圍，土俗常懼。東冶都尉及屬城長吏，多有死者。祭以牛羊，故不得福，或與人夢，或下諭巫祝，欲得啗童女年十二三者。都尉令長，並共患之，然氣厲不息。共請求人家生婢子，兼有罪家女養之。至八月朝祭，送蛇穴口，蛇出呑嚙之。累年如此，已用九女。爾時預復募索，未得其女。將樂縣李誕家有六女，無男。其小女名寄，應募欲行，父母不聽。寄曰：「父母無相，惟生六女，無有一男，雖有如無。女無緹縈濟父母之功，旣不能供養，徒費衣食，生無所益，不如早死。賣寄之身，可得少錢，以供父母，豈不善耶？」父母慈憐，終不聽去。寄自潛行，不可禁止。寄乃告請好劍及咋蛇犬，至八月朝，便詣廟中坐，懷劍將犬。先將數石米餈，用蜜麨灌之，以置穴口。蛇便出，頭大如囷，目如二尺鏡，聞餈香氣，先啗食之。寄便放犬，犬就嚙咋，寄從後斫得數創，瘡痛急，蛇因踊出，至庭而死。寄入視穴，得其九女髑髏，悉舉出，咤言曰：「汝曹怯弱，為蛇所食，甚可哀愍。」於是寄女緩步而歸。越王聞之，聘寄女為后，拜其父為將樂令，母及姊皆有賞賜。自是東冶無復妖邪之物，其歌謠至今存焉。（李寄殺蛇）

這是一篇很好的小說，也是一篇優美的散文。語言簡樸，敘事生動。結構完整，情節豐富，很能引人入勝。李寄的勇敢、機智、反迷信、爲人民除害的精神，寫得非常鮮明，在當代的志怪小說中，富有積極的社會意義。

搜神記以外，其他如神異經、十洲記、洞冥記，張華的博物志，陶潛的搜神後記，荀氏的靈鬼志，祖沖之的述異記等書，或爲僞託，或存或亡，或有增刪，其中內容，大都是談神說鬼，敘述奇異的山川草木而已。價値都在搜神記之下。唯葛洪的西京雜記，多述人事，文筆雋潔。其中寫王昭君、司馬相如這些歷史人物的故事，略具短篇小說的結構。

第九章 從曹植到陶淵明

詩歌是魏晉文學的主要形式。在漢代樂府民歌和羣眾性創作的基礎上，五言詩在這一時期，得到了鞏固和發展。曹植、阮籍、陶淵明等，都是這一時期五言體的大詩人。從建安、正始、太康、永嘉到晉末，詩歌表現了不同的內容和風格，表現了不同的時代精神。

一 曹植與建安詩人

建安雖是漢獻帝的年號，而這時期的政治大權，完全掌握在曹操的手裏，並且當時的文學領袖，都是曹家人物。建安七子，雖大都死於建安年間，除孔融以外，也都是曹家的幕客，因此把建安文學放在這一時期，是較爲合理的。

建安時代的政治雖是極其紊亂，但文學却很有成就。一方面由於時代環境的刺激，詩人們都經歷戰亂、飽受憂患，對實際的社會生活，有較深的感受和一定程度的反映。但同時那幾個政治領袖提倡文學的風氣，也起了一些促進作用。文心雕龍時序篇說：「魏武以相王之尊，雅愛詩章，文帝以副君之重，妙善辭賦，陳思以公子之豪，下筆琳琅。並體貌英逸，故俊才雲蒸。仲宣（王粲）委質於漢南，孔璋（陳琳）歸命於河北，偉長（徐幹）從宦於青土，公幹（劉楨）徇質於海隅，德璉（應瑒）綜其斐然之思，元瑜（阮瑀）展其翩翩之樂。文蔚、休伯之儔，于叔、德祖之侶，傲雅觴豆之前，雍容衽席之上。灑筆以成酣歌，和墨以藉談笑。」詩品也說：「降及建安，曹公父子篤好斯文，平原兄弟（曹植封平原侯）蔚爲文棟。劉楨、王粲爲其羽翼。次有攀龍托鳳，自致於屬車者，蓋將百計。彬彬之盛，大備於時矣。」在這裏說明了建安文壇的盛況。曹氏父子對於詩歌都能創作批評，再加以提倡獎勵，「彬彬之盛，大備於時」，是頗有影響的。

建安詩歌的特色，是運用新起的五言形式，從民歌中吸取營養，反映現實，抒寫懷抱，情文並茂，慷慨悲涼。劉勰說：「觀其時文，雅好慷慨，良由世積亂離，風衰俗怨，並志深而筆長，故梗概而多氣也。」（文心雕龍時序篇）這不僅說明了建安詩的社會根源，也說明了建安詩的特有風格。前人以「建安風力」、「建安風骨」，或「以情緯文，以文被質」這些語言來贊揚建安詩歌，我們只有從這方面來考察，才能理解建安文學的特質。

曹操　曹操（一五五——二二〇）字孟德，沛國譙（今安徽亳縣）人。少機警，有權謀。曹丕即位後，追封爲魏武帝。他雖出生於宦官地主家庭，但他後來却是走的反對宦官的政治道路。他由討董卓、擊敗黃巾起義軍，建立了自己的政治軍事力量。建安元年，奉獻帝遷都許昌，受封丞相，挾天子以令諸侯，先後消滅了呂布、袁術、袁紹、劉表等封建割據，成爲北方的實際統治者。他是封建社會一位傑出的政治家，他興屯田，修水利，發展生產，壓制豪強、選用人才，平定烏桓，一面使人民得到了休養生息的機會，同時也奠定了後來中國統一的基礎。但他屠殺農民起義軍，卻是無法掩飾的污點。

曹操在文學事業上，具有卓越成就和重要地位。他的詩歌流傳下來的不多，全部是樂府歌辭。其特點是：他不是從形式上模擬樂府，而是學習民歌、反映現實的創作精神，用舊曲作新辭，既具有民歌的特色，而又富有自己的創造性。如薤露、蒿里行、苦寒行、卻東西門行諸篇，都是反映當日的離亂社會和人民苦難生活的優秀作品。

關東有義士，興兵討羣凶。初期會盟津，乃心在咸陽。軍合力不齊，躊躇而雁行。勢利使人爭，嗣還自相戕。淮南弟稱號，刻璽於北方。鎧甲生蟣蝨，萬姓以死亡。白骨露於野，千里無鷄鳴。生民百遺一，念之斷人腸。（蒿里行）

北上太行山，艱哉何巍巍。羊腸坂詰屈，車輪為之摧。樹木何蕭瑟，北風聲正悲。熊羆對我蹲，虎豹夾路啼。谿谷少人民，雪落何霏霏。延頸長歎息，遠行多所懷。我心何怫鬱，思欲一東歸。水深橋梁絕，中路正徘徊。迷惑失故路，薄暮無宿棲。行行日已遠，人馬同時飢。擔囊行取薪，斧冰持作糜。悲彼東山詩，悠悠使我哀。（苦寒行）

蒿里行敘述討伐董卓的將領，爭權奪利、不能合作，造成離亂和人民死亡的真實情況。苦寒行是征討袁紹之甥高幹時所作，詩中非常生動形象地描寫了行軍的艱苦和冰天雪地中的自然景象。在這些樂府古題裏，寄寓了新的時事內容，發展了樂府歌辭的生命。語言渾厚，具有峻拔沈鬱的風格。薤露寫董卓亂政，却東西門行寫征夫懷鄉。「戎馬不解鞍，鎧甲不離傍。冉冉老將至，何時返故鄉。」言淺意深，極爲沉痛。這類作品是作者在當日尖銳的階級鬥爭、激烈的統治集團內部鬥爭的感受和體驗上產生出來的，詩歌中反映出作者的政治懷抱和關懷人民的感情。

五言詩以外，曹操又長於四言。短歌行、步出夏門行俱爲名篇，而短歌行尤爲傑出。

對酒當歌，人生幾何？譬如朝露，去日苦多。慨當以慷，憂思難忘。何以解憂，惟有杜康。青青子衿，悠悠我心。但為君故，沉吟至今。呦呦鹿鳴，食野之苹。我有嘉賓，鼓瑟吹笙。明明如月，何時可掇？憂從中來，不可斷絕。越陌度阡，枉用相存。契闊談讌，心念舊恩。月明星稀，烏鵲南飛。繞樹三匝，何枝可依？山不厭高，海不厭深。周公吐哺，天下歸心。

詩中雖也參雜着憂思難忘、人生朝露的消極情緒，然而總的精神，表現出那種「不慼年往、憂世不治」的政治雄心。氣魄雄偉，音調昂揚，其中引用的詩經成語，也渾然天成，不見痕跡，最後四句，格調尤爲高遠。「老驥伏櫪，志在千里。烈士暮年，壯心不已」（步出夏門行），積極樂觀的感情，躍然紙上。三百篇以後，曹操的四言詩，最爲傑出。但另一方面，在曹操其他作品，如氣出唱，精列、陌上桑、秋胡行諸篇裏，表現了較爲濃厚的悲歎人生無常、追慕神仙的消極情緒，反映出詩人的思想矛盾，這種傾向，對晉代詩歌頗有影響。

曹丕　曹丕（一八七——二二六）字子桓，曹操次子。憑藉他父親造成的政治權勢，代漢自立，是謂魏文帝。他追慕漢文帝的無爲政治，力求節儉，想恢復當日的生產，安定社會秩序。他接着下息兵詔、輕刑詔、薄稅詔、禁復仇詔等等重要命令，都是比較開明的措施。他是一位文武全才。生長於戎馬之間，精騎善射；又學識淵博，通經史諸子之學。性好文學，著述豐富，惜多已散失。典論論文，是文學批評史上的重要文獻，上章已作了介紹。曹丕的樂府詩，語言通俗，形式多樣，具有民歌精神的顯著傾向。同時他在詩歌形式上也很有貢獻。燕歌行兩首，都是完整的七言體。

秋風蕭瑟天氣涼，草木搖落露為霜。羣燕辭歸雁南翔，念君客遊多思腸。慊慊思歸戀故鄉，君何淹留寄他方！賤妾煢煢守空房，憂來思君不敢忘，不覺淚下霑衣裳。援琴鳴絃發清商，短歌微吟不能長。明月皎皎照我床，星漢西流夜未央。牽牛織女遙相望，爾獨何辜限河梁。

詩中描繪閨中懷人的感情，委婉細緻，回環反復，語言清美，音調和諧，是一首優秀的抒情作品。兩漢樂府或古詩，尚無完整的七言體。柏梁聯句，真僞莫明，張衡四愁，尚非全體。到了曹丕的燕歌行，七言詩體才正式成立。從形式上來說，這是我國詩史上一件值得重視的事。七言體自曹丕完成以後，同時代的詩人，很少有這種作品。曹植的離友詩二首雖是七字一句，然也是楚辭體，同燕歌行的體裁不同。便是兩晉，作這種詩的人也很少見，一直到了南北朝，才漸漸發展起來。由此可知一種新體裁由醞釀形成而至於鞏固，需要一個長時期的準備，並不是一件很容易的事。

曹丕的五言詩也很有成就。文辭清綺，而情韻佳勝。其風格與古詩十九首略近。雜詩二首、清河作、於清河見挽船士新婚與妻別諸篇，俱較優秀。

漫漫秋夜長，烈烈北風涼。展轉不能寐，披衣起彷徨。彷徨忽已久，白露沾我裳。俯視清水波，仰看明月光。天漢回西流，三五正縱橫。草蟲鳴何悲，孤雁獨南翔。鬱鬱多悲思，綿綿思故鄉。願飛安得翼，欲濟河無梁。向風長歎息，斷絕我中腸。（雜詩）

格調與燕歌行相近，語淺意深，抒寫真切。西北有浮雲，言辭委婉，也很感人。於清河見挽船士新婚與妻別一篇，足見作者關懷民情，於現實生活中汲取詩料。此詩藝文類聚作徐幹作，今從玉台新詠。曹丕也喜作四言詩，氣象不及曹操。善哉行、上山采薇及黎陽作前二者，頗見才情。樂府詩上留田行，有「富人食稻與粱，貧子食糟與糠」之句；折楊柳行有「王喬假虛辭，赤松垂空言。達人識真僞，愚夫好妄傳」之辭。一述貧富之不均，一言神仙之虛妄，都很可貴。文心雕龍才略篇說：「魏文之才，洋洋清綺。舊談抑之，謂去植千里。然子建思捷而才儁，詩麗而表逸；子桓慮詳而力緩，故不競於先鳴。而樂府清越，典論辯要，迭用短長，亦無懵焉。」劉勰對於曹丕的評價，是比較公平的。如專以詩歌而論，則丕不如植。

曹植　曹植（一九二——二三二）字子建，曹丕之弟。曾封為陳王，死後謚曰思，故世稱陳思王。他自幼聰明，勤勉好學，養育在那個文學空氣濃厚的家庭裏，十歲左右，便誦讀了詩論、辭賦數十萬言，十九歲那年，作了銅雀台賦，使他的父親大為驚歎。曹操不但賞識他的才華，並且認為他「可定大事」，想立他為太子。「而植任性而行，不自雕勵，飲酒不節。文帝御之以術，矯情自飾，宮人左右並為之說，故遂定為嗣。」（三國志陳思王傳）正因如此，就造成了曹丕對他的猜忌，和兄弟間的尖銳矛盾，形成他的生活悲劇，這對於他的創作，起了很大的影響。

曹植是一個有政治抱負的人。「名編壯士籍，不得中顧私。捐軀赴國難，視死忽如歸」（白馬篇），表面是寫幽并的遊俠，實際是寫他自己。他時時想建功立業，渴望統一，「西尙有違命之蜀，東有不臣之吳」（求自試表），他不願做「圈牢之養物」，而要「立功於聖世」。他看到「數年以來，水旱不時，民困衣食；師徒之發，歲歲增調」（陳審舉表），感到「輟食而揮餐，臨觴而搤腕」（同上）。所以他反對勞師動眾，輕車遠攻，他「以為當今之務，在於省傜役，薄賦斂，勸農桑，三者既備，然後令伊管之臣得施其術，孫吳之將得奮其力」（諫伐遼東表），他在這些地方，表達了比較進步的政治見解。但他遭受着惡劣的境遇，無法施展他的才能。曹丕稱帝以後，他受到嚴重的壓迫，度着困苦飄零的生活。明帝卽位，待遇略佳，上表求試，仍無結果，終於鬱鬱而死。

曹植的詩，無論古詩和樂府，都很有成就。他「生於亂，長於軍」，「南極赤岸，東臨滄海，西望玉門，北出玄塞」（求自試表），可見他的經歷是相當豐富的。曹丕篡位以前，他的生活比較自由，正和鄴下文人們度着飲宴、唱和的生活。這時期作品中的情感比較平和。如公讌、侍太子坐、鬥鷄，以及贈送丁儀、丁翼、王粲、徐幹諸詩，大都是應酬贈答之作，風華有餘，而血肉不足。唯送應氏、泰山梁甫行，是這一時期的代表作品，而送應氏第一首，尤爲優秀。

步登北邙阪，遙望洛陽山。洛陽何寂寞！宮室盡燒焚。垣牆皆頓擗，荊棘上參天。不見舊者老，但覩新少年。側足無行徑，荒疇不復田。遊子久不歸，不識陌與阡。中野何蕭條！千里無人煙。念我平常居，氣結不能言。

此詩爲曹植隨其父西征馬超，路過洛陽，送別應瑒、應璩兄弟而作。全詩着墨不多，真實地反映出大亂時代洛陽殘破的社會面貌。由城市寫到農村，滿目蕭瑟，沉痛悲涼，特具風力。泰山梁甫行描寫海邊人民的窮苦生活，極爲真實。有人以此詩爲曹植後期描寫自己貧窮的作品，不一定可信。求自試表中，說到他早期曾同曹操「東臨滄海」，此詩想是借樂府古題，來描寫當時的感受，風格與前期的送應氏詩相近。

曹丕稱帝以後，他感受着嚴重的壓迫，幾位好朋友也都遇害了。並且時常遷徙，生活窮困，骨肉之情，流浪之苦，使他真實地體驗到被迫害的哀傷和人生的悲痛。在他這一時期的詩篇裏，暴露出統治階級內部的矛盾與黑暗，表現出對於壓迫者的憤恨和要求解放的強烈精神。如吁嗟篇、浮萍篇、美女篇、怨歌行、門有萬里客、種葛篇、七哀、雜詩諸章，或明寫，或暗示，都是表現自己飄零的身世，而寄寓着沉痛的感情。再如贈白馬王彪，更是悲憤交集。其中有詛咒，有諷刺，有悲傷，也有勸慰。在曹植的集子裏，這是具有代表性的作品。他後期的詩歌，無論情感和語言，決不是侍太子坐、公宴那一類的詩所可比擬的了。生活愈是壓迫，心境愈是追求自由與解脫。這種追求自由與解脫的心境，是曹植作品的基幹。他在野田黃雀行一詩裏，假想着黃雀自由飛舞的快樂心境，來安慰自己的苦悶。「拔劍捎羅網，黃雀得飛飛。……飛飛摩蒼天，來下謝少年。」這種海闊天空的自由世界、自由心境，是曹植日夜追求而得不到的。由於這種苦悶，自然容易偏向到老莊思想的路上去，也就容易入於游仙的境界了。他的理智中雖是師承儒道，想做一番愛國利民的事業；雖是反對方士，認爲神仙不可信，但在他的潛意識裏，却充滿了反儒慕道的思想與游仙的追戀。「滔蕩固大節，世俗多所拘。君子通大道，無願爲世儒。」（贈丁翼）這已開啓了晉代放誕之風。再看他的苦思行、升天行、仙人篇、遠遊篇、五遊詠、平陵東、桂之樹行、飛龍篇等作，都具有虛無玄想的傾向。其中雖也有學習屈原精神的地方，究竟缺少他那種鬥爭的力量。在他的辭賦雜文中，歌誦黃、老之言的也很多。所以曹植的思想確實是多方面的。儒、道、神仙，都包羅在他的頭腦裏。然而也就因爲這種矛盾衝突、錯綜複雜的意識，促成了詩人作品中不同的色彩。

五言詩在建安時代雖已成熟，但到曹植的筆下才擴大其範圍，達到無所不寫的程度。無論抒情、說理、寫景、贈答各種題材，他的集子裏都有。在五言詩的發展史上，曹植的開拓工作，我們是不能忽視的。

吁嗟此轉蓬，居世何獨然。長去本根逝，夙夜無休閒。東西經七陌，南北越九阡。卒遇回風起，吹我入雲間。自謂終天路，忽然下沉泉。驚飈接我出，故歸彼中田。當南而更北，謂東而反西。宕宕當何依，忽亡而復存。飄颻周八澤，連翩歷五山。流轉無恆處，誰知吾苦艱！願為中林草，秋隨野火燔。糜滅豈不痛？願與根荄連。（吁嗟篇）

明月照高樓，流光正徘徊。上有愁思婦，悲歎有餘哀。借問歎者誰，言是蕩子妻。君行踰十年，孤妾常獨棲。君若清路塵，妾若濁水泥。浮沉各異勢，會合何時諧？願為西南風，長逝入君懷。君懷良不開，賤妾當何依？（七哀）

玄黃猶能進，我思鬱以紆。鬱紆將何念？親愛在離居。本圖相與偕，中更不克俱。鴟梟鳴衡軛，豺狼當路衢。蒼蠅間白黑，讒巧令親疎。欲還絕無蹊，攬轡止踟躕。（贈白馬王彪之三）

踟躕亦何留，相思無終極。秋風發微涼，寒蟬鳴我側。原野何蕭條，白日忽西匿。歸鳥赴喬林，翩翩厲羽翼。孤獸走索羣，銜草不遑食。感物傷我懷，撫心長太息。（贈白馬王彪之四）

這些優秀篇章，最能表現曹植的苦痛心情和詩歌風格。再如鰕䱇篇、名都篇、美女篇、白馬篇等作，在一定程度上反映出社會的面貌，寄託着作者不遇的感情。他的藝術特色，從樂府民歌中得來，但在語言上，又加以藻飾，而趨於整練與華麗。王世貞云：「漢樂府之變，自子建始。」（藝苑卮言）這是正確的。

曹植的詩歌，在建安詩壇取得了較高的成就，在漢樂府、古詩的基礎上，對五言詩的發展，作出了重要的貢獻。詩品評其詩：「骨氣奇高，詞采華茂」，他確實具有這兩方面的特點。可是到了晉代的詩人，大都是走的「詞采華茂」的一路。曹操父子以外，還有明帝曹叡（曹丕之子）也能詩，故有「三祖陳王」之稱。沈約謝靈運傳論云：「至於建安，曹氏基命，三祖陳王，咸蓄盛藻，甫乃以情緯文，以文被質。」這些批評是相當中肯的。

王粲及其他詩人　王粲（一七七——二一七）字仲宣，山陽高平（今山東鄒縣）人。出身世家，少有文名，時蔡邕才學顯著，許為異才。容狀短小，而體弱通侻。善屬文，才思敏捷。十七歲時避難荊州，依劉表，劉不重用。後歸曹操，辟為丞相掾，賜爵關內侯。官至侍中。著詩賦論議，約六十篇。王粲是建安七子的代表。七子之名始見於曹丕的典論論文。「今之文人，魯國孔融文舉，廣陵陳琳孔璋，山陽王粲仲宣，北海徐幹偉長，陳留阮瑀元瑜，汝南應瑒德璉，東平劉楨公幹，斯七子者，於學無所遺，於辭無所假，咸以自騁驥騄於千里，仰齊足而並馳。」孔融爲曹操所殺，死得早，並沒有參加當日的文學活動，其政治態度，也與其他六人不同。這些作家大都經歷戰亂，目睹民情，故其作品，多能反映現實，感歎身世，或發愀愴之詞，或寫離亂之景，生動深刻，頗爲感人。王粲的七哀詩第一首，尤爲這類詩中的傑作。

西京亂無象，豺虎方遘患。復棄中國去，委身適荆蠻。親戚對我悲，朋友相追攀。出門無所見，白骨蔽平原。路有飢婦人，抱子棄草間。顧聞號泣聲，揮涕獨不還。「未知身死處，何能兩相完！」驅馬棄之去，不忍聽此言。南登灞陵岸，回首望長安。悟彼下泉人，喟然傷心肝。（七哀詩）

他在這首詩裏，用通俗的語言，白描的筆法，飽含着同情人民的深厚感情，描繪了在關中一帶戰亂殘破的社會環境中，人民流離轉徙，饑餓死亡的悲慘情景，呈現出一幅有聲有色的難民圖畫，而富有時代面貌的典型意義。再如陳琳的飲馬長城窟和阮瑀的駕出北郭門，也都是優秀之作。

陳琳　陳琳（？——二一七）字孔璋，廣陵（今江蘇江都）人。爲何進主簿，後避亂冀州，依袁紹，紹死歸曹操。他的檄文，以繁富著稱，劉師培稱其「文之由簡趨煩，蓋自此始」。**阮瑀**

（?——二一二）字元瑜，陳留尉氏（今河南開封）人。師事蔡邕。他們都爲曹操司空軍謀祭酒，掌書記。長於表章書牘。但他們也很能作詩。

飲馬長城窟，水寒傷馬骨。往謂長城吏：「愼莫稽留太原卒。」「官作自有程，舉築諧汝聲。」「男兒寧當格鬥死，何能怫鬱築長城？」長城何連連，連連三千里。邊城多健少，內舍多寡婦。作書與內舍：「便嫁莫留住。善侍新姑嫜，時時念我故夫子。」報書往邊地：「君今出語一何鄙？」「身在禍難中，何為稽留他家子？生男愼莫舉，生女哺用脯。君獨不見長城下，死人骸骨相撐拄！」「結髮行事君，慊慊心意關，明知邊地苦，賤妾何能久自全！」（陳琳飲馬長城窟）

駕出北郭門，馬樊不肯馳。下車步踟躕，仰折枯楊枝。顧聞丘林中，噭噭有悲啼。借問啼者誰，「何為乃如斯？」「親母舍我沒，後母憎孤兒。饑寒無衣食，舉動鞭捶施。骨消肌肉盡，體若枯樹皮。藏我空室中，父還不能知。上冢察故處，存亡永別離。親母何可見？淚下聲正嘶。棄我於此間，窮厄豈有貲。」傳告後代人，以此為明規。（阮瑀駕出北郭門）

在上面這兩首詩裏，人民徭役之苦，夫婦別離之情，社會的離亂，棄兒的悲哀，都寫得真實動人，呈現出社會詩歌的特色和樂府民歌的鮮明影響。

王粲的辭賦也很有成就。登樓賦在前面已作了介紹。在他的賦裏，已開駢儷華彩之風，他的詩歌也很注重鍛字鍊句。如「山岡有餘映，巖阿增重陰」（七哀詩之二），「曲池揚素波，列樹敷丹榮」（雜詩），「幽蘭吐芳烈，芙蓉發紅暉」（雜詩之二）。這些已不是漢詩的風格，而下開兩晉、南朝的風氣了。在這一方面，曹植和他有同樣的傾向。

王粲以外，七子中在當日詩名最著的是劉楨。

劉楨　劉楨（？——二一七）字公幹，東平（今山東泰安）人。爲曹操丞相掾屬。曹丕稱讚他說：「其五言詩，妙絕當時。」（與吳質書）詩品也說：「其源出於古詩，仗氣愛奇，動多振絕，真骨凌霜，高風誇俗。但氣過其文，雕潤恨少。然自陳思已下，楨稱獨步。」曹丕、鍾嶸雖是一致推崇他，但就其現存的十幾首詩看來，並不能使我們覺得他的作品真是妙絕當時。在這些詩裏，找不到七哀、飲馬長城窟那一類反映現實的作品。

秋日多悲懷，感慨以長歎。終夜不遑寐，敘意於濡翰。明燈耀閨中，清風淒已寒。白露塗前庭，應門重其關。四節相推斥，歲月忽欲殫。壯士遠出征，戎事將獨難。涕泣灑衣裳，能不懷所歡。（贈五官中郎將之三）

他的詩大都抒寫自己的情懷，不重雕飾，而語言潔淨。其贈從弟第二首，用蒼松來比喻自己高操的性格，形象鮮明，志趣高遠，較爲優秀。此外，徐幹（一七〇——二一七）有室思詩，寫女子念遠之情，極爲深細。幹字偉長，北海（今山東壽光）人。性格恬淡，不慕官爵。著有中論二十餘篇，見重於時。

應瑒　應瑒（？——二一七）字德璉，汝南（今屬河南）人。為風俗通著者應劭之姪。曾為曹操丞相掾屬，後轉為平原侯庶子及五官將文學。有文名，今流傳下來的作品很少。「朝雲浮四海，日暮歸故山。行役懷舊土，悲思不能言。悠悠涉千里，未知何時旋？」（別詩第一首）行役的悲思，舊土的懷念，成為那個離亂社會詩歌中的普遍感情。其他如邯鄲淳、繁欽、路粹、丁儀、丁廙、楊修、荀緯、應璩、繆襲諸人，雖未與於七子之列，然俱有文采，各有所長。

總的來說，這一時期的文學，擺脫古典傳統的束縛，而又能從傳統中吸取優良成分，充實內容，發展形式，具有獨特風格和現實意義。當代詩人，大都用樂府舊曲，改作新詞，或是反映寫實，或是抒寫情懷，深受樂府民歌的影響。正因如此，建安、黃初的詩歌，無論內容和形式，都顯得有生氣、有光彩。再如文學批評的開展，七言詩體的形成，辭賦的轉變等等，在文學史上都有其重要性。至於華采駢偶的風氣，玄虛放誕的傾向，此時已開其端，這也是我們必須注意的。

二　正始到永嘉

正始是魏廢帝的年號，當日的政治實權已落在司馬懿父子的手裏。魏帝闇弱，篡奪之勢已成，封建統治階級內部的矛盾與鬥爭，非常尖銳而殘酷。司馬懿於嘉平元年，誅曹爽，司馬師於嘉平六年廢齊王芳，司馬昭於景元元年弑高貴鄉公髦。他們一面翦除宗室，奪取政權；同時又排除異己，屠殺文士。曹爽被誅，何晏、李勝、丁謐、鄧颺、畢軌、桓範等同日斬戮，有「名士減半」之歎。夏侯玄、李豐負當時重望，持操很高，因對政治不滿，爲司馬師所殺。至於嵇康之死，尤近於腹謗。這種黑暗恐怖的政治環境，一面促進玄學的發展，同時對於文學也起了很大影響。何晏、王弼、嵇康、阮籍一流的名士文人，都產生在這個時代。魏氏春秋（魏志王粲傳注引）說：「嵇康寓居河內之山陽縣，與之遊者，未嘗見其喜慍之色。與陳留阮籍、河內山濤、河南向秀、籍兄子咸、瑯琊王戎、沛人劉伶，相與友善，遊於竹林，號爲七賢。」建安七子與竹林七賢，前後遙相對照，是一件值得注意的事。其間却有一點重要的差別。七子雖是圍繞着當日的權門貴族，但他們在集中鄴下之前，大都有過現實生活的體驗和感受；七賢則是寄情於竹林山水之鄉，雖對政治表示不滿，但大都離開實際，對社會現實感受不深。由這種地方，一面說明建安、正始文人的生活思想的轉變，同時也就表示當日文學精神的轉變。當日的詩文辭賦，大都表現出虛無玄想的傾向。文學的表現方法，也多由寫實的變爲象徵的、隱蔽的。文心雕龍說：「正始明道，詩雜仙心。何晏之徒，率多浮淺。惟嵇詩清峻，阮旨遙深，故能標焉。」（明詩）竹林七賢中的山濤、向秀、王戎、阮咸四人沒有詩流傳下來，劉伶除那著名的酒德頌外，只傳下一篇北芒客舍的五言詩。何晏存詩二首，一爲鴻鵠比翼遊，一爲轉蓬去其根，確是浮淺。能作爲正始文學代表的，只有阮籍和嵇康了。

阮籍 阮籍（二一〇——二六三）字嗣宗，陳留尉氏（今河南開封）人，是阮瑀的兒子，曾爲步兵校尉。他志氣宏放，胸懷高闊，博覽羣書，才藻艷逸，愛酒任性，鄙棄禮法，外坦蕩而內淳至，成爲有名的放達者。他著有大人先生傳、達莊論、通易論諸文，盡力批判了虛僞的儒學，而歸於老莊的無爲與逍遙。這些文章對於當日的玄學運動，發生很大影響。這一時期的玄學，其中具有追求思想解放與反抗恐怖政治的現實意義。在阮籍的生活思想中，表現出顯明的佯狂形態與叛逆精神。他的大人先生傳，對於儒家傳統思想表示了強烈的不滿。錢大昕在何晏論中說：「典午之世，士大夫以清談爲經濟，以放達爲盛德。競事虛浮，不修方幅，在家則喪紀廢，在朝則公務廢。……以是咎嵇、阮可，以是罪王、何則不可。」（潛揅堂集卷二）這樣的意見並不真實。當魏、晉交替，人命的屠殺極爲慘酷，如何晏、夏侯玄的誅族，都是非常恐怖的。士處當世，對於現實的希望完全消滅，很容易從積極的道路，走上消極反抗的道路。晉書阮籍傳說：「籍本有濟世志，屬魏、晉之際，天下多故，名士少有全者，籍由是不與世事，遂酣飲爲常。……嘗登廣武，觀楚漢戰處，歎曰：時無英雄，使豎子成名。登武牢山，望京邑而歎，於是賦豪傑詩。」可知他並不是無志之士，只因爲環境過於惡劣，又不願去做那種貪緣勢利的卑鄙行爲，只好縱酒取樂，而歸於放達一途了。他雖是連續地在司馬父子的手下做着官，那也只是一種無可奈何的明哲保身的方法，他的心境自然是痛苦的。如果他真是愛富貴，司馬昭替他兒子司馬炎求親的時候，他何必要爛醉幾十天，去裝聾賣啞呢？我們讀他的首陽山賦，知道他的心中是蘊藏着激烈的憤慨與熱烈的情感，並不是不關心世事。他憎恨那些高官大吏假借禮法的名義來陷害好人，所以反對那種虛僞的禮法，他看見那些君主貴族的胡作亂爲，所以寄悲憤於比興，他受不了那種壓迫束縛的生活，所以歌誦着清靜逍遙的境界，他看到人命難保，畏禍憂生，所以表現出遊仙的幻想。這種種心情的結合，表現出來的是那有名的八十餘首詠懷詩

在那個政治鬥爭極其尖銳激烈的黑暗時代，說話作人固不容易，作詩作文也就很難。自己心中的憤恨和情感，只能用隱蔽的象徵的語句表現出來，因此詠懷詩就蒙上一層隱晦的帷幕。顏延之說：「嗣宗身事亂朝，常恐罹謗遇禍。因茲發詠，故每有憂生之嗟；雖志在刺譏，而文多隱避。百代之下，難以情測。」（文選注引）詩品也說：「厥旨淵放，歸趣難求。」可知這種表現方法，與時代有關。他在第一首說：「徘徊將何見，憂思獨傷心。」又第三十三首云：「終身履薄冰，誰知我心焦。」這憂思傷心和履冰心焦，便是詠懷詩的中心意境。他憂思宇宙間一切的幻滅，他傷心人事社會的離亂，他不滿政治的黑暗，而又無力改變。他羨慕仙界的美麗而又同時感其虛無，他痛恨現實世界的惡劣而又無法逃避。憂生懼禍，時時有臨淵履冰之痛。這些心境的波潮，便是他要吟詠的懷抱。

夜中不能寐，起坐彈鳴琴。薄帷鑒明月，清風吹我襟。孤鴻號外野，翔鳥鳴北林。徘徊將何見，憂思獨傷心。

朝陽不再盛，白日忽西幽。去此若俯仰，如何似九秋。人生若塵露，天道邈悠悠。齊景升牛山，涕泗紛交流。孔聖臨長川，惜逝忽若浮。去者余不及，來者吾不留。願登太華山，上與松子遊。漁父知世患，乘流泛輕舟。

昔年十四五，志尚好詩書。被褐懷珠玉，顏閔相與期。開軒臨四野，登高望所思。丘墓蔽山岡，萬代同一時。千秋萬歲後，榮名安所之。乃悟羡門子，噭噭今自嗤。

獨坐空堂上，誰可與歡者？出門臨永路，不見行車馬。登高望九州，悠悠分曠野。孤鳥西北飛，離獸東南下，日暮思親友，晤言用自寫。

駕言發魏都，南向望吹台。簫管有遺音，梁王安在哉？戰士食糟糠，賢者處蒿萊。歌舞曲未終，秦兵已復來。夾林非吾有，朱宮生塵埃。軍敗華陽下，身竟為土灰。

這些都是詠懷詩中意義比較明顯的作品，阮籍的傷時感事、反禮法、慕自由的心境和他對於現實不滿的情懷，我們是可以體會得到的。但在他的作品中，也存在着較爲濃厚的消極避世的情緒。他的集子裏沒有一首樂府，他是東漢建安以來，用全力作五言的大詩人，五言詩到了他，地位更爲穩固了。

嵇康　嵇康（二二四——二六三）字叔夜，譙國銍（今安徽宿縣）人。任中散大夫，世稱嵇中散。學問淵博，文辭壯麗，人品高尙，尙奇任俠。好老莊，稍染道教習氣，故常言養生服食之事。其鄙棄禮法，正與阮籍同，然才高識遠，一時有臥龍之稱。後因友人呂安事入獄，加以鍾會譖於司馬昭，遂遇害。本傳說他臨刑時，太學生三千人請以爲師，弗許，可知他當日在學術界的名望了。在他的悲劇中，充分說明了封建統治者的惡毒殘暴和嵇康的高貴品質。嵇康的散文，在當日有很強的思想性、鬥爭性。如與山濤絕交書，對於黑暗政治作了無情的諷刺，對於儒家傳統表現出強烈的反抗精神。詩的成就則不如阮籍。阮籍以五言專，嵇康以四言著。在他五十多首詩中，有二十多首是四言。

> 良馬旣閑，麗服有暉。左攬繁弱，右接忘歸。風馳電逝，躡景追飛。凌厲中原，顧盼生姿。（贈秀才入軍）

贈秀才入軍共十九首，是贈其兄嵇喜的。其中有些較好的作品。劉勰說嵇詩清峻，確是如此。淸是淸遠，峻是峻切。詩品亦說嵇詩「頗似魏文，過爲峻切，訐直露才，傷淵雅之致。然託諭淸遠，良有鑒裁，亦未失高流矣。」至於峻切，我們可以讀他的長篇幽憤詩。這一篇是他入獄所作，心境憤慨，情不能已，秉筆直書，自然是入於峻切一途了。

阮籍、嵇康的思想，存在着複雜的矛盾，作品中參雜着積極、消極的因素。兩人的性格，也有放任、剛強的差別。遙深、清峻，是他們作品中的不同風格，一個是使氣命詩，一個是師心遣論（見文心雕龍才略篇），形成爲正始文學的特有精神，而得到後人的贊仰。

正始以後，接着就是太康。詩品云：「太康中，三張、二陸、兩潘、一左，勃爾復興，踵武前王，風流未沫，亦文章之中興也。」三張舊說爲張載、張協、張亢兄弟，（但張亢不列詩品，詩亦不佳，應以張華爲是。）二陸爲陸機、陸雲兄弟，兩潘爲潘岳、潘尼叔姪，左爲左思。其外還有傅玄、何劭、孫楚、成公綏、夏侯湛、石崇諸人，都有作品。因此在兩晉，太康是一個文風較盛的時期。司馬氏篡魏以後，這幾十年的分裂局面，暫時告一結束，而入於短期的統一，社會經濟得到暫時的繁榮。太康時代，勉強可算得是小康。文學表面雖較活躍，但內容却一般貧弱，阮籍、嵇康詩中所表現的那種反抗精神，那種清峻、遙深的意境是不可復得了。

太康詩人，雖成就不同，然而他們有一個共同的傾向，是偏重修鍊辭藻，初步形成華麗的風氣。兩漢詩歌，篇目雖少，然皆文字質樸，內容充實。建安、正始，辭華漸富，猶有兩漢遺風。至於太康，時會所趨，無論詩歌辭賦，趨於藻飾。在這方面最有代表性的，是陸機與潘岳。

陸機與潘岳　陸機（二六一——三〇三）字士衡，吳郡（今江蘇吳縣）人。吳國世臣，少有異才。吳亡降晉，爲張華所重。後事成都王司馬穎，在軍中遇害。潘岳（二四七——三〇〇）字安仁，中牟（今屬河南）人。少以才穎見稱，號爲神童。美姿容，文辭藻麗，善爲哀誄之文。但性躁品劣，貪慕世利，與石崇、歐陽建等諂事賈謐。趙王倫輔政時，爲孫秀所殺。太康文學，潘、陸之名最著，但其作品大都辭華有餘，骨力不足。陸機的樂府詩，駢詞儷句，已非漢代面目。沈德潛批評他說：「然意欲逞博而胸少慧珠，筆又不足以舉之，遂開出排偶一家。西京以來，空靈矯健之氣不復存矣。降自梁陳，專工對仗，邊幅復狹，令閱者白日欲臥，未必非士衡爲之濫觴也。」（古詩源注）這裏說明了陸詩對於後日詩壇的影響。

清川含藻景，高岸被華丹。馥馥芳袖揮，泠泠纖指彈。悲歌吐清響，雅舞播幽蘭。丹唇含九秋，妍跡陵七盤。（日出東南隅行）

凝冰結重磵，積雪被長巒。陰雲隱巖側，悲風鳴樹端。不覩白日景，但聞寒鳥喧。猛虎憑林嘯，玄猿臨岸歎。（苦寒行）

和風飛清響，鮮雲垂薄陰。蕙草饒淑氣，時鳥多好音。（悲哉行）

南望泣玄渚，北邁涉長林。谷風拂修薄，油雲翳高岑。亹亹孤獸騁，嚶嚶思鳥吟。（赴洛）

對偶工穩，文字華美，而造句用字，呈現着雕琢刻劃的痕跡。這一點是太康詩人的共同傾向。張華、潘岳、陸雲、潘尼的詩文，大都如此。詩品評張華的詩說：

其體浮豔，興託不奇。巧用文字，務為妍冶。雖名高曩代，而疏亮之士，猶恨其兒女情多，風雲氣少。謝康樂云：「張公雖復千篇，猶一體耳。」

李充翰林論評潘岳說：（初學記引）

潘安仁之為文也，猶翔禽之羽毛，衣被之綃縠。

這些批評都很中肯。所謂「巧用文字，務爲姸治……兒女情多，風雲氣少」，說明了太康詩歌的主要病根，並且對於南朝文學也很有影響。但他們也有好作品，陸機的赴洛道中作、猛虎行、從軍行、苦寒行，潘岳的悼亡詩、內顧詩等，都還是可取的。

遠遊越山川，山川脩且廣。振策陟崇丘，案轡遵平莽。夕息抱影寐，朝徂銜思往。頓轡倚高巖，側聽悲風響。清露墜素輝，明月一何朗。撫枕不能寐，振衣獨長想。（陸機赴洛道中作第二首）

荏苒冬春謝，寒暑忽流易。之子歸窮泉，重壤永幽隔。私懷誰克從？淹留亦何益。僶俛恭朝命，迴心反初役。望廬思其人，入室想所歷。幃屏無髣髴，翰墨有餘跡。流芳未及歇，遺挂猶在壁。悵怳如或存，周遑忡驚惕。如彼翰林鳥，雙棲一朝隻。如彼游川魚，比目中路析。春風緣隟來，晨霤承簷滴。寢息何時忘，沈憂日盈積。庶幾有時衰，莊缶猶可擊。（潘岳悼亡詩第一首）

陸詩精於鍛鍊語言，善於寫景；潘詩善於抒情，委婉曲折。再如陸機的「朝食不免冑，夕息常負戈。苦哉遠征人，撫心悲如何！」（從軍行）；「夕宿喬木下，慘愴恆鮮歡。渴飲堅冰漿，飢待零露餐。離思固已久，寤寐莫與言。劇哉行役人，慊慊恆苦寒」（苦寒行），描寫征人行役之苦，甚爲真實。猛虎行抒發懷抱，氣勢較爲高峻。潘岳的關中詩，爲應制的四言體，價値不高。但其中一節：「哀此黎元，無罪無辜，肝腦塗地，白骨交衢。夫行妻寡，父出子孤。俾我晉民，化爲狄俘」，已經關心到人民大衆的疾苦。再如傅玄的豫章行苦相篇，張華的輕薄篇，張協的雜詩等篇，都可稱爲佳作。在這個偏重形式的詩風裏，只有左思一人，獨標異幟，出現於當日的詩壇，誠有卓然不羣之概。他現存的作品雖是不多，大都富於諷諭寄託，具有建安、正始的優良傳統。

左思　左思字太沖，臨淄（今屬山東）人。生卒年不詳，約生於三世紀中期，死於四世紀初年。他出身寒微，在其作品中，反映出被壓迫者的思想感情。如「世胄躡高位，英俊沉下僚」，「何世無奇才，遺之在草澤」（詠史）。這些詩句，流露出憤憤不平的心情，對於門閥制度和不合理的現實，表示強烈的諷刺與反抗。「振衣千仞岡，濯足萬里流」，氣象何等豪邁！左思博學能文，貌寢口訥。其妹左芬，亦有詩名，後入宮。他作有三都賦，構思十年，工麗宏偉，皇甫謐爲之序，一時豪貴競相傳寫，洛陽爲之紙貴，因此成了大名。但他的詩的價値，在其辭賦之上。詠史、雜詩、招隱、嬌女詩都是好作品。

荊軻飲燕市，酒酣氣益震。哀歌和漸離，謂若傍無人。雖無壯士節，與世亦殊倫。高眄邈四海，豪右何足陳。貴者雖自貴，視之若埃塵。賤者雖自賤，重之若千鈞。（詠史之六）

杖策招隱士，荒塗橫古今。巖穴無結構，邱中有鳴琴。白雲停陰岡，丹葩曜陽林。石泉漱瓊瑤，纖鱗或浮沉。非必絲與竹，山水有清音。何事待嘯歌，灌木自悲吟。秋菊兼餱糧，幽蘭間重襟。躊躇足力煩，聊欲投吾簪。（招隱之一）

秋風何冽冽，白露為朝霜。柔條旦夕勁，綠葉日夜黃。明月出雲崖，皦皦流素光。披軒臨前庭，嗷嗷晨雁翔。高志局四海，塊然守空堂。壯齒不恆居，歲暮常慨慷。（雜詩）

這種渾厚的風格，高遠的境界，不是潘、陸、三張他們的詩中所能找到的。或借史事以寫懷，或託山水以寓意，或寄時序之情，或寫不平之氣，語言簡勁，筆力雄邁，無雕琢華豔之習。在詠史詩中，他仰慕着段干木、魯仲連、荆軻、揚雄一類人物，鄙視蘇秦、李斯一類貪圖富貴利祿的人，他的詠史，實際是借古事抒寫自己的懷抱。

太康以後，詩史上有永嘉之稱。永嘉爲晉朝大亂之時。懷、愍北去，典午南遷。當日詩人或寫家國之痛，其辭憤激而有餘悲；或抒憤世之情，其詩玄虛而慕仙幻。前者是劉琨，後者是郭璞。

劉琨　劉琨（二七〇——三一八）字越石，中山魏昌（今河北無極）人。年少有詩名。永嘉元年爲幷州刺史，頗有聲望，後爲劉聰所敗，父母俱遇害。愍帝時拜大將軍及司空，都督幷、幽、冀三州軍事，復敗於石勒。遂與幽州刺史鮮卑段匹磾聯婚立誓，共戴晉室，後以嫌隙爲段匹磾縊死。我們看了他晉書中的傳記，知道他半生戎馬，很想做一番事業，只是大勢已去，遭逢着那困窮的境遇。發之於詩，令人有故宮禾黍之悲，英雄末路之感。強烈的愛國思想，貫穿了劉琨的作品。在答盧諶書中，將他的心情說得非常清楚。他說：

昔在少壯，未嘗檢括。遠慕老莊之齊物，近嘉阮生之放曠。怪厚薄何從而生，哀樂何由而至？自頃輈張，困於逆亂，國破家亡，親友凋殘。塊然獨坐，則哀憤兩集；負杖行吟，則百憂俱至。時復相與舉觴對膝，破涕為笑，排終身之積慘，求數刻之暫歡。譬由疾疢彌年，而欲一丸銷之，其可得乎？夫才生於世，世實須才。……天下之寶，固當與天下共之。但分析之日，不能不悵恨耳。然後知聃周之為虛誕，嗣宗之為妄作也。

可知劉琨原來的思想，也是屬於老莊一派。後來的現實生活和窮困的境遇，以及在外族壓迫、國破家亡的環境中所受到的苦痛教育，使他的思想起了轉變。

橫厲糾紛，羣妖競逐。火燎神州，洪流華域。彼黍離離，彼稷育育。哀我皇晉，痛心在目。（答盧諶）

心情悲憤，情感激昂。再有扶風歌一首，是他的代表作。

朝發廣莫門，暮宿丹水山。左手彎繁弱，右手揮龍淵。顧瞻望宮闕，俯仰御飛軒。據鞍長歎息，淚下如流泉。繫馬長松下，發鞍高岳頭。烈烈悲風起，泠泠澗水流。揮手長相謝，哽咽不能言。浮雲為我結，歸鳥為我旋。去家日已遠，安知存與亡。慷慨窮林中，抱膝獨摧藏。麋鹿遊我前，猨猴戲我側。資糧既乏盡，薇蕨安可食？攬轡命徒侶，吟嘯絕巖中。君子道微矣，夫子固有窮。惟昔李騫期，寄在匈奴庭。忠信反獲罪，漢武不見明。我欲竟此曲，此曲悲且長。棄置勿重陳，重陳令心傷。

禾黍之悲，末路之感，表現得深刻而又沉痛，令讀者一面悲懷當日的離亂，同時又寄與作者以同情。這種雄峻清拔的詩風，在當代詩人裏是少見的。詩品說他：「善爲悽戾之辭，自有清拔之氣。琨既體良才，又罹厄運，故善敘喪亂，多感恨之詞。」這批評算是很確切了。

郭璞　郭璞（二七六——三二四）字景純，河東聞喜（今屬山西）人。先後入於殷祐、王導的幕下，元帝時，爲尚書郎，後遇害於王敦。他學問淵博，文彩斐然，無論辭賦詩章，俱爲一時名手。著書有爾雅注、方言注、穆天子傳注、山海經注、楚辭注等，爲士林所重。又善陰陽卜筮之術。魏晉的游仙文學，作者雖多，但不能不以郭璞爲代表。他有遊仙詩十四首。

京華游俠窟，山林隱遯棲。朱門何足榮，未若託蓬萊。臨源挹清波，陵岡掇丹荑。靈谿可潛盤，安事登雲梯。漆園有傲吏，萊氏有逸妻。進則保龍見，退為觸藩羝。高蹈風塵外，長揖謝夷齊。（游仙之一）

翡翠戲蘭苕，容色更相鮮。綠蘿結高林，蒙籠蓋一山。中有冥寂士，靜嘯撫清絃。放情凌霄外，嚼蘂挹飛泉。赤松臨上遊，駕鴻乘紫煙。左挹浮丘袖，右拍洪崖肩。借問蜉蝣輩，

寧知龜鶴年！（遊仙之三）

這種詩比起劉琨的作品來，內容、風格都大不相同。從思想內容和現實意義來說，郭璞當然不如劉琨。但是，郭璞的遊仙詩，其中固然存在着避世的消極思想，却也抒寫了自己不滿現實的憤慨情緒，同當日流行的那些「理過其辭，淡乎寡味」的玄言詩，大有差別。如「悲來惻丹心，零淚緣纓流」，這心情就很明顯。他和劉琨的思想、社會地位和生活環境不同，他們的作品，表現在那個離亂時代的兩種不同的傾向，反映出兩種不同的知識分子的精神面貌。郭璞文才奇肆，語言精粹，雖有玄言，詩意尙高。詩品說他「始變永嘉平淡之體，故稱中興第一。」劉勰說他「景純豔逸，足冠中興。」所謂「變平淡」，所謂「豔逸」，都是說明在當日「理過其辭，平淡寡味」的詩風裏，他還能夠保存詩的美質與情韻。至如孫綽、許詢、桓溫、庾亮們的作品，近乎偈語，那就更差得遠了。

許詢、桓溫、庾亮的詩不傳，孫綽的詩在殘存的文館詞林及漢魏六朝百三名家集裏還保存着幾首。晉書本傳云：「綽與詢一時名流，或愛詢高邁，則鄙於綽；或愛綽才藻，而無取於詢。沙門支遁，試問綽：『君何如許？』答曰：『高情遠致，弟子早已伏膺，然一詠一吟，許將北面矣。』」可知許以品格稱，孫以文采勝。他的天台山賦雖雜有禪意，然刻劃極精，文字也很工麗。我們試看他的詩：

大樸無像，鑽之者鮮。玄風雖存，微言靡演。邈矣哲人，測深鈎緬。誰謂道遠，得之無遠。……（贈溫嶠）

仰觀大造，俯覽時物。機過患生，吉凶相拂。智以利昏，識由情屈。野有寒枯，朝有炎鬱。失則震驚，得必充詘。……（答許詢）

由這些詩句，很可看出當日玄言詩的趨勢，除了敘述哲理外，還要勉力擬古，於是都變成一種歌訣和偈語了。他另有五言詩秋日，較爲佳勝。這種玄虛的詩風，彌漫了東晉詩壇。風會所趨，倣效日眾，於是當日的詩壇更是沉寂了。沈約云：「仲文始革孫、許之風，叔源（謝混）大變太元之氣。」（謝靈運傳論）然我們讀殷仲文的詩，玄氣未除，謝混之作，清新絕少，並不能使當日的詩壇發生變化，生出光彩。真能獨樹一幟，卓然成爲大家，一洗當日玄言的風氣，使詩文重回於意境情韻的，是陶淵明。

三　陶淵明及其作品

陶淵明　陶淵明（三七二——四二七。據梁啓超考證）一名潛，字元亮，潯陽柴桑（今江西九江）人。他是中國文學史上的大詩人，散文、辭賦也很有成就，對於後代發生過廣泛的影響。他的時代正是晉宋易代的動盪時代，是政治黑暗、階級矛盾、民族矛盾尖銳的時代。他青年時期是有過壯志雄心的，如「少年壯且厲，撫劍獨行遊」（擬古）、「猛志逸四海，騫翮思遠翥」（雜詩）等詩句，可以看出他的胸懷。他後來同當代的黑暗現實接觸，使他的思想生活起了轉變。他的作品，個性分明，理想高遠，語言純樸，描寫真實，而富於藝術的鮮明形象。

他的曾祖陶侃做過大司馬，祖茂，父逸都做過太守，外祖孟嘉做過征西大將軍，照理他家應該是有錢的，但到了他却是非常貧困。「弱年逢家乏，老至更長飢。菽麥實所羨，孰敢慕甘肥。……日月將欲暮，如何辛苦悲。」（有會而作）可見他是過了窮困的一生。但是他不是一個貪富貴利祿的人。他在命子詩中頌揚他的曾祖說：「功遂辭歸，臨寵不忒。孰謂斯心，而近可得。」又說他的父親：「寄跡風雲，冥茲慍喜。」他曾替外祖作傳說：「行不苟合，言無夸矜，未嘗有喜慍之容。好酣飲，逾多不亂。至於任懷得意，融然遠寄，傍若無人。」可知他的祖先親戚，不少是胸懷廣闊、品格高尚的人物。這種家庭環境，對於陶淵明很有影響。

他爲人真實。想作官就去找官做，並不以作官爲榮；不愛作官，就辭職歸田，並不以退隱爲高；窮了就去乞食，也不以乞食爲恥。他不滿意當代的黑暗政治，不願同流合污，追求自己的理想，保全自己的品質。歸去來辭序中說：「余家貧，耕植不足以自給。幼稚盈室，缾無儲粟。生生所資，未見其術。親故多勸余爲長吏，脫然有懷，求之靡途。會有四方之事，諸侯以惠愛爲德，家叔以余貧苦，遂見用於小邑。於時風波未靜，心憚遠役，彭澤去家百里，公田之利，足以爲酒，故便求之。及少日，眷然有歸歟之情。何則？質性自然，非矯厲所得，飢凍雖切，違己交病。嘗從人事，皆口腹自役。於是悵然慷慨，深愧平生之志。猶望一稔，當斂裳宵逝。尋程氏妹喪於武昌，情在駿奔，自免去職。仲秋至冬，在官八十餘日，因事順心，命篇曰歸去來兮。」這沒有半點虛僞，一字一句，全是眞實心境的表現。絕不像那些身在江湖、心懷魏闕的僞君子的口是心非，也沒有一點故鳴清高藉以釣名沽譽的做作。朱子語錄說：「晉宋人物，雖曰尙清高，然箇箇要官職。這邊一面清談，那邊一面招權納貨。陶淵明眞個能不要，所以高於晉、宋人物。」這些話都說得精當極了。他從前做過劉牢之、劉敬宣的參軍，但自彭澤令辭官以後，就眞的隱了。日與樵子農夫相處，以躬耕、詩酒爲樂，過了二十多年的隱逸生活。

他的退隱田園、寄情山水，一方面固然由於他的「性本愛丘山」的性格，而主要是由於那時代的環境和他對於現實的強烈不滿。東晉的政治本是紊亂，到了他的時代更是黑暗。司馬道子及其兒子元顯當權，招權納賄，朝政混濁不堪。那一般官僚士子，更是攀龍附鳳，無恥已極。後來桓玄篡位，劉裕起兵，不久東晉就亡了。陶淵明處在這種時代，既無力撥亂反正，又不能同流合污。看見當日士大夫的無恥行爲和統治者的荒淫橫暴，自然是痛心疾首。他在感士不遇賦序中說：「自眞風告逝，大僞斯興，閭閻懈廉退之節，市朝驅易進之心。」這話說得極明顯，也說得極憤慨。知道他對當日的政治社會，表現了強烈的厭惡和反抗，逼得他不得不另找寄託生命的天地。他說的「飢凍雖切，違己交病」，「我不能爲五斗米向鄉里小兒折腰」，這都是他內心的真實表白，他實在不能再在那個政治環境下面生活了。後人說他在劉裕簒晉以後的作品，只書甲子，表示他恥事二姓的忠愛之情，這實在是腐儒所添的蛇足。他有廣闊的胸懷和自己的理想，他仰慕桃花源詩中所表現的空想社會和沒有剝削的平等世界。他對於當日君主官僚封建政治的淫奢腐敗，早已深惡痛絕，不管司馬家也好，劉家也好，都看作是魯衞之政，沒有什麼分別。在那種環境裏，無論是晉或宋，無論什麼高官厚祿，都是留他不住的了。

陶淵明的思想是複雜的，儒、道的思想對他起過比較顯著的影響。他有律己嚴正肯負責任的儒家精神，而不爲那種虛僞的禮法與破碎的經文所陷；他愛慕老莊那種清靜逍遙的境界，而不與那些頹廢空虛的清談名士同流；腐儒附會其忠愛，佛道附會其修養，這都是一些近視，沒有看到陶淵明思想的本質。朱子說了一句，「淵明之辭甚高，其旨出於莊老」，害得真德秀之流，苦口辯明。說淵明之學，正自經術中來。而另外一派道釋之士，在其詩裏尋得一章半句，或言其得道，或稱其會禪。這都是愚淺之見，不足爲訓的。

陶淵明的作品，繼承了漢、魏、正始的傳統，而具有獨特的風格。他洗淨了潘岳、陸機諸人的駢詞儷句的習氣而反於自然平淡；又棄去了阮籍、郭璞們那種滿紙仙人高士的歌頌眷戀，而入於農村生活的寄託；同時又脫去了許詢、孫綽們那種滿篇談玄說理的歌訣偈語，而敍述日常的瑣事人情。在兩晉的詩人裏，只有左思的作風和他稍稍有些相像。詩品說他其源出於應璩，又協左思風力。應詩傳者甚少，我們不容易見其淵源，至於說協左思風力，這是不錯的。我們讀過他的詠史、招隱以後，再來讀陶詩，自然會體會到他們兩個的作風，確實有許多近似的地方。

陶淵明的作品，我們可分作兩期來看。他三十四歲那年辭去彭澤令而退居山林，可作這兩期的界限。前者在社會服役，爲飢寒奔走，對於當代政治社會，雖已感着厭惡，但他的人生主旨，還沒有達到決定的階段。在前期的詩裏，飲酒的歌詠也極少見。在他的命子、懷古田舍、與從弟敬遠諸篇裏，都以名節互相勉勵，似乎還沒有離開現實社會的決心。「在昔曾遠遊，直至東海隅。道路悠且長，風波阻中途。此行誰使然？似爲飢所驅。」（飲酒）「疇昔苦長飢，投耒去學仕，……是時向立年，志意多所恥。」（同上）在這些回憶的詩句裏，可以看出他當日爲貧而仕的心情。所謂「投策命晨裝，暫與園田疎」，正是從農村走向社會的道路。他前期的作品，要以始作鎭軍參軍經曲阿作、庚子歲五月中從都還阻風於規林幾首爲較好。

自古歎行役，我今始知之。山川一何曠，巽坎難與期。崩浪聒天響，長風無息時。久遊戀所生，如何淹在茲。靜念園林好，人間良可辭。當年詎有幾，縱心復何疑。（庚子歲五月中從都還阻風於規林）

弱齡寄事外，委懷在琴書。被褐欣自得，屢空常晏如。時來苟冥會，宛轡憩通衢。投策命晨裝，暫與園田疎。眇眇孤舟逝，綿綿歸思紆。我行豈不遙，登陟千里餘。目倦川塗異，心念山澤居。望雲慚高鳥，臨水愧遊魚。眞想初在襟，誰謂形跡拘。聊且憑化遷，終返班生廬。（始作鎭軍參軍經曲阿作）

在這些詩裏，他表現出悲歎行役、厭倦仕途的感情，正代表着他前期的心境。另有歸田園居幾首，所寫爲退隱生活，當是棄官以後所作。

陶氏後期的作品最多，藝術的價値也更高。「問君何能爾？心遠地自偏」（飲酒），「衣霑不足惜，但使願無違」（歸園田居），這是他後期心境的告白。「晨出肆微勤，日入負耒還。……四體誠乃疲，庶無異患干。盥濯息簷下，斗酒散襟顏。遙遙沮溺心，千載乃相關。但願長如此，躬耕非所歎」（庚戌歲九月中於西田穫早稻）；「居止次城邑，逍遙自閒止。坐止高蔭下，步止蓽門裏。好味止園葵，大歡止稚子。」（止酒）這是他後期生活的寫眞。要達到這種心境和生活的階段，在思想上是要經過長期的鬥爭和痛苦的社會經驗的。他在歸去來辭裏，坦白地描寫他這種心境生活的轉變「悟已往之不諫，知來者之可追。實迷途其未遠，覺今是而昨非」，實際是在這裏作自我否定和批判。

因此，他的歸隱，決非作爲「終南捷徑」，別有所圖；是對封建統治者不再存任何幻想，而具有消極的反抗意義。他歸田以後，在勞動實踐和農民的接觸交往中，使他進一步認識到勞動的價值，表示出對勞動人民的同情。「舊穀既沒，新穀未登，頗爲老農，而值年災。日月尙悠，爲患未已。」（有會而作序）；「山中饒霜露，風氣亦先寒。田家豈不苦，弗獲辭此難」（庚戌歲九月中於西田穫早稻）；「炎火屢焚如，螟蜮恣中田。風雨縱橫至，收斂不盈廛。」（怨詩楚調示龐主簿鄧治中）在一類作品中，可以看到在陶淵明的筆下，表現出勞動的辛勤，同時也反映出農村的凋敝面貌。由於他在農村中的長期生活，受到了深刻的體會和實際的教育，就在這樣的基礎上，提出了他的桃花源的社會。桃花源詩和記在思想意義上說，在當時具有光輝、積極的一面。這樣的社會，當然是一種幻想，同時也受到了老子消極思想的影響。但陶淵明是從反抗、逃避封建暴政開始，再描寫出一個靠勞動生活、互助互愛，沒有剝削、沒有等級制度的社會，所謂「春蠶收長絲，秋熟靡王稅」，這就接觸到農村問題的核心。只從這一點，可以說明陶淵明的思想，已經突破了時代的水平，而具有積極意義。淳樸的農村生活，秀美的自然景色，對於他的詩歌語言和藝術風格，起了重要的作用。

少無適俗韻，性本愛丘山。誤落塵網中，一去三十年。羇鳥戀舊林，池魚思故淵。開荒南野際，守拙歸園田。方宅十餘畝，草屋八九間。榆柳蔭後園，桃李羅堂前。曖曖遠人村，依依墟里煙。狗吠深巷中，鷄鳴桑樹巔。户庭無塵雜，虛室有餘閒。久在樊籠裏，復得返自

然。（歸園田居）

野外罕人事，窮巷寡輪鞅。白日掩荊扉，虛室絕塵想。時復墟曲中，披草共來往。相見無雜言，但道桑麻長。桑麻日已長，我土日已廣。常恐霜霰至，零落同草莽。（同上）

種豆南山下，草盛豆苗稀。晨興理荒穢，帶月荷鋤歸。道狹草木長，夕露沾我衣。衣沾不足惜，但使願無違。（同上）

結廬在人境，而無車馬喧。問君何能爾？心遠地自偏。採菊東籬下，悠然見南山。山氣日夕佳，飛鳥相與還。此中有眞意，欲辨已忘言。（飲酒）

春秋多佳日，登高賦新詩。過門更相呼，有酒斟酌之。農務各自歸，閒暇輒相思。相思則披衣，言笑無厭時。此理將不勝，無為忽去茲。衣食當須紀，力耕不吾欺。（移居）

燕丹善養士，志在報強嬴。招集百夫良，歲暮得荊卿。君子死知己，提劍出燕京。素驥鳴廣陌，慷慨送我行。雄髮指危冠，猛氣衝長纓。飲餞易水上，四座列羣英。漸離擊悲筑，宋意唱高聲。蕭蕭哀風逝，澹澹寒波生。商音更流涕，羽奏壯士驚。心知去不歸，且有後世名。登車何時顧，飛蓋入秦庭。凌厲越萬里，逶迤過千城。圖窮事自至，豪主正怔營。惜哉劍術疎，奇功遂不成。其人雖已歿，千載有餘情。（詠荊軻）

這些都是陶詩中藝術風格鮮明的作品。在這些作品裏，反映出陶淵明思想的實質，表現出對統治階級和現實的不滿，對勞動人民的同情以及對美好生活的追求和渴望。同時通過他自己的真實感受，描寫出農村的自然景色和農民的日常生活。他的文學語言，是質樸自然，清簡平淡，而其特色是以工力造平淡，於精煉處見自然，所以高人一等。陶淵明除詩歌以外，其他如歸去來辭、閒情賦、桃花源記、五柳先生傳諸篇，都是著名之作。在這些作品裏，同他的詩篇一樣，表達了他的思想和生活態度的高尚；同時，他又以淳樸的語言，擺脫陸機、潘岳以來華美藻飾的文風，而在散文、辭賦方面獨具風格。

前人雖稱陶淵明爲田園詩人，評他爲「隱逸詩人之宗」，但陶淵明並不是靜穆的化身，並不是閉眼不關心現實的人。在贈羊長史、詠荊軻以及擬古、詠貧士和讀山海經諸詩的某些篇章裏，是可以體會到陶淵明的關心時事和悲憤的感情的。贈羊長史爲劉裕伐後秦、滅姚泓，送羊松齡赴秦川而作。「賢聖留餘跡，事事在中都。豈忘游心目，關河不可踰。九域甫已一，逝將理舟輿，聞君當先邁，負疴不獲俱」。關懷故國，溢於言表。讀山海經對精衞、刑天、夸父一類的神話英雄，致以仰慕之情；擬古諸篇，大都傷時感事之作，詠貧士七首，借古代的貧士，抒寫自己的情懷，詠荊軻慷慨悲涼，令人振奮。但我們也並不否認，在陶淵明的作品裏，也存在着樂天安命的消極因素。魯迅說：「這『猛志固常在』和『悠然見南山』的是一個人，倘有取舍，即非全人，再加抑揚，更離真實。」（題未定草）這意見是很正確的。我們不能片面的孤立的來看一個作家。在陶淵明的思想裏，有現實的積極性，也有避世的消極性，有濃厚的幻想，也有深刻的矛盾，由於這些構成了陶淵明悲劇的根源，形成陶淵明作品的精神實質。

古人對於陶淵明的藝術成就作了很高的評價，許多大詩人都在不同角度不同程度上受到他的影響。沈德潛說：「唐人祖述者，王維有其清腴，孟浩然有其閒遠，儲光羲有其樸實，韋應物有其沖和，柳宗元有其峻潔，皆學陶焉而得其性之所近。」（說詩晬語）就如李白、杜甫、白居易、蘇軾，陸游、辛棄疾這些大家，都對他表示很高的仰慕；但也有些人專門欣賞他的消極面，欣賞他那種隱士風度和安天樂命的精神。在這裏清代詩人龔自珍的意見，很值得我們重視。「陶潛酷似臥龍豪，萬古潯陽松菊高。莫信詩人竟平淡，二分梁甫一分騷。」（舟中讀陶）正如魯迅所說：「陶潛正因爲並非渾身是靜穆，所以他偉大。」（題未定草）可見一個不同思想不同生活境遇的人，會在陶淵明的作品裏接受不同的影響。

第十章　南北朝的文學趨勢

一　形式主義文學的興起

從魏、晉到南北朝，是中國政治歷史上非常黑暗的時代。由於封建統治政權的腐朽及內部矛盾的尖銳，造成長期的內亂，給西北各外族進入中原以有利條件，形成南北長期的對立。這一時代的歷史特徵，是在階級矛盾尖銳與種族矛盾的劇烈鬥爭中，逐漸進行種族同化與文化交融，到了隋朝，才恢復南北的統一。

由於外族的長期統治中原，造成南北分割與社會基礎發展的不平衡現象。自西晉末年開始，北方受到壓迫，無數的貴族知識分子渡江南下，進行文化傳播；廣大農民，也向南方遷徙。在這種情況下，南方的經濟文化，獲得進一步的發展與繁榮。這一時期，中國文化的中心，移植到南方，因此南方文學取得絕對的領導地位。

這一時期的文學主要趨勢，一方面是語言技巧和聲律的進步，同時又是形式主義文學的興起。詩歌和辭賦，都朝着這一方向發展，駢文表現得尤爲顯著。當代作品最大的缺點，是一般內容空虛貧弱，缺少現實生活的反映。特別是齊、梁文學，成爲後代文學批評家批判的主要對象。但文學理論與藝術技巧，具有進步的積極的一面；這一面對於唐代文學的發展，具有一定程度的貢獻和影響。南朝的華豔淫靡的文風，我們固然要批判，但全部否定南朝文學的成績，自然是不妥當的；如果只強調藝術技巧的進步，而忽略文學思潮主要的一面，看不到形式主義的傾向，那就更錯誤了。

形式主義文學能在這時期滋長起來，是有其歷史環境的。

一、荒淫的君主貴族、掌握了文學的領導權　南朝四代的君主，政治上雖沒有建樹，但都愛好文學。有的是提倡獎勵，有的能創作批評。宋文帝立儒玄文史四館，明帝分儒道文史陰陽五科，在這裏都暗示出他們對於文學的重視。至於當代宗室，如建平王宏、廬陵王義真、臨川王義慶、江夏王義恭等，都以獎勵文學，招集文士著稱。齊高帝及其諸子鄱陽王鏘、江夏王鋒、豫章王嶷，也都以文學著名。竟陵王門下的八友，更是一時的俊彥。梁武帝父子，都是南朝詩人。至於陳後主，雖是有名的昏君，但也很有文采。將近兩百年間，宮廷完全掌握了文學的領導權。他們把文學作爲宮廷的裝飾品與消遣品。在這種文學空氣中，君主臣僚的提倡與效法，競豔爭奇，圖名奪寵，文學的發展，是必然要離開社會生活的現實基礎，而走到片面追求形式的路上去的。裴子野雕蟲論序說：

宋明帝博好文章，才思朗捷。嘗讀書奏，號稱七行俱下。每有禎祥及行幸宴集，輒陳詩展義，且以命朝臣。其戎士武夫則請託不暇，困於課限，或買以應詔焉。於是天下向風，人自藻飾，雕蟲之藝，盛於時矣。

又南史文學傳序云：

自中原沸騰，五馬南渡，綴文之士，無乏於時。降及梁朝，其流彌盛。蓋由時主儒雅，篤好文章，故才秀之士，煥乎俱集。於時武帝每所臨幸，輒命羣臣賦詩。其文之善者賜以金帛，是以縉紳之士，咸知自勵。

又南史陳後主本紀說：

不虞外難，荒於酒色，不恤政事。……江總、孔範等十人預宴，號曰狎客。先令八婦人襞采箋，製五言詩，十客一時繼和，遲則罰酒。君臣酣宴，從夕達旦，以此為常。

君主荒淫，貴族腐化，當代的文學就在這樣的生活環境裏滋長繁殖起來的。兩晉以來，把曹魏的九品中正制，發展成爲保護貴族特權的士族制度，到了南朝，這些士族，不僅是特權剝削階級，完全成爲寄生階級。那些玩弄文墨的士族子弟，不能深入社會，接觸人民，沒有現實生活的體驗和感受，只是養尊處優，過着荒淫腐朽的糜爛生活，依附宮廷，附庸風雅，誇辭耀藻，無病呻吟，成爲推動形式主義文學的主要力量。

魏晉時代，儒家在思想界失去了信仰與指導人心的力量，風靡一時的是新起的玄學。到了南北朝佛教大盛。趙翼說：「則梁時五經之外，仍不廢老莊，且又增佛義，晉人虛僞之習，依然未改，且又甚焉。」（二十二史劄記六朝清談之習）而當時一般名流文士的談佛，或是附和君主，或是自鳴清高，大都放浪淫侈，貪圖富貴，造成了極度淫靡虛浮的風氣。僧人參政，尼娼入宮，種種醜事都做得出來。宋書武三王傳謂義宣「後房千餘，尼媼數百。」又周朗傳說當時的佛徒「延姝滿室，置酒浹堂。」再如南史載梁武帝時郭祖深上疏云：「都下佛寺五百餘所，窮極宏麗，僧尼十餘萬，資產豐沃，所在郡縣，不可勝言，道人又有白徒，尼則皆畜養女。……養女皆服羅紈，其蠹俗傷法，抑由於此。」荀濟上書武帝也說：「僧妖佛僞，姦詐爲心。墮胎殺子，昏淫亂道。」（廣弘明集）我們明瞭了當日佛徒的內幕，對於那些信奉佛教的文人如謝靈運、周顒、王融、沈約、江淹、徐陵以及梁武帝父子之流，或是身居江湖，而心懷富貴；或是信奉佛理，而大寫豔情；或是口談清修，而沉溺酒色，就不覺得有什麼驚異了。浮虛淫侈的惡習，造成華豔綺麗的文風；道釋的思想，又在一定程度上引起了詩人們對山水的嚮慕。李諤在上高帝書中指出南朝文學的弊病說：「江左齊梁，其弊彌甚，貴賤賢愚，惟務吟詠。遂復遺理存異，尋虛逐微，競一韻之奇，爭一字之巧。連篇累牘，不出月露之形；積案盈箱，唯是風雲之狀。世俗以此相高，朝廷據茲擢士，祿利之路既開，愛尚之情愈篤。於是閭里童昏，貴遊總丱，未窺六甲，先製五言。」「月露風雲」，是指內容的空虛，「一韻之奇、一字之巧」，是指形式的追求，這樣的文風，主要是在那些荒淫的君主貴族和世家子弟的生活環境以及當時那種虛浮淫侈的風氣下產生的。

二、文學觀念的發展及其影響 我國古人對於文學的觀念很不明晰，先秦時代，所謂文學，即指一般的學術而言，兩漢有文學文章之分。魏晉以來，論文者日多，體製漸備；文筆之稱，始於當時，然對於文學觀念的深入探討，文筆分辨的嚴密，以及對於文學理論的進一步研究，則有待於南朝。文心雕龍總術篇云：「今之常言，有文有筆，以爲無韻者筆也，有韻者文也。」又梁元帝金樓子立言篇云：「至於不便爲詩如閻纂，善爲章奏如伯松，若此之流，汎謂之筆。吟詠風謠流連哀思者謂之文。……筆，退則非謂成篇，進則不云取義，神其巧惠，筆端而已。至如文者，惟須綺縠紛披，宮徵靡曼，脣吻遒會，情靈搖蕩。」從體製言，則文者爲韻文，筆者爲散文。從性質言，則文者爲純文學，筆者爲雜文學。至於他強調「綺縠披紛，宮徵靡曼，情靈搖蕩，流連哀思」一類的文學條件，正是形式主義理論的鼓吹，必然導致創作走上虛華輕艷的道路。

蕭統在文選序中說：「若夫姬公之籍，孔父之書，……豈可重以芟夷，加之剪截。老、莊之作，管、孟之流，蓋以立意爲宗，不以能文爲本……至於記事之史，繫年之書，所以褒貶是非，紀別異同，方之篇翰，亦已不同。若其讚論之綜緝辭采，序述之錯比文華，事出於沉思，義歸乎翰藻，故與夫篇什，雜而集之。」這是蕭統選文的標準。在這標準裏，他辨別了經史諸子與文學的差異，大膽地把那些作品從文學的領域裏分開，免得彼此混淆，當然是好的，但他的選文標準，也表現出偏重形式和駢儷的鮮明傾向。

文學觀念的探討以及對於文學的重視，是當代文壇上的進步現象。在這現象中，作家必然是日求文學形式的精美，研究家是口求其理論的細密了。或言體製，或敘源流，或論文與質的相互關係，或論風格的特徵，或論聲律的作用，或講修辭的規律，無不分辨精微，立論細密。這原是進步和發展。但由於當日作家大都爲階級和生活所限，漠視文學內容，而多注意辭華，片面追求技巧，對當日的形式主義文學，就起了很大的影響。正因如此，劉勰、鍾嶸的理論，顯示出進步的歷史意義。

三、聲律說的興起及其影響

中國文字的特質，是孤立與單音。因其孤立，宜於講對偶，因其單音，宜於講音律。字句的對偶，在曹植、王粲、陸機諸人的詩賦裏試用日繁；至於音律，古人亦頗注意，如司馬相如所謂「一宮一商」，陸機所謂「音聲之迭代」，都是明證。不過這些都是說自然音調的和諧，還沒有達到人爲的聲律的嚴格限制。周、秦古音，大約只有所謂長言的平聲，與短言的入聲，迄於魏、晉，聲韻之學漸興。曹魏李登曾作聲類十卷。魏書江式傳載式上表云：「(呂)忱弟靜，別放故左校令李登聲類之法，作韻集五卷，宮商龣徵羽各爲一篇。」又隋書潘徽傳載徽爲韻纂作序云：「李登聲類，呂靜韻集，始判清濁，才分宮羽。」另有孫炎，曾作爾雅音義，初步地創立了反切。可知魏晉時候，聲韻的研究，確有進步，已有清濁宮羽的分別了。但是那時只以宮商之類分韻，還沒有四聲之名。宋齊以來，佛經轉讀之風日盛。蓋讀經不僅誦其字句，必須傳其優美的有輕重節奏的聲音。慧皎在高僧傳中說：「自大教東流，乃譯文者衆，而傳聲者蓋寡。良由梵音重複，漢語單奇。若用梵音以詠漢語，則聲繁而偈迫；若用漢曲以詠梵文，則韻短而辭長。」這正說明單音的漢語，不容易傳達梵音的美妙。他又說：「天竺方俗，凡是歌詠法言，皆稱爲唄。至於此土，詠經則稱爲轉讀，歌讚則號爲梵唄。」中國語音既不適宜於佛經的轉讀與歌讚，欲達到此種目的則必須參照梵語的拼音，而求漢語適應的轉變，於是二字反切之學因以進步。反切盛行，聲音分辨乃趨於精密與正確，因此四聲得於此時成立。可知魏、晉雖有人從事聲韻的研究，而至齊、梁大爲興盛者，實受有佛經轉讀的影響。關於這一點，近人陳寅恪說得好。

中國入聲，較易分別。平上去三聲，乃摹擬當日轉讀佛經之三聲而成。轉讀佛經之三聲，出於印度古時聲明論之三聲也，於是創為四聲之說，撰作聲譜。借轉讀佛經之聲調，應用於中國之美化文，四聲乃盛行。永明七年二月二十日，竟陵王子良大集沙門於京邸，造經唄新聲，為當時考文審音一大事，故四聲說之成立，適值永明之世，而周顒、沈約之徒，又適為此新學說之代表人也。（節錄四聲三問，清華學報）

由這說明，使我們知道四聲說的成立，受有佛經轉讀的影響，實無可懷疑。稱爲竟陵之友而又曾參預考文審音的如周顒、沈約之流，都精於聲律而提倡鼓吹的事，也一點不覺奇異了。周顒作四聲切韻，沈約作四聲譜，於是四聲之名稱正式成立，同時將此種學問應用到文學上去，創爲四聲八病之說，因此詩文的韻律日益嚴格，平仄的講求日益精密，而當日的作品，更成爲一種新面目了。南史陸厥傳說：「吳興沈約、陳郡謝朓、瑯琊王融以氣類相推轂，汝南周顒善識聲韻，約等文皆用宮商。將平上去入四聲以此制韻，有平頭、上尾、蜂腰、鶴膝。五字之中，音韻悉異；兩句之內，角徵不同，不可增減，世呼爲永明體。」

又沈約謝靈運傳論云：「夫五色相宣，八音協暢，由乎玄黃律呂，各適物宜。欲使宮羽相變，低昂互節，若前有浮聲，則後須切響。一簡之內，音韻盡殊；兩句之中，輕重悉異。妙達此旨，始可言文。」四聲八病（平頭、上尾、蜂腰、鶴膝、大韻、小韻、旁紐、正紐）之說，現在看來，不過是講究韻律、調和平仄，並沒有什麼稀奇，但在當日，沈約諸人，視爲天地未發的精靈，前人未覩的祕寶。有人評其有誇大之嫌，然平心而論，聲律論之興起，對於中國韻文，確實起了積極作用，而具有一定的貢獻。劉勰在聲律篇中也說明聲律爲文學的重要原素，持論精細，敘述詳盡，很可供我們參考。但當日作者，不在重視內容的基礎上，運用新起的聲律，而只片面強調聲律的作用，結果是使文學只滿足於表面的華美，看不到內容貧乏的缺點。八病之說，尤爲煩瑣。正如鍾嶸所指出的，一時「士流景慕，務爲精密，襞積細微，專相陵架」（詩品），形成舍本逐末的不良效果。由晉代以來盛行的詞藻雕琢之風，再加以聲病的片面追求，因此文學更趨於技巧與形式的美麗。詩文更爲華靡，書札序跋評論的文章，也都趨於駢儷化了。梁書庾肩吾傳云：「齊永明中，文士王融、謝朓、沈約，文章始用四聲，以爲新變，至是轉拘聲韻，彌尚麗靡，復踰於往時。」南朝文學的「新變」，聲律論是有一定影響的。

二　新詩體的製作

在這種文學潮流裏，作家無不傾心於詩歌形式的講求，因此新詩體的製作，在當日是一件很可注意的事。五言古詩起於東漢，經過魏、晉諸詩人的寫作，是完全成熟了。七言古詩完成於曹丕的燕歌行，兩晉以後，作者漸多。到了南北朝，因對偶的風盛，聲律之說興，再加以樂府小詩的影響，於是在詩的形式上產生了各種各樣的新格律。王夫之撰古詩評選，第三卷名曰「小詩」，第六卷名曰「近體」。王闓運的八代詩選，卷十二至十四，收集自齊至隋的新詩體的作品，名爲「新體詩」。他們都注意到這些新形體的作品，同漢、魏、兩晉的詩歌，發生了形式上的變化，是不得不把它們分開了。但這些新的格律，都在試驗醞釀的時期，還沒有達到精密成熟的階段，由於那些新式的作品，表現了當日詩歌在形式上的新發展和作家們對於新詩體製作的努力。要經過這一階段，才可產生各體具備的唐詩。從詩歌的形式上說，南北朝到隋、唐之際的二百年間，是由漢魏古詩到唐代近體詩的重要的橋梁。

一、古詩的變體　這時期的古詩也發生了變化。過去的詩多數是全篇一韻，到了沈約諸人，變爲兩句、四句或是八句換韻，而有不少是平仄對換，頗有規律。使詩的音調趨於和諧活潑，呈現出一種新氣象。

漠漠牀上塵，心中憶故人。故人不可憶，中夜長歎息。歎息想容儀，不言長別離。別離稍已久，空牀寄杯酒。（沈約擬青青河畔草）

汀洲采白蘋，日暖江南春。洞庭有歸客，瀟湘逢故人。故人何不返，春華復應晚。不道新知樂，祇言行路遠。（柳惲江南曲）

前首兩句換韻，後首四句換韻，都是先平後仄。雖名爲五言古詩，無論形式、風格，都非漢、魏詩的舊面目了。

曹丕的燕歌行，是全篇一韻。這時的七言古詩，雖全篇一韻者居多，然其中已有換韻的。例如：

蘭葉參差桃半紅，飛芳舞轂戲春風。如嬌如怨狀不同，含笑流眄滿堂中。翡翠羣飛飛不息，願在雲間長比翼。佩服瑤草駐容色，舜日堯年歡無極。（沈約春白紵）

翻階蛺蝶戀花情，容華飛燕相逢迎。誰家總角歧路陰，裁紅點翠愁人心。天窗綺井曖徘

徊，珠簾玉篋明鏡台。可憐年紀十三四，工歌巧舞入人意。白日西落楊柳垂，含情弄態兩相知。（蕭綱東飛伯勞歌）

這種古詩變體的產生，可以看出也是受了聲律論的影響。韻的變換，無非是要在詩歌裏增加音調的和諧與變化，增加詩歌語言的音樂因素。所以這種古詩，也可以看作是新體詩。

二、長短體的產生　詩中長短句的雜用，並不新奇，古代的詩經，漢代的樂府中早已有之。但那些長短句的使用，只是一種偶然的現象，沒有形成一種規律。到了南朝，有規律的長短體出現了。最可注意的便是三句七言四句三言合成的江南弄。

楊柳垂地燕差池，緘情忍思落容儀，弦傷曲怨心自知。心自知，人不見。動羅裙，拂珠殿。（沈約）

遊戲五湖採蓮歸，發花田葉芳襲衣，為君豔歌世所希。世所希，有如玉。江南弄，採蓮曲。（蕭衍）

沈約有江南弄四首，蕭衍有七首，蕭綱也有三首，字句體裁全是相同，可知在當時已成爲一種定體，決不是長短句的偶然雜用。這種形式的產生，自然是依照樂譜的製作。古今樂錄云：「武帝改西曲製江南上雲樂十四曲，江南弄七曲」，這事實是可靠的。其上雲樂亦爲長短句體。因此後人把這些作品，看作是詞體的雛形。

三、小詩的興起

小詩就是唐人的絕句，用四句的五言或七言，抒情寫景，語少意深，是中國詩歌中很精采的作品。推其源流，五言先於七言，在漢代樂府中，如枯魚過河泣一類作品，已是五言四句的形式。曹植的集子內，也有幾首這樣的詩。到了兩晉，如陸機、傅玄、潘尼、張載、郭璞之流，都有此種作品，不過在質量上還不很高，然而也可看出這種小詩暗中滋長的趨勢。南朝時代，受了吳歌的影響，其體漸盛，如謝靈運、鮑照、謝惠連、謝莊、湯惠休諸人都在嘗試這種小詩的製作，作品雖是不多，在技巧上是比晉代進步了。到了永明，小詩得到了進一步的發展。如王儉、王融、徐孝嗣、謝朓、沈約、蕭綱諸人作品中，小詩的加多與藝術的進步，是值得注意的。

自君之出矣，金鑪香不然。思君如明燭，中宵空自煎。（王融自君之出矣）

夕殿下珠簾，流螢飛復息。長夜縫羅衣，思君此何極。（謝朓玉階怨）

這種成熟的作品的出現，使小詩在中國詩歌史上取得了地位。於是作者日多，梁、陳以後，小詩就更加活躍起來了。七言小詩，發生較遲。鮑照集中，雖多七言，然四句體之小詩，則尚未有。湯惠休有秋思引一首，略具形體。詞云：

秋寒依依風過河，白露蕭蕭洞庭波。思君末光光已滅，眇眇悲望如思何。（秋思引）

到了蕭綱，七言小詩有了進步。如夜望單飛雁：

天霜河白夜星稀，一雁聲嘶何處歸。早知半路應相失，不如從來本獨飛。

這一首詩不僅辭意清新，音律也相當和諧，一二句尤爲工允，真是七言絕句的先聲。此後作者日眾，形體初定，於是七言小詩也在這時期漸漸接近成熟了。小詩的出現，雖遠在漢末建安，但要等到南北朝時代，才比較完整，這原因實由於東晉以來興起的樂府民歌的影響。如吳聲歌曲、西曲歌，都是這種小詩的形式；在橫吹曲辭內，也有些七言的歌謠。這些樂府歌辭的流行與文人的接近，對於小詩的興起是很有關係的。我們試看當日文人創作小詩的時候，十之八九是用樂府古題，並且在作品的編纂上，這些詩亦多入於樂府部分，那就更可瞭解它們的性質及其來源了。

四、律體的逐漸形成　律體一面須講究韻律，同時還要講求對偶。一般的五七言律詩，都是八句成章，中間二聯，必須對得工整。律詩絕句，本來是唐詩中的重要部分，然而這種體裁，在南北朝時代，正在探求、準備和接近完成之中。謝莊的侍宴蒜山、侍東耕二首，已具備五律的雛形。自永明聲律論起來以後，王融、謝朓、沈約、范雲諸人，都在創作這種新體詩。如范雲的巫山高云：

> 巫山高不極，白日隱光輝。靄靄朝雲去，冥冥暮雨歸。巖懸獸無迹，林暗鳥疑飛。枕席竟誰薦，相望空依依。

雖說後面幾句，平仄稍有不調，但中間二聯對偶的工穩，形式的整齊，真可算是相當成功的五律。這種詩體由於梁簡文帝蕭綱的大量製作，在平仄上雖仍未達到美善之境，但在修辭與對偶上，已得到了很大的進步。此後作者日多，作品日富，於是這種新形式，便成為梁、陳二代的主要詩體了。如何遜、王籍、陰鏗、徐陵、王褒、庾信諸人，都在這方面作出了貢獻。五言律詩，到了這時候，可以說快要達到成熟的階段了。

餘艎何汎汎，空水共悠悠。陰霞生遠岫，陽景逐回流。蟬噪林逾靜，鳥鳴山更幽。此地動歸念，長年悲倦游。（王籍入若耶溪）

日色臨平樂，風光滿上蘭。南國美人去，東家棗樹完。抱松傷別鶴，向鏡絕孤鸞。不言登隴首，唯得望長安。（庾信詠懷）

像上面這種作品，在音律、對偶以及辭藻方面，初步具備了唐律的形態，在中國詩體的發展史上是值得重視的。至於七律，發生較遲，作者亦少。梁簡文帝蕭綱的春情，末二句雖為五言，然可看作是七律的雛形。到了庾信的烏夜啼，已具備了七律的形態。

促柱繁絃非子夜，歌聲舞態異前溪。御史府前何處宿，洛陽城頭那得棲。彈琴蜀郡卓家女，織錦秦川竇氏妻。詎不自驚長淚落，到頭啼烏恆夜啼。

格調雖為樂府，但形式確近七律。到了隋煬帝楊廣的江都宮樂歌，平仄對偶都得到了進步，七律算是初步形成了。至如庾丹的秋閨有望，已具備五言排律的形式；沈君攸的薄暮動絃歌，也略備七言排律的規模。由此看來，南北朝時代的詩歌形式，是上承漢、魏，下開唐朝，各種古典詩歌的形體，都在這時期中，經過許多詩人的嘗試努力而漸漸地近於完成；他們這種創造與成績，在中國詩史上有一定的貢獻。

三　山水文學與色情文學

上面所講的，是當日詩歌形式的新發展，現在想談談當日文學的內容。我們試檢閱這一時期的作品，其中最惹人注目的內容，是描寫風景的山水文學和稱爲宮體的色情文學。依附宮廷的荒淫權貴，趨於豔體；退避山林的失意文人，寄情自然。當代士大夫那種欲官欲隱的生活狀態，在孔稚珪那篇富於諷刺性的北山移文裏，是反映了一點影子的。北山移文假託山靈的口吻，用對比誇張的手法，揭露了那些「焚芰裂荷、抗塵走俗」的假隱士的虛僞面貌，和那些「身在江湖心懷魏闕」的名士文人的醜態。雖是駢體，並不堆砌辭藻，文辭工麗，聲律和諧，是當代駢文中富有現實意義的佳作。在這篇文章裏，同時也反映出當代那些不得意的官僚文人，在黑暗的政治環境裏，追慕山林趣味的精神傾向。

一、**山水文學**　政治黑暗與社會紊亂，使得那些在政治上受壓迫的和受佛教思想影響的知識分子，發生對於現世的厭惡和對於自然界的嚮往，由此避世隱居之風，和對於山水風物的依戀和描摹，漸漸地在文學內出現了。這在晉代已開其端。廬山諸道人的遊石門詩序和孫綽的天台山賦，在刻劃山水、描寫自然上，表現了細緻的技巧，而成爲寫景的佳構。「雙闕對峙其前，重岩映帶其後，巒阜周回以爲嶂，崇岩四營而開宇。……清泉分流而合注，淥淵鏡淨於天池。文石發彩，煥若披面；檉松芳草，蔚然光目，其爲神麗，亦已備矣。」（遊石門詩序）這是以寫山水爲主，和過去詩文中略以山水爲襯托的寫法，大有不同。至於天台山賦，更爲顯著。

跨穹隆之懸磴，臨萬丈之絕冥。踐莓苔之滑石，搏壁立之翠屏。攬樛木之長蘿，援葛藟之飛莖。……既克隮於九折，路威夷而修通。恣心目之寥朗，任緩步之從容。藉萋萋之纖草，蔭落落之長松，覿翔鸞之裔裔，聽鳴鳳之嚶嚶。過靈溪而一濯，疏煩想於心胸。……陟降信宿，迄于仙都。雙闕雲竦以夾路，瓊台中天而懸居。珠閣玲瓏於林間，玉堂陰映於高隅。

用這種態度和手法來描寫山水，山水便成爲文學中的主題，這類作品，是南朝山水文學的先聲。在詩歌中，陶淵明已具有這種傾向。但是陶淵明對於自然不只是風景的描寫，而具有濃厚的抒情成分，和反抗現實的思想內容。他不是客觀的寫實，而是主觀的寫意。他的作品，由幾句印象的詩句，襯托出一幅遠影的圖畫，然而不是寫實的圖畫。對於山水，他從沒有深刻細緻的描繪，只有意象的反映。因爲他整個的人生與自然界完全融爲一體，才能達到這個高遠的境界。在詩歌方面，真正用力加以客觀描寫的，是始於宋代的謝靈運。文心雕龍明詩篇云：「宋初文詠，體有因革，莊、老告退，而山水方滋。儷采百字之偶，爭價一句之奇。情必極貌以寫物，辭必窮力而追新。」這幾句話，正說明當代山水文學的真實情況，所謂百字之偶，一句之奇，極貌寫物，窮力追新，都是表現當日詩人對於山水風景的客觀描寫的手法，如何傾其全力求其辭句的美麗，求其形象刻劃的細微真實。在這地方，正表示這種山水文學，與陶淵明的作品有思想基礎和表現方法的不同，而顯露出當時文學追求形式的傾向。

一面因爲政治的腐敗，引起了一般人對於現世的不滿和厭惡，同時對於長期以來盛極一時的遊仙哲理的玄言文學，大家都感着過於空虛乏味，於是由仙界而入於自然界。加之東晉末葉以來，文人名士與佛徒交遊之風極盛，深山絕谷，古廟茅亭，成爲文人佛徒出沒之地。而江南一帶的美麗山水，給詩人們提供了山水文學的良好環境。於是遊踪所至，美景在目，心意所感，發於詩文。如謝靈運、謝朓諸人，無不以山水之作見稱於時，而當代很多文人，都與佛徒發生或深或淺的關係。當日文士佛徒交遊的風氣，也是促成山水文學興盛的一種原因。宋書謝靈運傳說：「出爲永嘉太守，郡有名山水，靈運素所愛好，出守既不得志，遂肆意遊遨，徧歷諸縣，動踰旬朔。民間聽訟，不復關懷。所至輒爲詩詠，以致其意焉。」又說：「尋山陟嶺，必造幽峻，巖障千重，莫不備盡。」他有一次遊始寧、臨海一帶，從者數百，當地的太守疑爲山賊。並且同他遊山玩水的有慧遠、法勗、僧維、慧驎、僧鏡、曇隆、法流等僧徒。一面欣賞山水美景，一面說理吟詩。在這種生活環境下，反映於作品的，自然是偏於山水的描寫。其作風雖過於琢鍊雕縟，玄言之風也還有殘存，但他的山水文學確實開一代風氣，在玄言詩的統治時期，起了很大的轉變作用。

> 溯溪終水涉，登嶺始山行。野曠沙岸淨，天高秋月明。憩石挹飛泉，攀林搴落英。（初去郡）

> 剖竹守滄海，枉帆過舊山。山行窮登頓，水涉盡洄沿。巖峭嶺稠疊，洲縈渚連綿。白雲抱幽石，綠篠媚清漣。（過始寧野）

或寫秋夜月明的幽境，或寫雲霧彌漫的景色，或寫登山涉水的印象，或寫雲石相倚、水竹交映的圖畫，無不觀察細密，刻劃入微，語言鍛鍊的精巧，尤爲過人。雖無陶詩那種沖淡高遠之趣，而其描寫的工力，却是盡其慘淡經營的能事了。

謝朓爲永明詩人之雄，除小詩以外，其作品亦以寫景詩爲優。如遊東田云：

> 戚戚苦無悰，攜手共行樂。尋雲陟累榭，隨山望菌閣。遠樹曖阡阡，生煙紛漠漠。魚戲新荷動，鳥散餘花落。不對芳春酒，還望青山閣。

遠景有遠景的寫法，近景有近景的寫法，他都能曲盡其妙，實是成功之作。他如之宣城郡出新林浦向板橋、晚登三山還望京邑、暫使下都夜發新林至京邑贈西府同僚、和徐都曹出新亭渚諸篇中，都有許多優美的寫景佳句。因爲二謝開了山水一派的詩風，同代詩人，都努力於這方面的創作。在沈約、王融、何遜、蕭統、陰鏗、庾信等等諸人的集中，都有許多美妙細密的描繪山水風景的佳篇。

在小品文方面，描寫山水的成績，並不劣於詩歌。因駢偶聲律的盛行，因此當日的小品文，日趨於詩化與美化，出現了一些清麗新巧的佳作。在山水描寫一方面，成就特勝。如陶宏景的答謝中書書云：

山川之美，古來共談。高峯入雲，清流見底。兩岸石壁，五色交暉。青林翠竹，四時俱備。曉霧將歇，猿鳥亂鳴。夕日欲頹，沉鱗競躍。實是欲界之仙都，自康樂以來，未復有能與其奇者。

再如吳均與朱元思書云：

風煙俱淨，天山共色。從流飄蕩，任意東西。自富陽至桐廬，一百許里。奇山異水，天下獨絕。水皆縹碧，千丈見底。遊魚細石，直視無礙。急湍甚箭，猛浪若奔。夾岸高山，皆生寒樹。負勢競上，互相軒邈。爭高直指，千百成峯。泉水激石，泠泠作響；好鳥相鳴，嚶嚶成韻。蟬則千轉不窮，猨則百叫無絕。鳶飛戾天者，望峯息心；經綸世務者，窺谷忘反。橫柯上蔽，在晝猶昏，疎條交映，有時見日。

再如吳均與顧章書云：

僕去月謝病，還覓薜蘿。梅谿之西，有石門山者。森壁爭霞，孤峯限日。幽岫含雲，深谿蓄翠。蟬吟鶴唳，水響猿啼。英英相雜，緜緜成韻。既素重幽居，遂葺宇其上。幸富菊花，偏饒竹實。山谷所資，於斯已辦。仁智所樂，豈徒語哉！

再如祖鴻勳與陽休之書云：

吾比以家貧親老，時還故郡。在本縣之西界，有雕山焉。其處閑遠，水石清麗。高巖四匝，良田數頃。家先有埜舍於斯，而遭亂荒廢，今復經始，卽石成基，憑林起棟。蘿生映宇，泉流遶階。月松風草，緣庭綺合。日華雲實，旁沼星羅。檐下流煙，共霄氣而舒卷；園中桃李，雜松柏而葱蒨。時一牽裳涉澗，負杖登峯，心悠悠以孤上，身飄飄而將逝，杳然不復自知在天地間矣。

再如丘遲的與陳伯之書，雖不是描繪山水之作，其中如「暮春三月，江南草長，雜花生樹，羣鶯亂飛」，描寫江南的風景，活躍如畫，爲古今傳誦的名句。

這些作品雖都是駢體，然着重白描，不用典故，字句清新，精於鑄鍊，描繪山水，有色有聲。形象動人，富於美感。到了酈道元的水經注，散勝於駢，文字清絕，爲當代山水文學的傑作。

水經注　酈道元（？——五二七）字善長，范陽涿鹿（今屬河北）人。在北魏做過河南尹、御史中尉等職，後爲關右大使，爲雍州刺史蕭寶夤所殺。他是一位勤學博覽的地理學者，有水經注四十卷，是富有文學價值的地理著作。水經最初爲桑欽所作，列舉全國大小河流一百三十多條，酈道元繁徵博引，收集有關全國水文的記載，詳爲考訂，爲之注釋。河流所經之處，詳敘其城邑建築、人物故事、歷史古蹟、地理沿革，以及神話傳說等等，尤其對山水風景，有較爲深刻生動的描寫。

……其下十餘里，有大巫山，非唯三峽所無，乃當抗峯岷峨，偕嶺衡疑，其翼附羣山，並概青雲，更就霄漢辨其優劣耳。……其間首尾百六十里，謂之巫峽，蓋因山為名也。自三峽七百里中，兩岸連山，略無闕處。重巖疊嶂，隱天蔽日。自非停午夜分，不見曦月。至于夏水襄陵，沿泝阻絕，或王命急宣，有時朝發白帝，暮到江陵。其間千二百里，雖乘奔御風，不以疾也。春冬之時，則素湍淥潭，迴清倒影，絕巘多生怪柏，懸泉瀑布，飛漱其間，清榮峻茂，良多趣味。每至晴初霜旦，林寒澗肅，常有高猿長嘯，屬引淒異，空谷傳響，哀轉久絕。故漁者歌曰：巴東三峽巫峽長，猿鳴三聲淚沾裳。（江水）

文字幽麗峭潔，描寫深細，山水面貌，歷歷在目。寫龍門河水云：「其中水流交衝，素氣雲浮，往來遙觀者常若霧露沾人，窺深悸魄。其水尙崩浪萬尋，懸流千丈，渾洪贔怒，鼓若山騰，濬波頹疊，迄於下口，方知慎子下龍門，流浮竹，非駟馬之追也。」黃河經過龍門，正是最奇險之處，寫來驚心動魄，與「重巖疊障，清榮峻茂」的巫峽山水，又有不同。

他能以不同風格的語言，表達出不同性格的山水，這是水經注在山水文學中的重要特點。它不同於一般的注釋書，實際是一部創作。他以深峭清絕的筆力，描繪祖國各種雄奇、秀媚的山川形象，使讀者發生對祖國土地的熱愛。後來柳宗元的山水文章，很受他的影響。至於書中內容，也還有些缺點，那就是四庫提要指出來的：「至塞外羣流，江南諸派，道元足跡，皆所未經，故於灤河之正源，三藏水之次序，白檀、要陽之建置，俱不免附會乖錯，甚至以浙江妄合姚江，尤爲傳聞失實。」

其次北魏，楊衒之的洛陽伽藍記，雖不是山水文學，但也是記述佛寺風物和園林景色的作品，也值得我們注意。楊衒之，北平（今河北保定）人。生卒不詳，官爵亦難考定。洛陽伽藍記序云：「至武定五年，歲在丁卯，余因行役，重覽洛陽。城郭崩毀，宮室傾覆，寺觀灰燼，廟塔丘墟。……京城表裏，凡有一千餘寺，今日寮廓，鐘聲罕聞。恐後世無傳，故撰斯記」，又廣弘明集云：「楊衒之……見寺宇壯麗，捐費金碧，王公相競，侵漁百姓，乃撰洛陽伽藍記，言不恤衆庶也。」（敍列代王臣滯惑解）在這裏說明了他寫這部書的態度。他想通過佛寺盛衰興廢的敍述，反映出當代的社會面貌和豪門、僧尼的淫侈生活，一面寄託其弔古傷今之情，一面揭露北魏王公貴族剝削人民沉溺佛教的罪惡。書中所記，以佛寺園林爲綱，而繫以人事、掌故，故富於現實意義，而時多諷刺。

自退酤以西張方溝以東，南臨洛水，北達芒山，其間東西二里，南北十五里，並名為壽邱里，皇宗所居也。民間號為王子坊。當時四海晏清，八荒率職，縹囊紀慶，玉燭調辰。百姓殷阜，年登俗樂。鰥寡不聞犬豕之食，煢獨不見牛馬之衣。於是帝族王侯，外戚公主，擅山海之富，居川林之饒，爭修園宅，互相誇競。崇門豐室，洞户連房，飛館生風，重樓起霧。高臺芳樹，家家而築，花林曲池，園園而有。莫不桃李夏綠，竹柏冬青。而河間王琛，最為豪首，常與高陽爭衡，造文柏堂，形如徽音殿。置玉井金罐，以金五色績為繩。妓女三百人，盡皆國色。有婢朝雲，善吹篪，能為團扇歌、隴上聲。琛為秦州刺史，諸羌外叛，屢討之不降。琛令朝雲，假為貧嫗，吹篪而乞。諸羌聞之，悉皆流涕，迭相謂曰：「何為棄墳井在山谷為寇也？」卽相率歸降。秦民語曰：「快馬健兒，不如老嫗吹篪！」琛在秦州多無政績，遣使向西域求名馬，遠至波斯國，得千里馬，號曰「追風赤驥」。次有七百里者十餘匹，皆有名字，以銀為槽，金為鎖環。諸王服其豪富。琛常語人云：「晉室石崇，乃是庶姓，猶能雉頭狐腋，畫卵雕薪，況我大魏天王，不為華侈？」造迎風館於後園，牕户之上列錢青鎖，玉鳳銜鈴，金龍吐佩。素柰朱李，枝條入簷。伎女樓上，坐而摘食。……經河陰之役，諸元殲盡，王侯第宅，多題為寺，壽邱里間，列刹相望，祇洹鬱起，寶塔高凌。四月初八日，京師士女多至河間寺，觀其廊廡綺麗，無不歎息，以為蓬萊仙室亦不足過。入其後園，見溝瀆蹇產

，石磴礁嶢，朱荷出池，綠萍浮水，飛梁跨閣，高樹出雲，咸皆唧唧。雖梁王兔苑，想之不如也。（壽邱里）

在這些文字裏，深刻地揭露了那些王公貴族的荒淫生活，而又以清麗的筆法描寫寺院園林的風景，具有山水文學的特色。四庫提要稱其文筆「穠麗秀逸，煩而不厭，可與酈道元水經注肩隨」，書中有太康寺一節，託趙逸的故事，對封建社會的史書和墓志的虛僞性，予以強烈的諷刺，所謂「推過於人，引善自問，……妄言傷正，華辭損實」，說得極爲深刻，難怪當日的文士們要感到羞愧了。書雖成於北魏，文體亦染有駢風，然放在當代，仍爲散文中的優秀作品。

二、色情文學 山水文學以外，另一種是色情文學。這種文學，主要是描寫閨情，甚而及於男色，實在是盡其放蕩、淫靡、墮落之能事。這種文學的產生，主要是當代文學，掌握在荒淫的君主貴族的手裏。這些作品的內容，正是他們荒淫生活的反映。南朝的君主臣僚，都是荒於酒色，流連聲伎，風俗的敗壞，生活的奢淫，是歷史上有名的。

上常宮內大集，而贏婦人而觀之，以為懽笑。后以扇障面，獨無所言。帝怒曰，外舍家寒乞，今共為笑樂，何獨不視？（宋書王皇后傳）

又別為潘妃起神仙、永壽、玉壽三殿，皆帀飾以金璧。……又鑿金為蓮花帖地，令潘妃行其上曰，此步步生蓮華也。（南史齊廢帝東昏侯本紀）

（後主）荒於酒色，不卹政事。……常使張貴妃孔貴人等八人夾坐，江總、孔範等十人預宴，號曰狎客。先令八婦人擘采箋，製五言詩，十客一時繼和，遲罰酒，君臣酣宴，從夕達旦。（南史陳後主本紀）

我們看了上面這些紀事，知道當日君臣的淫奢無度，真是到了極點。然而我所舉者，不過數例而已，試看趙翼在二十二史劄記中，所記的宋齊多荒主及宋世閨門無禮二篇，那種情形是要令人驚異的。可知這種色情文學，正是當日宮廷腐朽生活和士族文人淫侈頹廢生活的表現，同時也明顯地暗示出當時政治的極度腐化。

這種文學在宋齊時代，作者已多。沈約、王融諸人的作品，已有專寫女人情態、顏色的豔詩。到了簡文帝蕭綱，幾乎在傾全力做這種詩，用華美雕琢的辭句，來掩蔽那淫鄙的內容。南史簡文本紀云：「辭藻豔發，博綜羣言。……然帝文傷於輕靡，時號宮體。」又徐摛傳云：「摛文體既別，春坊盡學之，宮體之號，自斯而始。」宮體之風成，作者益眾，於是這種詩便盛極一時。在當代如庾肩吾、劉孝威、劉孝綽、吳均、何遜、江淹、徐陵、庾信諸人的作品裏，這樣的詩是多極了。簡文帝的宮體，在表面上雖然典雅，然其反面却暗示着強烈的肉感與情慾，成爲當日色情文學的代表。他的詩題，是見內人作臥具、戲贈麗人、詠內人晝眠，傷美人，倡婦怨情、詠舞、詠美人觀畫、美人晨粧、夜聽妓這些東西。由這些詩題，便會知道他所描寫的內容了。試舉詠內人晝眠一首作例：

北窗聊就枕，南簷日未斜。攀鉤落綺障，插捩舉琵琶。夢笑開嬌靨，眠鬟壓落花。簟文生玉腕，香汗浸紅紗。夫壻恆相伴，莫誤是倡家。

這種放蕩的描寫，外面掩飾一層美麗辭藻的外衣，內面包含着極其腐爛的靈魂。他不僅寫女人，還進一步描寫了男色。如他的孌童云：

孌童嬌麗質，踐董復超瑕。羽帳晨香滿，珠簾夕漏賒。翠被合鴛色，雕床鏤象牙。妙年同小史，姝貌比朝霞。袖裁連璧錦，牋織細橦花。攬袴輕紅出，迴頭雙鬢斜。嬾眼時含笑，玉手乍攀花。懷情非後鈞，密愛似前車。定使燕姬妒，彌令鄭女嗟。

這種惡劣的描寫，把詩境完全毀滅，文學到了這種地步，真是墮落到無以復加了。這種作品，正是這位佛徒皇帝的內心生活的鏡子，鮮明地反映出他的荒淫的意識形態與生活形態。

色情文學到了陳後主、江總時代，完全變爲倡妓狎客一流的東西，如後主的玉樹後庭花、烏棲曲、三婦豔詞、東飛伯勞歌，江總的宛轉歌、閨怨篇、東飛伯勞歌等作，都輕薄浮豔到了極點，說是亡國之音，並不爲過。

麗宇芳林對高閣，新妝豔質本傾城。映戶凝嬌乍不進，出帷含態笑相迎。妖姬臉似花含露，玉樹流光照後庭。（陳後主玉樹後庭花）

南飛烏鵲北飛鴻，弄玉蘭香時會同。誰家可憐出窗牖，春心百媚勝楊柳。銀床金屋掛流蘇，寶鏡玉釵橫珊瑚。年時二八新紅臉，宜笑宜歌羞更斂。風花一去杳不歸，祇為無雙惜舞衣。（江總東飛伯勞歌）

在這些作品裏明顯地暴露出當日君主臣僚、荒淫生活的內幕，反映出政治的腐敗黑暗。在那一時期內，色情文學並不限於宮廷，這一種氣氛彌漫着宮廷內外，幾乎大多數作家的眼角裏，都充滿着色情的邪慾。「浮雲無處所，何用轉橫波」（鮑泉南苑看遊者）；「上客徒留目，不見正橫陳」（劉緩敬酬劉長史詠名士悅傾城）。不只是墮落，而實際是一種罪惡。這種風氣並不限於當日的詩歌，辭賦也是如此。由於這類作品，造成極其輕豔淫靡的文風，而成爲後代文人批判南朝文學的主要對象。

四　文學批評

在南北朝時代，在文學觀念日益明晰、文學形式日益講求的時代，論文的專家應運而生；評價作家與作品、辨別文體與討論創作方法的專書，也就適應這潮流而出現了。這一時期的文學理論和批評，比起魏、晉來，又得到了進一步的發展。這時的文學論者，無論他們對於當代的文風是贊成或是反對，但當代文學潮流，確實促進了文學理論和批評的進步；正因爲在不同意見的論爭中，提高了對於文學的認識，探討了文學方面的重要理論，開展了文學批評。在沈約、蕭統、蕭繹、劉孝綽、裴子野、顏之推諸人的文章裏，對於文學都發表了不同的意見，但獨成系統、集中全力、致身於文學批評事業而得到很大成就的，是以文心雕龍與詩品馳名的劉勰與鍾嶸。尤其是劉勰，在中國過去兩千多年的文學批評史上具有更爲重要的地位。這原因是在於他們以進步的思想，深厚的修養，精細的方法，與純正專心的態度，對於文學的體裁、創作與批評各方面，作了有系統的論述。章學誠在詩話篇說：「詩品之於論詩，視文心雕龍之於論文，皆專門名家勒爲成書之初祖也。文心體大而慮周，詩品思深而意遠。蓋文心籠罩羣言，而詩品深從六藝溯流別也。論詩論文而知溯流別，則可以探源經籍，而進窺天地之純，古人之大體矣，此意非後世詩話家流所能喻也。」他說文心體大慮周，詩品溯源流別，成爲批評專書的初祖，而遠勝於後日的詩話一類，都是很正確的意見。

一　劉勰與文心雕龍

劉勰（?——約五二〇）字彥和，東莞莒（今屬山東）人，世居京口（今江蘇鎭江）。據梁書本傳，知道他博學家貧，不婚娶，篤信佛理，晚年出家，改名慧地。他精通佛典，定林寺的經藏，是他撰定的，寺塔與名僧的碑誌，很多是他的手筆。在梁朝他做過幾次小官，先是臨川王宏的記室，後外放作太末令，政聲很好，後又作仁威南康王的記室兼東宮通事舍人，故世稱劉舍人。他晚年燒了鬚髮，正式出家，皈依佛教。

文心雕龍作於齊代。時序篇說的「暨皇齊御寶」，是可靠的證據。由此可知這一本書，是他早年的著作。由徵聖、宗經、序志諸篇對於孔子和六藝的話看來，我們可以知道他這一本書主要是以儒家思想為指導的；他一面吸取並發展了儒家文學思想中的進步因素，同時又存在着儒家傳統思想的局限。他思想中雖存在着矛盾，然進步力量是主要的一面。這本書的特色，是作者能站在文學批評者的立場，把文學理論作為一門專門學問來研究的，這是魏、晉以來文學理論建設和發展中的時代產物，而具有重大的歷史意義。

文心雕龍涉及的範圍，非常廣泛。全書五十篇（缺隱秀一篇，今本隱秀，為後人所補），對於文體流別、批評原則與創作方法都討論到了。書的主要內容如下：

一、全書序言　　序志

二、緒論　　原道、徵聖、宗經、正緯、辯騷五篇

三、文體論　　明詩至書記二十一篇

四、創作論　神思、風骨、通變、定勢、情采、鎔裁、聲律、章句、麗辭、比興、夸飾、事類、練字、養氣、附會、總術十六篇

五、批評論　知音、才略、物色、時序、體性、程器、指瑕七篇

這種分類自然有些勉強的地方。因爲作者在寫作這本書的時候，對於創作與批評的界限，沒有嚴密的劃分，因此各篇裏，時時有雙關互顧之處。如情采、通變、定勢、體性、物色諸篇，對於創作與批評都有重要的見解，隨便放到那一部分也是可以的。再如辯騷，也可歸於文體。然而在大體上講來，這樣的分類，還是較爲清楚的。全書內容豐富，要加以詳細論述，這是中國文學批評史的工作；我在這裏，只能說明幾個重點。

一、**文質並重**　劉勰生於永明、天監之間，正是駢儷聲律的初盛時期。文學的發展，正趨於形式雕飾的美，而缺乏內容的質。他在明詩篇說：「宋初文詠，體有因革。……儷采百字之偶，爭價一句之奇。情必極貌以寫物，辭必窮力而追新。」又在物色篇說：「自近代以來，文貴形似。窺情風景之上，鑽貌草木之中。吟詠所發，志惟深遠；體物爲妙，功在密附。」他對於當代文學的新趨勢，看得很清楚。這種趨勢，有好處也有弊病。弊病是文學過於追求形式美，缺少社會內容，好處是文學技巧的進步。劉勰在文心雕龍裏，一面是肯定這種藝術進步的成績，同時又批評文學缺少實質的缺點。他要求文質統一，處理適宜，才能提高文學的質量。他反對當日那種「競今疎古」、「習

華隨侈」的「新變」，主張「資故實，酌新聲」的通變。他說的「鉛黛所以飾容，而盼倩生於淑姿；文采所以飾言，而辯麗本於情性」（情采篇），正是這種合則雙美離則兩傷的理論。鉛黛文采若用得過度，自然有害於淑姿情性，若用得恰到好處，則有增於顧盼辯麗之美姿。優秀的作家與作品，就是要在質的主要基礎上，善於使用鉛黛與文采，要能達到文不滅質，博不溺心的地步，那就無可非議了。所以他說：

聖賢書辭，總稱文章，非采而何？夫水性虛而淪漪結，木體實而花萼振，文附質也。虎豹無文，則鞹同犬羊，犀兕有皮，而色資丹漆，質待文也。（情采）

夫才量學文，宜正體製。必以情志為神明，事義為骨髓，辭采為肌膚，宮商為聲氣，然後品藻元黃，摛振金玉，獻可替否，以裁厥中，斯綴思之恒數也。（附會）

所謂文附質、質待文，是說文質彼此扶持、相得益彰之妙。把情志事義看爲文學的神明與骨髓，辭采與聲律看作是文學的肌膚，二者不可偏廢，實是公允的論見。骨髓比起肌膚來，當然更爲重要，這裏就顯示出質、文的主從關係。他的主要觀點，是要一面節制文采的過度以防內質的貧弱，同時又不要片面強調內質以防文采的枯淡。他既沒有儒家道統觀念的固執，也沒有惟美主義者的藝術至上的偏激。他在風骨篇裏，把這種意見發揮得更爲透徹。「是以怊悵述情，必始乎風；沉吟鋪辭，莫先於骨。故辭之待骨，如體之樹骸；情之含風，猶形之包氣。……故練於骨者，析辭必精；深乎風者，述情必顯」，他在這裏雖是風骨並舉，而其實質，風骨已經成爲一個整體，成爲內容、形式統一的文學精神。

二、**文學與社會環境** 劉勰以前的論文家，如曹丕、陸機之流，大都認爲文質的變遷，風氣的演化，主要決定於作家的天才。到了劉勰，他雖一面承認才性的重要，但他認爲文學的種種變化，主要是由於外面的社會環境。他在時序篇裏，告訴我們自古以來至宋、齊之間的文學演變發展，都受有社會環境的影響。他雖沒有注意到經濟這一重要觀點，然而他認爲政治、宗教、學術、風俗各方面對於文學具有重要作用的事，是說得較爲正確的。他在這些觀點上，初步建立了文藝社會學的理論基礎，已經把世人視爲純粹出於天才創作的文學同複雜的社會環境，密切地聯繫起來，大大地超過了前人的水平。

時運交移，質文代變。古今情理，如可言乎？昔在陶唐，德盛化鈞，野老吐何力之談，郊童含不識之歌。有虞繼作，政阜民暇，薰風詩於元后，爛雲歌於列臣。盡其美者何？乃心樂而聲泰也。……逮姬文之德盛，周南勤而不怨；太王之化淳，邠風樂而不淫。幽厲昏而板蕩怒，平王微而黍離哀，故知歌謠文理，與世推移，風動於上，而波震於下者。春秋以後，角戰英雄，六經泥蟠，百家飆駭。方是時也，韓魏力政，燕趙任權，五蠹六蝨，嚴於秦令。唯齊楚兩國，頗有文學。……故稷下扇其清風，蘭陵鬱其茂俗。鄒子以談天飛譽，騶奭以雕龍馳響。屈平聯藻於日月，宋玉交彩於風雲。觀其豔說，則籠罩雅頌。故知暐燁之奇意，出乎縱横之詭俗也。爰至有漢，運接燔書。高祖尚武，戲儒簡學。雖禮律草創，詩書未遑。然大風鴻鵠之歌，亦天縱之英作也。施及孝惠，迄於文景，經術頗興，而辭人勿用。賈誼抑而鄒枚沉，亦可知已。逮孝武崇儒，潤色鴻業，禮樂爭輝，辭藻競騖。柏梁展朝讌之詩，金堤製恤民之詠。徵枚乘以蒲輪，申主父以鼎食。……買臣負薪而衣錦，相如滌器而被繡。……遺風餘采，莫與比盛。……自獻帝播遷，文學蓬轉，建安之末，區宇方輯。魏武以相王之尊，雅愛詩章，文帝以副君之重，妙善辭賦，陳思以公子之豪，下筆琳瑯，並體貌英逸，故俊才雲蒸。……觀其時文，雅好慷慨，良由世積亂離，風衰俗怨，並志深而筆長，故梗概而多氣也。……自中朝貴玄，江左稱盛，因談餘氣，流成文體，是以世極迍邅，而辭意夷泰。詩必柱下之旨歸，賦乃漆園之義疏。故知文變染乎世情，興廢繫乎時序。原始以要終，雖百世可知也。（時序篇）

他在這裏是以政治環境爲立論的主點，然對於學術思想、社會生活與文學的關係，也都討論到了。論詩經，則說：「幽厲昏而板蕩怒，平王微而黍離哀」；論建安文學，則說：「觀其時文，雅好慷慨，良由世積亂離，風衰俗怨」；論晉代詩賦，則說：「自中朝貴玄，江左稱盛，因談餘氣，流成文體。是以世極迍邅，而辭意夷泰」，這種見解是非常正確而又是深刻的。他所提出來的「文變染乎世情，興廢繫乎時序」，把文學與政治、社會的關係，緊緊地結合起來，完整透徹，閃耀着唯物主義的光輝，而成爲一代的卓見。

他除了討論社會環境對於文學的關係以外，還注意到氣候時令與地方色彩影響於作家與作品的自然環境。這些環境有時也能刺激作家的創作動機，同時在不同程度上也影響作家的個性與作品的風格。物色篇說：

春秋代序，陰陽慘舒，物色之動，心亦搖焉。蓋陽氣萌而玄駒步，陰律凝而丹鳥羞，微蟲猶或入感，四時之動物深矣。……歲有其物，物有其容。情以物遷，辭以情發，一葉且或迎意，蟲聲有足引心，況清風與明月同夜，白日與春林共朝哉。是以詩人感物，聯類不窮，流連萬象之際，沈吟視聽之區，寫氣圖貌，既隨物以宛轉，屬采附聲，亦與心而徘徊。故灼灼狀桃花之鮮，依依盡楊柳之貌，杲杲為出日之容，瀌瀌擬雨雪之狀，喈喈逐黃鳥之聲，喓喓學草蟲之韻。皎日嘒星，一言窮理。參差沃若，兩字窮形。並以少總多，情貌無遺矣。……若乃山林皐壤，實文思之奧府。略語則闕，詳說則繁，然屈平所以能洞監風騷之情者，抑亦江山之助乎！

劉勰以前，樂記、詩大序等作，也初步接觸到這類問題。到了時序、物色諸篇，特別是時序，劉勰結合作家、作品與政治、社會關係的具體情況，作了詳細的論述，建立了遠遠超過前人的理論。他這種理論，對於天才至上與精神獨立活動的唯心主義的文學思想，起了很大的批判作用。這一點，實在是劉勰在文學理論史上重大的貢獻。

三、批評論的建立　因爲劉勰深刻理解文學的性質與意義，所以他對於創作與批評的艱苦也瞭解得非常深切。他對於當代文學批評界的偏於主觀與印象、以及未能達到求因明變的工作，感着很不滿意。所以他在序志篇說：「魏典密而不周，陳書辯而無當，應論華而疏略，陸賦巧而碎亂，流別精而少巧，翰林淺而寡要。……並未能振葉以尋根，觀瀾而索源。」所謂不周、無當、寡要、疏略等類的弊病，都是因爲沒有建立客觀的批評方法，只偏於主觀印象。不能尋根索源，因爲他們忽略了作品與社會環境的重要關係，而只注意到作家的才性與技巧本身。他認爲要樹立精確的批評，必須先免去這些流弊。批評誠然是難事，如果批評家有公正的態度、廣博的學識與客觀的批評標準，這種困難是可以克服的。他認爲文學是外物的感應，是共有的時代環境的反射，並且文章構造的美妙與音調的和諧，都可以具體分析和說明，那末一個作家和一種作品，必然有他的客觀價值。他說：「夫綴文者情動而辭發，觀文者披文以入情。沿波討原，雖幽必顯。世遠莫見其面，覘文輒見其心，豈成篇之足深，患識照之自淺耳。夫志在山水，琴表其情；況形之筆端，理將焉匿？故心之照理，譬目之照形，目瞭則形無不分，心敏則理無不達。」（知音篇）他在這裏說明建立正確的文學批評，完全是可能的。

第一、批評家的修養　批評家不能專憑自己的直覺，必得有廣博學識的修養。有了深厚的修養，始可瞭解作品結構的微妙，藝術的優劣，以及因變的原委，才不至於鬧出以雉為鳳信偽為真的笑話。所以他在知音篇說：「凡操千曲而後曉聲，觀千劍而後識器。故圓照之象，務先博觀。閱喬岳以形培塿，酌滄波以喻畎澮，無私於輕重，不偏於憎愛，然後能平理若衡，照辭如鏡矣。」

第二、批評家的態度　文人相輕的惡習，自古已然。若是批評家有了廣博學識的修養，而沒有公正的態度，只是黨同伐異，故作曲辭，那末這種批評，只是惡意的攻擊，或是不公正的褒貶，不僅沒有好處，只有壞處。因此他對於批評家的態度，提出最重要的三點。一、不能貴古賤今；二、不能崇己抑人；三、必須放棄主觀好惡的成見。關於這幾點，他在知音篇裏，都舉出例子，加以說明。

第三、批評的標準　經過了上面兩種步驟，才達到最後批評的階段。因為在批評上要避開主觀的偏見與印象的褒貶，他於是提出了六觀的標準。他說：「是以將閱文情，先標六觀。一觀位體，二觀置辭，三觀通變，四觀奇正，五觀事義，六觀宮商，斯術既形，則優劣見矣。」（知音）位體是指文學的體製。他在定勢篇裏，已曾討論到一種體裁，應有適應這種體裁的內容與風格。「夫情致異區，文變殊術。莫不因情立體，卽體成勢也。……是以模經為式者，自入典雅之懿，效騷命篇者，必歸豔逸之華。綜意淺切者，類乏醞藉，斷辭辨約者，率乖繁縟。譬激水不漪，槁木無陰，自然之勢也。」一觀位體，便是看那種體裁是不是與作品的內容、風格相合。二觀置辭，便是觀其修辭的技巧。三觀通變，是看其作品，是否善於翻新變古，推陳出新。他認爲好的作品，應該獨出心裁，追求獨創。在通變篇裏，對於這一點，他發表了很好的意見。四觀奇正，是說作品語言、風格的新奇與嚴正的關係。定勢篇中說得很清楚：「自近代辭人，率好詭巧。原其爲體，訛勢所變。厭黷舊式，故穿鑿取新。……舊練之才，則執正以馭奇；新學之銳，則逐奇而失正。勢流不反，則文體遂弊。」五觀事義，那就是指事理而言。在附會篇裏，他把事義看作是文學的骨髓，可知他對於事理方面特別重視。六觀宮商，那便是文學的聲律。他在聲律篇中，對此曾加以詳細的說明。由這六個標準，去客觀地品評文學作品的價値，比起那些印象派的主觀批評來，所得的結論，自然要正確得多。中國古代的學問，許多方面都缺少方法與條理，缺少科學精神，所以劉勰這種批評論的建立，確實是値得我們重視的。

在當日的文學潮流中，作家俱注力於文學形式的講求，各種文體也日益完備，於是對於文體的辨別與源流的探討，也成爲論文家的主要工作了。曹丕論文，有奏議、書論、銘誄、詩賦四科之說，爲文體問題的最初提出者。後來，陸機論述較詳。到了齊、梁時代，大家都很注意這個問題。蕭統在文選中將各種文體分爲三十八類，詩又分爲二十三子目，賦分爲十五子目，蘇軾病其編次無法，姚鼐譏其分體碎雜，章學誠也說他淆亂蕪穢，不可殫詰，這些評語大都是對的。但由此也可看出在當日的文學潮流中，一般人對於文學的體裁正名別類的趨勢。因此，劉勰在文心雕龍裏，幾乎以一半的篇幅，專門討論各種文體的問題。他在這一方面，費去了不少的氣力，對於古代各種文體的性質及其演變的歷史，作了很詳細的敘述。

此外，劉勰對於文學創作中的一些問題，也作了細緻的討論。如鎔裁、聲律、章句、麗辭、比興、夸飾、事類、練字等篇，都很具體。在某些篇章裏，雖存在着偏重形式的傾向，正也反映出時代潮流的影響。再如神思、體性、風骨、通變、定勢、才略諸篇，提出了文學的想像、風格以及文學的發展變化和革舊創新等方面的問題，具有很高的理論基礎，值得我們在文學批評史中去細心討論。同時，在作家的評價上，他有許多深刻精闢的見解。但對於屈原的賦，存在着儒家正統觀點的看法，因此不能更全面地認識他的價值和特色；論詩則缺陶淵明，這都是美中不足的。

劉勰在中國古典文學史上，是有崇高地位的文學批評家。他一面總結前人的經驗，一面提高發展，關於文學各方面作了系統的論述，將文學批評，推向到一個新的階段，對於後代很有影響。他對於藝術形式，作了肯定；但對於片面追求形式，又進行了批判；他強調內容、形式的並重和統一。同時，他着重指出文學與社會環境的密切關係，從而建立比較正確的批評理論，這些都很有進步意義。但他的理論中仍存在着儒家傳統思想上的局限；在某些論點上還未能擺脫形式主義的影響。

二　鍾嶸與詩品

鍾嶸　鍾嶸（約四六八——五一八）字仲偉，潁川長社（今河南長葛）人。生於齊，齊明帝建武初，爲南康王侍郎。東昏侯永元末，官司徒行參軍。梁武帝天監初，衡陽王元簡出守會稽，引爲寧朔記室，專掌文翰，遷西中郎晉安王的記室，故稱爲鍾記室。詩品，梁書名爲詩評，隋書經籍志兼稱詩評、詩品，到現在詩評原名已無人知道，詩品成爲定名了。他在序中說：「今所寓言，不錄存者。」觀其書中，論及梁代文人甚多，沈約亦在中卷，沈卒於天監十二年，詩品之作，必在天監十二年（公元五一三年）以後。又梁書本傳說：「嶸嘗品古今五言詩，論其優劣，名爲詩評……。頃之，卒官。」鍾嶸之死，可能在天監末年。文心雕龍作於齊代何年，雖不可考，但比起詩品來，是要早一些了。（據王達津考證，鍾嶸卒於五一八年。）

鍾嶸評詩的主要目的，是注意探討作家與作品的流別，「辨彰清濁、掎摭利病」，而定其優劣。他在書裏一面論述文學的進化現象，同時又論列各家的來源與得失。所謂歷史法的批評，是由鍾嶸建立起來的。他用了兩個方法：其一，他將從漢至齊、梁時代的一百多個詩人，分爲上中下三品。「一品之中，略以世代爲先後，不以優劣爲詮次」。上品十一，中品三十九，下品七十二，共一百二十二人（序中作一百二十人）。其次，他對於各家的作品，往往肯定其源出於某人與某體。標出國風、小雅、楚辭爲五言詩的三大系統。這兩種方法，有優點也有缺點。作家與作品的價值，我們可以分析與說明，但很難品定等級，如果這樣做，很容易流於主觀的成見。如劉楨、陸機、潘岳、張協的列於上品，曹丕、陶淵明（太平御覽五八六引，陶爲上品。）、鮑照、謝朓之列於中品，曹操之列於下品，都是不很公正的。至如論到各家的源流，頗有附會可議之處。國風、小雅有時很難分開，他指定某人出於小雅，某人出於國風，較爲牽強。建安詩的風格，大體是一致的，他說王粲出於楚辭，曹植、劉楨出於國風。阮籍、嵇康的作品的思想基礎大體相近，他說嵇康出於曹丕，阮籍則出於小雅。他的缺點，常以作品的形貌爲標準，而忽略了重要的思想內容與共同的時代色彩。但他在各家之下，對其作品的優劣，時有精確扼要的評語。

鍾嶸的批評方法，雖有缺點，但他的文學思想是進步的。文心雕龍著作的時期，駢儷聲病的風氣雖已流行，但到了詩品，這種風氣更是變本加厲，再加以浮豔的宮體詩盛極一時，於是詩風日卑，造成了文學上極度的柔弱與貧血。鍾嶸憤慨地說：「於是庸言雜體，人各爲容。至使膏腴子弟，恥文不逮，終朝點綴，分夜呻吟。獨觀謂爲警策，眾覩終淪平鈍。次有輕薄之徒，笑曹、劉爲古拙……觀王公搢紳之士，每博論之餘，何嘗不以詩爲口實，隨其嗜慾，商榷不同，淄澠並泛，朱紫相奪，喧議競起，準的無依。」他在這裏，一面說明當日文風的卑劣，同時又對批評界的淆亂，很表示不滿，乃以「九品論人」的精神，寫成了詩品。對於當日華豔淫靡的文風，比起劉勰來，表明了更強烈的批判態度。

一、**反對用典** 鍾嶸覺得奏議論說的散文，引用古事，自然難免。詩歌主要是抒情，用事用典過多，反有傷於詩歌的情韻。當時，顏延之、謝莊諸人的詩，誇示博學，經文典故，引用連篇，他深表不滿。「若乃經國文符，應資博古。撰德駁奏，宜窮往烈。至乎吟詠情性，亦何貴於用事。『思君如流水』，既是卽目；『高台多悲風』，亦惟所見；『清晨登隴首』，羌無故實；『明月照積雪』，詎出經史。觀古今勝語，多非補假，皆由直尋。顏延、謝莊，尤爲繁密。於時化之。故大明、泰始中，文章殆同書抄。近任昉、王元長等，詞不貴奇，競須新事。爾來作者，寖以成俗，遂乃句無虛語，語無虛字，拘攣補衲，蠹文已甚。」（總序）又說：「但昉既博物，動輒用事，所以詩不得奇，少年士子，效其如此，弊矣。」（評任昉）可知他對於詩歌創作，主張以白描手法，抒寫感情，反對堆砌典故。不過中國詩人，能做到這一點的真是很少。章太炎辨詩篇說：「詩者與奏議異狀，無取數典之言，鍾嶸所以起例，雖杜甫猶有愧。」

二、**反對聲病** 聲律本是詩歌中的重要原素，鍾嶸認爲詩人只應該注意自然的音律，能達到和諧悅耳的程度便夠了，若加以聲病的嚴格限制，那詩人便作了聲病的奴隸，而詩的自然美反有損傷。所以他說：「昔曹、劉殆文章之聖，陸、謝爲體貳之才，銳精硏思，千百年中，而不聞宮商之辨，四聲之論。或謂前達偶然不見，豈其然乎？嘗試言之。古曰詩頌，皆被之金竹，故非調五音，無以諧會。若『置酒高堂上』，『明月照高樓』，爲韻之首。故三祖之詞，文或不工，而韻入歌唱，此重音韻之義也，與世之言宮商異矣。今既不被管絃，亦何取於聲律耶？齊有王元長者，嘗謂余云：『宮商與二儀俱生，自古詞人不知之……。』王元長創其首，謝朓、沈約揚其波，三賢或貴公子孫，幼有文辯。於是士流景慕，務爲精密，襞積細微，專相陵架。故使文多拘忌，傷其真美。余謂文製本須諷讀，不可蹇礙，但令清濁通流，口吻調利，斯爲足矣。」（總序）鍾嶸對於聲律，確有偏激之見，但像當日的八病之說，片面強調聲律的作用，襞積細微，損傷才性，致文多拘忌，有傷真美，也是應該反對的。

三、反對玄風　魏晉以來，道佛之學，風靡一時，詩歌趨於玄虛與說理，造成枯淡無文的歌訣，詩歌的情韻與精神都被破壞無餘。鍾嶸對於這一點，表示很不滿意。他說：「永嘉時，貴黃老，稍尚虛談，於時篇什，理過其辭，淡乎寡味，爰及江表，微波尚傳。孫綽、許詢、桓、庾諸公詩，皆平典似道德論，建安風力盡矣。」（總序）詩歌做到都像道德論式的說理散文，佛經中的偈語，所謂風力，自然是一無所有了。

文學與社會環境的問題，在文心雕龍裏，劉勰已作了較詳的敘述。到了鍾嶸，更進一步地論述了作家的遭遇與文學的關係。如屈原的放逐，蔡琰的被虜，曹植的憂鬱，陶潛的隱居，都是作者特有的生活環境，而對於他們的作品，都起了重要的影響。當然，作者的遭遇，都是與政治緊密地聯繫起來的。所以他說：「若乃春風春鳥，秋月秋蟬，夏雲暑雨，冬月祁寒，斯四候之感諸詩者也。嘉會寄詩以親，離羣託詩以怨。至於楚臣去境，漢妾辭宮；或骨橫朔野，或魂逐飛蓬；或負戈外戍，殺氣雄邊；塞客衣單，孀閨淚盡；或士有解佩出朝，一去忘返；女有揚蛾入寵，再盼傾國。凡斯種種，感蕩心靈，非陳詩何以展其義，非長歌何以騁其情？」（總序）他在這裏很重視個人境遇對於文學的影響。文學上的物感說，雖起於樂記、詩大序，但到了劉勰、鍾嶸，又加以發展，這一理論，也就較爲完備了。

當日的批評界，除劉勰、鍾嶸二大家外，如沈約、蕭統、蕭繹、劉孝綽、蕭子顯、裴子野、顏之推諸人，都發表了論文的意見，大都是單篇短語，不能獨成系統，不在這裏介紹了。但如裴子野的雕蟲，顏之推的文章，以及隋代李諤的上書，都在不同角度上激烈地反對了形式主義的文學思潮，批判了當代淫靡的文風，對於唐代文學運動發生了一定的影響。

五　世說新語及其他小說

這一時期的小說，也反映了時代色彩，同當代士大夫的清談風尙與宗教迷信，發生密切的聯繫。它們的內容，有兩個方向。一個是以漢、晉以來盛極一時的品評人物和清談風氣爲基礎，記錄士流的言談軼事。正始的玄言，名士的生活，都爲藝林所追懷、所景仰。這種風氣，至宋不衰。於是文人雅士或記其言語，或述其行爲，殘叢小語，固無補於實用；軼事清言，亦可發思古之幽情。這派小說的代表，是劉義慶的世說新語。另一種是以宗教思想爲基礎。當日佛教大行，因果輪迴之說，震駭人心。再加以道教迷信，相輔而行。文士教徒，或引經史舊聞以證報應，或言神鬼故實以明靈驗。如劉義慶的幽明錄，吳均的續齊諧記，王琰的冥祥記，顏之推的冤魂志等，都是這一類作品。但文學價値較高的是世說新語。

世說新語爲宋臨川王劉義慶（四〇三——四四四）所編撰。由後漢至東晉，凡高士言行，名流談笑，集而錄之。劉孝標作注，徵引廣博，所用書四百餘種，今多不存，故極爲藝林所珍重。書中雖都是一些散記，內容却很豐富，廣泛地反映出士族階級的生活面貌。對於豪門貴族的荒淫腐朽和虛僞醜態，有所暴露；對於反抗禮法的精神，表示讚揚。語言清俊簡麗，富於表現能力。往往片言數句，把一個人的思想面貌，形象鮮明地勾畫出來，給人非常深刻的印象。而又風趣橫生，富有機智與幽默。對於後代筆記小說，有很大影響。

過江諸人，每至美日，輒相邀新亭，藉卉飲宴。周侯中坐而歎曰：「風景不殊，正自有山河之異。」皆相視流淚。唯王丞相愀然變色曰：「當共勠力王室，克復神州，何至作楚囚相對！」（言語）

王右軍與謝太傅共登冶城。謝悠然遠想，有高世之志。王謂謝曰：「夏禹勤王，手足胼胝；文王旰食，日不暇給。今四郊多壘，宜人人自效，而虛談廢務，浮文妨要，恐非當今所宜。」謝答曰：「秦任商鞅，二世而亡，豈清言致患耶？」（言語）

王濬沖為尚書令，著公服，乘軺車，經黃公酒壚下過。顧謂後車客：「吾昔與嵇叔夜、阮嗣宗共酣飲于此壚，竹林之遊，亦預其末。自嵇生夭、阮公亡以來，便為時所羈紲，今日視此雖近，邈若山河。」（傷逝）

山公與嵇、阮一面，契若金蘭。山妻韓氏，覺公與二人異於常交。問公，公曰：「我當年可以為友者，唯此二生耳。」妻曰：「負羈之妻，亦親觀狐趙。意欲窺之，可乎？」他日二人來，妻勸公止之宿，具酒肉。夜穿墉以視之，達旦忘反。公入，曰：「二人何如？」妻曰：「君才致殊不如，正當以識度相友耳。」公曰：「伊輩亦常以我度為勝。」（賢媛）

劉伶病酒，渴甚，從婦求酒。婦捐酒毀器，涕泣諫曰：「君飲太過，非攝生之道，必宜斷之。」伶曰：「甚善，我不能自禁，惟當祝鬼神自誓斷之耳。便可具酒肉。」婦曰：「敬聞命。」供酒肉於神前，請伶祝誓。伶跪而祝曰：「天生劉伶，以酒為名。一飲一斛，五斗解酲。婦人之言，愼不可聽。」便引酒進肉，隤然已醉矣。（任誕）

溫公喪婦。從姑劉氏家，值亂離散，唯有一女，甚有姿慧，姑以屬公覓婚。公密有自婚意，答云：「佳壻難得，但如嶠比云何？」姑云：「喪敗之餘，乞粗存活，便足慰吾餘年，何敢希汝比。」卻後少日，公報姑云：「已覓得婚處。門地粗可，壻身名宦，盡不減嶠。」因下玉鏡台一枚。姑大喜，既婚交禮，女以手披紗扇，撫掌大笑曰：「我固疑是老奴，果如所卜。」玉鏡台是公為劉越石長史北征劉聰所得。（假譎）

石崇與王愷爭豪，並窮綺麗，以飾輿服。武帝，愷之甥也，每助愷。嘗以一珊瑚樹高二尺許賜愷，枝柯扶疏，世罕其比。愷以示崇，崇視訖，以鐵如意擊之，應手而碎。愷既惋惜，又以為疾己之寶，聲色甚厲。崇曰：「不足恨，今還卿。」乃命左右悉取珊瑚樹，有三尺四尺、條幹絕世、光彩溢目者六七枚，如愷許比甚眾。愷惘然自失。（汰侈）

新亭對泣，寫國破家亡之情；共登冶城，諷刺清談誤國；黃公酒壚，寄寓傷逝之感；劉伶病酒，描繪竹林名士的狂放；溫公喪婦，寫婚姻的喜劇；石、王爭豪，寫士族的奢侈；山妻韓氏寫當代知識婦女的通達。形式短小，文字清俊簡麗，抒情敘事，委曲動人，形成本書特有的風格。較之當日那些言神誌怪的小說來，這是比較富於現實意義的。劉義慶尚有幽明錄二十卷，內容多為志怪，久已散失。魯迅從古籍中採集佚文，得二百餘則，編入古小說鉤沉。在世說以前，晉人裴啟的語林，郭澄之的郭子，其體裁內容都與世說相似。書雖早亡，在藝文類聚、太平廣記、太平御覽諸書中，常可見其遺文。並且世說中之事實文字，間或與裴、郭所記相同。因世說晚出，乃多纂輯舊文。後沈約有俗說三卷，體例亦倣世說，多記兩晉、宋、齊名人言行。此書已亡，在類聚、御覽諸書中，時見徵引。文字清麗，風趣亦佳。

冥祥記爲王琰所作，冤魂志爲顏之推所作。後者現存，前者早佚，但法苑珠林中所存頗多，尚可見其面貌，所記多爲佛教史實及因果報應與經像顯效的故事。其內容與冤魂志相似，同爲釋氏輔教之書。

宋陳秀遠者，潁川人也，嘗為湘州西曹，客居臨湘縣。少信奉三寶，年過耳順，篤業不衰。宋元徽二年七月中，於昏夕間，閒臥未寢，歎念萬品死生，流轉無定，自惟己身，將從何來。一心祈念，冀通感夢。時夕結陰，室無燈燭。有頃，見枕邊如螢火者，炯然明照，流飛而去。俄而一室盡明，爰至空中，有如朝晝。秀遠遽起坐，合掌端念。頃，見中寧四五丈上，有一橋閣焉，又闌檻朱彩，立於空中。秀遠了不覺升動之時，而已自見平坐橋側。見橋上士女，往返塡衢，衣服裝束，不異世人。末有一嫗，年可三十許，上著青襖，下服白布裳，行至秀遠左邊而立。有頃，復有一婦人，通體衣白布，為偏環髻，手持華香，當前而立。語秀遠曰：「汝欲覩前身，卽我是也。以此花供養佛故，得轉身作汝。」迴指白嫗曰：「此卽復是我先身也。」言畢而去，去後，橋亦漸隱。秀遠忽然不覺還下之時，光亦尋滅也。（冥祥記）

宋下邳張稗者，家世冠族，末葉衰微，有孫女殊有姿色。鄰人求聘為妾，稗以舊門之後，恥而不與，鄰人憤之而焚其屋，稗遂燒死。其息邦先行不知，後知其情，而畏鄰人之勢，又貪其財而不言，嫁女與之。後經一年，邦夢見稗曰：「汝為兒子，逆天不孝，棄親就怨，潛同兇黨。」捉邦頭以手中桃木刺之，邦因嘔血而死。邦死之日，鄰人見稗排闥直入，張目攘袂曰：「君恃勢縱惡，酷暴之甚，枉見殺害。我已上訴，事獲申雪，却後數日，令君知之。」鄰人得病，尋亦殂歿。（冤魂志）

這類小說，對宗教迷信起了傳播作用。但其中也有極少數作品，託於仙佛之力，對惡勢力的橫暴壓迫，予以控訴和打擊，曲折地反映出現實意義。上舉冤魂志的張稗，卽爲此例。

誌怪小說，在文字方面較爲清麗者，爲吳均之續齊諧記與王嘉之拾遺記。王嘉雖是東晉人，但此書爲梁代蕭綺所錄。故胡應麟說此書本爲綺撰，而託名王嘉的。（少室山房筆叢三二）話雖不可盡信，說此書以王嘉原作爲底本，經了蕭綺的刪補，而完成於梁代的事，是比較可靠的。吳均爲梁代詩人，詩風清俊，時人號稱吳均體，續齊諧記雖係言神誌怪之書，然其文字亦卓然可觀。其中陽羨書生一篇，述一書生變法之事，極爲奇異。段成式在酉陽雜俎續集貶誤篇中，證明此故事，原出於佛經，經吳均漢化而寫成者。可知在當代小說內，一面表揚佛教的思想，一面採用佛經中的故事作爲題材，這很值得我們注意。

拾遺記今存十卷，古起庖犧，近迄東晉，遠至崑崙仙山，俱有記述。書中雖多言怪異，然極少因果報應之說，並時敘人事及社會生活，爲此書的特色。此書體例，乃合雜錄、志怪二體而成，不過志怪的成分較多而已。嚴格地說來，上面敘述的這些作品，還不能算是小說，然而在中國小說初步發展的階段上，仍有其地位，並且對於唐代傳奇的發展也有一定影響。

第十一章　南北朝的詩歌

上篇　南北朝的民歌

從晉室南渡到隋代統一，不管中間的朝代有多少變遷，南北始終成着對立的局面。在這長時期內，北方的漢人大量南移，邊陲的外族逐步深入，造成種族間的長期鬥爭。中國固有的文化，開始當然是遭受着重大的摧殘，久而久之，南北逐漸同化。到了北魏，他們禁胡語、廢胡服，改漢姓、娶漢女，並且還正禮樂、立學校，做起崇經尊孔的事業來，較之南朝，反而更爲復古了。表面的文化制度雖日趨於調和，但因經濟基礎的懸殊，政治環境的差異，以及地理、風俗各方面的不同，在文學上，形成南北不同的色彩，這兩種色彩，在民歌中反映得較爲顯著。

一　南方的民歌

南方民歌，大都形式短小，內容主要是抒情。或寫相戀的喜悅，或寫失戀的悲傷，或寫送別的心情，或寫相思的苦痛。詩歌的特色，是感情比較健康，風格清新，比起那些貴族社會所寫的貧血淫靡的宮體詩歌來，大有不同。然而它們的內容，總是千篇一律，較之東漢民歌如戰城南、婦病行、孤兒行一類的富於社會性的作品，呈現着一種不可掩飾的內容貧乏的缺點。南方民歌的代表，一是江南的吳歌，一是荆楚一帶的西曲。吳歌豔麗而柔弱，西曲浪漫而熱烈。其內容雖同為男女戀愛的描寫，但風格、情調俱有不同。然其語言與表現方法，都很濃厚地保存着民間文學的特色。

吳歌　樂府詩集說：「晉書樂志曰：『吳歌雜曲並出江南。東晉以來稍有增廣。其始皆徒歌，既而被之管絃。蓋自永嘉渡江之後，下及梁、陳，咸都建業，吳聲歌曲，起於此也。』古今樂錄曰：『吳聲十曲：一曰子夜，二曰上柱，三曰鳳將雛，四曰上聲，五曰歡聞，六曰歡聞變，七曰前溪，八曰阿子，九曰丁督護，十曰團扇郎。』又有七日夜女歌、長史變、黃鵠、碧玉、桃葉、長樂佳、歡好、懊惱、讀曲，亦皆吳聲歌曲也。」可知吳歌極繁，包羅亦廣，上所舉者，上柱、鳳將雛二種已佚。然尚有神絃歌諸曲，想也是屬於吳歌的。

吳歌以子夜、讀曲篇目最多，文筆清麗，色彩鮮明。

大子夜歌

歌謠數百種，子夜最可憐。慷慨吐清音，明轉出天然。

絲竹發歌響，假器揚清音。不知歌謠妙，勢聲出口心。

子夜歌（共四十二首）

宿昔不梳頭，絲髮被兩肩。婉伸郎膝上，何處不可憐！
始欲識郎時，兩心望如一。理絲入殘機，何悟不成匹。
朝思出前門，暮思還後渚。語歡向誰道？腹中陰憶汝。
擥枕北窗臥，郎來就儂嬉。小喜多唐突，相憐能幾時！

子夜四時歌（共七十五首）

羅裳迮紅袖，玉釵明月璫。冶遊步春露，豔覓同心郎。
春林花多媚，春鳥意多哀。春風復多情，吹我羅裳開。
明月照桂林，初花錦繡色。誰能不相思，獨在機中織？（春歌）
朝登涼台上，夕宿蘭池裏。乘月采芙蓉，夜夜得蓮子。
情知三夏熱，今日偏獨甚。香巾拂玉席，共郎登樓寢。
輕衣不重綵，飈風故不涼。三伏何時過，許儂紅粉裝。（夏歌）
秋夜涼風起，天高星月明。蘭房競妝飾，綺帳待雙情。
自從別歡來，何日不相思。常恐秋葉零，無復蓮條時。（秋歌）
寒鳥依高樹，枯林鳴悲風。為歡鷦鵶盡，那得好顏容！
塗澀無人行，冒寒往相覓。若不信儂時，但看雪上跡。（冬歌）

這些詩語言清麗，抒情細緻，都是較好的民間歌曲。子夜四時歌在文字的藝術上，比子夜歌更爲細致，其中可能有些是當代文人所擬作。如「果欲結金蘭」一首，爲梁武帝作品，再子夜歌中的「恃愛如欲進，含羞未肯前。口朱發豔歌，玉指弄嬌弦」一首，亦爲梁武帝作，俱見玉台新詠，可知文人之作，當時已有雜入的了。大概子夜歌當日風行一時，擬者頗眾，故又有子夜警歌、變歌等新曲。唐書音樂志說：「子夜歌者晉曲也。晉有女子名子夜，造此聲，聲過哀苦。」（樂府詩集）宋書樂志還有鬼歌子夜之說。又樂府解題說：「後人更爲四時行樂之詞，謂之子夜四時歌。又有大子夜歌、子夜警歌、子夜變歌，皆曲之變也。」這裏所說的「後人」，可能有不少是文士，並不全是出自民間。

子夜歌以外，存曲最多者爲讀曲歌，共八十九首。宋書樂志說：「讀曲歌者，民間爲彭城王義康所作也。」又古今樂錄說：「讀曲歌者，元嘉十七年，袁后崩，百官不敢作聲歌，或因酒讌，只竊聲讀曲細吟而已。」然按其內容，全爲民間言情道愛之作，與子夜相同。所謂彭城王袁后這些傳說，大都是一種附會。當代的樂府歌辭，前人每喜以故事穿鑿，如鬼歌子夜、少帝情死種種的鬼話神談，很多是不可信的。

讀曲歌

花釵芙蓉髻，雙鬟如浮雲。春風不知著，好來動羅裙。

百花鮮，誰能懷春日，獨入羅帳眠。

芳萱初生時，知是無憂草。雙眉畫未成，那能就郎抱。

打殺長鳴雞，彈去烏臼鳥。願得連冥不復曙，一年都一曉。

這類天真生動的描寫，熱烈情感的表現，純樸自然的風格，在古典詩人的作品裏是不容易見到的。由於這種特質，一面確立着民歌本身在詩歌史上的重要地位，同時對於文人作品，無論內容、形式也給予顯著的影響。子夜、讀曲以外，還有碧玉、懊儂、華山畿數十篇，彼此情趣大略相同，這裏不再舉例了。此類作品，並不一定都出於勞動人民，而是具有比較濃厚的城市生活基礎。其戀愛內容，也包含着社會中不同階層婦女的生活感情。我們在這裏雖稱爲民歌，無論南方或是北方的作品，那只是廣泛的概念，實際是屬於羣眾性的創作。此外有神絃歌十一曲，大都爲江南一帶民間的祀神歌。曲中歌詠的神靈，男女都有，姿態美麗，心意纏綿，富於浪漫風情，由此可知當日民間祀神的風俗。這些詩歌的風格，同古代的九歌很有些相像。例如：

白石郎，臨江居，前導江伯後從魚。

積石如玉，列松如翠，郎豔獨絕，世無其二。（白石郎曲）

開門白水，側近橋梁。小姑所居，獨處無郎。（清溪小姑曲）

前一首用玉石翠松的背景來象徵那位男神的美麗，後一首用清幽的環境，來暗示女神的貞潔。短小的章句，清麗的文字，造成幽美的境界。

西曲　南方的民歌，最重要的除吳歌以外，便是西曲。西曲即荆楚西聲。樂府詩集說：「按西曲歌出於荆、郢、樊、鄧之間，而其聲節送和，與吳歌亦異，故其方俗而謂之西曲云。」可知西曲主要是湖北一帶的歌謠，而以江、漢二水爲中心，所以在那些作品裏，充滿着水上船邊的情調以及旅客商婦的別情。反映出南方商業經濟發展繁榮的社會面貌。在表情方面，西曲較之吳歌要勇敢熱烈，沒有吳歌中那種特有的嬌羞細膩的情態。大概歌唱起來，在音調方面，也必有這種差別。樂府詩集所說其聲節送和與吳歌亦異的話，想是可靠的。據古今樂錄說西曲共有三十四曲，今讀樂府詩集，如烏夜啼、烏棲曲、估客樂、楊叛兒諸曲中，很多簡文帝、劉孝綽、梁武帝、梁元帝、徐陵、庾信們的擬作。我們要介紹的是那些民間作品。

三洲歌

送歡板橋灣，相待三山頭。遙見千幅帆，知是逐風流。

風流不暫停，三山隱行舟。願作比目魚，隨歡千里遊。

安東平

淒淒烈烈，北風為雪。船道不通，步道斷絕。

吳中細布，闊幅長度。我有一端，與郎作袴。

那呵灘

聞歡下揚州，相送江津灣。願得篙櫓折，交郎到頭還。

孟珠

陽春二三月，草與水同色。道逢遊冶郎，恨不早相識。

望歡四五年，實情將懊惱。願得無人處，回身與郎抱。

石城樂

布帆百餘幅，環環在江津。執手雙淚落，何時見歡還？

莫愁樂

聞歡下揚州，相送楚山頭。探手抱腰看，江水斷不流。

烏夜啼

可憐烏臼鳥，強言知天曙。無故三更啼，歡子冒闇去。

烏生如欲飛，二飛各自去。生離無安心，夜啼至天曙。

襄陽樂

朝發襄陽城，暮至大堤宿。大堤諸女兒，花豔驚郎目。

江陵三千三，西塞陌中央。但問相隨否，何計道里長。

這些都是民歌中的較佳之作。大膽的表情，巧妙的比喻，天真的描寫，活躍地表現出旅客思婦們的生活心理狀態。商人重利，思婦離情，是西曲歌的感情基礎。由這些作品的背後所反映出來的商業經濟的繁榮，是這類歌謠的社會基礎。在這些民歌中，不論吳、楚，主要的形式是五言四句，偶有雜體，但不多見。在辭句的表現上，有一個共同點，那便是歡喜用雙關的隱語和問答形式；以「梧子」雙關「吾子」，以「藕」雙關「偶」，以「絲」雙關「思」，以「蓮」雙關「憐」或「連」，以「匹」雙關「配」等等，這種表現法，也可以算是南方民歌的一種特徵，在吳歌裏尤爲顯著。

另有西洲曲一首，樂府詩集列於雜曲古辭，但玉台新詠作江淹詩（宋本不載），明、清選本中，或作晉辭，或題梁武帝。此詩描寫女人憶遠之情，色澤美豔，抒情細致，音律富於變化，而又極爲和諧，有很高的藝術技巧，似是江淹、梁武帝諸人所爲。卽原出於民間，也可能經過詩人們的修飾。

憶梅下西洲，折梅寄江北。單衫杏子紅，雙鬢鴉雛色。西洲在何處？兩槳橋頭渡。日暮伯勞飛，風吹烏桕樹。樹下卽門前，門中露翠鈿。開門郎不至，出門採紅蓮。採蓮南塘秋，蓮花過人頭。低頭弄蓮子，蓮子清如水。置蓮懷袖中，蓮心徹底紅。憶郎郎不至，仰首望飛鴻。鴻飛滿西洲，望郎上青樓；樓高望不見，盡日闌干頭。闌干十二曲，垂手明如玉。卷簾天自高，海水搖空綠。海水夢悠悠，君愁我亦愁。南風知我意，吹夢到西洲。

二　北方的民歌

北方爲外族長期統治，在社會經濟和生活習慣不同的基礎上，形成與南方不同的色彩。這種不同的特色，在當日的民歌裏，反映得也很明顯。如鮮卑族的敕勒歌云：

敕勒川，陰山下。天似穹廬，籠蓋四野。

天蒼蒼，野茫茫，風吹草低見牛羊。

這種蒼蒼茫茫的氣象，是北方獨有的偉大的自然背景。牛羊畜牧，又是北方經濟生產的獨有形態。要有這特殊的背景，才能產生這種富於地方色彩的詩歌。比起南方歌謠中所歌詠的「春林花多媚，春鳥意多哀」的氣象來，完全是兩個天地了。生在這種環境之下的人民的生活情感，自然另有一種形象與氣質，在詩歌表現上形成不同的風格。如魏書所載的李波小妹歌云：

李波小妹字雍容，褰裙逐馬似卷蓬。左射右射必疊雙，婦女尚如此，男子安可逢！

這是當日北方女子的鮮明形象，彎弓逐馬的姿態，活躍地表現出來，比起「婉伸郎膝上，何處不可憐」的江南少女來，那剛強柔弱之分，真是再明顯也沒有了。

樂府詩集雖無北歌之目，然梁鼓角橫吹曲，實卽北方的歌謠。中間雖偶有吳歌化的作品，然大部分却是呈現着北方的民間色彩，決非南人所能爲。古今樂錄云：「梁鼓角橫吹曲有企喻、瑯琊王、鉅鹿公主、紫騮馬、黃淡思、地驅樂、雀勞利、慕容垂、隴頭流水等歌三十六曲。二十五曲有歌有聲，十一曲有歌。」再加以胡吹舊曲和折楊柳、隔谷、幽州馬客吟等歌，共六十六曲，這數目總算不少，可惜亡佚的很多。

折楊柳歌

腹中愁不樂，願作郎馬鞭。出入擐郎臂，蹀坐郎膝邊。
遙看孟津河，楊柳鬱婆娑。我是虜家兒，不解漢兒歌。
健兒須快馬，快馬須健兒。跸跋黃塵下，然後別雄雌。

捉搦歌

誰家女子能行步，反著裌禪後裙露。天生男女共一處，願得兩個成翁嫗。
黃桑柘屐蒲子履，中央有系兩頭繫。小時憐母大憐壻，何不早嫁論家計。

瑯琊王歌

新買五尺刀，懸着中梁柱。一日三摩娑，劇於十五女。
東山看西水，水流盤石間。公死姥更嫁，孤兒正可憐。

企喻歌

男兒欲作健，結伴不須多。鷂子經天飛，羣雀兩向波。

前行看後行，齊著鐵裲襠。前頭看後頭，齊著鐵鉦鉾。

男女可憐蟲，出門懷死憂。尸喪狹谷中，白骨無人收。（此首傳為苻融詩）

折楊柳枝歌

門前一株棗，歲歲不知老。阿婆不嫁女，那得孫兒抱？

敕敕何力力，女子臨窗織。不聞機杼聲，只聞女嘆息。

問女何所思？問女何所憶？阿婆許嫁女，今年無消息。

紫騮馬歌

燒火燒野田，野鴨飛上天。童男聚寡婦，壯女笑殺人。

地驅樂歌

青青黃黃，雀石頹唐。槌殺野牛，押殺野羊。

驅羊入谷，白羊在前。老女不嫁，蹋地喚天。

側側力力，念君無極。枕郎左臂，隨郎轉側。

摩捋郎鬚，看郎顏色。郎不念女，不可與力。

從上面所舉的這些作品，知道北方的民歌，與南方的比較起來，有三個不同的特色：一是內容方面，北歌偏重於社會生活，如瑯琊王歌中所表現的孤兒與戰爭，企喻歌中所表現的尙武精神，紫騮馬歌所表現的婚姻問題，地驅樂歌中所表現的畜牧生活，可知在題材方面，比南歌要廣泛得多。其次，在表現方面，北歌的情感多是直率的熱烈的，沒有南方那種委曲細膩的手法。北歌並不是不講戀愛，但是表現方面與南方不同。「老女不嫁，蹋地喚天」，「枕郎左臂，隨郎轉側」，這種直爽率真的氣槪，非南歌所能有。這一種特色，使得北歌爽朗剛勁，情感格外活躍而有力量。另外一點，北歌中有不少是鮮卑族人的歌曲。「我是虜家兒，不解漢兒歌」（折楊柳歌），這說得很淸楚。現存歌辭雖是漢語，有的可能是翻譯，有的是外族久居中原，已經通漢語了。這一點也與南歌不同。

木蘭詩　最後要討論的，是人人讀過的木蘭詩。木蘭詩是北方民間敍事詩的傑作，他同孔雀東南飛，成爲南北民間敍事詩的兩大代表。前者是社會喜劇，後者是反封建的家庭悲劇。在這兩篇作品裏，都塗滿了非常鮮明的地方色彩，並且表現出鮮明的典型的男女形象以及南北不同的家族生活與社會意識的影子。兩篇詩都是無名氏的作品，後來都經過了文人的潤飾，故少數文句中頗有雕琢刻鍊的痕跡。

關於木蘭詩的時代，古人早有討論。如後村詩話、藝苑巵言，俱有成於唐代之說。近人也有主張成於唐代者。其所持理由，不出下列三點：

一、樂府詩集有唐人韋元甫擬作木蘭辭一篇。並且解題中說：「按歌辭有木蘭一曲，不知起於何代也。」後人因疑木蘭辭原作，亦出自韋元甫之手。

二、歌中的「策勳十二轉」，爲唐代官制，「明駝」爲唐代驛制。

三、「萬里赴戎機」以下四句，似唐人詩格。

其實這些理由，並不能推翻木蘭詩是北朝時代的作品。我們試讀原歌與韋元甫的擬作，便知道這中間有顯然不同的色彩。原歌的民間風格非常濃厚，那種樸質俚俗的語調，天真活潑的描寫，是文人學不到的。擬作則無處不現出雕飾做作的痕跡，一望而知是出自兩人之手。至於唐代的制度與詩格的混入，那是民間歌謠遭受後人改削潤色的證明，並不是原作出於唐代的證明。原歌的前六句，同折楊柳枝歌中的「敕敕何力力」六句，差不多完全相同，這也是木蘭詩出於民間的證據。若出自後代的文人，決不會這樣抄襲的。因此，我們相信木蘭詩的原作是成於北朝，後來可能經了隋唐人的修飾。但原詩的民歌風格，仍然是非常完整的。

喞喞復喞喞，木蘭當户織。不聞機杼聲，唯聞女歎息。問女何所思，問女何所憶？「女亦無所思，女亦無所憶。昨夜見軍帖，可汗大點兵。軍書十二卷，卷卷有爺名。阿爺無大兒，木蘭無長兄。願為市鞍馬，從此替爺征。」東市買駿馬，西市買鞍韉，南市買轡頭，北市買長鞭。旦辭爺孃去，暮宿黃河邊；不聞爺孃喚女聲，但聞黃河流水鳴濺濺。旦辭黃河去，暮宿黑山頭；不聞爺孃喚女聲，但聞燕山胡騎鳴啾啾。萬里赴戎機，關山度若飛。朔氣傳金柝，寒光照鐵衣。將軍百戰死，壯士十年歸。歸來見天子，天子坐明堂。策勳十二轉，賞賜百千強。可汗問所欲，「木蘭不用尚書郎，願借明駝千里足，送兒還故鄉。」爺娘聞女來，出郭相扶將；阿姊聞妹來，當戶理紅妝；小弟聞姊來，磨石霍霍向猪羊。開我東閣門，坐我西閣牀；脫我戰時袍，著我舊時裳。當窗理雲鬢，對鏡帖花黃。出門看火伴，火伴皆驚忙。「同行十二年，不知木蘭是女郎。」雄兔脚撲朔，雌兔眼迷離。兩兔傍地走，安能辨我是雄雌。

在木蘭詩裏，出現了一個非常健康明朗的女性。她生命的充沛與情感的活躍，配合北方偉大的自然背景，組成了雄健剛強的交響樂，使我們聽到了未曾聽過的絃索，體現祖國精神的無限高昂。在中國古典詩歌裏，初次塑造出一個典型的英雄性格的女性形象。通過這篇長詩，反映出人民要求勞動生活的強烈願望。它表面是喜劇性的，但在反面仍然隱藏着悲劇的現實。從這首詩，我們可以體會到在那個時代裏，廣大人民苦於抽丁的壓迫和連年不斷的戰爭的苦痛生活。本詩的藝術特色，是故事性強，布局謹嚴，描寫生動，且富於音樂的美感，發揚了民歌的獨特風格。

這幕喜劇的事實，可能不會全是真情，但當日北方的女兒，改扮男裝上馬殺賊的事，是完全可能的。試看李波小妹歌中所表現的那種騎馬如飛左射右射的少女，比起南方的男子漢來，真是要英武多了。民間敘事詩，大都是一種集體創作，由口傳而寫定，經過長期的演變，漸漸成爲定型。在這種演變中，文字與故事，自然也跟着趨於美化與複雜。因爲故事的流傳，於是一些好事文人，發生種種傳說，什麼姓花、姓朱、姓木、複姓木蘭的姓名問題，什麼安徽、湖北、河南的籍貫問題，異說紛紜，鬧不清楚。這些都無關於詩歌本身的價值，所以略而不談。

下篇　南北朝的詩人

一　南朝詩人

劉宋一代，雖國祚不長，然文風特盛。君主皇族如劉義隆（文帝）、劉駿（孝武帝）、劉義慶（臨川王）、劉義恭（江夏王）諸人，俱有文采。元嘉時代，作家輩出，如何承天、顏延之、謝靈運、謝莊、謝惠連、謝瞻、鮑照、湯惠休諸人，各以文名。當日聲譽最大的，是顏延之與謝靈運。詩品說：「謝客爲元嘉之雄，顏延年爲輔。」沈約也說：「江左獨稱顏、謝。」可知在齊梁時代，一致公認他們倆是元嘉詩壇的代表。

顏延之　顏延之（三八四——四五六）字延年，瑯琊臨沂（今屬山東）人。少孤貧，好讀書，博覽羣籍，善爲文章。與謝靈運齊名。官至紫光祿大夫。他的作品確有雕琢藻飾和喜用古事的弊病，因受到湯惠休、鮑照的批評，湯說他的詩「如錯彩鏤金」；鮑說他「鋪錦列繡，雕繢滿眼」。過去我們受了這種影響，對顏延之的評價，一般失之過低。但細看他的傳記和作品，覺得其人其詩，都有一種特點。他出身貧寒，「室巷甚陋」，後來雖展轉仕途，從不諂媚權貴。宋書本傳云：「延之好酒，疎誕不能斟酌當世。見劉湛、殷景仁專當要任，意有不平，常云：天下之務，當與天下共之，豈一人之志所能獨了。辭甚激揚，每犯權要。」於是劉湛這一集團對他深惡痛絕，給他政治上各種打擊。他的兒子顏竣做了大官，「凡所資供，延之一無所受。器服不改，宅宇如舊，常乘贏牛笨車」，找老朋友喝酒。並且對他兒子說：「平生不喜見要人，今不幸見汝。」謝靈運是性豪奢，車服鮮麗，衣裳器物多改舊制。比起顏延之來，就從這一點說，也是大有區別。本傳說他：「居身清約，不營財利，布衣蔬食，獨酌郊野，當其爲適，傍若無人」，這樣的人生態度，在南朝詩人中還不易見。荀赤松奏中說他「求田問舍，唯利是視」（本傳），當然是政治上的陷害，不足爲信的。在他的思想裏，確實受有阮籍、嵇康的影響，阮籍的影響，尤爲顯著。荀赤松奏他：「交游闒茸，沈迷麴糵，橫興譏謗，詆毀朝士」，處在南朝那樣黑暗的政治環境裏，這就格外顯出他的精神特色。他景仰屈原，寫爲湘州祭屈原文，同情阮籍，爲他的詩作注，尊重陶淵明，寫陶徵士誄，仰慕正始名士，寫五君詠，這都不是虛僞的應酬文字，不但反映出他的進步文學眼光，也表現出他的精神品質。在這些地方，謝靈運比不上他。

阮公雖淪跡，識密鑒亦洞。沈醉似埋照，寓辭類託諷。長嘯若懷人，越禮自驚衆。物故不可論，途窮能無慟！（五君詠阮步兵）

中散不偶世，本自餐霞人。形解驗默仙，吐論知凝神。立俗迕流議，尋山洽隱淪。鸞翮有時鎩，龍性誰能馴！（五君詠嵇中散）

五君詠還有劉伶、阮咸、向秀三章，山濤、王戎二人以貴顯不詠，用意至明。這五篇詩，語言質樸，也無用事之病，寄意深遠，可稱佳作。他以託詠嵇、阮的詩意，抒寫自己的懷抱。所謂「寓辭類託諷」，「龍性誰能馴」，不但寫出了嵇、阮的品格，也暗寓着自己的志趣。

他早年隨軍到過洛陽，途中寫過兩首詩，一爲北使洛，一爲還至梁城作。通篇雖不甚佳，但其中頗有警句。「伊瀔絕津濟，台館無尺椽。宮陛多巢穴，城闕生雲煙」（北使洛），又如「故國多喬木，空城凝寒雲。丘壠塡郛郭，銘誌滅無文。木石扃幽闥，黍苗延高墳」（還至梁城作），描寫北地的荒涼敗壞，悲歌感慨，有故國山河之慟，而文字也很淳樸。

顏延之的詩，一般來說，當然存在着雕琢藻飾的弊病，但這種弊病，爲南朝詩人的共同傾向，卽鮑照也很顯著。我們固然不能把他評之過高，但像過去那樣，把他貶之過甚，也是很不妥當的。「體裁綺密，情喻淵深，動無虛散，一句一字，皆致意焉。又喜用古事，彌見拘束。雖乖秀逸，是經綸雅才。」（詩品）鍾嶸雖說沒有注意到他的文學精神，只就其形式立論，但也有貶有褒，還是較爲公平的。

謝靈運　謝靈運（三八五——四三三）陳郡陽夏（河南太康附近）人。晉謝玄之孫，襲封康樂公，世稱謝康樂。幼時寄養於杜治家，族人因名曰客兒，故又稱爲謝客。他是一位貴族子弟，爲人恃才傲物，博覽羣書，加以家產豐裕，莊園壯麗，過着非常奢侈的生活。結交僧徒，喜遊山水，放浪成性，態度狂傲，政治上屢受挫折，後流徙廣州，死於非命。他的作品，開山水寫實一派。喜用駢偶的句子描寫自然，用雕鏤的文筆，刻劃山水，所得到的是山水真實的形貌，而比較缺少自然界的高遠意境。同時他又歡喜誇耀學問，詩中時常引用經、子中的文句，生吞活剝，造成當日詩人用典抄書的習氣。顏延之的詩，同樣有這種弊病。謝詩雖缺少社會生活的內容，但在描寫山水上，表現了很高的技巧，如「池塘生春草」，「明月照積雪」，都是傳誦人口的警句。並且詩風樸實，全無淫靡之氣；他的山水詩篇，消滅了兩晉以來盛極一時的遊仙文學，初步打破了玄言詩風，具有一定的進步意義。沈約說：「靈運之興會標舉，延年之體裁明密，並方軌前秀，垂範後世。」（謝靈運傳論）評價很高。如過始寧墅、七里瀨、登江中孤嶼、石壁精舍還湖中作、夜宿石門詩、入彭蠡湖口等作，是他的代表作品。

> 昏旦變氣候，山水含清暉。清暉能娛人，遊子憺忘歸。出谷日尚早，入舟陽已微。林壑

斂暝色，雲霞收夕霏。芰荷迭映蔚，蒲稗相因依。披拂趨南徑，愉悅偃東扉。慮澹物自輕，意愜理無違。寄言攝生客，試用此道推。（石壁精舍還湖中作）

朝搴苑中蘭，畏彼霜下歇。暝還雲際宿，弄此石上月。鳥鳴識夜棲，木落知風發。異音同至聽，殊響俱清越。妙物莫為賞，芳醑誰無伐。美人竟不來，陽河徒晞髮。（夜宿石門詩）

描山繪水，極爲工細，造語修辭，精於鑄煉，對於後代詩人起過一定影響。但其詩的一般傾向，有傷於繁蕪刻劃之病，在內容上也還存在着玄言詩的殘餘。

在當日的詩壇，能以自由放縱的筆調，抒寫懷抱，而形成雄俊風格的，是「才秀人微」的鮑照。他的辭賦和五言詩，確也呈現着雕琢華靡的習氣。詩品說他「貴尚巧似」，齊書文學傳說他「雕藻淫豔，傾炫心魄」，都是指他的五言詩或辭賦而言。但他的代表作品，却是那些雜體的樂府歌辭。在那些歌辭裏，他純熟地運用着五七言的長短句，民歌的語調，把他自己對於現實對於人生的感受，真實地傾吐出來，打破了當代死氣沉沉的詩風。並且從曹丕完成的七言詩，到了他才能運用自如，在七言歌行的發展史上，他有重要地位。

鮑照　鮑照，字明遠，東海（今江蘇漣水）人，生卒年未詳。幼年家境貧窮，壯年官場不得志，最後做過臨海王劉子頊的參軍，故稱爲鮑參軍。後子頊事敗，鮑爲亂軍所殺。他的妹妹鮑令暉，是當代的女詩人，鮑照曾比她作左芬。詩品也稱讚她的詩「嶄絕清巧」，看她現存擬古詩兩首，確是一個有才情的女作家。鮑照家境寒微，懷才不遇，對於現實深感不滿，反映着他這種心境的，是他的代表作行路難十八首（一作十九首）。

瀉水置平地，各自東西南北流。人生亦有命，安能行歎復坐愁。酌酒以自寬，舉杯斷絕歌路難。心非木石豈無感，吞聲躑躅不敢言。

中庭五株桃，一株先作花。陽春天冶二三月，從風簸蕩落西家。西家思婦見悲惋，零落霑衣撫心歎。初我送君出户時，何言淹留節迴換。牀席生塵明鏡垢，纖腰瘦削髮蓬亂。人生不得長稱意，惆悵徙倚至夜半。

對案不能食，拔劍擊柱長歎息。丈夫生世能幾時，安能蹀躞垂羽翼。棄置罷官去，還家自休息。朝出與親辭，暮還在親側。弄兒床前戲，看婦機中織。自古聖賢盡貧賤，何況我輩孤且直。

君不見少壯從君去，白首流離不得還。故鄉窅窅日夜隔，音塵斷絕阻河關。朔風蕭條白雲飛，胡笳哀極邊氣寒。聽此愁人兮奈何？登山望遠得留顏。將死胡馬跡，能見妻子難。男兒生世轗軻欲何道，綿憂摧抑起長歎。

他的生活心境，在這些詩裏，全盤托出。他一面感着貧士失意的悲傷，同時又表示對於黑暗現實的反抗。詩調高昂，情感充沛，形成俊逸清拔的風格，在當代文學中放出異樣的光彩。再有梅花落一首，也是比喻人生的，寫得很好。

中庭雜樹多，偏為梅咨嗟。問君何獨然？念其霜中能作花，露中能作實，搖蕩春風媚春日。念爾零落逐寒風，徒有霜華無霜質。

由於這些作品，可以看出鮑照有很高的才情和高尚的品質。他長於七言歌行，在風格和形式上，後代高適、岑參、李白諸人，都受到他的啓發和影響。其次，他學習民歌的創作精神，運用民歌的語調，同當代元嘉體的正統詩風，是完全相反的。他這種進步的藝術特色，却遭受到當代文人的輕視。加之他出身貧賤、地位低微，因此湮沒當代而屈居顏、謝之下了。再同鮑照的作風相似，同樣受人輕視的，是那位原爲僧徒後來還俗的湯惠休。如他的代白紵歌、秋風、秋思引諸篇，都是活潑清新受有民歌影響的作品。顏延之鄙薄他的詩爲委巷中歌謠，不知道他的特徵，却正在這一點。

齊、梁二代的詩風，更追求形式。因聲律說的興起與宮廷生活的日益腐化，駢儷日盛，宮體詩風靡一時。較之劉宋，文風就更卑下了。

齊永明時代在文學界負有盛名的，是竟陵八友。齊武帝第二子竟陵王蕭子良性愛文學，招納名士，一時文人都集於他的門下。王融、謝朓、任昉、沈約、陸倕、范雲、蕭琛、蕭衍八人聲譽最隆，時人稱爲竟陵八友。八友中謝、王二人在齊代遇害，後來蕭衍篡齊稱帝，其餘的都由齊入梁了。因此齊、梁二代，在南朝的文學史上只是一個段落。

八友中任昉、陸倕工於文筆，餘人俱有詩名。聲譽最高者是沈約與謝脁。然在詩的成就上，謝高於沈。所以永明體的詩人，以謝脁爲代表。

謝脁　謝脁（四六四——四九九）字玄暉，陳郡陽夏（河南太康）人。高祖拔爲謝安之弟，祖母爲范曄之姊，母爲宋長城公主，他正同謝靈運一樣，是一個貴族子弟。因教育環境良好，他青年時代就有文名，加以美風姿，性豪放，故時人俱喜與之交遊。曾任宣城太守，不幸東昏侯廢立之際，因反覆不決，致下獄死。他的作品一面繼承着謝靈運的山水詩風，所以他有許多好的寫景詩，同時又運用着新起的聲律，所以他的詩顯得清麗。在山水的描寫上，他沒有謝靈運那種苦心刻劃的痕跡，在聲律與辭藻的運用上，善於鎔裁，而不流於淫靡。因此他的山水詩與新體詩，都能保持清綺俊秀的風格，成爲這一時期詩人的代表。他的特色，善於精鍊字句，善於描寫自然景象，他這種優秀的技巧，李白給予很高的評價。

> 江路西南永，歸流東北騖。天際識歸舟，雲中辨江樹。旅思倦搖搖，孤遊昔已屢。既歡懷祿情，復協滄洲趣。囂塵自茲隔，賞心於此遇。雖無玄豹姿，終隱南山霧。（之宣城郡出新林浦向板橋）
>
> 灞涘望長安，河陽視京縣。白日麗飛甍，參差皆可見。餘霞散成綺，澄江靜如練。喧鳥

霞春洲，雜英滿芳甸。去矣方滯淫，懷哉罷歡宴。佳期悵何許，淚下如流霰。有情知望鄉，誰能鬒不變。（晚登三山還望京邑）

秋夜促織鳴，南鄰擣衣急。思君隔九重，夜夜空佇立。北窗輕幔垂，西戶月光入。何知白露下，坐視階前濕。誰能長分居，秋盡冬復及。（秋夜）

落日高城上，餘光入總帷。寂寂深松晚，寧知琴瑟悲。（銅雀悲）

綠草蔓如絲，雜樹紅英發。無論君不歸，君歸芳已歇。（王孫遊）

圖畫般的美景，細微的情致，確有一種清新秀逸的特點。五言小詩，格調更高，具有唐絕的風味。這種五絕的形式，在南方民歌中流行了一個長時期，到了謝朓，正式成爲一種新詩體。謝朓的詩情雖好，才力稍遜，所以他的佳句很多，佳篇頗少。詩品評他的詩說：「一章之中，自有玉石。然奇章秀句，往往警遒。……善自發詩端，而末篇多躓，此意銳而才弱也。」這話並不過分。如暫使下都夜發新林至京邑贈西府同僚詩中的起聯云：「大江流日夜，客心悲未央」，觀朝雨的起聯云：「朔風吹夜雨，蕭條江上來」，這都起得多麼高遠，多麼雄渾，然結下去的句子却是柔弱的，終於不能造成一篇完美的好詩。

梁武帝（蕭衍字叔達），南蘭陵（今江蘇武進）人。昭明太子（蕭統字德施，武帝長子），簡文帝（蕭綱字世纘，武帝第三子），元帝（蕭繹字世誠，武帝第七子），父子四人，都擅長文學。並且四人俱喜佛教，但除蕭統以外，無不是豔曲連篇，促成宮體文學的大盛。他們的作品，是以模擬江南民歌的小詩見長，再加以細密的描寫，塗上了輕豔綺麗的色彩。例如：

江南蓮花開，紅花照碧水。色同心復同，藕異心無異。（子夜四時歌）

朱絲玉柱羅象筵，飛琯促節舞少年。短歌流目未肯前，含笑一轉私自憐。（白紵辭，上二首梁武帝作）

楊柳亂成絲，攀折上春時。葉密鳥飛礙，風輕花落遲。城高短簫發，林空畫角悲。曲中無別意，併是為相思。（折楊柳）

別來顚頞久，他人怪容色。只有匣中鏡，還持自相識。（愁閨照鏡）

遊子久不返，妾身當何依。日移孤影動，羞覩燕雙飛。（金閨思，上三首簡文帝作）

昆明夜月光如練，上林朝花色如霞。花朝月夜動春心，誰忍相思不相見。（春別應令，梁元帝作）

他們父子的作風是一致的。輕豔浮薄，格調卑弱。上面幾首，雖較爲含蓄，然仍是一種靡靡之音。蕭統詩無特色，所編文選，對後代有很大影響。文選序、陶靖節集序二篇，表現了他的文學見解，很有特色，在文學批評史上有一定地位。

沈約　沈約（四四一——五一三）字休文，吳興武康（今屬浙江）人。少貧，篤志好學，博通羣籍，精於文史音律。歷仕宋、齊、梁三朝，負文壇重望。梁時官至尚書令。「自負高才，昧於榮利，乘時藉勢，頗累清談。」（梁書本傳）一生著述甚富，除詩文集外，尚有晉書、宋書、宋文章志及齊紀等作，今惟宋書獨傳。又撰四聲譜，創四聲八病之說，「自謂入神之作」，爲當時的文學形式，開闢新的境界。作品注重聲律，辭藻綺麗，對當日的新體詩很有影響。

生平少年日，分手易前期。及爾同衰暮，非復別離時。勿言一尊酒，明日難重持。夢中不識路，何以慰相思。（別范安成）

吏部信才傑，文鋒振奇響。調與金石諧，思逐風雲上。豈言陵霜質，忽隨人事往。尺璧爾何冤，一旦同丘壤。（傷謝朓）

沈詩辭富格弱，傷於輕靡。上舉二首，風調較高，在沈約集中，要算是較好的作品了。

此外如江淹、劉孝綽、王筠、吳均、何遜、丘遲、張率、周興嗣、徐摛、庾肩吾諸人，俱以文名。其中江淹善於擬古，徐摛、庾肩吾喜作豔體。何遜、吳均的作品，較有一種清新的詩趣，頗爲難得。何遜字仲言，東海郯（今山東郯城）人。吳均字叔庠，吳興故鄣（今浙江安吉）人。何詩精於審音煉字，辭意秀美。吳詩清拔，寫景尤長。

暮煙起遙岸，斜日照安流。一同心賞夕，暫解去鄉憂。野岸平沙合，連山遠霧浮。客悲不自已，江上望歸舟。（何遜慈姥磯）

君留朱門裏，我至廣江濆。城高望猶見，風多聽不聞。流蘋方繞繞，落葉尚紛紛。無由得共賞，山川間白雲。（吳均發湘州贈親故別）

他兩人的詩，雖也有不少豔篇，但像上面這種清新的作品也還不少。在當代宮體文學的潮流中，這種作品不能不算是一種清正之音。同時也可以看出，從永明時代提倡的新體詩，到了他們的手裏，在形式和聲律方面，都有了很大的進步。

宮體詩到了陳代，有了陳後主和江總、陳瑄、孔範一流人的推波助瀾，更是淫豔之極。風格日卑，靡靡之音日盛，真成爲狎客文學了。如江總詩句云：「步步香飛金薄履，盈盈扇掩珊瑚唇」（宛轉歌）；「未眠解着同心結，欲醉那堪連理杯」（雜曲）；「翠眉未畫自生愁，玉臉含啼還是笑。角枕千嬌薦芬香，若使琴心一曲奏」（秋日新寵美人應令）。陳後主詩云：「含態眼語懸相解，翠帶羅裙入爲解」（烏棲曲）；「轉態結紅裙，含嬌拾翠羽。」「轉身移佩響，牽袖起衣香」（舞媚娘）；「妖姬臉似花含露，玉樹流光照後庭」（玉樹後庭花）。這些詩句，完全表現出色情的低級趣味，反映那種荒淫猥濁的腐朽生活，而外面又包掩着一層美麗的文字外衣，真是墮落到了極點。不過在陳後主那許多民歌式的小詩中，却也有些較好的作品。

在律體方面，陰鏗、徐陵的成就較高。陰鏗字子堅，武威姑臧（今屬甘肅）人，生卒不詳。其詩語言清麗，修辭造句，頗費苦心，很受杜甫的讚賞。徐陵（五〇七——五八三）字孝穆，東海郯

（今山東郯城）人。他的作品雖以豔體著稱，有「念君今不見，誰爲抱腰看」的淫鄙句子，然在律體方面，確有較好的詩。例如：

大江一浩蕩，離悲足幾重。潮落猶如蓋，雲昏不作峯。遠戍唯聞鼓，寒山但見松。九十方稱半，歸途詎有蹤。（陰鏗晚出新亭）

征塗轉愁旆，連騎慘停鑣。朔氣凌疎木，江風送上潮。青雀離帆遠，朱鳶別路遙。唯有當秋月，夜夜上河橋。（徐陵秋日別庾正員）

這些詩已初步具有唐律的風格。自永明時代的聲律論盛行，以及江南民歌在詩壇上發生影響以來，到這時候，無論律體、絕詩，在形式上已達到了相當完整的階段。

二　北朝詩人

北方的民歌，產生了許多優秀作品，但一般的作品，則北不如南。在當日少數的文人裏，不是南人入北，便是北人倣南，真能創作代表北地風光的作品的作家，實在少見。魏胡太后的楊白花，也是南化的詩歌。詩云：

陽春二三月，楊柳齊作花。春風一夜入閨闥，楊花飄蕩落南家。含情出户脚無力，拾得楊花淚沾臆。秋去春來雙燕子，願銜楊花入窠裏。

胡太后是魏宣武帝之妾，後其子卽位，是爲明帝，她稱太后臨朝，逼通楊華（本名白花），楊懼禍，逃入梁朝。胡太后很追戀他，作楊白花歌，使宮女歌唱，音調非常悽惋，這詩可看作北方貴族文學受了民歌影響的代表。情感熱烈，而能用哀怨曲折的象徵句法表現出之，自然是後魏一代抒情的佳作。至如蕭綜（梁武帝第二子，後奔魏）、高允、溫子昇（晉代溫嶠之後，祖父恭之始遷北方。）等，雖以詩名，然俱無特色。

北齊文學界最負重名的，是邢邵（字子才，河間人）和魏收（字伯起，鉅鹿人），他兩人與溫子昇齊名，世有北地「三才」之目。他們的作品，現存者不多，小詩稍佳。例如：

綺羅日減帶，桃李無顏色。思君君未歸，歸來豈相識。（邢邵思公子）

春風宛轉入曲房，兼送小宛百花香。白馬金鞍去未返，紅妝玉筯下成行。（魏收挾琴歌）

邢邵的詩還比較清新；魏收的行爲，本來是卑鄙淫蕩，所以反映在詩中的情感也就俗而鄙了。邢魏以外，裴讓之（字士禮）、蕭慤（字仁祖）的詩中，常有佳句，今各舉一首作例：

夢中雖暫見，及覺始知非。展轉不能寐，徙倚獨披衣。悽悽曉風急，晻晻月光微。空室常達旦，所思終不歸。（裴讓之有所思）

清波收潦日，華林鳴籟初。芙蓉露下落，楊柳月中疏。燕幃緗綺被，趙帶流黃裾。相思

阻音息，結夢感離居。（蕭愨秋思）

這些詩都受了南方文學的薰陶。前篇意想尚佳，沒有香豔的惡習。後篇三四二句，自是極好言語。清秀自然，得蕭散之致。

看了上面這些北方詩人的作品，知道無論內容形式，都受了南方詩歌的感染。到了北周，因此有些人起來反抗，提倡復古運動。北史文苑傳說：「周氏創業，運屬陵夷。纂遺文於既喪，聘奇士如弗及。是以蘇亮、蘇綽、盧柔、唐瑾、元偉、李昶之徒，咸奮鱗翼，自致青紫。然綽之建言，務存質朴，遂糠粃魏晉，憲章虞夏。雖屬辭有師古之美，矯枉非適時之用，故莫能行常焉。既而革車電邁，渚宮雲撤，梁荆之風，扇於關右。狂簡之徒，斐然成俗，流宕忘反，無所取裁。」可知雖有蘇綽們的提倡復古，但仍是抵不住南方的文學思潮。當日庾信、王褒以及王克、劉瑴、宗懍、殷不害一大批人的入北，實爲助長這種思潮的原因。但王褒、庾信到了北方以後，受了政治環境的影響，他們自己的作品，在內容和風格上也起了變化，而放出不同的光彩。

王褒　王褒字子淵，瑯琊臨沂（今屬山東）人，是王融的本家，生卒年不詳。梁元帝降西魏，王褒隨入長安，便歸順於北方，一直沒有南歸。北周時官至小司空，出爲宣州刺史。他的樂府詩，格調頗高，有雄健之氣。如高句麗、燕歌行、飲馬長城窟諸篇，可爲其代表作。他的五言新體詩，描寫北方景色，頗有佳作。例如：

關山夜月明，秋色照孤城。影虧同漢陣，輪滿逐胡兵。天寒光轉白，風多暈欲生。寄言亭上吏，送客解雞鳴。（關山月）

秋風吹木葉，還似洞庭波。常山臨代郡，亭障繞黃河。心悲異方樂，腸斷隴頭歌。薄暮臨征馬，失道北山阿。（渡河北）

庾信　庾信（五一三——五八一）字子山，南陽新野（今屬河南）人，庾肩吾之子。身長八尺，容儀過人。幼年博覽羣書。詩文與徐陵齊名，成就在其上。元帝時，聘於西魏，不久梁亡，遂留長安。歷仕西魏、北周，官至車騎大將軍、驃騎大將軍，開府儀同三司，故世稱庾開府。後周、陳通好，南北流寓之士，各許還其舊鄉，唯庾信與王褒留而不許。他在那種環境下，位雖通顯，亡國之痛，懷鄉之情，時時侵襲他的身心。然而這種情感，又不能真切地暴露，只能含蓄曲折地表現出來，因此在他的作品裏，有一種深沉的憂鬱，哀怨的愁情，再塗上那種北方地方色彩的影響，於是更顯出一種蕭瑟情調。他在哀江南賦序中說：「信年始二毛，即逢喪亂，藐是流離，至於暮齒。燕歌遠別，悲不自勝；楚老相逢，泣將何及。畏南山之雨，忽踐秦庭，讓東海之濱，遂餐周粟。」這正道出他晚年悲苦的心境。他的好作品，都在這種心境之下寫成的。

蕭條亭障遠，悽慘風塵多。關門臨白狄，城影入黃河。秋風別蘇武，寒水送荊軻。誰言氣蓋世，晨起帳中歌。（詠懷二十七首之一）

昔日謝安石，求為淮海人。彷彿新亭岸，猶言洛水濱。南冠今別楚，荊玉遂遊秦。儻使如楊僕，甯為關外人。（率爾成詠）

扶風石橋北，函谷故關前。此中一分手，相逢知幾年！黃鶴一反顧，徘徊應愴然。自知悲不已，徒勞減瑟絃。（別周尚書宏正）

陽關萬里道，不見一人歸。唯有河邊雁，秋來南向飛。（重別周尚書）

玉關道路遠，金陵信使疏。獨下千行淚，開君萬里書。（寄王琳）

這些詩抒寫真實，語言清俊，給人一種蒼茫剛健的感覺。比起他那些毫無內容只圖藻飾的詠畫屏風諸詩來，顯出了不同的內容與風格。他心中蘊藏着亡國的隱痛與深厚的鄉愁，在他的作品裏反映出來。擬詠懷二十七首，是他這種思想感情的集中表現，這些詩的精神，同哀江南賦是一致的。「恨心終不歇，紅顏無復多」，「不言登隴首，唯得望長安」，表現了他的思國懷鄉的心情。「智士今安用，忠臣且未聞」，「始知千載內，無復有申包」，對當代梁朝的士大夫，投以辛辣的諷刺。如果他的生活，不遭受這段流落苦難的境遇，舒舒適適地老在南方做官，那麼他的作品，永遠是同徐陵們一流吧。杜甫欣賞他晚年的作品，這是完全正確的。北周書本傳評他說：「其體以淫放爲本，其詞以輕險爲宗。故能誇目侈於紅紫，蕩心逾於鄭衞。昔揚子雲有言：詩人之賦麗以則，詞人之賦麗以淫，若以庾氏方之，斯又詞賦之罪人也。」如專論辭賦，這些話還說得過去，若論到詩，他晚年所作，確有老成清俊的特點。即在辭賦中，哀江南、小園諸篇，也是較好的作品。平心而論，在中國詩歌史上，由南北朝入唐，謝靈運、鮑照、謝脁、庾信諸人，都有他們不同的地位和成就。他們的作品，雖有許多缺點，但他們也創造了一些成績，這些成績是不能一概抹煞的。他們在詩歌形式和語言藝術上的成就，給唐代詩人以一定的影響和基礎。難怪李白、杜甫及其他詩人們，對於他們是一再表示推崇的。

三　附論隋代詩人

北周時代蘇綽的復古運動雖告失敗，但已埋伏一種反南方文學思潮的種子。到了隋文帝統一南北，他鑒於南朝政治的腐敗與國勢的柔弱，認爲那種靡靡之音的豔體文學，是造成這種局勢的根源。於是蘇綽埋下的那顆種子，到了這時候又發育起來了。隋書音樂志中說：「開皇二年，齊黃門侍郎顏之推上言，禮樂崩壞，其來自久，今太常雅樂，並用胡聲，請馮梁國舊事，考尋古典。高祖不從曰：梁樂亡國之音，奈何遣我用耶？」文帝的態度是非常明顯的。對於音樂是如此，對於文學也是如此。北周時代失敗的復古運動，到了他，運用政治的壓力實行起來了。泗州刺史司馬幼之因爲文表華豔，付所司治罪。李諤又上書痛論南朝文學的墮落淫靡，有害政治人心，應通令禁止，違者嚴加治罪。他這篇文字，文帝看了大以爲然，於是把此奏書頒示天下，想藉此轉移當日文學的風氣。但隋書文學傳又說：「高祖初統萬機，每念斲雕爲樸，發號施令，咸去浮華。然時俗詞藻，猶多淫麗，故憲台執法，屢飛霜簡。」可知那種已成之風，積重難返，然而那種復古運動，在當日的文壇，也不是全無反響。我們試讀楊素的詩篇，便可看出一點影子。楊素雖是一位武將，却也有文采。隋書本傳載文帝詔云：「論文則詞藻縱横，語武則權奇間出」，又本傳評他的詩：「詞氣宏拔，風韻秀上」，這些話並不是溢美之辭。他的詩雖也講求對偶和詞藻，但絕無南方那種脂粉輕薄的氣味，處處顯出一種質樸的風格，在當日總算是難得的。

居山四望阻，風雲竟朝夕。深溪横古樹，空巖臥幽石。日出遠岫明，鳥散空林寂。蘭庭動幽氣，竹室生虛白。落花入戶飛，細草當階積。桂酒徒盈樽，故人不在席。日暮山之幽，臨風望羽客。（山齋獨坐贈薛內史）

再如他的贈薛播州十四首，抒寫懷抱，風格高遠，爲當代佳作。此外同楊素唱和的虞世基和薛道衡的詩中，也有清遠俊拔的句子。例如：

霜烽暗無色，霜旗凍不翻。耿介倚長劍，日落風塵昏。（虞世基出塞）

絕漠三秋暮，窮陰萬里生。夜寒哀笛曲，霜天斷雁聲。（薛道衡出塞）

入春才七日，離家已二年。人歸落雁後，思發在花前。（薛道衡人日思歸）

薛道衡尚有「空梁落燕泥」的名句，傳隋煬帝妬其才，因而被害。此句在昔昔鹽詩中。全詩二十句，大都對湊而成，詩實不佳。此說出隋唐嘉話，不可盡信。

從軍、出塞是隋代詩歌的重要內容。當代詩人，都寫過這樣的題材，並且很有些好作品。詩的風格，已超越南朝，成爲唐代邊塞詩的先聲。隋代詩歌的形式，是七言歌行的發展。盧思道的從軍行，薛道衡的豫章行，都有新的成就，而成爲初唐四傑的先驅。

隋煬帝（楊廣）的荒淫，與陳後主無異。隋書文學傳雖說他初習藝文，有非輕側之論，又說他雖意在驕淫，而詞無浮蕩，那是並不真實的。隋書本紀說：「所至惟與後宮留連躭湎，惟日不足。招迎姥媼，朝夕共肆醜言。又引少年，令與宮人穢亂，不軌不遜，以爲娛樂。」又音樂志上說：「煬帝矜奢，頗玩淫曲。御史大夫裴蘊，揣知帝情，奏括周、齊、梁、陳樂工子弟及人間善聲調者，凡三百餘人，並付太樂。倡優獿雜，咸來萃止。」在這種環境下，梁、陳的色情文學，又在他的手下泛濫起來了。他的作品，以樂府歌辭爲主。

揚州舊處可淹留，臺榭高明復好遊。風亭芳樹迎早夏，長皋麥隴送餘秋。淥潭桂檝浮青雀，果下金鞍躍紫騮。綠觴素蟻流霞飲，長袖清歌樂戲州。（江都宮樂歌）

黃梅雨細麥秋輕，楓樹蕭蕭江水平。飛樓綺觀軒若驚，花簟羅帷當夜清。菱潭落日雙鳧舫，綠水紅妝兩搖漾。還似扶桑碧海上，誰肯空歌採蓮唱。（四時白紵歌）

暮江平不動，春花滿正開。流波將月去，潮水帶星來。（春江花月夜）

他這種豔詩，雖寫得較爲含蓄，然按其實質，並不在簡文帝、陳後主之下。君主所好，自然有臣僚們起來附和。在這種淫歌狂舞之中，接着也就來了殺身亡國的慘禍，和梁、陳那些荒淫君主的命運是相同的。但他的飲馬長城窟行示從征羣臣一詩，風格迥然不同。「秋昏塞外雲，霧暗關山月」二語，尤爲高古清俊。